1980년
5월 18일

1980년
5월 18일

신군부 편

송금호 장편소설

북치는마을

조작되고 왜곡된 역사를 바로잡는 것.

우리는 기억해야 합니다.

1980년 5월 18일

진실을 밝히는 것은 당사자들의 고백과 관련자들의 양심선언이 없으면 불가능에 가깝다. 증언이 없는 상태에서 기록에 의존해야 하는 경우에는 더욱 그렇다. 역사기록물은 대부분 권력을 가진 자의 기록이고, 권력자들은 자신들의 불법과 비열함을 감추기 위해 기록을 은폐하고, 삭제하고, 왜곡하기 때문이다. 한국 현대사에서 있었던 수많은 사건, 그중에서도 민주화를 부르짖던 시민들이 군인들에 의해 학살을 당했던 5·18 광주민주화운동은 더욱 그렇다.

전두환을 비롯한 신군부는 12·12 쿠데타를 일으켜 군 권력을 장악한 뒤, 집권계획을 실행하면서 5·17 쿠데타를 일으켜 사실상 행정, 사법권까지 장악했다. 이후에는 광주를 불순분자와 간첩이 개입된 폭동과 내란의 도시로 조작했고, 이를 이용해 국민들의 직선제 개헌 요구를 뭉개버렸다. 집권 이후에는 광주학살행위를 비롯한 수많은 범죄행위를 숨기거나 없애버렸다.

영구집권을 획책하던 전두환 일당은 10년 집권을 겨우 넘기고 국민들의 여망에 따라 수사와 재판을 통해 단죄됐지만 실체적 진실을 밝히는 데는 한계가 있었다. 게다가 그들은 화합이라는 명분으로 사면을 받고부터는 뻔한 사실까지 정면 부정하면서 고개를 빳빳이 쳐들고 있다. 진실을 명확히 밝히지 않고 사면을 해줬기 때문이다.

이렇다보니 아직도 우리 국민 상당수는 5·18 광주민주화운동을 북한군이 개입된 폭동과 내란으로 인식하고 있고, 이를 공개적으로 주장하는 어처구니없는 사람들도 있다.

5·18 광주민주화운동은 법률적으로는 정리가 됐지만 일부 극우세력들이 폄훼를 일삼으면서 안타깝게도 국론 분열의 한 원인이기도 하다. 한국의 일부 지역에서는 아쉽게도 5·18을 빨갱이들의 폭동으로 인식하고 있는 사람들의 숫자가 더 많다. 이는 분명 잘못됐지만 명백히 그 지역 사람들의 잘못은 아니다. 전두환 일당이 5·18을 '북한을 추종하는 불순분자들이 일으킨 폭동과 내란'으로 조작해서 국민들에게 각인시켰기 때문이다. 40년이 흐른 지금까지 많은 사람들이 5·18 진상규명을 위해 애쓰고 있지만 아직도 미진한 것 역시 전두환 일당의 철저한 은폐와 조작 때문이다.

숨겨진 역사의 진실을 밝히는 데는 다큐멘터리 형태의 보도나 출판이 효과적이다. 그러나 명확한 사실관계에 대한 내부자 및 실행자의 증언, 이를 뒷받침해 줄 증거들이 부족한 상황에서는 그런 방법을 쓰기에는 어려움이 있다.

그래서 저자는 팩션 소설의 형태로 역사적 진실을 밝히는 방법을 썼다. 5·18 광주항쟁 당시 신군부의 핵심인 보안사의 집권 공작에 참여한 몇몇 실행자의 고백과 증언, 그리고 이를 뒷받침하는 당시 군 작전 사실, 5·18 단체에서 수집한 증거, 국방부와 국정원의 자료를 수집해 분석했다. 5·18 때 미국 정보부가 본국에 보고한 내용도 살펴봤다.

필자는 이런 많은 자료들을 토대로 당시 12·12, 5·17 쿠데타의 속 내용과 신군부의 핵심인 보안사령부 관계자들의 공작과 학살행위를 추적하는 작업을 했다. 그래서 밝혀진 사실을 뼈대삼아 작가의 합리적 상상력으로 보안사가 중심이 되어 실행한 당시 신군부의 집권공작 시나리오를 적나라하게 재구성했다.

이 작업은 수백 년, 수천 년 된 무덤에서 나온 출토품과 DNA 등으로 그 당시 인간 삶의 모습과 역사를 그려내는 고고학 및 역사학자들의 작업과 다를 바 없다고 생각한다.

조작되고 왜곡된 역사를 바로잡는 것이 궁극적으로 분열된 국론을 통합으로 이끄는 지름길이라고 확신한다. 진실이 밝혀지고, 대다수의 국민들이 고개를 끄덕이며 동의했을 때 비로소 화합의 싹이 틀 것이다.

이 책이 비록 소설의 형태이지만 무고한 광주시민들을 학살해서 권력을 잡은 전두환 일당의 숨겨진 추악한 공작의 모습을 밝혀내는데 작은 보탬이라도 됐으면 한다. 망월동에 묻혀있는 5·18 민주영령과 많은 5·18 부상자, 그리고 아직도 가족들이 애타고 찾고 있는 수백 명의 광주항쟁 행방불명자들에게 바친다.

저 자

차례/

제1부

신군부 집권 시나리오

공작

공작의 시작

차수일 중령은 새벽부터 출근을 서두른다. 오늘은 매우 중요한 날이다. 직속상관인 이학봉 대공처장의 지시에 따라 그동안 만들어 오던 공작 계획서를 보고하고 점검하는 날이기 때문이다. 오늘 공작내용을 토대로 이 나라의 통치자가 만들어질 것이다. 마음이 설렌다. '내가 이 나라 권력의 중심부에 서 있다.'라는 생각에 어깨가 으쓱여진다.

한편으로는 권력 싸움에 이기기 위해 사람이 죽을 수도 있는 시나리오를 짜는 마음이 편하지만은 않다. 하지만 지면 죽는 수밖에 없는 것이 권력싸움의 속성이기에 오직 이기기 위해 심혈을 기울였다. 이 시나리오가 채택된다고 해도 실현단계에서 실패하면 둘 중 하나다. 교도소로 가던가 아니면 사형장으로 가는 것이다.

"연수 아빠, 어젯밤에는 통 잠을 못 이루던데 무슨 일 있어요?"

밥상머리의 아내가 아침식사를 하고 있는 차 중령의 얼굴을 살피면서 슬며시 말을 건넨다. 새벽에 일어나 아침밥을 챙기는 아내이다.

"일은 무슨 일. 요즘 시국이 어수선하니까 그렇지."

차 중령은 얼버무리며 국물을 들이킨다.

"하긴. 그렇겠네요. 박 대통령이 저렇게 허무하게 가버리시고 나니까 내로라하는 정치인들은 자기가 무슨 대통령이 다 된 것처럼 떠들고 다니니까 나라가 시끄럽지요.."

아내가 혼잣말처럼 푸념섞인 몇 마디를 더 하자 차 중령은 눈살을 찌푸리며 아내를 쏘아보다가,

"당신이 뭘 안다고 떠들어?"

차 중령이 면박을 주자 아내는 입을 삐죽거리면서 고개를 살짝 옆으로 수그린다.

"아참, 그건 그렇고 당신, 밖에 나돌아 다니지 말고 집에서 애 잘 돌보고 있어. 연수도 겨울방학이 끝났잖아. 하교하면 나가지 못하게 단도리 잘하고, 집에서 공부를 시키라고. 알아들어?"

'단도리'와 같이 차 중령의 평소 말속에는 일본말이 많이 섞여있다. 일제 때 일본 순사를 했던 부친이 생전에 늘 일본말을 섞어 사용하면서 가족들도 익숙하게 쓰게 되었다. 그는 양복도 '우와기'라고 한다.

"걱정 말아요. 내가 잘 붙들고 있으니까. 아예 친구 녀석들 데리고 우리 집에 와서 놀라고 했어요. 그런데 연수 아빠, 어젯밤 당신에게 부탁한 것 좀 오늘 꼭 알아봐 주세요."

"거 뭐 공수부대에 간 아들을 면회하려면 어떻게 해야 하는지 그거 말이야? 누구 부탁인데 그렇게 적극적으로 나서는 거야?"

"아, 그게 서울대의대 교수 부인의 부탁이에요. 낙찰계(落札契)에서 만난 사이인데…."

차 중령 아내는 낙찰계라는 말을 실수로 하고서는 말을 잇지 못하고 남편의 눈치를 본다. 차 중령은 낙찰계라는 말이 나오자마자 눈을 부라리며 아내의 얼굴을 뚫어져라 쳐다보다 호통을 친다.

"이놈의 여편네가 뭐? 낙찰계? 내가 그딴 거 하지 말랬지?"

밥상이 들썩였고 아내는 고개를 수그린 채 말이 없다.

"야 이 사람아, 그런 소문이 다른 사람 귀에라도 들어가면 내 앞길에 지장이 있을 수 있단 말이야. 그러다 사고라도 나서 잘못되면 그나마 겨우 마련한 이 집도 같이 날아가는 거야."

눈치를 보면서 남편의 호통을 듣고 있던 아내는 그래도 입으로 뭔가를 쫑알거린다.

"이 여편네가 아직도 정신 못 차렸네."

차 중령의 입에서 다시 거친 언사가 터져 나온다.

"아니 뭐 당신도 생각해봐요. 우리도 하나밖에 없는 아들 잘 가르치려면 목돈을 좀 만들어놔야 하지 않아요? 당신 승진할 때도 써야 하고…."

아내가 모기만한 소리로 대꾸를 한다.

차 중령은 그런 아내를 물끄러미 바라본다. 뽀글뽀글 파마를 하고, 멋스러운 옷을 입고 있지도 않고, 매일 샘플 화장품은 어디서 받아다가 쓰는지 알 수 없는 초라한 아내의 모습이 눈앞에 크게 확대 되어 보인다. 방바닥만 응시하고 있는 아내는 남편의 큰 소리에 기가 죽어 겨우 몇 마디 대꾸하고 있는 것이다. 경남 고성 출신인 차 중령은 육군사관학교를 졸업한 뒤, 어쩌다 소개팅으로 만난 지금의 아내를 좋은 인연으로 생각하고 결혼했다. 아내는 남편 말이라면 죽는시늉까지 하는 순종형에다가 박봉의 군인 월급을 쪼개고 쪼개서 알뜰하게 살림을 꾸려오고 있다.

보안사에 근무하면서 남들은 다들 잘 한다는 돈벌이에는 젬병인 차 중령은 그동안 아내의 알뜰한 살림살이가 고맙다. 아내는 아들 하나만이라도 잘 키워보자면서 더 이상 아이를 낳지 않겠다고 고집을 피웠다. 억척스러울 정도로 돈을 아끼면서도 몇 년 전 중령으로 진급할 때 윗사람들한테 바쳐야 할 돈 걱정을 하고 있는 남편 앞에 거금을 내놓았던 아내다.

차 중령의 어조가 조금 부드럽게 변한다.

"여보, 거 돈 버는 것도 좋지만 사고가 나면 낙찰계에다 넣어 둔 돈을 몽땅 날리는 거야. 요즘 그런 사고가 하도 많아서 사회문제가 되고 있잖아. 그래서 그러는 거야. 사고 나서 돈 날리면 나도 부대에서 나쁘게 소문이 날거고 말이야. 그리고 보나마나 당신은 가장 나중에 낙찰 받는 순서지?"

남편의 목소리가 다소 부드러움을 띠자 부인은 고개를 들고는 조금 밝아진 표정으로 차 중령을 보며 말한다.

"그럼요, 가장 나중에 받아야 이자가 많아요. 낙찰계는 빨리 탈수록 손해고 맨 나중에 받는 사람이 가장 많은 이익을 보는 거예요."

"그걸 누가 몰라서 그래? 위험한 장사가 많이 남는 법이라고, 거꾸로 보면 이문을 많이 남기는 장사가 망하기도 쉬운 법이야. 먼저 돈을 타간 낙찰계원이 돈을 안내고 도망가기라도 하면 나중 타는 사람은 무슨 수로 돈을 받아?"

"그래서 계주가 있잖아요. 우리 계주는 든든해요. 남대문 시장에 점포를 네 개나 갖고 있는데요."

"그래도 항상 조심하라고. 유비무환, 알겠어?"

"네, 알았어요."

차 중령이 밥상을 밀어내고 일어나 옷매무새를 가다듬고서 거실로 나와 작은방 쪽을 한 번 쳐다보고는 현관을 나선다. 어스름한 2월의 이른 아침 냉기가 얼굴을 감싼다. 대문까지 뒤따라 나오는 아내가 뒤통수에다 대고 다시 그 얘기를 던진다.

"연수 아빠, 아까 부탁한 것 꼭 좀 알아봐줘요."

차 중령이 뒤를 돌아보면서 아내를 바라보고는 알았다는 듯 고개를 끄덕인다. 그리곤 잠시 걸음을 멈추더니 이내 돌아서 아내에게 나직한 소리로 말한다.

"알았어. 대신 어머니 잘 보살펴 드려. 며칠 전 다치신 허리가 고질병이 될 수도 있으니까."

"네, 알겠어요. 걱정 말고 잘 다녀오세요."

차 중령이 대문을 나서자 부인 이영자 여사는 부엌으로 들어가 연탄불을 들여다본다. 안방 연탄은 아직 불땀이 좋아 그대로 놔두고, 시어머니가 계시는 작은방은 공기구멍을 조금 더 열어놓았다. 며칠째 허리가 아파서 누워계시는데 구들이라도 따뜻하게 해 드려야 한다. 안방으로 들어와 남편이 먹다 남긴 대궁밥으로 아침을 때운다. 매일 있는 날들의 모습이다.

그녀는 태수 엄마가 부럽다. 남편은 서울대 의대 교수, 큰 아들은 서울대 의대에 다니다 군대에 갔고 둘째 아들은 전남대 의대를 다니고 있다. 여기다 딸은 이제 여고 1학년인데 역시나 공부를 잘 한단다. 부러워서 미칠 지경이다. 몸매도 변변치 못하고 겨우 면추를 했을 정도인데 어쩌다 남편 잘 만나서 교수 부인이 됐더란 말인가. 대화를 해보면 대학을 나온 것 같지도 않다. 남편은 일본에서 유명한 대학을 나왔다고 한다. 태수 엄마는 자신만큼 억척스럽다. 자식의 일이라면 물불을 가리지 않았고, 돈을 모으는 일이라면 낙찰계부터 시작해서 안하는 것이 없을 정도다. 야매로 이빨치료를 하는 사람을 데리고 다니면서 치과병원보다 싸게 치료를 하게 해주고 소개비를 받는 일도 한다. 남편이 받아오는 월급보다 훨씬 돈을 더 번다는 소문도 있다.

그런 태수 엄마에게도 속 썩는 일이 있단다. 태수가 작년 가을 군대에 갔다고 하는데 부모하고는 사전에 의논조차 안했다는 눈치다. 그러기에 군대간지 몇 개월째 편지 한 통 보내지 않는 거겠지. 이제 와서 면회라도 가려는데 어느 부대에 속해있고, 어디로 가야하는지도 몰라 나에게 알아봐 달라고 한다. 같은 계원이고 남편이 의대 교수니까 언제 부탁할 일이 있을지 모르니 이참에 그 여편네에게 고리를 걸어놔야 한다고 생각했다.

그녀는 골똘히 하던 생각을 멈추고, 문득 밥상머리에서 고개를 돌려 괘종시계를 바라보고는 자리에서 일어났다. 아들 연수를 깨울 시간이다.

*

차 중령은 보안사령부에 출근해서 이학봉 대공처장의 부름을 기다리고 있다. 차 중령은 이 처장 밑에서 수사과장을 맡고 있는 핵심 참모이다. 육사를 졸업하고 보안사에서 장교 생활을 해 오는 동안 경남고와 육사 선배인 이 처장과는 각별하게 지내는 사이다. 단순한 선후배나 상하관계가 아닌 혈맹의 의리를 갖고 있다. 부인끼리도 가끔 만나는 처지이다. 차 중령은 이 처장이 중령시절 강원도 사단 보안부대장으로 재직하면서 기부금을 모은 행위가 적발돼 전라남도 광주에 있는 505보안부대 대공과장으로 좌천됐을 때도 광주까지 찾아가 이 처장을 위로한 적이 있다. 당시 모든 사람들은 '이제 이학봉이도 옷을 벗겠구먼!'이라는 냉소를 날렸고, 실제 이 처장도 군 생활을 청산하려는 마음을 갖고 있었다. 그런데 광주에서 뜻하지 않는 제일교포학생간첩단 사건이 터졌고, 이를 잡아낸 이 처장은 일약 사령부 대공과장으로 영전하면서 기사회생하는 일이 벌어진다.

이 처장은 일선 보안부대에 있던 차 중령을 보안사령부로 영전시켜 줬다. 이후는 더 극적이다. 작년 10월 26일에 박정희 대통령이 김재규 중앙정보부장 총탄에 맞아 서거하는 어처구니없는 일이 벌어졌고, 대통령 권력의 양대 축 중의 하나인 전두환 보안사령관이 합동수사본부장을 맡으면서 일약 권력의 중심에 서게 된 것이다. 이어 '12·12'라는 또 하나의 혁명을 통해 이 나라의 군 권력을 포함해서 중앙정보부 권력까지 장악하면서 사실상 대한민국의 군 권력과 정보부를 거머쥐는데 성공했다. 그중심에 이학봉 처장이 있고, 그 과정에서 자신도 이 처장의 핵심 참모로서 역할을 톡톡히 해 온 것이다.

지금은 육군참모총장이 계엄사령관인 비상계엄하이고, 전두환 보안사령관의 지금 권력은 사실상 비정상적인 절대권력 상황이다. 진짜 권력은 헌법상, 국민이 뽑아서 인정해 주는 것이어야 한다. 지금의 권력은 투쟁 과정에서 언제 좌초될지 모르는 불안정한 것이다. 빨리 헌법상 권력을 쟁취해야 한다. 그래야만 안정된 상태에서 제대로 된 권력행사를 할 수 있다. 박정희 대통령도 쿠데타를 성공시킨 뒤 군 권력을 이용해서 헌법상 대통령이 됐고, 18년간 대통령을 해먹지 않았던가.

이학봉 처장과 만들고 있는 집권 시나리오는 바로 전두환의 대통령 만들기이다. 지금은 미완의 혁명시기이다. 대통령이 되어야만 비로소 혁명이 완수됐다고 할 수 있다. 그 뒤는 적어도 수십 년은 우리가 해먹을 수 있을 것이다. 그는 천기를 만들어내는 하늘의 신선 같은 기분으로 두 달째 작업을 해 오고 있다. 이제 거의 완성단계에 이르렀고, 몇 차례 보고회를 마치면 곧바로 실행에 옮길 것이다.

갑자기 전라남도 광주가 떠오른다.

차 중령은 며칠 전 부하 장교 2명을 데리고 1박 2일 동안 극비리에 광주 출장을 다녀왔다. 그의 광주행은 이번이 두 번째지만, 몇 년 전 이학봉 처장을 만나러 왔을 때는 점심만 먹고 바로 상경했었다. 그래서 광주에 대해서는 아는 것이 별로 없다.

차 중령 일행은 도착하지 마자 광주 505보안부대 과장급 간부들, 전투교육사령부 보안부대장, 31사단 보안부대장, 중앙정보부 광주분실장, 전남도경찰국장 등을 각각 만나서 광주 대학가의 시위현황과 운동권 학생들의 동향 및 주모자급 분석내용, 지역 재야인사들의 동태와 움직임, 천주교 등 종교계 인사들의 동향, 광주시민들의 정치적 성향 및 정치 민감성 등에 대해서 직접 세밀하게 보고받고 자료를 건네 받았다. 광주 향토방위를 책임지고 있는 31사단에서는 유사시 광주지역 방어와 봉쇄를 가정한 군 작전계획도 살펴보았다. 해발 1,200m 가까이 되는 무등산이 광주시의 북쪽 일부와 동쪽, 남쪽 일부를 막고 있어서 외부에서 공격하기도 어렵고, 거꾸로 방어하기에는 유리했다. 또한 시 경계지역에는 제법 높은 산들이 많아서 봉쇄를 하기도, 당하기도 쉬워 보였다. 그는 자신이 구상하고 있는 공작이 펼쳐질 광주를 철저하게 분석하고 있는 것이다.

차 중령 일행의 광주 출장 행보는 순조로웠다. 차 중령이 갑자기 내려와 보안부대는 물론 다른 기관에까지 중요 관심 사안에 대한 대면보고를 요구했지만 광주의 어느 누구도 이의를 제기하거나 이유를 묻지 않는다. 현재의 대한민국 권력을 거의 다 거머쥐고 있는 보안사령부에서 출장 나온 차 중령 일행에게 모두들 알아서 기고 있다.

저녁식사는 광주 명물인 한우 육사시미를 잘 한다는 집에서 소주 석 잔을 반주로 배불리 먹었다. 이학봉 처장이 비용 외에 두둑한 용돈까지 쥐어주며 출장을 격려하던 자리에서 '광주에 가면 꼭 쇠고기 육사시미를 먹어봐라'고 한 말을 잊지 않은 것이다.

어둑해질 무렵에 숙소인 광주관광호텔로 들어와 보고받은 자료에 대한 분석과 정리를 끝내고 담배를 피우면서 공작을 설계하고 있는데, 광주

505보안부대 이장수 정보과장이 사전 연락도 없이 뜬금없이 찾아왔다. 그는 계급도 차 중령과 같고, 나이도 훨씬 많은 보안사 선배지만 사령부에서 출장 내려온 차 중령을 깍듯하게 대한다.

"차 과장님, 모처럼 광주까지 오셨는데 이렇게 심심하게 그냥 주무시면 되겠습니까? 오늘 제가 조용하고 멋들어진 곳으로 모시겠습니다."

"아, 괜찮습니다 선배님. 공무로 출장을 온 사람들이 이상한 곳이나 드나들면 되겠습니까?"

"아이고, 차 과장님. 무슨 긴박한 상황도 아닌 일상적인 출장이신 것 같은데 가볍게 한 잔 하시고 광주 가시나들 맛깔 나는 노래 소리도 좀 들어보고 올라가셔야지요."

이장수 과장이 속도 모르고 지절거린다. 지금 차 중령의 광주 출장은 거대한 공작의 첫걸음이요, 자신은 물론이요, 전두환 사령관을 비롯한 12·12 혁명을 이끈 군 핵심인사들의 운명을 결정짓는 중차대한 것이다. 광주에서의 정보 수집 및 분석은 지금 기획하고 있는 공작의 성패를 가름하는 것이나 다름없다. 아무것도 모르는 이 과장은 차 중령의 광주 출장을 그저 단순한 것으로 알고 있으니, 다행이라면 다행이다.

차 중령은 이 과장의 너스레에 못이긴 척 하고 따라 나섰다. 기실 그는 광주사람들의 속으로 좀 들어가 보고 싶은 마음이 있다. 이곳 술집의 모습과 술 맛이 어떤지도 궁금했다. 두 부하장교를 얼핏 보니 광주를 처음 온 그들도 속으로는 호기심이 발동하고 있는 것 같다.

한적해 보이는 주택가에 만들어진 요정 같은 술집에서는 한복을 곱게 차려입은 갸름한 얼굴의 중년 여인이 일행을 맞아 방안으로 인도를 한다. 어느 방에선가 여인이 부르는 민요가락과 함께 가야금 소리가 들린다.

"귀하신 분들을 모시게 되어서 영광입니다. 우선 담배 한 대 피우면서 조금만 기다리시면 바로 상 차려 올리겠습니다."

여인이 분내를 풍기면서 사투리를 쓰지 않고 공손히 인사를 한다.

차 중령과 부하들은 멋쩍은 표정으로 앉아있고, 이곳을 자주 드나든 것 같은 이장수 과장은 고개를 끄덕이면서 차 중령과 여인을 번갈아 쳐다보면서 싱글거린다.

"차 과장님, 광주에서 볼 일은 얼추 다 보셨지요?"

"아, 네. 거의 끝나갑니다. 내일 오전 한 군데만 더 들렀다가 올라갈 예정입니다. 선배님의 광주지역에 대한 정보와 분석이 향후 우리 사령부의 운용에 많은 도움이 될 것입니다. 윗분들께도 선배님의 열성과 협조를 보고 드리겠습니다."

"제가 고맙습니다. 사실 몇 년 안 있으면 군 생활을 마무리하게 되어 있습니다. 옷 벗고 나가면 뭐, 관련단체 같은 곳에서 일하고 싶습니다. 기회가 되면 좀 이끌어주십시오. 차 과장님이 그 정도만 챙겨주서도 저는 황공하지요. 앞으로 승승장구하실 차 과장님에게 도움이 되도록 더욱 분발하겠습니다. 허허허~~"

이장수 과장의 오늘 접대 행보가 분명한 이유가 있다는 것을 알아차린 차 중령은 내색은 하지 않고 좋은 소리만을 들려준다.

"알겠습니다, 선배님. 오늘 이렇게 좋은 곳까지 구경을 시켜주시니 더욱 감사합니다. 허허~~"

담배 두어 대를 물면서 덕담을 주고받는데 밖에서 기침 소리가 나더니 중년 여인이 먼저 들어오고, 이어서 장정 두 명이 음식이 가득 들어있는 큰상을 맞잡고 방으로 들어온다.

부하 장교들의 눈이 휘둥그레지면서 차 중령을 바라본다. 차 중령도 상다리가 부러져라 가득 놓아진 음식들을 바라보다가 이장수 과장에게 눈길을 돌린다.

"선배님, 이거 너무 과 한 것 아닙니까?"

"별말씀을 다 하십니다. 차 과장님. 여기 광주는 이 정도는 기본입니다. 자, 다들 바짝 다가앉으시지요."

버성긴 분위기를 돌리려고 애를 쓰고 있는 이장수 과장을 바라보고 있는데, 어느새 한복 차림의 아가씨 네 명이 들어와 다소곳이 서 있다. 처음 일행을 맞이한 여인이 연두색 저고리와 분홍색 치마를 입은 아가씨를 손짓으로 불러 먼저 차 중령 옆에 앉도록 한다. 입술은 빨갛게 물들고, 머리는 쪽을 지어 달걀처럼 생긴 타원형의 얼굴이 돋보이는 미인이다. 부하들은 자기 옆에 앉은 아가씨들은 정작 제대로 보지 못하고 차 중령 옆에 앉은 아가씨를 힐끔거린다. 아가씨들이 차례로 자리를 잡자 곧이어 술잔이 채워지고, 이장수 과장의 권주로 다들 한 잔씩 마셨다. 앙증맞도록 작은 술잔에 담긴 술은 옅은 빨강과 분홍의 중간쯤 되는 빛깔이다. 한입에 다 털어 넣으니 목구멍이 타 들어가는 듯 독하면서도 넘어가는 맛은 의외로 순한 편이다.

"차 과장님, 이 술은 여기 전남지방 토속 전통주입니다. 여기서 좀 떨어진 진도라는 섬이 있는데, 거기서 나오는 '홍주'라는 술입니다. 앉은뱅이 술이라고 할 정도로 독주이기는 하지만 명주로 소문나 있습니다. 제가 특별히 차 과장님께 한 잔 권해드리고 싶었습니다."

"아이고, 감사드립니다. 이거 독한 술 마시고 정신 잃는 건 아닌지 모르겠습니다."

차 중령은 그렇게 말하면서 자신의 눈치를 보고 있는 부하들에게 눈을 깜박인다. 술을 많이 마시지 말라는 지시이다. 독주를 마시고 취해버리면 실수할 수 있다. 그래서는 절대 안 된다. 부하들이 알아차렸다는 눈빛으로 대답한다.

차 중령의 옆에 바짝 다가앉은 아가씨는 눈을 곱게 내리깔고 앉아서 말없이 생선을 바르고 있다. 곁눈질을 하는 것이 차 중령의 눈치를 보고 있는 것 같다. 차 중령은 술상위에 놓여 있는 음식들을 눈여겨본다. 산해진미가 따로 없다. 돼지고기는 삶은 것과 두루치기한 것이 각각이며, 싱싱해 보이는 쇠고기 육사시미와 산적이 놓여 있고, 닭고기는 갖은 양념을 넣고 빨갛게 볶아서 냄비 가득 담아냈다. 어른 팔뚝만한 이름 모를 생선이 통째로 구워져있고, 가자미 같은 생선과 굴비가 한구석을 차지하고 있다. 문어숙회와 생선회는 큼지막하게 포를 떠서 초고추장과 함께 맛깔스럽게 올려와 있다. 각종 전과 콩으로 만든 과자, 찹쌀가루를 튀기어 꿀을 바르고 밥풀과 깨를 바른 산자 외에 콩고물을 입힌 인절미도 도자기 접시에 먹음직스럽게 담겨있다. 옅은 분홍빛이 감도는 전라도 특유의 홍어회도 찰진 모습으로 상 가운데 놓여 있다. 군침이 돈다. 차 중령은 전라도 사람들처럼 홍어회를 좋아한다. 물론 입천장이 벗겨질 정도로 많이 삭힌 홍어보다는 지금 상에 놓여있는 일부러 삭히지 않은 홍어회가 좋다. 배와 사과 등도 있고, 갖가지 나물 등속도 정갈히 담겨있는데 어림잡아 스무 개가 넘는 음식접시가 상을 채우고 있다. '이럴 줄 알았으면 저녁을 안 먹을 걸 그랬나?'라고 생각하며 속으로 웃는데 이장수 과장의 사투리가 섞인 목소리가 들려온다.

"아가들아, 서울서 오신 귀한 손님들이니 잘 모셔야 하니라. 술도 부지런히 쳐 드리고, 아양도 좀 떨어 보드라고…."

"야~~~"

네 명의 아가씨들이 합창한다.

술이 두 순배가 더 돌았지만 목석같은 서울 사람들은 옆에 앉은 아가씨들이 애교를 떨어도 곁을 주지 않고 가끔 젓가락질만 한다.

"누가 권주가를 좀 불러야 쓰겄다. 누가 헐래? 아, 백향이 니가 해봐라!"

분위기를 좀 올리려고 하려는지, 이장수 과장이 옆에 앉은 아가씨를 지목하자 그녀가 사각거리는 한복소리를 내면서 일어서서 눈을 살포시 감으며 고개를 숙인다. 꽃무늬 연분홍 저고리와 감색 단색치마를 입었는데, 입술은 도톰하고 이목구비는 옹기종기 모여서 작은 얼굴이다. 목소리를 가다듬는데 생각보다는 소리가 청아하고 깊게 나온다.

"지가 육자배기 한 소절 허겠습니다. 후렴은 동상들이 함께 허구요."

"박수~~~. 우리 백향이 명창 솜씨 좀 들어보자."

이장수 과장의 선동에 다들 손뼉을 친다.

"산이로구나 헤~~~"

백향이가 소리를 시작한다. 남도의 느릿한 진양조의 소리가 방안을 울린다.

이 과장이 젓가락으로 장단을 맞추는데 제법이다. 차 중령은 눈을 감고 노래를 들었다. 육박자의 느린 곡조는 어쩐지 슬프고 구성지면서 한스러움이 담겨있다. 느린 노래가사도 귀를 기울여서 들어보니 오시지 않는 님을 기다리는 여인의 애타는 심정이다. 육자배기라서 전라도의 무슨 걸쭉한 욕설이 나오는 민요인줄 알았는데, 여인의 한이 담겨져 꿈속에서도 오지 않고 있는 님을 그리워하는 애절함과 그러면서도 님을 향한 사랑은 영원히 변하지 않을 것임을 맹서하는 노래이다.

"차 과장님. 어찌 노래 맛이 어떠십니까?"

백향이의 소리가 끝날 때까지 눈을 뜨지 않고 육자배기를 듣고 있던 차 중령에게 이 과장이 넌지시 느낌을 묻는다.

"처음 듣는 노래지만 애틋한 정감이 가득한 것 같습니다. 좋습니다."

"아, 그렇습니까? 이 육자배기가 남도의 대표적인 민요입니다. 처음에는 요렇게 느린 장단으로 노래하다가 조금 빠른 자진육자배기가 돌고, 그 다음에는 점점 빠른 장단으로 노래가 이어집니다. 다 들으려면 한 30분은 들어야지요. 이 노래는 여인들의 슬픈 사랑가요, 이별의 아픔을 노래한 것입니다. 여기 전라도는 이런 아픔과 슬픔도 노래에다가 녹여서 불러버리고 맙니다. 남도의 풍류지요. 자, 차 과장님, 한 잔 더 하시지요."

차 중령은 이 과장의 말을 들으면서 엉겁결에 다시 술잔을 입에 가져간다. 연두색 저고리의 아가씨가 마른 굴비를 잘게 찢어서 고추장을 찍어 차 중령의 입에 넣어준다. 조금 매운 듯 달콤한 맛과 향이 쫄깃한 굴비의 식감과 더불어 입안에 차오른다.

술이 몇 순배 더 돌면서 차 중령은 얼큰하게 취기가 오르는 것을 느끼며 부하 장교들을 살폈다. 그들은 겨우 두 잔 술 정도만 마시고는 애꿎은 안주만 입에 넣고 있다.

화장실 핑계를 대고 밖으로 나온 차 중령은 차가운 공기를 쐬면서 하늘을 바라보았다. 서울의 하늘보다는 잔별들이 더 많은 것 같다. 유난히 밝은 북극성이 외로워 보인다. 거대한 계획이 진행되고 있고, 권력이 기다리고 있다. 그런데 지금 서 있는 이곳 광주는 어쩌면 조만간 혼란과 처절한 통곡소리가 넘칠 것이다. 마음이 착잡해졌다. 이 정감 있는 술자리, 아니 광주에서 빨리 빠져나가야 한다는 것을 깨달았다.

다음날 오전 11시쯤 차 중령 일행은 서울행 통일호 열차에 몸을 실었다. 웅성거리는 서울행 열차에는 전라도 사투리가 가득했다. 차 중령은 사람들의 얼굴을 유심히 바라보았다. 말투만 다를 뿐 서울사람, 경상도 사람과 차이나는 부분은 아무것도 발견할 수 없다. 얼굴 형태도 순박해 보이는 조선 사람의 얼굴이고, 어색하지만 서로 웃어주는 첫 만남의 수줍음도 우리네 마음이다. 차이가 없는데, 왜 우리는 언제부터인가 전라도 사람들을 경원시하게 됐는지, 왜 그들을 편견으로 대하는지, 차 중령은 스스로에게 의문이 일었다. 그는 자신이 기획하고 있는 공작도 전라도 사람들에 대한 이런 이해되지 않은 편견과 멸시에서부터 비롯된 것이 아닌가 하는 생각이 들었다. 다시 착잡함이 가슴을 압박한다. 그는 차창 밖으로 눈길을 돌린다. 기차가 막 출발하면서 광주역의 모습이 서서히 뒤로 남겨진다. 그는 속도를 내기 시작하는 기차처럼 지금은 멈출 수 없이 돌진을 할 수밖에 없는 자신의 처지를 자각하고는 눈에 힘을 주었다.

반란군들의 비밀회의

이학봉 대령은 매일 아침 8시면 사령부에 도착해서 밤새 일어났던 상황을 파악한다. 시시각각 전국 보안부대에서 올라오는 대공 관련 주요 정보나 수사상황은 빠짐없이 점검하고 있다.

그는 요즘 하루 5시간 이상 잠을 자 본 적이 없다. 보통 군인이라면 하루 8시간이 정해진 취침시간이지만 보안사령부에 근무하는 이 대령은 요즘 특급 공작에 매달리면서 일하고 있는 것이다.

그는 전두환 사령관이 신임하는 측근중의 최측근이다. 허화평 비서실이나 허삼수 인사처장은 정무적 차원의 보좌를 하고 있지만 이 대령은 대공처장의 보직을 맡고 있으면서 실질적인 공작의 책임을 도맡고 있다. 보안사에서 공작은 가장 중요한 일이다. 사실상 무에서 유를 창조하는 것이 보안사 업무다. 정보를 생산하고 분석하는 일부터 대공사건 수사, 방위산업 비리 수집, 영관급 이상 고급장교 및 장성들의 비리와 업무 일탈 행위 수집까지 군에 관련된 거의 모든 일들이 보안사 업무이다. 이들 작업은 모두 공작으로 일컬어진다. 이들 중요한 업무의 근간이 되는 것이 바로 '대전복 업무'다. 보안사는 적은 물론 군인과 민간인들이 정부를 전복시키려는 시도나 음모를 사전에 발각해서 잡아내는 임무를 수행한다. 물론 현직 대통령을 해치려는 것을 잡아내는 것도 포함된다. 이 때문에 보안사의 권한과 권능은 사실상 무소불위다.

　이학봉 대령은 자신의 책상 오른쪽 모퉁이에 놓여있는 '대공처장'이라는 명패를 바라본다. 여기에 오기까지 많은 우여곡절이 있었다. 그러나 이제 이 명패는 아무것도 아니다. 이 나라 최고 권력을 눈앞에 두고 있다. 지금도 거의 안 되는 것이 없다시피 할 정도지만 법률적으로 주어진 권한이 아니지 않은가. 진짜 권력을 쥐기 위해서는 치밀하고 완벽한 준비가 필요하다. 내부의 적들도 신경을 써야한다. '12·12' 신군부 세력에 대항하려는 움직임도 있을 수 있다. 군이 정치에 개입하면 안 된다는 소리를 하면서 몰래 전두환 사령관을 제거하려 한다는 소문도 있다. 그러나 말 그대로 소문인 것 같다. 감히 어느 놈들이 목숨을 내놓고 그런 짓을 한다는 말인가. 뒤에서 욕을 하거나 불만을 얘기하는 정도로 보인다. 그래도 만사 불여튼튼이다. 군과 민간에 세포처럼 촘촘하게 박혀있는 보안사의 신경망을 통해서 점검하고 있으니 큰 문제는 없을 것이다.

　오늘은 전두환 사령관을 대통령으로 만들기 위한 집권 시나리오를 점검하는 날이다. 전 사령관은 '12·12'가 성공한 뒤 은밀히 이학봉을 불러 '집권 계획'을 짜라고 지시했다. 그로부터 이학봉 처장은 수족 같은 차수일 중령과 두 명의 위관 급 장교를 데리고 전두환 사령관 대통령 만들기가 내용인 집권 각본을 만들고 있다. 특히 박정희 대통령의 5·16 쿠데타와 그 이후에 진행된 집권계획을 참고하면서 현 시대적 상황과 국제정세에 맞는 시나리오를 구상하고 있다.

전 사령관은 오늘 오전에 핵심참모들을 모아놓고 집권의지를 다시 한번 천명할 방침이다. 물론 전 사령관과 핵심참모들은 12·12 이전부터 군 권력 장악에 이어 집권을 해야 한다는 생각을 이심전심으로 갖고 있었고, 전 사령관과 참모들 각자 나름대로 준비해오고 있었다.

"똑똑똑!"

"들어와!"

문을 열고 들어 온 차수일 중령이 거수경례를 붙인다.

"충성!"

"그래. 이리 와서 앉아."

부드러운 이 처장의 목소리를 들으면서 차 중령이 회의실 탁자 앞에 놓인 의자에 앉는다.

"차 과장, 오늘까지 정리된 내용 가져왔나?"

"예, 처장님. 여기 있습니다."

차 중령이 내민 서류는 골판지로 만든 까만색의 결재 서류판에 담겨 있다. 서류판을 펼치자 '오동나무 공작'이라는 큼직한 제목의 빨간 글씨가 보인다. 이 처장은 서류를 몇 장 읽어보더니 고개를 끄덕인다.

"잘했어. 이따가 최종 점검할 때 다시 보도록 하자. 난 사령관님과 참모 회의를 끝내고 이동할 테니까 안가에 미리 가 있도록 해."

"네, 알겠습니다. 처장님. 이따 뵙겠습니다."

차수일 중령이 방을 나가고 얼마 되지 않아 사령관 비서실에서 '회의 시작 10분 전'이라는 연락이 온다.

*

"다들 모였나?"

중저음의 걸걸한 목소리가 조용한 사무실 안을 울린다.

"넵. 모두 참석했습니다. 충성!"

허화평 비서실장이 나직하면서도 또렷한 목소리로 대답하면서 경례를 붙인다.

별 세 개가 달린 모자를 쓴 전두환 보안사령관이 집무실 소파에 앉으면서 앞에 서 있는 군복차림의 남자들을 둘러본다.

세 명의 군인들은 부동자세로 서 있다.

"그래, 다들 자리에 앉아"

전두환 사령관이 손을 앞으로 내밀면서 앉으라는 시늉과 함께 말하자 세 명의 군인들이 각자 자리에 앉는다. 이들의 군복에는 각각 세 개의 국화 문양 계급장이 붙어있다.

함께 모인 이들은 전두환 보안사령관외에 그의 비서실장 허화평 대령, 인사처장 허삼수 대령, 대공처장 이학봉 대령이다. 이들은 12 · 12 군사쿠데타를 일으켜 대한민국의 권력을 사실상 거머쥐고 있는 신군부 세력의 핵심 인물들이다. 잠시 침묵이 흐른 뒤 전 사령관이 특유의 단호한 인상을 얼굴에 그리며 말한다.

"에~~. 오늘은 중대한 얘기들을 좀 해야겠어. 그동안 일주일에 한두 번 씩 부정기적으로 회의하면서 서로 의견들을 나눠왔는데, 오늘은 보다 좀 구체적인 의견들을 개진해 보도록 해야겠어."

전 사령관의 얘기에 세 사람의 참모들은 긴장된 얼굴로 각자 정면을 응시한다.

"화평이, 화평이가 먼저 얘기 좀 해 봐!"

전 사령관이 고개를 돌려 오른편 소파에 앉아있는 허화평 대령을 바라보면서 말한다. 허화평 대령이 자세를 고쳐 잡으며 전 사령관을 응시하고는 입을 연다.

"각하, 각하께서 의지만 보여주시면 됩니다. 저희는 그동안 마음의 준비를 다 해놓은 상태입니다."

전두환은 눈을 가늘게 뜨고 허화평을 바라본다. 그리고는 헛기침을 한 번 하더니 이번에는 왼쪽에 앉아있는 허삼수 인사처장을 바라본다.

"삼수 생각은 어때?"

"네, 저도 허 실장과 같은 생각입니다. 각하께서 지시만 내려주신다면 바로 앞장 설수 있도록 준비되어 있습니다."

허 처장도 질문을 기다리고 있었다는 듯이 즉각 대답한다.

허삼수 인사처장의 옆에서 묵묵히 앉아있던 이학봉 대령이 고개를 살짝 돌려 전두환 사령관을 바라보자, 순간 두 사람의 눈길이 마주친다. 전 사령관의 눈에서 안광이 쏟아지듯이 이학봉 대령의 얼굴에 꽂히고, 이어

전 사령관이 미소를 지으면서 고개를 몇 번 살며시 끄덕인다. 이 대령은 그 미소를 받자마자 두 눈을 부릅뜨면서 전 사령관을 마주 본다. 마치 무슨 결의를 내 보이는 것 같은 모습이다.

전 사령관이 다시 말문을 연다.

"그래, 다들 내 마음을 알고 있겠지만 오늘은 특별히 당신들과 마음을 나누면서 당부를 하고 싶어서 모이라고 했어. 당신들은 지금까지도 그랬지만 앞으로도 나하고 살아도 같이 살고 죽어도 같이 죽는 거야. 그러니 다들 마음을 굳게 먹고 흔들림 없이 일을 해 나가도록 하자고."

"넵, 알겠습니다."

세 군인이 동시에 대답한다.

"12월 거사 이후 군 장악은 잘 들 해왔어. 그런데, 이제 본격적인 공작을 실행할 시기가 된 거야. 우리가 뭣 하러 목숨을 걸고 혁명을 했겠나. 최고 권력을 잡지 못하면 말짱 도루묵이야. 알고 있지?"

전 사령관의 얘기에 세 사람은 아무도 말이 없다. 각자 대신 두 눈을 부릅뜨고 전 사령관을 바라보고 있다. 허화평 대령이 입을 달싹거리려는 순간 전 사령관이 말한다.

"허 실장이 지금까지 논의한 우리의 기본구상에 대해서 설명해 봐. 허 실장이랑 삼수, 학봉이가 함께 논의하면서 짰다지만 오늘 다시 한 번 머릿속에 깊이 박아두고 구체적인 계획을 만드는데 참고하라는 의미에서 발표하게 하는 거야."

허화평 실장이 자리에서 일어나자 전 사령관이 손을 들어 제지하면서,

"아, 앉아. 앉아서 말해봐!"

"네, 사령관님. 지금까지 집권을 위해 수립한 기본계획을 말씀드리겠습니다.

첫째, 군사 분야의 장악입니다. 지지 및 지원세력으로 분류되는 군 인사들을 수도권과 주요 부대 지휘관으로 보임시켜서 든든한 방비를 세움과 동시에 향후 예상되는 작전에 신속하고도 유용하게 활용할 수 있도록 합니다. 이에 따른 수도권 부대 및 공수특전사 병력들에 대해 데모진압을 목적으로 하는 '충정작전' 훈련은 이미 시행하고 있습니다.

둘째, 이른바 민주화를 요구하는 세력들에 대한 대응 및 제거입니다. 정치권과 재야인사, 대학가를 중심으로 한 신군부의 퇴진 및 대통령 직선제 개헌 등 이른바 '민주화 정치일정' 제시 등을 요구하는 세력들을 제압해서 제거하는 문제입니다. 이 부분에 대해서는 관련자들에 대한 정보 수집을 착실히 진행하고 있으며 제압시기를 기다리고 있습니다.

셋째, 대학생들에 대한 문제입니다. 개학을 하는 3월부터 대학가 시위가 시작될 것이며 5월 초가 최대 분수령이 될 것으로 예상됩니다. 이를 진압하는 작전을 주도면밀하게 세우고 있습니다.

넷째, 전체 국민들을 상대로 한 공작입니다. 우리의 집권계획이 순조롭게 진행되기 위해서는 국민들에게 신군부의 집권 당위성을 인식시켜야 합니다. 재야 및 정치권, 대학생들의 직선제 요구를 비롯한 헌법 개정 주장을 꺾기 위해서는 일반 국민들이 수긍할 수 있는 상황이 만들어져야 합니다. 이상입니다."

"음, 수고했어. 계획을 짜는데 차질이 없도록 하라고! 그리고 학봉이, 학봉이가 공작 기획력이 뛰어나니까 앞으로 본격적인 실행 계획을 짜 보도록 해. 지금까지도 학봉이가 많이 해왔잖아. 12 · 12 때에도 학봉이가 정승화 총장 연행 계획을 짰었지? 안 그래?"

전 사령관의 말이 끝나자마자 이학봉 처장이 앉은 자리에서 부동자세로 대답한다.

"네, 사령관님. 알겠습니다."

"그래 좋아, 아주 좋아!"

전 사령관이 얼굴에 흡족한 미소를 띠면서 이학봉 대령과 두 허 대령을 번갈아 바라보면서 말을 잇는다.

"학봉이는 화평이 삼수와 함께 의논해서 계획을 잘 만들어 봐. 아, 그리고 말이야, 앞으로는 보다 보안을 철저히 하도록 해!

"넵, 명심하겠습니다."

세 명의 대령이 역시 동시에 대답한다. 그리고는 허화평 실장이 조심스레 말을 꺼낸다.

"저 사령관님, 앞으로 저희 팀에 정보처장 권정달 대령을 합류시키는 것이 어떻겠습니까?"

허 실장의 말을 들은 전 사령관이 손가락으로 코를 만지면서 멋쩍은 미소를 지으며 말한다.

"아, 그건 내가 이미 지시해놨어. 정보처장이 모든 해외정보뿐 아니라 국내 유력 정치인들의 행보를 포함한 정보를 다 갖고 있으면서 분석하고 있으니 우리 공작에 절대적으로 필요하단 말이야. 그렇지 않아도 지금 회의 때 들어와서 보고하라고 했어."

권정달 처장을 추천한 허화평 실장이나 전두환 사령관의 답변을 듣던 다른 두 처장들도 속으로 놀란다. 모든 것을 자신들에게만 의지하는 것 같은 사령관이 나름대로 독자적이고 은밀한 판단과 지시를 진행하고 있었던 것이다. 단순한 성격의 소유자라고만 알려진 전 사령관의 마음과 머릿속은 자천타천 최고의 참모라고 여겨지던 세 사람보다 사실상 한수 위에서 생각하며 판단하고 있다는 것을 핵심참모들이 새삼 느끼는 순간이다.

전 사령관이 비서실로 연결된 수화기를 들고 권정달 정보처장을 들여보내라고 한다. 권정달 대령이 회의실로 들어와 전 사령관에게 거수경례를 붙인다. 세 사람의 대령들도 자리에서 일어나 권 대령을 맞는다. 권 대령은 하나회 소속도 아니고 전 사령관 핵심참모는 아니었지만 이들 세 대령의 육사 선배이다.

"아, 권 처장 어서 와. 앞으로는 이 핵심참모 회의에 참석하도록 해. 다들 권 처장을 신뢰하고 있으니 호흡을 잘 맞춰보라고. 알겠어?"

"네, 알겠습니다. 사령관님."

권 처장이 즉각 답변을 하고는 세 대령을 둘러보면서 가볍게 목례를 하고, 그들도 목례로 답한다.

다시 전 사령관이 말한다.

"권 처장, 지난번 지시했던 시국수습방안이라는 것을 좀 보고해봐. 여기 있는 사람들은 모두 죽을 때까지 함께 가야할 동지야. 일도 같이 공유하면서 의견도 허심탄회하게 개진하라고. 어서 보고해 봐!"

지시를 받은 권정달 처장이 서류철을 열어 보고를 시작한다.

"네, 사령관님. 지난번 지시하신 대로 시국수습방안을 검토해봤습니다. 국내 정치 및 학원가 상황이 매우 유동적이기 때문에 시국수습을 하면서 집권계획을 차질 없이 진행하기 위해서는 첫째, 계엄령을 전국으로 확대해서 국내 모든 상황을 계엄사령관이 관리해야 합니다. 물론 계엄사령관은 사령관님께서 사실상 지휘 감독하셔야 하고요. 둘째, 국회를 해산해야 합니다. 만약 국회에서 계엄을 해제해야 한다는 의결을 하거나, 전국계엄 확대를 반대하는 행위를 하려 한다면 자칫 상황관리에 차질이 빚어질 수도 있습니다. 셋째, 집권일정을 보다 구체화하기 위한 비상기구를 설치해야 합니다. 이 비상기구는 계엄 하에서든지 아니든지 향후 국정의 모든 부분을 관리할 수 있는 기구가 되어야 합니다. 모든 추진 일정을 비롯한 보다 자세한 부분에 대해서는 추후 보고를 올리도록 하겠습니다."

권 처장의 보고가 끝나자 전 사령관이 말을 이어간다.

"모두 잘 들었지? 앞으로도 정치적인 부분에 대해서는 권정달이가 주도해서 다른 참모들과 함께 잘 만들어 보도록 해!"

그리고는 자신을 바라보고 있는 네 명의 충성스런 참모들과 일일이 눈을 마주치면서 고개를 끄덕여준다.

"난 당신들만 믿어. 잘 해보자고. 오늘 모두 수고 많았어."

회의를 마무리하고는 전 사령관은 모자를 벗어서 윤이 나도록 벗겨진 대머리를 한 번 가볍게 쓰윽 쓰다듬는다. 그는 유난히 대머리가 심해서

실내에서도 가급적 모자를 벗지 않는다.

부하들이 사무실에서 나가자 전 사령관은 지휘봉을 든 채로 집무실 안을 서성거린다. 창밖으로 보이는 사령부 정원에는 나뭇잎들이 거의 떨어지고 없는 벌거숭이 나무들이 오들오들 떨고 있다. 화단에 있는 키 작은 사철나무 몇 그루는 겨울 햇빛에 푸른 잎사귀를 반사하며 반짝거리고 있다.

전 사령관은 문득 집무실에 걸려있는 달력을 바라본다. 1980년 2월의 달력이 보인다. 오늘이 벌써 2월 5일이다. 2월 16일에 동그라미가 그려져 있다. 음력설을 표시해 놓은 것이다. 그러고 보니 설날이 오려면 열흘밖에 남지 않았다. 불현듯 어렸을 적 느꼈던 명절 분위기가 그리워진다. 가난했지만 명절 때만큼은 더 없이 행복했다. 그런데 일제 때 일본 놈들이 음력설 쇠기를 금지한 것을 지금 정부에서도 금하고 있지만, 민간에서는 아직도 여전히 설날로 지내고 있다. 농경사회에서 음력설은 한 해 농사의 마감과 새로운 시작 사이에서 가장 풍요로운 시간이다. 어렸을 적 설날부터 대보름날까지 실컷 놀았던 기억이 새삼 떠오른다. '내가 대통령이 되면 음력설을 쇠도록 해야겠어.'라는 엉뚱한 다짐이 전 사령관의 맘속을 맴돌고 있다.

전 사령관은 얼굴에 희미한 미소를 지으면서 다시 창밖으로 눈길을 돌린다. 지난 몇 달간의 일들이 기억 속에서 튀어나와 펼쳐진다.

군 권력을 장악한 작년 12월 12일 밤부터 숨 가쁘게 달려온 지 두 달이 다 되어가고 있다. 아니 시작은 작년 10월 26일 밤부터였다. 예기치 않게 박정희 대통령이 중앙정보부장 김재규가 쏜 총탄에 서거하면서 혼란이 시작됐고, 보안사령관으로서 군 정보를 손바닥 들여다보다시피 하는 이점을 살려 순식간에 상황을 장악했다.

당시 하나회는 사실상 수도권 군 권력을 장악하고 있었다. 하나회의 중심세력인 전 보안사령관은 진즉부터 '하나회가 정치군인'이라는 비판에 직면했고, 여러 차례 숙정의 대상으로 떠올랐지만 용케 위기를 모면해왔다. 그러면서도 항상 권력의 언저리서 호시탐탐 기회를 엿보았고, 갑작스런 박 대통령의 서거로 권력의 욕망을 채울 기회를 순식간에 잡았다.

한국의 권력은 역시 대통령이 있는 청와대가 중심이지만 청와대를 받쳐주는 곳은 중앙정보부와 보안사령부이다. 중정과 보안사 두 기둥이 대통령의 손발 노릇을 하고 있던 차에 갑자기 대통령이 중정부장에게 시해되면서 자연스럽게 보안사가 상황을 주도하는 판국이 벌어진 것이다.

전 사령관은 그때부터 마음 저 밑바닥에 항상 숨겨왔던 정치권력에 대한 욕망을 드러냈고, 그를 따르는 보안사 참모들을 중심으로 거사를 준비했다.

보안사는 군 내부 사정을 어느 조직보다도 잘 파악하고 있었다. 모든 군 조직에 관여하고 있는 보안사는 특히 영관급 장교부터 장군들까지 모든 군 인사들에 대한 존안자료를 갖고 있다. 태생부터 시작해서 친인척관계, 친구관계, 여자문제, 재산축적상황 등 하나부터 열까지 모두 꿰고 있다. 보안사에는 통신부대가 별도로 조직되어 있어서 모든 부대 및 부대장들의 통신을 도청 및 감청하고 있다. 여기에 미행과 추적, 내부 제보를 통해서 모든 부대장들의 일거수일투족을 항시 들여다보고 있는 것이다. 부대 이동상황도 당연히 보안사로부터 사실상의 허가를 받아야 가능하다. 이렇다보니 보안사 눈 밖에 나면 군 생활은 끝이라는 게 정설처럼 되어 있다. 군 간부들은 보안사의 감시에서 절대 벗어날 수 없다.

보안사의 막강한 권한은 단지 군에만 한정돼 있지 않다. 모든 정부기관에도 보안사의 힘은 절대 권력으로 군림한다. 간첩죄를 수사한다는 명목으로 들이대면 행정조직이든 민간인이든 아무도 대항하지 못한다. 아무나 끌고 와서 때리고 고문하고 의도하는 진술을 받아내기도 한다. 간첩이 아니면 그만이다. 대공수사 명목이 아니라도 보안사의 사찰과 감시는 군뿐만 아니라 사실상 행정조직과 민간조직까지 관장하고 있다. 보안사의 주요기능인 '대전복 업무'를 활용해서다. 유력 정치인과 정당도 모두 보안사의 정보 먹잇감이다.

이런 상황에서 급작스런 대통령의 사망은 보안사령관인 그에게 날개를 달아줬다. 게다가 김재규 중앙정보부장과 그를 따르던 몇몇 중정요원들이 대통령 시해 및 반란죄로 체포되면서 중앙정보부는 패닉상태에 빠졌고, 사실상 무장해제 되었다. 조직이 유명무실해진 것이다. 주인을 잃은 청와대는 비서실장을 포함해 대부분이 오뉴월 보리껍데기로 전락했고, 이때부터 대한민국에서 보안사가 유일한 권력의 축으로 등장한 것이다. 그는 이제 보안사령관에다 대통령시해사건 합동수사본부장이라는 권력까지 거머쥐고 있다.

권력은 더 많은 권력을 요구하고 더 높은 권좌로 오르려는 속성을 갖고 있나보다. 그도 10 · 26 당시에는 대통령의 유고로 인해 혼란한 국가를 바로잡자는 생각에서 출발했을 수 있지만 막강한 권력이 손아귀에 들어오자 마음속에는 더 크고 확실한 권력욕이 자리 잡은 것이다. 대권을 잡아보자는 욕망이다.

전 사령관은 소파로 돌아와 자리에 앉아 헛기침을 두어 번 하면서 눈을 감는다. 그는 대통령이 되기 위해서는 이제부터 제대로 해야 한다는 생각을 한다. 부하이면서 동지가 된 보안사 간부들과 하나회 멤버들을 주축으로 쿠데타에는 성공했지만 이는 정상적인 헌법상 권력이 아니다. 아직 최규하 대통령이 건재하고 야당 정치인들과 국민들은 직선제로 대통령을 뽑자고 난리들이다. 최규하 대통령이야 적당한 시기에 하야 시키면 그만이지만 그 이후가 문제다. 만약 야당과 국민들의 요구대로 직선제 대통령 선거를 한다면 이길 수 있는 확률이 거의 없다. 유신체제처럼 무조건 통일주체국민회의에서 대통령을 뽑아야 한다. 체육관에 모인 대의원들을 공작하는 것은 어렵지 않다. 박정희 대통령이 영구집권을 위해 만들어 놓고 써먹은 것을 그대로 써먹어야 한다.

전두환 사령관은 눈을 뜨고는 다시 소파에서 일어난다. 집권을 위한 계획을 짜면서 나름대로 여기저기 조언을 받고는 있지만 어떤 때는 막연하기도 하다. 무슨 교본이 있는 것도 아니고, 경험자로부터 조언을 들을 수 있는 것도 아니어서 오직 핵심참모들에게만 개별적인 지시를 해 가면서 계획 수립을 정리해가고 있다.

그러는 중에서도 언뜻언뜻 불안감이 엄습해온다. 그는 천천히 몇 걸음 걷다가 소파로 다가와서 오른손에 쥔 지휘봉을 강하게 붙들고는 소파를 몇 번 두들긴다. '어떻게 하는 것이 좋은가? 야당과 국민들의 직선제 요구 만큼은 어떻게 해서든지 막아야 하는데….'

"이게 문제야, 문제…."

혼잣말을 하던 전 사령관은 책상으로 가서 전화기를 들고 부관을 부른다.

"각하, 부르셨습니까?"

부관이 들어와서 거수경례를 하고는 하명을 기다린다.

"그래, 아까 나갔던 이학봉 처장 좀 오라고 해!"

"네, 알겠습니다."

"아, 전화로 하지 말고 직접 가서 데리고 와."

"넵"

부관이 나가자 전 사령관은 책상 의자에 앉았다. 책상위에는 12ㆍ12 거사 때 참여한 군 인사들의 직위와 직책, 그리고 기여도가 정리된 자료가 놓여있다. 전 사령관은 표지를 열고 자료들을 훑어본다. 대부분 하나회 선후배들로 구성된 인물 들이다.

노크소리가 들린다.

"들어와"

"각하, 부르셨습니까?"

대공처장 이학봉 대령이 거수경례를 붙이면서 인사를 한다.

"그래, 이리 와서 앉아."

전 사령관은 그렇게 말하고 자신도 소파로 가서 자리를 잡는다. 이학봉 처장이 긴장한 얼굴로 전 사령관을 바라본다. 그는 한 시간 전 회의를 하면서 지시받은 사항에 대하여 사무실로 돌아가 이미 작성을 시작한 문건의 내용을 되새김하고 있었다. 공작 명은 '오동나무'이다. 전두환 사령관이 헌법상 정상적인 권력자, 즉, 대통령이 되기 위해서는 공작이 필요했고, 그 공작의 개념과 구체적인 계획이 작성되어야 한다.

전 사령관은 정치일정을 비롯한 정치공작에 대해서는 권정달 정보처장에게 맡겼다. 전 사령관이 부하들에게 점조직 형태로 직접 특별지시를 하는 것은 대충 알고 있었지만 이미 권 처장에게 그토록 깊숙한 내용을 주문한 줄은 꿈에도 몰랐다. 나만 오직 사령관의 심복이라고 생각했던 자만과 오류는 금물이라는 생각이 들었다. 사실 권 처장이 들어와서 스스럼없이 보고할 때 이 처장은 자신은 물론 허 실장과 허 처장 모두 놀라는 눈치였다. 자타가 공인하는 최고의 핵심참모로 인정받는 두 허 씨의 눈이 휘둥그레졌다가 이내 평정심을 찾는 것을 본 이 처장의 마음도 잠깐 썰렁했었다. 전 사령관은 보이지 않은 손으로 심복들 간 충성 경쟁을 시키고 있는 것이다.

어쨌든 권 처장은 국내 정치상황을 손바닥 들여다보듯 파악하고 있다. 국회와 여당은 물론 야당의 지도자급 인사들의 일거수일투족을 사찰을 통해 모두 수집해서 분석하는 업무는 기본이다. 여기다가 감청과 도청까지 동원해서 정치인들을 감시하고 있어서 누구보다도 국내정치 판세를 읽고 대처 방법을 강구하는 데는 최고의 적임자로 보였다.

전 사령관은 이학봉 대공처장에게는 집권을 위한 전체적인 구도를 짜고, 이를 실현할 수 있는 구체적인 현장 실행 공작을 맡기고 있다. 특히 수시로 변하고 있는 국내 반발세력에 대한 대처방안을 마련하는 것도 이학봉 처장의 몫으로 안겨주었다.

전 사령관이 부르는 소리가 들린다.

"학봉이!"

"네, 사령관님."

잠시 생각에 젖어있던 이 처장이 얼른 대답한다.

"내가 말이야, 요즘 잠이 잘 오지 않은 이유가 있어."

전 사령관의 말에 이학봉 처장이 아무런 대답을 하지 않고 다음 말을 기다린다.

"이거 말이야, 일은 벌여놨고 이제 와서 돌이킬 수도 없게 됐어. 우리 모두 정신 바짝 차리지 않으면 모두 허망하게 죽는 수가 있다 이 말이야."

전 사령관의 말에는 비장함이 묻어나 있다. 평소 이런 말을 하지 않는 사령관이 죽음 운운하는 말을 하자 이학봉 처장도 새삼 비감한 마음이 든다. 무슨 운명처럼 또는 하나의 업무처럼 전 사령관을 따랐지만 기실 국가적으로는 반역이고, 반 헌법적인 일에 깊숙이 가담해버리고 만 것이다. 그러나 주사위는 이미 던져진 것이고 이제 와서 중단하거나 주저해서는 안 될 일이다. 어떻게 해서든지 성사시켜야 하고 만약 성공하지 못한다면 그것은 곧 죽음을 의미하는 것이다. 역사적으로도 성공한 쿠데타는 혁명으로 일컬어지며 부귀영화를 누리지만 실패하면 만고의 역적이 되는 것이다. 이 처장은 자신도 모르게 입술을 깨물고 있다.

다시 전 사령관의 목소리가 들린다.

"학봉이 자네가 잘 만들어 봐. 전체적인 그림은 이미 나왔잖아. 그러나 그것을 실현할 수 있는 구체적인 공작이 필요해. 당신이 그래도 공작 기획력이 가장 뛰어나잖아. 주변에서는 당신을 능가할 사람이 없어. 내가 이렇게 믿고 있다는 것을 명심하고…."

"네, 각하. 명심하고 임무 수행하겠습니다."

"그래야지. 그리고 말이야, 내가 가장 걱정스런 부분이 첫째는 우리 군 내부에서 다른 움직임이 있는 것을 잘 감시해서, 있다면 사전에 포착해야 한다는 것이고, 둘째는 집권이 순조롭게 진행되기 위해서는 야당과 대학생, 일부 국민들의 직선제 개헌 요구에 확실한 재갈을 물려서 그런 소리가 나오지 않도록 하는 것이야. 두 번째 부분은 자네가 맡아서 잘 만들어 봐. 알겠나?"

전 사령관의 다소 장황한 말이다. 그것도 조리 있게 말하는 것이 전과는 다르다. 전 사령관은 원래 육사에서부터 골키퍼를 맡아 축구선수로 활약했다. 문인이 아닌 무인 기질이 확실해서 긴 사설을 늘어놓는 경우는 거의 없다. 그런 사령관이 나름 길게 얘기를 한 것은, 그것도 첫째, 둘째를 열거하면서 말하는 것은 그만큼 스스로도 고심하면서 나름대로 많은 준비를 단단히 하고 있다는 반증이다.

"네, 사령관님. 그리고 너무 걱정하지 않으셔도 됩니다. 그동안 지시하신대로 집권계획에 대한 공작을 마련하고 있지만 지금부터는 보다 전략적이고 치밀한 계획이 필요하다고 생각됩니다. 실행계획에 대한 공작 시나리오를 만들어서 보고 드리겠습니다."

"그래, 학봉이만 믿어. 내가 당신만 보면 마음이 든든해. 앞으로도 계속 많은 역할을 해줘야 한다고."

사무실로 돌아온 이학봉 처장은 책상 앞에 앉아서 심호흡을 한다. 이제는 돌이킬 수 없는 길에 들어섰고, 이제 그 길을 끝까지 가야하는 운명을 짊어졌다고 생각한다. 그는 두 손을 서로 맞잡아 깍지를 끼고는 턱에 대고 생각에 잠긴다. '이제부터 역사를 새로 쓰는 작업을 하는 것이다. 내가 만드는 것이 역사고 그렇게 만들어져야 내가 사는 길이다. 역사의 수레를 만들어 바퀴를 굴러가게 해야 한다. 수레를 뒤에서 미는 사람도 있고, 앞에서 끄는 사람도 있지만 역사의 수레위에 타고 가는 사람 중에는 나도 함께 있어야 한다. 때로는 우리가 탄 수레가 굴러가다가 바퀴에 깔리는 사람도 있겠지만 그건 어쩔 수 없다. 그게 세상의 이치이니까'

이학봉 처장은 책상 오른쪽 서랍을 열쇠로 열고 공책을 꺼낸다. 아침에 차수일 중령이 가져온 회색공책 표지에는 공작 명 '오동나무'라는 붉은 글자가 굵게 쓰여 있다. 표지를 열자 그동안 틈틈이 협의해서 작성해 온 공작 개요가 담겨있다. '오동나무'는 '봉황'이 앉는 나무이기도 하다. 전두환 사령관이 헌법상 대통령으로 취임하기까지 필요한 계획과 그에 따른 시나리오를 잘 만들어야 한다. 그 내용이 '오동나무'이다. 전두환이라는 봉황이 안전하게 앉도록 오동나무를 잘 키우고 다듬어야 한다. 공작 내용은 아직 미완성이지만 뼈대는 만들어졌고, 조금 더 살만 붙이면 될 정도가 되었다.

이 처장은 12 · 12 쿠데타 때는 중령으로서 보안사령부 대공과장을 맡고 있었다. 그럼에도 정승화 총장 연행계획 수립 등 거사의 중요 임무를 수행했다. 쿠데타 이후 기획능력이 탁월한 그를 전두환이 직접 발탁해서 대령으로 승진시키고 대공처장을 맡겼다. 이때부터 전 사령관의 권력을 향한 의지와 행보를 간파했고, 보다 구체적이고 실현가능한 공작을 구상하기 시작했다. 그의 곁에는 15년 전부터 형제처럼 지내는 고교 및 육사 후배 차수일이 있다. 기획능력도 뛰어나지만 충성심과 보안강도가 매우 높아 믿음직하기 그지없다.

이학봉 처장은 12 · 12의 아찔했던 상황을 잘 알고 있다. 그의 판단으로는 12 · 12혁명은 처음부터 치밀하고 완벽하게 시작하지 못했다. 말 그대로 엄벙덤벙 시작했다가 막판에 큰 위기에 봉착하기도 했다. 정병주 특전사령관을 비롯한 진압군들을 제압하지 못했더라면 꼼짝없이 당할 뻔 한 것이다. 이 같은 상황이 연출된 것은 치밀한 사전준비와 세심한 공작이 부족했기 때문으로 그는 분석했다. 어쨌든 일단 성공해서 여기까지 왔지만 앞으로가 문제인 것이다. 군사행동이야 어찌 보면 단순하다. 일사불란한 군 조직의 특성을 이용해서 중요 기관을 장악하고 거점을 확보하면 상황이 일단락된다. 반항하거나 동조하지 않는 군 세력은 가차 없이 진압해서 본때를 보이는 방식으로 위세를 보여준다. 지휘관들은 특성상 상황판단이 빠르다. 일단 한쪽으로 판세가 기울어지면 쉽게 동조하거나 항복한다. 아프리카 등 제3세계의 국가들에서 쉽게 군사 쿠데타가 일어나는 것은 이 같은 군의 특성 때문이기도 하다. 그러나 그 이후가 문제다. 이학봉 처장은 '이제부터가 헌법상 권력을 잡기위한 치밀하고도 가차 없는 진짜 공작이 필요한 때'라는 생각을 한다.

그는 벌떡 일어서더니 노트를 가방에 챙기고 사무실을 나섰다. 현관 옆 주차장으로 향하는 길에 막바지 겨울바람이 매섭게 그의 얼굴을 훑고 지나간다. 대기된 차에 올라타자 운전병이 돌아본다.

"호텔로 가자."

이 처장의 한 마디에 운전병은 차를 출발시킨다. 이 처장이 탄 차는 사령부에서 멀지 않은 서울시내 K호텔에 마련된 안가(安家)로 향했다.

전두환의 야심

지난 주말 내린 눈이 다 녹지 않고 얼어 있다. 많은 눈이 내린 것은 아니지만 추운 날씨로 땅바닥이 얼고 나무에도 눈이 얼어붙어 2월 중순이 가까운데도 동장군의 위세를 느낄 수 있다.

전두환 사령관은 삼청각으로 향하는 승용차 뒷좌석에 앉아 깊은 생각에 잠겼다. 작년 12·12 거사에 함께했던 동지와 군 선배들을 격려해 주러 가는 길이다. 오늘은 육사 동기생인 노태우와 박준병, 그리고 유학성, 황영시, 차규헌 등 군 선배들, 박희도, 최세창, 장기오, 장세동, 김진영 등 후배와 참모들까지 모여서 모처럼 질탕하게 마셔볼 생각이다. 대부분 현역 장군들이고 영관급 고위 장교들로서 앞으로 집권을 하면 나름 많은 역할을 담당할 사람들이다. 후배들은 대부분 하나회 소속이다. 대한민국 대통령이 되기까지 이들의 전폭적이고 지속적인 협조가 필요하다. 선배들은 잘 모시면서 내 사람으로 만들고, 동기들과 후배들은 충성스런 부하로 중요한 시기에 나를 위해 힘을 합치도록 해야 한다.

자신을 중심으로 모여 있는 군인들은 나름대로 권력욕을 가지고 있기 때문에 만일의 사태에도 철저한 대비가 필요하다는 것도 전 사령관은 계산했다. 이미 중요한 군 인물에 대해서는 도청과 미행 등의 방법으로 물 샐 틈 없는 감시망을 구축, 운용하고 있다. 한편으로는 이들 군인들 중 상당수는 새로 짤 정치판에 입문시켜서 정치 친위대로 활용할 생각이다. 그런데 상명하복과 단순한 업무에 길들여진 군인들이 정치를 하다보면 문제를 일으킬 소지가 많다. 세밀한 사전교육도 필요하다. 정치판에는 기존 공화당 일부 정치인들을 회유하고 설득해서 우군으로 써 먹어야 한다.

전 사령관은 이런 저런 것들을 생각하다가 고개를 흔들었다. 지금 이런 이야기들은 이학봉, 허화평, 권정달 등 부하들이 설명을 해준 내용이지만 아무래도 세밀한 계획을 짜고 공작을 하는 것은 체질에 맞지 않는다. 민주적인 절차와 행정적 절차를 다 따지다 보면 어느 세월에 대통령이 된단 말인가.

전 사령관은 헛기침을 하면서 인상을 찌푸렸다. 운전병과 앞자리 조수석에 탄 부관이 긴장한 듯 자세를 고쳐 잡는다. 복잡한 생각만큼이나 그의 최근 일정은 정신없이 바쁜 나날이다. 오늘도 보안사령부와 합동수사본부, 안가를 오가면서 보고를 받고, 회의를 하고, 쉴 새 없이 돌아가는 일정에 어떤 때에는 정신이 멍하기도 하다.

그런데 한편으로는 권력의 힘과 맛을 느끼는 순간도 많다. 두 달 전인 작년 12월 12일에 군 권력을 완전히 장악했고, 이제는 대한민국에서 사실상 최고의 권력자이다. 최규하 대통령이 있지만 허수아비일 뿐, 감히 내 말을 거역하지 못한다. 군과 민간정부를 포함해서 자신의 힘이 미치지 않는 곳은 거의 없다. 경제계에서도 돈 가방을 들고 서로 줄을 대려고 안달이다. 권력을 잡으니 돈은 저절로 굴러들어온다. '권력의 맛이 바로 이런 것이구나.'하는 생각이 절로 든다. 전 사령관의 목에는 힘이 들어가고 얼굴에도 흐뭇한 미소가 번진다.

전 사령관의 차가 삼청각 앞에 멈췄다. 성북동에 있는 삼청각은 70년대 초부터 유력 정치인들이 술을 마시면서 정치를 하는 요정이다. 요정정치라는 말이 여기서 나왔다. 한옥 건물 안에 만들어진 요정에는 한복을 곱게 입은 여자들이 손님들에게 갖은 아양을 떨면서 술과 음식을 판다. 세상의 예쁜 여자들은 다 뽑아서 데려왔을 성 싶도록 술시중을 드는 여자들은 미모도 빼어나고 제법 세련된 자태를 갖췄다. 국악을 한마디씩 하는 여자들도 있는 대한민국 최고급 요정이다. 이곳에서는 비밀 얘기를 하면서 술을 마시고 갖은 음탕한 짓을 해도 밖으로 새나가지 않을 정도로 나름 보안을 잘 지켜준다. 그래서 정치인들이 자주 이용한다. 여·야 간 비밀협상을 하거나 상대방을 회유하려고 할 때 자주 이용하는 곳이기도 하다. 1972년에 남북적십자회담이 이곳에서 열렸고, 한일회담 막후 협상 장소로도 이용됐던 곳이다. 전 사령관 자신도 자주 드나든다.

대기하고 있던 보안사 요원들이 차문을 열자 승용차에서 나온 전두환 사령관은 고개를 끄덕이며 주위를 둘러봤다. 전 사령관 특유의 모습이다. 보안사 소속 요원들이 쫙 깔려서 철통같은 보안과 경비태세를 갖추고 있다.

삼청각 현관 앞에는 허화평 비서실장이 대기하고 있다가 거수경례로 전 사령관을 맞았다. 한복을 곱게 차려입은 삼청각 마담도 허 실장 뒤에 서 있다가 공손하게 전 사령관을 맞이한다.

전 사령관이 방에 들어서자 미리 와 있던 12·12 동지들이 모두 일어서서 맞는다. 황영시와 유학성도 군 계급으로는 상관이면서 선배지만 전 사령관을 깍듯하게 대한다. 계급사회인 군대에서 후배이면서 하급자인 전 사령관을 보스 모시듯 하는 모습이다. 육사동기생이면서 친한 친구사이인 노태우도 전두환에게는 존댓말을 쓴다. 이미 이들 사이에서 전두환은 계급에 상관없이 보스이면서 최고의 권력자로 군림하고 있는 것이다.

전두환 사령관이 자리에 앉으면서 본격적인 술판이 벌어진다. 고급 수입양주인 시바스리갈 12년산이 그의 손에 잡혀서 이 사람 저 사람 잔에 술을 채운다. 그리고 전 사령관이 건배사를 한다.

"에~ 오늘 선배님들과 친구, 동지들이 함께 자리를 해주셔서 정말 감사합니다. 그동안 애써주신 여러분들의 노고에 감사를 드리며, 앞으로 우리가 대한민국을 위해서 더 크고 많은 일을 하도록 다짐하는 자리입니다. 자 모두 쭈~욱 듭시다. 건배!"

전 사령관의 건배에 맞춰 참석자들이 "건배!"를 합창한다. 이어 박수 소리가 나고, 군인들 옆자리에 앉은 여인들이 인사를 하면서 술을 따르느라 부산하다. 한동안 서로 술을 권하고, 마시고, 입에 안주를 넣어주고 하는 법석이 지나고 분위가 조금 차분해지자 유학성 장군이 전두환을 바라보면서 말한다.

"전 사령관, 우째 목표대로 일정은 잘 만들어가고 있습니까?"

경북 예천이 고향인 유 장군이 사투리를 섞어서 의미 있는 질문을 한다. 순간 다른 사람들도 술잔을 놓고 다들 전 사령관을 바라본다. 전 사령관이 입술을 한 번 꾹 다물었다가 입을 연다.

"네, 선배님. 잘 만들어가고 있습니다. 아마 조만간, 에 또, 며칠 안으로 구체적인 계획이 만들어지고, 그대로 진행이 될 겁니다. 다들 협조를 잘 해 주십시오. 부탁드립니다."

전 사령관의 거들먹거리는 투의 말이 끝나자 노태우가 나섰다.

"아, 그렇습니까. 이거 축하드릴 일입니다. 우리 전 사령관님의 계획이 차질 없이 진행되고 꼭 성공하도록 박수로 성원하는 것이 게 어떻습니까?"

너스레까지 떨면서 박수를 유도한다. 전 사령관을 제외한 참석자 모두와 시중드는 여인들이 모두 손바닥이 아프도록 열심히 손뼉을 친다. 전 사령관이 손을 들자 박수 소리가 그치고, 헛기침 소리를 내며 답을 한다.

"감사합니다. 자, 모두들 한잔 하십시다."

그의 굵은 음성이 술상 위에 울린다. 그날 밤, 일행들의 술판은 질탕했고, 술을 마시는 사람들은 질펀했고, 손버릇 나쁜 남정네로 인해 고운 한복 치맛자락을 단속하던 여인네들의 얼굴은 남몰래 찡그려졌다.

공작 명, '오동나무'

서울 시내에 있는 K호텔 12층에 있는 보안사 안가에서는 이학봉 대공처장이 세 명의 사복 군인들과 함께 은밀한 작업을 하고 있다. 사복 군인들은 차수일 중령 등 이 처장의 충복인 부하 장교들로 이들은 벌써 한 달 이상 이곳에서 일하고 있다. 어떤 날은 밤을 지새우기도 한다. 스위트룸인 이곳은 방이 두 개가 있고, 거실에는 고급 소파와 텔레비전도 있다. 커튼으로 항시 가려져 있어서 외부에서 방안을 들여다볼 수 없도록 했다. 전화가 있지만 호텔 프런트와 통화하는 일 외에는 업무적인 용도로는 절대 쓰지 않는다. 혹시 모를 도청과 감청을 대비하기 위해서다. 미국 놈들이 가장 염려스럽다.

이 처장을 비롯한 단 네 사람만이 이곳을 드나들고 있고, 호텔 측에서도 누가 사용하고 있는지 알 수 없도록 임대인도 '명화상사'라는 무역 회사 이름으로 하는 등 극비로 하고 있다. 이학봉 처장이 서류를 읽다가 기지개를 켠다. 그리고는 부하들을 바라보면서 말한다.

"오늘은 그만하고 쉬어. 내일은 그동안 작성된 구체적 공작계획을 다시 총정리하고, 모레, 그러니까 2월 8일 오후 3시에 사령관님을 모시고 여기서 보고할 수 있도록 준비를 하자고."

조용히 서류만 작성하던 호텔 방에 활기가 도는 듯하다. 세 사람의 사복 장교들은 서로 눈빛을 마주치면서 고개운동을 하고 가볍게 어깨를 돌렸다.

이학봉은 그런 부하들을 바라보고는 창쪽으로 가서 커튼을 살짝 들췄다. 어둠이 내리는 서울 시내가 한눈에 들어오고, 제법 높은 빌딩들이 여기저기 보인다. 빌딩 너머로 광화문이 희미하게 보이고, 그 뒤로 청와대 자리가 어림짐작된다.

'저곳의 주인이 되면 어떤 기분일까?' 이학봉은 문득 청와대에 앉아 있는 대통령의 기분이 궁금했다. 지금 저곳에 있는 최규하 대통령은 사실상 허수아비이다. 허울만 대통령이지 혼자서 주요 사안들을 결정하는 것은 실제로 불가능하다. 비상계엄으로 권력은 군인들에게 있고, 대통령은 외교나 겨우 챙기는 수준이다. 고위 공직자들은 세상이 어떻게 돌아가고 재편될 것인가에 대해 촉각을 세우고 권력자의 편에 서려고 안달이다. 장관과 차관들은 군부 실세에 줄을 대기 위해 바쁘다.

눈치도 빠르다. 12·12 때만 해도 상당수 청와대 비서관들이 잠적을 해버렸다. 자신들이 체포될 것을 우려해서인지는 몰라도 대통령을 놔두고 어디론가 사라져버렸다. 사전에 군부의 움직임을 간파했을리는 없고, 군 쪽에서 누구인가로부터 사전에 정보를 듣고는 도망을 간 것으로 볼 수 있다. 그런 놈들이 대통령을 보좌한다고 자빠져있으니 우리 같은 군인들이 쉽게 거사를 성공시킬 수 있는 것이다. 군인인 이학봉은 그런 짓을 한 비서관들을 이해할 수 없었다.

그는 쉽게 꺼지지 않은 권력을 만들어야 한다고 생각했다. 박정희 대통령을 넘어 적어도 30년 이상 유지되는 권력을 구축해야 한다. 그래야만 맘 놓고 권력 속에서 살 수 있고, 자식들에게도 또 그 자식들에게도 권력과 돈을 물려줄 수 있다. 그러려면 처음부터 철저하고도 빈틈없는 계획을 세우고, 흔들림 없이 공작을 수행해나가야 한다고 그는 다짐한다.

이학봉 처장의 생각은 패권을 잡기까지는 수단방법 가려서는 안 된다는 것이다. 아니 수단과 방법을 가려가면서는 패권을 잡을 수 없다. 12·12

거사 때 그랬듯이 권력을 잡기 위해서는 피를 볼 수밖에 없다고 생각했다.

그는 어느덧 어두워져서 보이지 않는 청와대 쪽을 바라보면서 '오동나무' 공작에 대한 의지를 다시금 다졌다.

*

이틀 뒤, 안가로 쓰이고 있는 K호텔 12층 스위트룸에 전두환 보안사령관이 들어선다. 선글라스에 모자까지 쓴 전두환은 거수경례를 붙이는 이학봉과 그의 부하들에게 손을 들어 답례한다. 안가 내부를 둘러보며 부하들을 격려한다.

"아, 다들 수고가 많아. 뭐 불편한 것들은 없나?"

"네, 없습니다."

세 사람 중 선임자인 사복 차림의 차수일 중령이 대답한다.

"그래, 우리 이학봉 처장이 추천한 사람들이니 내가 여러분들 믿고 있어. 고생들 많이 하고 있다는 것도 알고 있고 말이야. 아, 차수일 중령이 누구야?"

전두환은 이례적으로 칭찬을 늘어놓으면서 차 중령을 찾는다.

"네. 중령 차 수 일."

차 중령은 깍듯한 관등성명으로 전 사령관에게 경례를 붙인다.

"아, 자네가 차 중령이구먼. 내 이 처장한테 얘기 많이 들었어. 공작 기획 능력이 출중하다면서? 잘 해 봐. 좋은 일이 있을 테니까. 알았나?"

"넵, 사령관님. 감사합니다."

전 사령관이 다른 위관 급 장교 두 명도 차례로 쳐다보면서 고개를 끄덕여준다. 이 처장의 안내로 전 사령관이 소파에 앉자 요원들이 보고용 차트 판을 앞에 설치한다. 이학봉 처장만 전 사령관 왼쪽 소파에 앉고 다른 요원들은 서있다. 차트 판 옆에 선 차수일 중령이 목소리를 가다듬고 보고를 시작한다.

"사령관님 모시고 오늘 보고회를 가지게 된 것을 영광으로 생각합니다. 지금부터 공작 명 '오동나무' 작전에 대하여 보고 드리겠습니다."

차 중령이 또박또박 말하면서 보고회를 시작하려하자 전 사령관이,

"그래, 좋아. 시작해봐."

차 중령은 다시 목소리를 가다듬는다. 대한민국 최고 권력자라고 해도 과언이 아닌 전두환 사령관 앞에 서니 처음에는 목소리가 떨린다. 일단 첫 장을 넘기자 차트 위에 봉황 무늬와 함께 공작 명 '오동나무'라는 글씨가 선명하게 박혀있다.

"우선 공작 명 '오동나무'에 대한 설명입니다. 봉황은 오동나무에만 앉는 새입니다. 따라서 봉황이 오동나무에 편하고 안전하게 앉을 수 있도록 하는 것이 이번 공작의 내용입니다. 그래서 공작 명을 '오동나무'라 명명했습니다."

차 중령의 말을 듣고 있던 전 사령관이 고개를 끄덕이면서 얼굴에 미소를 짓는다. 새 중의 새인 봉황은 중국의 천자, 즉 황제를 말하고 한국에서는 대통령을 말하고, 그 봉황은 곧 자신을 의미한다는 생각에 저절로 지어지는 기분 좋은 표정이다.

"다음은 공작의 목표입니다."

차트를 넘기며 차 중령이 보고를 이어간다.

"사령관 각하께서 헌법상 최고의 자리인 대통령이 되실 수 있도록 하는 것이 이번 공작의 목표입니다."

보다 노골적인 표현이 나오자 전 사령관은 차트에 눈을 박고는 쑥스러운지 오른손으로 입술 부근을 가린다. 그러면서 그의 얼굴에는 야릇한 미소가 번지고 있다.

"다음은 오동나무 공작의 개요입니다. 이는 오동나무에 봉황이 안착할 수 있도록 토대를 마련하고, 이어 확실한 기반을 조성하기 위한 것입니다. 내용으로는 첫째, 유리한 정치체제 확립 공작, 둘째, 당위성 마련 공작, 셋째, 반대세력의 척결 공작 등에 관한 시나리오를 담고 있으며, 별도로 사안별, 단계별 공작 계획도 포함되어 있습니다."

전 사령관이 고개를 끄덕인다.

"다음으로는 현재의 상황을 말씀드리겠습니다."

"공작을 성공적으로 수행하기 위해서는 현재의 상황에 대한 정확한 분석이 필수적입니다. 국외와 국내부분으로 구분했고, 먼저 국외 부분부터 보고를 드리겠습니다."

순간, 전 사령관이 제지를 한다. 그리고는 약간 짜증스런 소리로 말한다.

"아, 잠깐. 뭐 그리 복잡하게 설명을 하나. 핵심만 얘기를 해, 핵심만. 현재의 가장 큰 장애물이 뭐고, 앞으로 어떻게 하는 것이 최선의 전략 전술인지 그것만 얘기하라고. 간략하게 말이야. 긴 말이 뭐 필요하나?"

전 사령관의 뜻밖의 지시에 차 중령이 당황하면서 이학봉 처장을 바라본다. 이 처장이 벌떡 일어난다.

"사령관님, 그럼 이번 종합적인 보고는 보고서로 대체하도록 하겠습니다. 다만 오늘은 '오동나무' 작전의 핵심이라고 할 수 있는 사안에 대해서 보고를 드리고, 그 내용을 말씀드리도록 하면 어떻겠습니까?"

이 처장은 정확한 보고가 이어지질 않을까 노심초사 대안을 제시한다.

"그래, 그 중요한 것을 얘기해 봐. 지난번 나하고 얘기했던 그 사안이 가장 중요하고 큰 문제잖아. 미국 놈들이야 잘 구슬리면 되는 것이고, 설득이 안 되면 밀어붙이면 되는 거야. 지들이 어떻게 할 건데…."

전 사령관이 평소의 밀어붙이기식 성격을 보이고 있다. 이학봉 처장은 얼른 전 사령관의 입맛에 맞춘다.

"네, 그렇습니다. 미국은 현재까지는 관망적인 자세를 유지하고 있습니다만, 그들은 기본적으로 자기 국가의 이익을 우선시하기 때문에 그들의 전략에 맞춤하는 대응전략을 구사하면 큰 문제는 없을 것으로 보입니다."

"그렇지. 그래, 국외 문제는 북한과 미국이잖아. 미국문제는 그렇게 밀어붙이라고. 그리고 북한 동향은 어때?"

"네, 현재까지도 특이사항은 탐지되지 않고 있습니다."

"그놈들 지금 식량부족으로 먹고 살기가 어려운 모양이야. 전력 사정도 갈수록 좋지 않고 말이야. 북쪽 놈들 때문에 우리가 가는 길에 특별한 장애는 없는 거 아냐?"

"네, 그렇습니다."

"그렇다면 지난번 얘기했던 문제, 아, 그 직선제 문제 말이야. 이게 우리 발목을 잡을 수 있는 가장 큰 것 아냐? 지난번 얘기대로 그 문제에 대한 공작계획을 얘기해봐."

전 사령관은 마음이 급했다. 자기 나름대로 여러 가지 경우의 수를 생각했을 때, 그의 대권가도에 가장 골치 아프게 버티고 있는 것은 역시 직선제 개헌 문제이다. 국민들은 박정희 대통령의 18년 장기 집권이 막을 내리자 이제부터는 자기들 손으로 직접 대통령을 뽑겠다고 난리다. 특히 재야와 야당 정치인들은 정치의 봄이 왔다고 떠들어대고, 거기다가 대학생 놈들이 가세를 하고 있는데 그게 심상치 않다. 전 사령관은 국민들이 요구하는 직선제 문제를 해결하지 않으면 대권을 향한 행보는 시작도 할 수 없을 것이라는 판단을 하고 있다.

"사령관님, 이제부터는 제가 보고를 드리겠습니다."

이학봉 처장이 앞으로 나가더니 차트 옆에 서서 전 사령관을 바라본다.

"그래, 학봉이가 해 봐."

전 사령관이 위엄 있게 말한다. 이 처장이 차 중령에게 오동나무 공작내용 중 세 번째인 반대세력척결 부분을 펼치라고 말하자, 차 중령이 차트를 넘겨서 금방 보고 준비를 끝낸다.

"사령관님, 말씀하신 부분에 대한 공작 내용을 보고드리겠습니다. 현재 상황을 먼저 말씀드리면, 국민 대다수는 대통령 직선제를 포함한 헌법 개정을 기정 사실로 생각하고 있습니다. 특히 재야인사들과 김영삼, 김대중을 비롯한 야당 정치인들이 직선제 개헌을 당연하게 여기고 있으며, 대학가에서도 직선제 요구가 일어나고 있는 것이 사실입니다. 지난번 지적하신대로 저희 앞길에 가장 큰 장애물이 이 직선제 개헌 문제입니다.

저희를 반대하거나 막아서는 특정 인사들에 대해서는 사회 정화와 비리 척결 명분을 내세워 제거하면 되지만, 국민들의 직선제 요구 문제는 치밀한 공작이 필요한 사안입니다."

이 처장이 숨을 한번 몰아쉬고는 다시 보고를 이어간다.

"상황에 대한 부분은 이 정도 보고를 마치고, 다음으로는 구체적인 대응 공작 내용을 말씀드리겠습니다. 국민들의 직선제 요구를 잠재우고, 우리 계획대로 가기 위해서는 국민들을 상대로 한 특별한 공작이 필요하다고 판단됩니다. 가장 좋은 방법은 안보 위기를 조장하고 크게 확대시켜서 국민들에게 안보 불안감을 조성하는 것입니다. 국가 안보가 위태로운 때에 직선제로 대통령을 뽑는다면 선거 과정에서의 극심한 정치 대결로 인한 사회분열과 혼란이 야기되고, 이로 인해 북한이 남침할 수 있는 상황이 벌어질 수 있다는 것을 국민들이 느끼도록 하는 것입니다. 직선제를 요구하는 야당 정치인과 학생들을 빨갱이로 몰아야 합니다. 사령관님, 좀 더 구체적인 공작내용은 자료를 참고하실 수 있도록 준비했습니다."

차 중령이 서류 결재판을 들고 다가가 전 사령관 앞에 놓았다. 전 사령관이 결재판을 열었더니 그 안에 '반대세력 척결 - 직선제 개헌요구 말살 계획'이라는 제목의 문건이 있다. 전 사령관이 문건을 들고 대충 한번 훑어보더니 이 처장을 향해서 말했다.

"이거 매우 중요한 부분 같은데 말이야, 잠깐 내가 읽어볼 테니까 이리 앉아서 좀 기다려 봐. 궁금한 것은 물어볼 거니까."

"네. 알겠습니다."

전 사령관이 소파 팔걸이에 왼쪽 팔꿈치를 받치고는 두 장으로 되어 있는 서류를 읽기 시작한다.

'반대세력 척결-직선제 개헌요구 말살 계획'

1. 개요

일부 국민과 정치인, 재야인사, 대학생들의 대통령 직선제 요구를 말살하고, 1972년 제정한 유신헌법에 따라 통일주체국민회의에서 대통령을 선출하는 제도를 유지하기 위한 공작임.

2. 내용

국민들에게 안보위기감을 강하게 인식하게 하고, 이를 직선제 개헌 주장을 막아내는 주요방편으로 사용할 수 있도록 하는 방안임.

가) 제 1 안 : 휴전선 또는 서해 북방한계선(NLL)에서 남북 양측 간에 교전이 발생하게 하는 등 국지전을 유발시켜 안보위기를 극대화하는 방안임.

장점 : 국민들에게 안보위기를 확실하게 인식시켜 민주화 요구를 잠재우는데 매우 유효함. 미국에게도 한반도 정세의 안정화를 위해서는 군부에 힘을 실어주는 것이 필요하다는 판단을 제공할 수 있음.

단점 : 휴전선이나 서해 NLL에서의 국지전을 유발되기 위해서는 교전상태로까지 이르도록 북한을 자극해야 하는 어려움이 있음. 또한 국지전이 자칫 전면전으로 확대되는 상황을 배제할 수 없음. 이외 교전을 유도하는 과정에서 미군에게 탐지당할 수 있으며, 이에 미군의 제지로 목적수행에 제동이 걸릴 수 있음.

판단 : 이 방안은 효과는 좋으나 북한과의 소규모 교전과 전투가 자칫 대규모 전투로 비화될 위험이 있음. 또 미군의 정보망에 사전 탐지될 경우 한반도 정세의 안정화를 바라는 미국 정부에게 '위험한 집단' 이라는 인식을 줄 수 있는 부분도 존재함.

나) **제 2 안** : 국내 도시 중 한 곳에서 대규모 소요사태를 유발시켜서 살인, 강도, 강간, 방화, 절도 등 폭동상황이 발생하도록 유도함. 특히 수백 명 규모의 북한 무장공비들이 침입, 합세해서 남한정부를 전복시키려 한다는 내용을 국민들에게 홍보해서 안보위기를 극도로 고양시킴.

장점 : 북한과의 실질적인 교전이나 전투를 피할 수 있으면서도 극도의 안보위기를 조장할 수 있는 점, 미국과 사전협의 없이도 공작이 가능하다는 점, 미국과의 사전협의 또는 동의 없이 이동할 수 있는 부대(수도경비사령부 및 공수특전사 부대)를 활용할 수 있는 장점이 있음.

단점 : 폭동을 진압하는 과정에서 저항시민을 무력으로 진압할 상황이 불가피해 대규모 인명피해가 발생할 수 있음. 또한 소요 유발 도시를 선정하는 어려움도 있음.

판단 : 인명피해가 다소 예상되는 것은 사실이나 제 1안 보다는 보다 안

정적이고 성공 가능성이 높은 것으로 판단됨.

3. 종합 판단

북한과의 실제 교전이 예상되는 국지전 유발 방법보다는 국내도시 중 한 곳을 선정, 공작을 통해 일정 규모의 폭동과 소요를 유발시키고, 북한군 개입설을 유포해서 극도의 안보위기를 조성하는 제 2안이 유력할 것으로 판단됨.

굵은 펜으로 쓴 보고서에는 실로 엄청난 내용이 담겨 있다. 전두환 사령관은 보고서 내용을 읽어 내려가면서 눈에 힘이 들어갔다. 배짱 두둑하기로는 세상에서 두 번째 가라하면 서러워할 정도인 전 사령관도 막상 피 냄새가 나는 공작 계획서를 보자 마음이 흔쾌하지만은 못하다.

문건을 다 읽은 전 사령관은 소파에서 일어나 화장실을 찾았다. 차 중령이 앞장서서 화장실을 안내하자 전 사령관은 마렵지도 않은 소변을 힘주어 누고는 한참을 화장실 안에 그대로 서 있다.

마음에 여러 갈등이 일고 있다. '이렇게까지 해서라도 대통령이 돼야 하는 것인가'라는 생각부터, '가급적 인명피해가 발생하지 않는 방법이 없을까'라는 궁리도 해본다. 그러면서도 '미국 놈들이 문제를 일으키며 방해하면 어쩌나'라는 현실적인 걱정도 한다.

전 사령관이 문득 고개를 돌려보니 화장실 거울 속에 군용 야전점퍼에 세 개의 별이 붙어있는 군모를 쓴 군인의 모습이 보인다. 눈빛은 형형하게 빛나고, 꾹 다문 입을 갖고 있는 얼굴에서는 기어이 세상을 휘어잡는 권력을 꼭 쥐고야 말겠다는 욕망과 의지가 철철 넘치고 있다. 전 사령관은 자신의 모습을 부릅뜬 눈으로 다시 한 번 바라보고는 군모를 고쳐 썼다. 그리고는 마음 한구석에서 일어나는 머뭇거림을 밖으로 밀어낸다.

'그래, 끝까지 가보자. 어차피 벌인 일, 이제 와서 후퇴할 수 없지. 날 바라보는 사람들도 많은데 이제는 돌아올 수 없는 강을 건너지 않았는가.'

그는 스스로에게 다짐을 하고는 어깨를 추스르면서 거실로 돌아온다.

"학봉이, 당신 생각에는 이 두 가지 이외 다른 방안은 없는 건가?"

전 사령관이 자리에 앉으며 묻는다.

"네, 그렇습니다."

"좋아. 그럼 말이야, 두 번째 안이 그중 낫다는 결론인데, 그걸 구체적으로 실행할 수 있는 계획이 필요하지 않나?"

"네, 사령관님. 이미 구체적인 실행계획을 짜놓고 있습니다."

"그렇구먼. 그럼 말이야, 그 계획서는 나한테 따로 보고하도록 해."

"네, 알겠습니다."

"좋아. 아주 좋아. 모두 수고들 많았어. 학봉이, 이따 퇴근 전에 사령부로 들어와. 특별하사금 좀 가지고 이 친구들 격려 좀 해주라고."

"아, 네. 감사합니다. 사령관님."

이 처장이 인사를 하자 뒤이어 차 중령을 비롯한 나머지 요원들이 합창하듯이 경례를 붙인다.

그날 밤, 차수일 중령은 후암동 시장에서 통째로 구운 닭 두 마리를 사

들고 집으로 향했다. 날씨는 추웠지만 마음이 든든해서인지 추운 줄을 몰
랐다. 발걸음은 날아갈듯이 가볍고 가슴은 미래에 대한 자신감으로 충만
하다. 그동안 공작기획을 하면서 마음 한 쪽 구석에서 일고 있는 망설임
이 눈 녹듯이 사라진 것 같다. 대문을 두드리니 아내가 얼른 달려 나와 문
을 열어주고는 두 손을 맞잡고 반긴다.

"이제 오세요? 저녁 식사는요?"

"저녁은 사무실에서 먹었어. 어머니는?"

"조금 전부터 주무시고 계세요. 오늘따라 일찍 주무시네요. 손에 든 건
뭐예요?"

"응, 통닭 좀 사왔어. 좀 일찍 와야 했는데…."

차 중령은 어머니가 일찍 주무시는 것이 좀 서운했다. 오늘은 통닭 맛을
보여드리려고 서둘러 온다고 했는데도 늦은 것이다. 통닭은 아내와 아들
둘이서 맛있게 뜯어먹을 것이다.

"아버지, 다녀오셨어요?"

현관을 들어서니 아들 연수가 방문을 열고 나와서 꾸벅 인사를 한다. 제
법 컸다고 목소리가 어른스럽게 변해가는 것 같다.

"그래. 통닭 사왔으니 먹어라."

아들놈이 쪼르르 달려와서 통닭이 담긴 봉지를 건네받는다. 그런 아들
을 흐뭇하게 바라보던 차 중령이 아내에게 묻는다.

"어머니 허리는 좀 어때?"

"그저 그러신가 봐요. 연수 아빠, 아무래도 어머니 큰 병원에서 진찰을

받아보셔야 할 것 같아요. 오늘도 한의원에 모시고 가서 침을 맞으셨는데 별 차도가 없으신 것 같아요. 무슨 디스크라나 뭐라나. 그거라면 침으로는 치료가 안 된다고 하더라고요."

"날씨가 추워서 그런지도 모르지. 하여튼 알았어. 병원을 알아봐야지."

차 중령은 그렇게 말하고 어머니가 계신 방으로 들어가 보려다가 이제 막 잠자리에 드셨다는 아내의 말에 안방으로 향한다. 남편이 양복 겉저고리를 벗어 주자 장롱 옷걸이에 걸면서 아내가 말을 건다.

"오늘 중요한 일은 잘 하셨어요?"

"뭐? 내가 오늘 중요한 일이 있다고 했었나?"

"당신 얼굴 표정이 무슨 중요한 행사나 업무를 눈앞에 둔 사람처럼 그랬잖아요. 말수도 별로 없고, 새벽에 나가시길래요."

"이놈의 여편네가 남편 감시를 보나? 왜, 그렇게 알고 싶은 게 많아?"

아내에게 던지는 퉁명스런 말이지만 어투는 부드럽다.

그러면서 차 중령이 옷장 안에 걸어놓은 양복 안주머니에서 뭔가를 꺼낸다. 아내의 눈에 들어오는 것은 노란 봉투이다. 두툼해 보이는 것이 무슨 서류가 들어있는 것 같다.

"이거 당신이 잘 간수해둬. 쓸데없이 낙찰계나 들지 말고. 알았어?"

차 중령이 노란봉투를 아내에게 건네며 오금을 박는다.

"이게 뭐에요? 어, 돈 이예요?"

"사령관님께서 주시는 특별하사금이야."

"와~. 이게 웬 횡재야? 이거 얼마예요?"

"좀 많아. 내 몇 달치 월급 정도 돼. 내일 쇠고기라도 사서 어머니께 드리고, 당신하고 연수도 몸보신 좀 하라고."

"알았어요. 아, 좋아라. 당신 수고하셨어요. 당신 양복도 한 벌 샀으면 좋겠다. 아님 겨울 코트를 하나 사든가."

"옷은 필요 없어. 양복은 자주 입지도 않잖아."

부부의 행복한 대화가 오고간다. 좋아서 흥얼거리던 아내에게 차 중령이 문득 말한다.

"참, 알아봐달라고 한 서울대 다니다가 군대에 갔다는 청년 말이야."

"아, 네. 그거 알아보셨어요?"

"그래. 알아봤는데 3공수여단에 배치돼 있대."

"부대 위치가 어디에요?"

"서울 거여동에 있는 부대야. 그런데 말이야. 당분간 면회는 안돼. 지금 계엄 상황이고, 특수훈련을 받고 있는 중이라서 당분간 면회나 외박이 금지돼 있어."

"아~ 그래요?. 그럼 어쩌나."

"어쩌긴 어째. 계엄이 끝나야 하는데 내가 보기에는 앞으로 몇 개월은 더 있어야 할 거야. 그렇게 전해줘."

"아이, 낭패네. 내가 면회를 할 수 있도록 남편에게 부탁해본다고 했는데. 연수 아빠, 당신이 힘좀 써주면 안돼요? 보안사가 최고잖아."

"안 돼. 지금은 매우 엄중한 시기야. 나도 할 수 없어."

소리를 지를 줄 알았던 남편은 의외로 차분하게 응대해준다. 그런 남편

을 하릴없이 바라본 그녀는 고개를 돌리면서 작게 한숨을 내쉰다. 잘난
척하는 그 여편네에게 큰 소리 좀 치고, 또 앞으로 병원 갈 일이 있으면 거
꾸로 도움을 받을 계산이었는데 다 어그러지게 생긴 것이다.

'무등산' 공작

서울시내 안가에서 보고회가 있은 지 이틀 후, 전두환 사령관은 사무실
에서 이학봉 대공처장으로부터 대면보고를 받고 있다. 보고내용은 '소요
및 폭동사태 유발 작전'이다. 공작 명 '오동나무'의 하부 계획 중 하나다.
아니 어쩌면 이 부분이 가장 중요한 핵심부분이라고 할 수 있다.

보안사령관 집무실에서 이루어지고 있는 보고회에는 아무도 들어올 수
없도록 방문이 잠겼으며, 마침 허화평 비서실장과 허삼수 인사처장이 외
부 출장이어서 전 사령관 외에 이학봉 처장과 그의 심복인 차수일 중령까
지만 참석했다.

"서류를 보면서 말씀드리겠습니다. 사령관님께서도 이 '소요 및 폭동사
태 유발 작전' 자료를 참고하십시오."

전 사령관은 차 중령이 가져온 문건을 들고 펼쳐본다.

"우선 소요 및 폭동 유발도시에 대한 검토 내용입니다. 여러 도시 중 부
산과 대전, 목포, 광주를 유발 후보도시로 검토했습니다. 첫 번째로, 부산
입니다. 부산은 79년 마산과 함께 민주화 요구 시위가 일어나는 등 시민
반항의 요소가 충분해서 소요 및 폭동사태 유발이 가능합니다.

그러나 매우 큰 도시라서 소요 및 폭동사태 때 봉쇄작전이 용이하지 않습니다. 해안선과 섬이 있고, 무엇보다 도시규모가 커서 부산 전체를 작전지역으로 설정하는 것 자체가 사실상 불가능합니다. 따라서 부산은 유발도시에서 제외하는 것이 옳은 것 같습니다. 덧붙여 말씀드리면 군대 내 사령관님을 지지하고 있는 군 인사들을 비롯한 저희 세력의 다수가 부산에 친인척이 거주하고 있는 것도 부담되는 것이 사실입니다.”

　이학봉이 이 대목에서 잠시 숨을 돌리자, 전 사령관이 이 처장을 바라보면서 ‘끄응’하는 소리에 이어 ‘헛 참!’이라는 군소리를 하면서 입맛을 다신다. 전 사령관의 고향은 경남 합천이고, 이학봉 처장의 고향은 부산이다. 전 사령관이 알기에는 이 처장은 다섯 살 때까지 전라북도 전주와 정읍에서 살았던 적이 있다. 이학봉 처장이 잠시 뜸을 들이자 전 사령관이 재촉한다.

　“계속해 봐”

　“네, 이어서 보고 드리겠습니다.”

　“두 번째로, 대전입니다. 대전은 수도권과 가깝고 도시 규모가 그리 크지 않아서 소요 및 폭동사태 유발 시 병력 이동 등 작전이 비교적 수월합니다. 그러나 대전은 경부, 호남선 철도와 고속도로가 지나는 교통의 요충지로서 소요 및 폭동사태 발생 시 자칫 수도권으로 비화할 수 있으며, 전국적 교통 혼란이 야기될 우려도 있습니다. 특히 대전 시민들은 저항심이 비교적 약해서 유발 작전이 먹혀들지 않을 가능성도 상당히 존재한다고 판단됩니다.”

　후보지 대전에 대한 보고가 끝나자마자 전 사령관이 한마디 한다.

"대전 놈들은 좀 약해, 약하다고~. 군인들이 총 들고 들어가면 모두다 꽁무니를 빼고 도망가 버릴 것이야."

하면서 혀를 끌끌 찬다.

"다음 세 번째는, 목포입니다. 목포는 김대중의 고향으로서 우리 보안사 505보안부대에서 'KT 작전'이라는 공작 명으로 김대중과 관련된 모든 사항에 대해 기 공작을 하고 있는 지역입니다. 김대중에 대한 지지와 관심이 남다른 지역이기 때문에 김대중을 활용하면 소요 및 폭동사태 유발이 비교적 쉬울 것으로 판단됩니다. 그러나 목포는 도시규모가 작아서 소요 및 폭동사태에 대한 효과와 영향력이 제한적입니다. 그러면서 해안선이 복잡하고 섬이 많아서 봉쇄작전 또한 쉽지 않고 어려운 지역입니다."

목포에 대한 보고가 끝나자 전 사령관이 눈을 감은 채 고개를 끄덕인다. 이 처장은 전 사령관의 그 반응이 좋다는 것인지 그렇지 않다는 것인지 분간하기 어려웠다. 이학봉 처장이 보고를 이어간다.

"마지막으로 광주입니다."

순간 전 사령관의 눈이 번쩍 떠진다. 그리고는 손에 들린 문건을 다시 쳐다본다.

"전남의 도청소재지인 광주는 호남의 중심에 위치해 있고, 정치적으로 매우 민감한 도시입니다. 광주 사람들은 예부터 저항적 기질이 강하기 때문에 호남 출신인 김대중이나 지역 인사들을 검거, 구속하는 모습만 보여주더라도 즉각 반항 세력이 나타날 것입니다. 현재 서울을 제외하고는 지방으로서는 유일하게 민주화를 주장하는 재야세력이 존재하는 곳이기도 합니다. 또한 특전사 등 특수부대를 투입해서 시위에 대한 강경진압작전을 펼치면 저항의 강도가 순식간에 상승하면서 소요사태가 쉽게 유발될 것으로 판단됩니다.

봉쇄작전도 무등산이 있는 광주지역의 특성상 외곽으로 통하는 몇 개 길목만 차단하면 어렵지 않게 성공할 수 있으며, 이후 진압작전 때도 외부에 상황을 노출하지 않고 비교적 은밀하게 진행할 수 있는 지역이라고 판단됩니다.

다만, 광주 시민들의 강한 저항적 기질로 인해 소요 및 폭동사태가 매우 심화될 우려가 있어서, 대규모 인명피해가 예상했던 것보다 더욱 크게 확대될 가능성이 있습니다."

광주까지 4개 도시에 대한 분석 보고가 끝나자 전 사령관이 이학봉 처장을 바라보면서 말한다.

"그래서 종합적인 판단의 결과는 뭐야?"

"네, 사령관님. 저희 공작 팀에서는 소요 및 폭동사태 유발도시로는 전남 광주가 가장 적합한 곳이라고 판단하고 있습니다."

"그래?"

전 사령관은 그렇게 말을 토해 놓고, 탁자에 놓인 담뱃갑에서 담배를 뽑아 입에 물었다. 이 처장이 재빨리 라이터를 켜서 불을 붙인다. 미제 지포 라이터이다. 전 사령관은 담배연기를 길게 내뿜었다. 회색빛 연기가 천장과 창 쪽으로 몰려가면서 넓게 퍼진다.

'광주, 광주라….' 전 사령관은 속으로 '광주'를 되뇐다.

그는 고향이 경상도이지만 성격이 호방해서인지 호남사람들을 폄훼하거나 미워하지는 않는다. 일부러 차별하는 일도 거의 없다. 항간에서는 전 사령관 조부 때까지 전북 정읍에서 살았다는 얘기도 있고, 선조가 동학혁명 전봉준 장군과 먼 친척간이라는 얘기도 있지만 전 사령관 본인은 정작 모르는 얘기다. 어쨌든 그는 지금까지 무작정 호남사람들을 미워하는 일은 하지 않았다. 그런데도 항상 호남출신에 대해 경원시하는 주변 경상도 사람들로 인해 자신도 종종 호남사람을 미워한다는 오해를 받기도 한다. 그는 자신도 모르게 숨을 몰아쉬고는 이학봉 처장을 바라본다. 이 처장은 보고를 마치고는 전 사령관의 눈치를 살피고 있다.

전 사령관이 한참의 침묵을 깨고 입을 연다.

"학봉이. 만약 광주로 정한다면 말이야, 예상되는 문제점과 사상자에 대한 부분도 검토를 충분히 해봤나?"

"네, 일차 검토를 했습니다. 사령관님께서 승인해 주신다면 보다 심도 있는 검토와 예상 시나리오 작성을 바로 진행하도록 하겠습니다."

"그러면 일차 검토한 것을 여기서 얘기 좀 해봐"

"네, 사령관님. 여기 이 문건을 참조하십시오."

그러면서 이 처장은 가지고 있던 서류를 들척이더니 4장짜리 문건을 전 사령관 앞에 놓는다. 제목이 '무등산 공작'으로 되어 있는 문건이다. 이학봉 처장이 보고를 시작하려 하자 전 사령관이 제지한다.

"가만 있어봐, 내가 좀 읽어 보자고…."

문건을 천천히 읽어 내린다. 보고서는 서술형으로 정리되어 있다.

'무등산' 공작

목적

전남 도청소재지인 광주에 폭동과 소요사태를 유발시키는 공작을 벌여서 살인, 강도, 강간, 약탈, 방화, 절도 등의 범죄가 발생하게 한다. 계엄군을 투입해서 사태를 진압하고, 북한군 개입설을 퍼뜨려 국민들에게 안보 위기를 심어 궁극적으로 직선제 개헌 등 국민들의 민주화요구를 잠재우도록 한다.

방법

가) 계엄의 전국 확대로 광주시민들의 반군 정서를 자극한다.

나) 호남의 대표적인 정치인 김대중과 대학생 지도부, 인권 변호사 홍남순 등 광주지역 민주화 요구 인사들을 체포, 구속해서 역시 광주 시민들의 반항심을 상승하게 한다.

다) 반발하는 대학생의 시위에 대해 특전사를 투입, 강경 진압을 해서 시민들의 반감과 반항을 유도한다.

라) 계엄군의 진압에 극렬하게 저항할 수 있도록 특수공작대를 투입, 총기 등 저항무기 탈취 및 사용을 유도하는 한편, 유언비어를 유포해서 광주 시민들의 지역감정 및 반 군 정서를 자극한다.

마) 일정 수준의 폭동 및 소요사태에 이르렀을 때 계엄군 투입으로 진압작전을 개시한다.

바) 진압 후 폭동 및 소요사태 가담자와 배후 지원자들을 체포한 뒤, 김대중과 연계시켜서 간첩죄, 반란죄 등을 적용해 최고 수위로 처벌하는 한편, '광주에 간첩들과 불순분자들이 주동하여 폭동을 일으키고 국가를

전복하려 했으며 일부 정치인과 재야인사들도 여기에 가담했다.'라는 내용을 모든 언론사를 통해 국민들에게 적극적으로 알린다.

사) 국민들을 상대로 북한군 개입설 등을 적극 유포하여 북한군 남침 위험 고조에 대한 불안감을 최고로 고양하도록 함.

절차

가) 먼저 계엄의 전국 확대에 맞추어 정치 및 사회정화 차원에서 김대중을 비롯한 비리정치인(김대중, 김종필 등 체포, 김영삼 구금)과 재야인사, 운동권 학생들에 대한 예비 검속을 실시하는 방법으로 사전 체포 및 구금함.

나) 계엄 확대 개시 이전에 미리 공수특전사 부대를 광주의 전남대와 조선대 등 주요대학에 사전 주둔시켜 공포감을 조성해서 대학생과 시민들의 반감을 유도함.

다) 시위 진압에 공수부대를 투입해서 기 충정 훈련을 받은 바와 같이 무력 강경 진압하는 방법으로 시민들의 적극적인 폭력 반항을 유도함.

라) 보안사 요원을 중심으로 조직한 편의대(특수공작대)를 광주시민으로 위장해 시위현장 등에 투입, 김대중 등의 구속 사실과 호남 사람 말살에 대한 유언비어를 유포시켜서 분노를 자극.

마) 광주시민들이 총기를 탈취해서 저항하는 수준으로 이끌어내기 위한 공작을 수행할 특수공작대를 투입.

바) 일정 수준의 폭동상황이 조성됐을 때를 기다려 광주를 전면봉쇄해서 진압작전이 용이하게 하는 한편, 외부로 사태가 확산되거나 폭동 유발사실과 계엄군의 강경 진압으로 인한 시민 피해 상황이 외부로 유출되는

것을 철저히 차단함.

사) 광주 상황이 외부로 흘러나가지 않도록 통신은 물론 국내외 언론사 기자들의 취재 및 보도를 제한하고, 우리(보안사)가 작성한 내용만을 보도하도록 언론사를 조종함.

군투입 작전

가) 초기에는 경찰이 시위 진압을 하면서 공수부대의 강경진압을 보조.

나) 투입 부대는 1차로 7공수여단, 11공수여단, 3공수여단을 축차 투입.

다) 이후 시민 저항군이 형성됐을 때 진압군은 공수부대로 편성하고, 뒤처리는 20사단을 투입해서 처리.

라) 광주에는 육군 2군 사령부 예하의 전투 교육사령부가 있고, 그 예하에 31향토 사단이 있으므로 이들 군부대를 적절하게 활용함. 단, 공수부대에 대한 지휘권은 원래 해당 지역 부대장이 맡도록 규정돼 있지만, 광주에서는 공수특전사 임시지휘부를 설치, 특전사 자체의 지휘를 받도록 할 것(지휘체계 이원화로 실질적인 지휘는 특전 사령부가 함).

마) 특전사를 포함한 모든 부대에는 보안사 요원들이 상주, 작전 내용과 지휘관의 작전태세 등을 세밀하게 파악해 보고하는 한편, '작전 조언권'을 사용해서 사령부의 지침과 계획대로 작전이 진행될 수 있도록 할 것.

바) 공수부대 및 전투교육사령부, 31사단 등 해당지역 군부대 및 지휘관, 작전통신내용 등의 모든 통신에 대한 감청 및 도청을 실시해서 보안 및 감시를 철저히 할 것.

사) 현장에 투입된 공수부대의 진압작전 과정에서 충정봉과 개머리판, 대검 등의 사용은 현장에서 판단해 사용토록 하고, 총기 발포, 헬기사격 등

의 무력사용은 별도의 명령에 따르도록 함.

아) 공수부대 등 투입된 모든 계엄군에 대한 정훈교육을 특별히 강화한다. '광주에 간첩과 불순분자, 북한군 무장 게릴라들이 침투해서 무장폭동을 일으켜 남한을 전복하려 한다.'는 내용을 주지시켜서 시민들을 상대로 한 현장진압작전에서 조금도 주저하는 군인이 없도록 할 것.

차) 투입된 계엄군에게는 사태 진압 후 별도의 포상을 후하게 하고, 진급에 가산점을 주는 방법으로 기밀유출 방지와 진압작전 가담에 대한 폭로를 미연에 방지토록 함.

예상 문제점 및 대응책

가) 강경진압에 대한 상부의 명령을 이행하지 않을 가능성이 있는 광주 전투교육사령부 및 광주 31사단 지휘관에 대한 감시와 사태 발생 시 신속한 교체 요망.

나) 사상자 다수 발생에 대한 광주시민들의 대대적인 저항이 예상될 수 있으므로 진압 현장에서 사망한 저항 시민들은 신속히 군 차원에서 가매장 또는 매장 처리하도록 함.

다) 폭도 부상자들은 절대로 시민들에게 넘겨주지 말고, 군 자체 병원이나 수용소로 이동시켜 치료토록 조치함. 이후 이들에 대한 신병처리는 가담정도를 구분해서 처리토록 함.

조치 및 마무리

가) 미국의 움직임을 면밀하게 파악하고, 한국 군부(전두환 사령관님)과 비교적 우호적인 CIA 한국지부장인 로버트 브루스터와 글라이스틴 주한

미국대사에게 상황 설명과 함께 협조를 구하도록 함.

나) 보안사 언론반을 가동해서 국내외 언론사들의 취재 및 보도를 철저히 봉쇄하고, 광주와 관련된 언론사 보도는 무조건 정부 및 계엄사 보도 자료를 인용해 보도하도록 함.

라) 무력진압작전에 본격 돌입할 때 광주와 다른 지역으로 연결되는 일반 시외전화를 전면 차단, 시민들에 의해 광주 현장의 상황이 외부로 흘러나가지 않도록 함.

마) 광주사태에 대한 진압이 완료되면 합동수사본부를 설치해서 신속하게 기소 및 재판 절차를 완료하도록 함. 구속된 광주의 주요 인사를 비롯한 모든 피고인에 대해서는 사전 각본에 따라서 범죄 혐의를 정하고. 사전에 형량을 정해서 신속하게 재판을 마무리하도록 함. 김대중은 내란죄로 구속해서 사형으로 처리하고, 홍남순 변호사와 대학생 지도부 등 광주 폭동 주모자 및 배후 지원자들을 김대중의 내란죄와 엮이도록 철저한 공작을 진행하도록 함.

바) 진압 완료 후 재판이 시작되면 '광주에 간첩과 불순분자, 북한군이 들어와 좌익 선동세력과 함께 폭동을 일으켜 남한 사회를 전복하려는 시도가 있었고, 인명피해를 최소화하는 방법으로 진압작전을 마무리했다'는 내용을 발표토록 함.

바) 이로써, 서울지역 외 유일하게 민주화 요구 세력이 존재하는 광주지역 민주화 요구 투쟁동력을 완전히 말살하고, 광주에서 빨갱이들의 무장 폭동을 빌미로 국민들의 직선제 개헌요구를 잠재우는 공작이 완수되도록 함.

-끝-

전 사령관은 '무등산' 공작이라는 보고서를 끝까지 읽고서 입을 꼭 다물고 아무런 말을 하지 않는다. 무거운 침묵이 두 사람 사이를 흐르고 있다. 이를 지켜보는 차 중령은 숨이 막힐 지경이다.

갑자기 전 사령관이 탁자에 내려놓았던 문건을 다시 들어서 쳐다본다. 자세히 읽기보다는 훑어보는 정도다. 그리고는 다시 문건을 탁자에 내려놓는다. 다시 침묵이 이어진다. 2월의 드센 겨울바람이 창문을 두드리면서 정적을 깨고 있을 뿐이다.

이학봉 처장은 어젯밤 제대로 잠을 이루지 못했다. 전 사령관에게 보고하는 이번 문건이 실행될 경우, 자칫 대한민국 역사에 커다란 상처를 남길 수 있다는 생각이 머릿속을 떠나지 않았다. 한밤중에 자리에서 일어나 거실로 나와 서성거렸다. 한밤의 정적에서 오는 고요함이 마음을 더 스산하게 했다. '내가 이런 일을 꼭 해야만 하는가?'라는 의문이 들었다. '단호한 결단만이 성공할 수 있다'라는 생각도 들었다. 두 갈래의 생각이 서로 충돌하면서 마음은 갈피를 잡을 수가 없다. '이 길만이 정말 꼭 가야하는 길인가?' '아니면 다른 길도 있지 않을까?' '가지 않은 길이 더 좋은 길이 아닐까?'라는 의문이 계속 양심을 찔렀다. 문득 고등학교 때 배운 미국 시인 프로스트의 '가지 않은 길'이라는 시가 떠올랐다. 숲속에 난 갈라진 오솔길에 빗대어, 내 선택에 따라서 경험하지 못한 다른 인생의 가능성에 대한 아쉬움과 미련을 노래한 시다.

그는 거실 소파에 앉아서 고개를 뒤로하고 기댔다. 눈이 감겼지만 정신은 말똥말똥하다. 그는 지금까지는 사실 수동적인 자세로 일을 했다. 전두환 사령관과 동지들의 가는 길에 처음에는 무심코 동참했다. 그런데 가다보니 어느새 돌아갈 수 없는 길로 들어섰고, 이제는 이 길이 아니면 죽는 수밖에 없다는 생각이 자신의 의식을 지배하고 있다. 그렇지만 막상 엄청난 공작을 기획하면서부터는 망설임과 주저함이 일고 있는 것도 사실이다.

'그래, 어차피 인생은 단 하나의 길로 갈 수밖에 없고, 선택을 했으면 사나이로써 흔들림 없이 가야 한다.'그는 머리를 흔들면서 벌떡 일어섰다. 나중에 후회할지라도 이제는 망설이거나 주저하면 안 된다고 생각하면서 심호흡을 했다.

"이봐, 학봉이. 뭘 그리 골똘하게 생각하는 거야?"

전 사령관의 목소리가 잠깐의 상념에 빠져있던 이학봉 처장을 깨운다.

"아, 아닙니다. 뭘 좀 생각했습니다."

이 처장이 자세를 바로잡으며 전 사령관에게 고개를 숙여 예를 갖춘다. 전 사령관이 말문을 연다.

"학봉이. 나도 좀 생각을 해봤는데, 이거 너무 크게 일을 벌인 거 아냐? 아무래도 좀 찜찜해."

전 사령관이 이 처장을 빤히 바라보면서 말을 한다. 주저하는 것 같다. 이 처장은 아무 대답도 하지 않았다. 자기도 지금껏 고민하고 갈등해 온 부분이다. 지금 와서 국민들의 직선제 개헌 요구를 잠재우는 다른 방법을 찾기가 어렵고, 군인인 자신으로서는 안보위기 조장만이 국민들을 조용하게 할 수 있다고 생각했다. 아직도 이 나라에서는 '반공'과 '간첩'이라면 무소불위의 칼로 변신하여 못하는 것이 없는 도구가 되는 것이다. 박정희 대통령 때도 민주화를 요구하는 골치 아픈 재야 정치인이나 대학생들을 이 칼로 처리했다.

"학봉이 얘기 좀 해봐!"

전 사령관이 재차 말하자, 이 처장은 다시 전 사령관을 향해 다소곳이 고개를 숙인다. 다른 할 말이 없다는 생각을 몸짓으로 보이고 있는 것이다.

전두환 사령관은 이학봉 처장에게 그렇게 묻고 있지만 기실 스스로에게 묻고 있는 것이다. 자신이 대권을 쥐는 목표는 당연하지만 그 과정에서 많은 피를 보고, 그래서 미국과의 관계도 쉽게 넘어갈 수 없는 상황이 만들어져 버리면 앞으로가 큰 문제일 수 있다.

미국과의 문제는 잘 풀어갈 자신이 있다. 지난번 12 · 12 거사 후인 12월 18일, 미국 CIA 한국 지부장인 로버트 브루스터를 만나 협조를 요청했었다. 미국에서 '박동선 게이트'로 유명한 박동선 씨의 친형인 박건석 씨가 브루스터와의 만남과 통역에 관여했다. 그는 그 이후 브루스터와 글라이스틴 미국 대사의 도움이 있었기에 여기까지 온 것이다. 그는 12 · 12 직후 이틀 만에 글라이스틴 주한 미국대사도 만났다. 이것도 브루스터와 박건석 씨가 도움을 준 것이다.

그들과의 만남에서 미국이 우려하는 부분에 대해 얘기를 했었다. '시해사건수사가 마무리되면 현 직책(합동수사본부장)에서 물러나겠다.'라든가 '최규하 대통령의 정치에 일절 관여하지 않는다.'라든가, '글라이스틴 대사가 강조한 4가지 즉, 한국군의 안정, 정치적 발전, 경제적 안정, 북한

침공에 대한 우려 불식 등을 반드시 지키겠다.'라는 등의 말을 했었다. 글라이스틴은 12·12 이후 만남에서 '전방부대인 9사단을 한미연합사령관의 사전 동의 없이 수도권으로 이동시킨 것은 한미상호방위조약을 위반한 것'이라면서 강력히 항의했었다. 어쨌든 이들의 도움으로 여기까지는 순항을 하고 있다. 그놈들이 알고도 모른 체하는 건지는 모르겠지만 현재는 적어도 제동을 걸고 있지는 않은 것 같다. 그러나 광주에서 대규모 사상자가 난다면 미국도 그냥 있지는 않을 것이다. 미국 놈들 모르게 부대를 동원시킬 수는 없다. 그들은 많은 정보자산을 갖고 있다. 위성과 도·감청으로 많은 정보를 수집한다. 미국 놈들 기술은 우리가 상상할 수 없을 정도로 뛰어나다. 국내의 웬만큼 은밀한 소식도 다 알고 있다. 하기야 우리 군 장교의 30% 이상이 미군 정보당국의 첩보원 노릇을 하고 있다는 얘기도 있다. 그래서 12·12 이후 보안사 전 요원에게 '미군 당국과 접촉하거나 정보를 제공하는 군인들의 동향을 면밀히 감시하라'는 특명을 내려 보냈다. 만약 광주작전을 진행하다가 일이 커져버리거나 후폭풍이 일어난다면 미국 놈들은 나를 제거하려고 할 수도 있다.

전 사령관은 머리가 아팠다. 두통이 아니라 머릿속이 복잡해져서 가닥을 잡을 수 없다. 이런 복잡한 일에는 도통 적응이 안 되고, 적성이 맞지 않는다.

"사령관님!"

전 사령관은 정신을 차리고 자신을 부르는 이학봉 처장을 바라본다.

"그래, 얘기해봐!"

"결단을 내려주셔야 합니다. 권정달 처장의 얘기로는 개학이 되자마자 대학가 데모가 매우 극렬해질 거라는 예상이랍니다. 재야와 김영삼, 김대중 야당 정치인들도 제 목소리를 내면서 기선을 잡으려 할 것이고, 노동계도 심상치 않다는 것입니다. 조속히 계획을 세워서 그들의 목소리를 잠재우지 않으면 감당하지 못할 상황이 올 수도 있습니다. 실기하면 안 됩니다. 사령관님, 마음을 굳게 가지십시오."

이학봉 처장이 나름 충언을 고해 올린다. 전 사령관은 그런 그를 한 번 더 쳐다보고는 다시 정면을 응시하다가 눈을 감는다. 이윽고 전 사령관의 입에서 혼잣말과 지시가 함께 튀어나온다.

"그래, 돌파해야지. 안되면 되게 만들어야지. 이봐 학봉이, 당신이 세부 계획을 세우고 잘 추진해 봐!"

이 처장이 즉각 자세를 바로잡고는 경례를 붙이며 대답한다. 그런 그를 전 사령관이 긴장 반, 웃음 반의 얼굴로 바라본다. 그리고는 오른손으로 이 처장의 왼쪽 어깨를 가볍게 서너 번 토닥거린다. 이 처장은 고개를 숙이면서 전 사령관에게 다시금 복종과 충성의 각오를 다진다.

조마조마한 마음으로 사령관과 이 처장의 대화를 지켜보던 차수일 중령은 가슴을 쓸어내린다. 자칫 심혈을 기울여 만든 공작이 폐기되는 것이 아닌가 하는 생각이 잠깐 들었다. 사실 차 중령은 '무등산' 공작 계획을 짜면서도 마음 한 구석에 도사리고 있는 양심에 괴로울 때가 많았다. 많은 사람들이 죽어나갈 피의 공작이기 때문이다. 군인들끼리의 전투가 아니고, 권력을 잡기 위해서 멀쩡한 사람들을 재물로 삼는 공작이기에 갈등이 없을 수 없었다. 아직도 피를 보지 않고 권력을 잡는 길이 없을까 하는 생각도 부지불식간에 여러 번 했다. 그러나 권력은 무슨 일이 있더라도 잡아야 하는 절체절명의 상황에서 이 길밖에 없다는 판단에 따라 이를 악물고 공작을 기획했다. 그런데 정작 권좌에 앉으려는 전 사령관님이 잠시 흔들리고 있는 모습을 보니 낙담할 뻔했다. '이제 와서 어쩌자는 것인가?'라는 생각을 하고 있는데 전 사령관이 결심을 굳혀주신다. 역시 우리 사령관님이시다. 차 중령은 존경스러운 눈으로 보스인 전 사령관과 이 처장을 번갈아 바라보면서 충성을 다짐한다.

'국보위'의 태동

봄꽃들이 피기 시작한다. 가장 먼저 개나리와 진달래가 노랑과 연분홍색으로 치장하고 들과 산에 자태를 드러냈다. 작은 들꽃들도 겨우내 숨죽여 있다가 싹을 내밀고 서둘러서 앙증맞은 꽃망울을 터트린다. 보안사 정원에도 이런 저런 싹들이 솟아오르고, 벚꽃들은 흐드러진 모습으로 사람들의 눈길을 끌고 있다.

지난 주말부터 내리는 봄비는 꽃나무들을 함초롬히 적시고, 벚꽃들은 빗방울에 못 이겨 하얀 꽃잎들을 떨구고 있다. 벚나무 아래는 하얀 눈꽃송이 같은 꽃잎들이 땅바닥을 덮고 있다. 그래도 굵고 후드득거리는 소나기가 아니고, 안개비로 내리다가 때로는 가는 빗방울로 봄비 시늉만 내고 있어서 아직은 벚꽃의 자태가 볼만하다.

4월 15일 오전, 전두환 사령관 집무실 옆 특별상황실에서는 그의 측근 참모 네 사람이 전 사령관에게 새로운 안건을 보고하기 위해 대기하고 있다. 두 달 전 구체적인 집권 공작의 시나리오가 완성된 뒤, 보안사령관실 옆에 특별상황실을 설치해 놓고 이틀에 한 번꼴로 상황을 점검하면서 공작을 실행해 나가고 있다.

전두환 사령관은 어제 중앙정보부장 서리에 취임했다. 대한민국 권력의 두 축이 모두 그의 수중에 들어온 것이다. 명실상부한 최고의 실권자이다. 전 사령관이 중정부장 서리가 된 것은 겉으로 보이는 것보다 기실 더 중요한 이유가 있다. 김재규의 대통령 시해사건이 난 이후 전 사령관은 중정을 사실상 무장해제 시켰다. 그리고는 재빨리 자신과 가까운 인물들로 채우거나 아니면 기존 중정간부들을 자신의 사람으로 만들었다. 중정부장 서리도 이희성 계엄사령관이 맡도록 했다. 그런데 욕심나는 부분이 꼭 있었다. 바로 돈이다. 중정에는 정보비라는 영수증 없이 쓸 수 있는 엄청난 현금 예산이 있다. 보안사도 중정으로부터 정보비 예산을 받아쓰는 형편이다. 쿠데타 이후 막대한 자금이 필요했지만 아직 기업들로부터는 공개적으로 돈을 받을 수 있는 형편은 아니었다.

3월 초 어느 날, 이학봉 처장이 보고를 들어와 머뭇거리더니 내놓은 말은 전두환의 귀를 확 트이게 만들었다.

"사령관님, 빠른 시일 안에 중정부장을 맡으시는 것이 좋겠습니다."

"왜? 지금도 차장보를 겸임하고 있으면서 사실상 중정을 장악하고 있잖아. 이희성 계엄사령관이 맡고 있지만 사실상 내가 모든 걸 주도하고 있어서 문제없다고 생각하고 있어. 안 그래?"

전 사령관이 의아한 눈길로 바라보면서 의문을 내놨다.

"사령관님, 현재 막대한 자금이 소요되고 있지만 지금처럼 사령관님께서 개인적으로 마련해 쓰는 돈은 한계가 있습니다. 기업들 돈을 쓰다가 그들이 돌변해서 나중에 폭로라도 한다면 낭패가 아니겠습니까? 그런데 중정에는 국가 안보를 위해 정보비라는 예산이 있습니다. 국회에서도 공식적으로 인정하고 있으면서 그 사용처는 사실상 불문하고 있습니다. 영수증 없이 사용하는 돈입니다. 이 돈을 필요한 만큼 갖다 쓰려면 사령관 각하께서 중정부장을 겸임하시는 것이 절대 필요합니다."

"그래? 듣고 보니 그렇군. 지금은 찔끔찔끔 받아서 좀 썼는데 용돈에 불과했단 말이야. 그거 좋은 생각이야. 아주 좋아."

전 사령관은 얼굴 가득 흡족한 미소를 지으면서 머리를 끄덕거렸다.

어쨌든 전두환 사령관의 중정부장 겸임에 대해 미국의 거부반응이 나오고 있다. 국내의 반발이야 이미 각오했고, 밀고 나가면 될 일이지만, 미국의 반발이 거세지면 문제가 커질 수 있다. 미국 놈들은 정례적으로 열리는 '한미안보협의' 회의를 일방적으로 연기했다. 미국이 경고하는 것이지만 전 사령관은 크게 신경 쓰지 않고 있다. 지금까지 미국 측 관계자와 접촉한 결과, 현재로서는 미국도 한국의 상황을 관망하고 있으며, 특히 전두환 사령관을 비롯한 신군부의 움직임과 의도를 파악하고 있으면서도 이렇다 할 대안을 갖고 있지 못한 것으로 파악됐다.

전 사령관은 여기서 자신감을 얻었다. 미국정부는 미국의 이익에 반하지 않는 한 한국에서 어떤 일이 벌어지든지, 누가 대통령이 되든지 관심이 없다. 그저 미국의 이익을 위하는 인물이라면 누구라도 환영할 것이라는 게 참모들의 분석이다. 김재규를 수사하는 과정에서 그가 미국 측 인사와 자주 접촉을 했었던 사실이 드러났고, 김재규의 박정희 시해에는 미국 입김과 의중이 일정부분 영향을 미쳤을 것이라는 분석도 있다. 미국은 박정희 대통령의 자주국방 및 핵개발 의지에 심각한 우려를 갖고 있었던 게 사실이었기 때문이다. 거기다가 김형욱 전 중정부장의 자서전으로 인한 파문에 이어 그가 파리에서 갑자기 행방이 묘연한 것까지 미국은 박대통령의 통치행위에 대해 거부감이 쌓여가고 있는 상황이었다.

어쨌든 미국은 한반도에서 미국의 전략적 이익을 침해하는 인물이 정권을 잡지 않는다면 일부러 공작을 펴서 방해를 하는 일을 벌이지는 않을 것이라는 것이 전 사령관 참모들의 최종 판단이다. 전두환 사령관은 문득 브루스터 CIA한국지부장이 떠올랐다. 지금까지 그의 역할과 도움이 컸다. 앞으로도 그의 협조가 매우 중요하다. 그를 계속 구워삶아야 한다.

아침에 중정에 잠깐 들렀다가 보안사령부로 오는 동안 전 사령관은 차안에서 모처럼 차분하게 자신의 생각을 정리하는 시간을 가졌다. 그리고 그의 결론은 '돌진'이다.

*

"오늘 보고할 내용은 뭔가?"

전 사령관이 회의실 의자에 앉으면서 말하자 권정달 처장이 대답한다.

"네, 지난번 이학봉 처장이 보고 드린 '오동나무' 공작에 대한 문건 중, 오늘은 '무등산' 공작 이후의 시나리오에 대해서 말씀드리겠습니다."

"그래 해봐."

"사령관님, 집권 목표를 원만하게 달성하기 위해서는 합법적인 기구를 만들어서 권력을 장악해 나가는 것이 좋을 것 같습니다. 따라서 '무등산' 공작이 완료됨과 동시에 권력을 장악할 실질적인 기구를 만들 필요가 있습니다."

"그래? 국가보위비상대책위원회라고 하는 기구를 말하는 건가?"

"네, '오동나무' 공작 보고서에 담긴 내용입니다. 오늘은 보다 구체적으로 말씀드리겠습니다. 광주 폭동사태를 진압하고 수습하는 과정을 국민들에게 알리면 국민들은 북괴군의 남침 우려에 매우 불안해 할 것입니다. 이를 이용해서 국난을 극복하고 국민의 안위를 위해서는 특별한 기구가 필요하다는 인식을 확산시키고, 이에 따라 합법적으로 권력을 장악해나갈 기구를 만들어야 합니다. 이 기구에서 모든 권력을 쥐는 것은 물론 향후 '오동나무' 공작이 순조롭게 진행될 수 있는 합법적 절차가 되는 것입니다."

"그거 좋은 생각이야. 계속해 봐"

전 사령관이 재촉하자 권 처장은 준비해 온 문건을 보면서 설명을 한다.

"우선 명칭은 가칭 '국가보위비상대책위원회'라 하겠습니다. 대통령 자문기관으로 만들어진 이 의원회의 의장은 대통령이 하고, 상임최고위원회를 두어서 실질적인 의결기관으로서 역할을 하는 것입니다. 당연히 보안사령관과 중정부장 서리를 역임하고 계시는 사령관님께서 상임최고위원회 위원장을 맡으셔야 합니다. 이 기구는 계엄 하에서 계엄 업무를 지휘, 감독하고, 계엄당국과 협조 체제를 보다 긴밀하도록 하는 것으로서, 계엄사령부는 어디까지나 군 본연의 업무인 국방과 치안 질서 유지에만 전념하고, 국가보위비상대책위원회가 행정이나 사법 사무에 대한 기획, 조정, 통제 등의 업무와 책임을 지도록 하는 것입니다. 이렇게 되면 내각은 사실상 유명무실해지고, 최규하 대통령도 우리 일정에 따라 언제든지 하야시킬 수 있습니다.”

일단락을 마친 권 처장이 숨이 찬 듯 전두환 사령관의 얼굴을 바라본다. 사령관의 느낌을 여쭙는 표정이다.

“끝이야?”

전 사령관이 권정달 처장의 의도와는 다르게 말한다.

“아닙니다. 보고를 계속하겠습니다.”

권정달 처장이 목소리를 가다듬는다.

“이 기구가 만들어져서 가동되면 아 나라의 실질적인 권력은 사령관님의 수중으로 모두 들어오게 됩니다. 모든 행정을 비롯해 사법부까지 말입니다. 여기서 향후 대통령 선출을 위한 제도와 일정 등을 짜서 진행하도록 하면 될 것입니다. ‘무등산’ 공작은 직선제 개헌을 막는 대국민 압박이면서 선전용이지만 사실 이 기구를 만들기 위한 명분이기도 합니다.”

전두환 사령관은 가만히 듣고 있다. 턱을 괴고 심각한 표정을 짓고 있는 것 같지만 실상 그의 마음은 이미 권력을 다 쥔 사람처럼 더 이상 들뜨지 않았다. 모든 것이 순조롭게 진행되고 있기 때문이다. 정치인들은 자신들이 곧 대통령이라도 될 것처럼 벌써부터 쌈박질이다. 잘 들 하고 있다. 그러나 한 가지, 예상했던 것처럼 대학생 놈들은 개학을 하자마자 공부는 안하고 연일 데모를 하고 난리다. '내가 무슨 대통령이라도 하고 있는 건가. 왜 날 물러나라고 한단 말인가. 망 할 놈들.'

"잘 들었어. 매우 중요한 것으로 보이고, 잘 짰어. 그런데 말이야, 이걸 빨리 진행해야겠어."

전 사령관의 말이 끝나자 허화평 비서실장이 말한다.

"맞습니다. 사령관님. 이제 서둘러야 합니다. 속전속결로 진행했으면 좋겠습니다."

이학봉 처장이 재빨리 말을 잇는다.

"사령관님, 바로 그것입니다. 이제 실질적인 행동과 조치로 들어가야 합니다. 이미 만들어 놓은 실행계획을 즉각 진행하도록 일정을 잡도록 해야겠습니다."

그 소리를 들은 전 사령관이 고개를 이리저리 돌리면서 참모들을 둘러보면서 말한다.

"그러게 말이야. 알겠어. 아, 허 실장. 우리 사람들 조만간 소집시키도록 해. 거기서 구체적 일정과 계획을 확정해서 진행하도록 하자고. 그 이전에 우리끼리 계획을 최종 마무리해서 준비를 해야지."

"네, 사령관님, 바로 진행하도록 하겠습니다."

허화평 실장이 고개를 숙이면서 대답했다.

"그리고, 내일부터는 당신들하고만 하는 특별참모회의를 매일 오전이나 오후에 한차례 이상 하도록 해야겠어. 나도 특별한 일이 없으면 회의를 참석할 테니까 각자 분발하도록 해."

전 사령관은 이렇게 지시를 내리고는 소파에서 일어났다. 회의를 끝내겠다는 태도이다. 참모들이 방에서 나가고 전 사령관은 책상 의자로 가서 앉았다. 그는 팔짱을 끼고 눈을 감았다. 지금의 권력도 대단하지만 앞으로 제대로 된 권력을 가져야만 된다. 군복을 벗고 국민들이 인정하는 대통령이 돼야만 제대로 된 권력자라고 할 수 있는 것이다. 그는 오른쪽 책상 서랍을 열고, 며칠 전 이학봉 처장이 보고한 '오동나무' 공작 문건을 꺼내 들어 또 읽기 시작했다. 몇 번 읽었지만 싫지 않은 내용이고, 아무리 생각해도 멋진 계획인 것 같았다. 그의 입가에 야릇한 웃음이 번진다.

*

4월 22일 오후 2시. 전두환 보안사령관 사무실에 허화평 비서실장이 서류함을 들고 다급히 들어와 보고를 한다.

"사령관님, 강원도 사북지역에서 탄광 노동자들이 큰일을 저지르고 있습니다. 급히 대책을 마련해야 할 것 같습니다."

책상에 앉아서 서류를 읽고 있던 전두환 사령관은 고개를 들고 허 실장을 빤히 바라보며 황당하다는 듯 한마디 한다.

"아, 그런 정도의 일로 뭘 그리 호들갑이야"

"사령관님, 그게 아닙니다. 사태가 심각합니다. 단순한 사보타주가 아니고 폭력이 난무하는 상황으로 번졌습니다. 특별한 조치를 해야 할 것 같습니다."

허 실장이 재차 사태의 심각성을 보고한다. 그때서야 전 사령관은 얼굴을 일그러뜨리며 자리에서 일어선다. 그리고는 허 실장이 들고 있던 서류함을 받아서 열어본다.

'사북사태'라는 보고서에는 국내 최대 민영 탄광인 강원도 정선군 사북읍의 동원탄좌 사북영업소에서 탄광 노동자와 그 가족들이 임금인상 등을 요구하면서 데모를 했는데 진압과정에서 급기야 지서를 부수는 등 폭력이 난무한 유혈사태로 번지고 있다는 내용이 들어있다.

전 사령관이 인상을 쓰면서 허 실장에게 말한다.

"이 자식들이 뭐가 어쨌다고 폭동을 일으키고 지랄이야?"

"네, 며칠 전부터 광부들이 어용노조지부장의 사퇴와 임금인상을 요구했는데 회사 측이 경찰을 동원하여 진압하다가 사태가 악화됐습니다. 현재 약 6천여 명의 광부와 가족들이 곡괭이와 몽둥이를 들고 경찰과 맞서 있으며, 지서가 불타고 사북으로 연결되는 기차도 사실상 점거된 상태입니다. 이대로 방치하다가는 더 많은 피해가 예상됩니다."

허화평 실장이 보충 설명을 하자 전 사령관이 다시 버럭 소리를 지른다.

"겨우 그 정도로 호들갑이야? 그깟 놈들 하나 정리하지 못한단 말이야?"

사령관의 호통에 대답을 못하고 잠시 머뭇거리던 허 실장이 말한다.

"사령관님, 현재 강원도경 경찰병력으로 대응하고 있습니다만 경찰관 피해가 발생하는 등 사태가 심상치 않습니다."

"그래?"

전 사령관이 주춤하면서 다시 눈꼬리를 치켜들고 인상을 쓴다.

"사태가 심각하면 특전사를 출동시켜. 알겠나?"

"네, 알겠습니다."

허 실장이 다음 지시를 기다리는 듯 나가지 않고 서 있자 전 사령관은 짜증스러운 목소리로 나가보라 한다.

다음날 정오, 전두환 사령관은 측근 참모들과 점심식사를 함께한다. 식사도중 아무도 말이 없다가 식사가 거의 끝나갈 즈음 전 사령관이 허화평 실장을 바라보면서 말한다.

"허 실장, 어제 얘기한 사북사태는 어떻게 조치했나?"

"네, 사령관님. 특전사 11공수여단을 원주에 주둔시켜놓고 상황에 따라 즉각 투입할 수 있도록 조치했습니다."

"상황은 어때?"

"네, 현재까지의 진압작전에서 광부들이 던진 돌 등으로 경찰관 1명이 사망하고 수십 명이 부상당했습니다. 사북지서가 점거 후 파괴되었고 사북의 주요 시설물들이 파손된 상태입니다. 다행히 주민들이 자체 규찰대를 조직해서 더 이상의 폭동과 난동은 일어나지 않도록 막아주고 있는 상황입니다."

"그 원인이 뭐야?"

"동원탄좌 노조위원장 부정선거 의혹으로 내부 분란이 있었고, 노조운영에 대한 경찰 등 기관의 개입에 반발하면서 사태가 촉발된 것으로 판단하고 있습니다. 여기에 광부들의 임금이 너무 낮다는 불만이 터진 것으로 보입니다."

허 실장의 자세한 보고를 듣던 전 사령관이 눈꼬리를 가늘게 뜬다.

"거 동원탄좌인가 뭔가 하는 회사 말이야, 어떤 놈이 운영하는 거야? 좀 알아봐! 아, 그리고, 탄광 막장에서 일하는 광부들 임금 상황도 좀 잘 파악해 보고!"

"네, 알겠습니다. 사령관님."

허 실장의 대답이 끝나기도 전에 전 사령관이 담배를 꼬나물었다. 앞 옆 의자에 앉아있던 허삼수가 재빠르게 담뱃불을 붙인다. 내뿜는 전 사령관의 담배연기가 순식간에 방안에 가득 차오른다. 허 실장을 비롯해 참모들은 담배를 피우고 싶은 생각이 간절했지만 도화지에 번지는 물감처럼 꼬리를 물고 이어지는 담배연기의 꽁무니만 바라보는 수밖에 없다. 갑자기 전 사령관의 목소리가 담배생각이 간절한 참모들을 깨운다.

"이봐, 학봉이."

"네, 사령관님."

"사북 건 말이야. 사태가 진압되면 관련자들 모두 구속해서 본때를 보여주라고. 요즘 정치권과 대학생 놈들이 지랄하니 노동계에서도 들썩거린다면서?"

"네. 그렇습니다. 올해 들어 노사분규가 극심해지고 있습니다. 계엄사 합동수사단에서 사북사태 처리반을 조직해 엄정히 처벌하도록 하겠습니다."

"그래, 좋아. 아 그리고 말이야, 내일 오전 보안사 핵심 참모들이 모이는 회의에서 우리가 세운 계획대로 일을 추진할 수 있도록 일정 조정 등 계획을 확정하도록 하자고."

전 사령관이 회의를 지시해놓고는 혼잣말을 한다.

"심상치가 않아, 심상치가 않다고…."

'심상치가 않다'는 말은 전 사령관만이 아니라 참모들 모두 느끼고 있는 현재의 분위기이다. 재야와 정치권은 물론이고 대학가, 노동계 등 사회 각계각층에서 봇물처럼 터지고 있는 것이 있다. 바로 신군부의 집권을 저지하자는 주장과 구호들로 '전두환은 물러가라'와 '계엄령 해제하라'는 것들이다.

이학봉 처장은 그동안 군 내부를 비롯한 권력기관은 확실히 장악했다고 판단했다. 이미 내부의 적은 모두 제거했고, 이제부터는 외부의 적과 싸워야 한다. 그들이 학생이건 정치인이건 재야인사 건 간에 거추장스러운 것들은 다 치워버려 한다고 그는 생각한다.

"네, 사령관님. 내일 오전 10시에 집합하도록 하겠습니다. 그리고 사령관님, 우리 사람들 전체회의는 내일 핵심 참모회의에서 세부계획이 결정된 후 일정을 잡아서 개최하도록 하겠습니다."

"그래 알았어."

전 사령관이 몸을 일으킨다.

다음 날 오전 보안사령부 특별상황실에서는 전 사령관을 비롯해 최예섭 기획처장, 허화평, 허삼수, 이학봉, 권정달, 정도영 등 참모들이 모두 모였다. 전 사령관의 수족과도 같은 이들은 그동안 정권장악을 위한 공작을 계획하거나 실행하는 주역들이다. 대한민국의 모든 정보와 권력을 손 안에 쥐다시피 한 이들이 계획하고 진행하는 것들은 오직 대권을 잡기 위 한 것이고, 이 권력찬탈 작업에 방해되는 민주주의 요구세력은 가차 없는 제거의 대상일 뿐이다.

"지금부터 사령관님을 모시고 회의를 시작하겠습니다. 오늘 회의는 현 상황에 대한 인식을 바탕으로 앞으로 진행될 공작 계획을 점검하고 일정 을 비롯한 세부계획을 확정하기 위한 것입니다. 먼저 권정달 정보처장이 현 상황에 대한 보고를 하겠습니다."

허화평 비서실장의 회의목적 설명에 이어, 권정달 처장이 앞으로 나와 서 차트를 넘기며 현 상황에 대한 보고를 시작한다.

"현재까지는 그동안 준비한 공작이 모든 분야에서 계획한대로 차질 없 이 진행되고 있다는 말씀부터 드리겠습니다. 군권 장악은 완료됐다고 표 현해도 무리가 없습니다. 주영복 국방부장관, 이희성 육군참모총장 겸 계 엄사령관, 황영시 육군참모차장, 노태우 수경사령관, 정호용 특전사령관 외에 수도권 및 군 주요보직에 저희 사람과 지지자 및 협조자, 우호적 지 휘관들로 배치 완료했습니다. 또한 시위 진압을 위한 충정작전을 계획대 로 추진해서 이미 2/4분기 훈련까지 마친 상태입니다. 훈련은 실전 수준 입니다. 작전에 투입되는 부대는 특전사가 주력이고, 수경사 예하 부대와 수도권의 17, 20, 26, 30사단입니다. 이들 부대는 시위 또는 폭동진압에 언제든지 출동할 수 있도록 만반의 태세를 갖추고 있습니다.

다음은 언론에 대한 대책 및 작전 추진상황입니다.

지난 2월부터 보안사 정보처 내에 '언론대책반'을 만들어 모든 언론기관을 상대로 직접 보도검열을 실시하고 있습니다. 명칭은 'K-공작'으로 3월 25일부터 1단계 공작에 들어갔으며 국민여론을 민주화 부분보다는 국가 안정에 더 많이 쏠릴 수 있도록 보도 통제 및 유도를 하는 공작입니다. 정보처 소속 이상재 준위가 반장을 맡고 작전을 수행중입니다.

다음은 재야 및 정치권에 대한 공작입니다.

김대중이 해금된 뒤 김영삼, 김종필 등 다른 유력 정치인들과 직선제 대통령 선거를 염두에 둔 치열한 암투가 벌어지고 있습니다. 그러면서도 이들은 직선제 개헌을 위해 서로 연합하기 위한 움직임도 있습니다. 정보처에서는 이들 정치인에 대한 자료를 최대한 확보하고 있으며, 이들에 대한 제거작전이 필요하면 신속하게 처리할 수 있도록 준비되어 있습니다.

다음은 대학생들에 대한 대책입니다.

대학가는 현재 갈수록 집회 및 시위가 확대되고 있는 상황입니다. 5월이 되면 대규모 연합시위가 예상됩니다. 이를 진압하기 위한 충정작전의 군 병력도 대기상태입니다. 미국의 움직임에 대한 사항은 며칠 전 사령관님께 보고 드린 내용으로 대체하려 하는데 괜찮으시겠습니까?"

권정달 처장이 전 사령관을 바라본다. 전 사령관이 고개를 끄덕이면서 허락한다.

"이상으로 현 상황에 대한 보고를 마치고, 다음으로는 향후 추진될 정치공작 분야에 대해 말씀드리겠습니다.

'오동나무' 공작의 일환입니다. 먼저 시국수습방안이라는 이름으로 작성된 계획안입니다. 갈수록 격화되는 시위 및 반대세력을 잠재우고, 국민 여론이 '국가안정'을 희구하는 쪽으로 유도하는 한편, 집권을 위한 절차적 정당성을 확보하기 위해 필요한 조치입니다. 1단계로 비상계엄의 전국 확대가 우선되어야 합니다. 2단계로는 국회를 해산하고, 3단계로는 비상시국을 관할 통제, 통치하는 비상기구인 국가보위비상대책위원회를 설치하는 것입니다. 이 기구는 사령관님께서 따로 지시하신 자리에서 저희가 보고 드린 바와 같습니다.

다음은 구체적인 실행 일정에 대해서 논의한 바를 말씀드리겠습니다.

첫째, 비상계엄의 전국 확대시기입니다.

비상계엄 확대는 사실 시급합니다. 지금은 전국 비상계엄상태가 아니다 보니 계엄사령부에서 할 수 있는 일이 제한적입니다. 아시는 바와 같이 전국 계엄이 아닌 현재는 계엄업무의 지휘감독권이 국방부 장관에게 있으며, 이에 따라 계엄 포고령 등 중요사항에 대한 심의가 국무회의를 통과해야만 하는 불편함과 어려움이 있습니다. 이는 신속하고도 중요한 의사결정을 해나가야 하는 우리 입장에서는 심히 불편합니다. 따라서 전국계엄 발동으로 내각의 기능을 정지시키고, 모든 통치의 실제적 권한을 계엄사령부가 갖도록 해야 합니다. 특히 포고령을 통해서 일체의 정치활동 금지와 집회 및 시위의 금지를 하루속히 실행하여 시위와 노동계의 사보타주 확산을 막는 것도 중요합니다.

둘째는 국회 해산입니다.

이는 구시대 정치인들을 전부 몰아내고 새로운 정치인으로 국회를 구성해야 하기 때문입니다. 특히 국회가 비상계엄 해제나 비상계엄 전국 확대를 가로막을 수도 있기 때문에 시급히 처리해야 합니다.

셋째는 비상기구, 즉 국가보위비상대책위원회를 구성하는 것입니다. 이 부분도 사령관님께 따로 보고를 드린 것으로 대체해도 되겠습니까?"

눈을 살며시 감고 보고내용을 주의 깊게 듣고 있던 전 사령관이 눈을 뜨면서 고개를 끄덕인다.

"이상으로 보고를 마치겠습니다. 충성!"

정보처장 권정달 대령이 보고를 마치자 대공처장 이학봉 대령이 자리에서 일어나 차트 옆으로 다가간다.

"그럼 지금부터 구체적인 일정을 잠정적으로 결정하도록 하겠습니다. 우선 그동안 마련된 계획을 최종확정해서 진행하도록 하는 우리 핵심인사들의 회의일정과 그 참여 범위를 정하도록 하겠습니다. 날짜는 다음 달인 5월 초로 잠정결정하고 추후 개별 통보토록 하겠습니다. 사령관님, 어떻습니까?"

이학봉 처장이 전 사령관을 향해 의견을 묻는다.

"그렇게 하도록 해"

"그러면 참석 범위를 논의하겠습니다. 우선 저희 핵심 멤버들만 참석하는 것을 원칙으로 하겠습니다. 보안이 생명이니만큼 그 외의 다른 인사의 참석은 신중히 검토하는 것이 좋겠습니다."

"그럼 누구누구인지 명단을 얘기해 봐."

"네, 유학성 3군사령관, 황영시 참모차장, 차규헌 육사교장, 노태우 수경사령관, 정호용 특전사령관 등이며, 저희 네 명의 처장과 최예섭 기획처장, 정도영 참모장 등입니다. 사령관님 어떻습니까?"

"좋아, 그렇게 해. 아니야, 박준병 20사단장도 참석시키도록 해."

전 사령관은 육사동기인 박준병 소장을 추가시킨다.

"이제 전국비상계엄 발동 시점에 대해 논의하겠습니다. 비상계엄 전국확대는 사실상 겉으로라도 명분이 있어야 합니다. 현재의 상황으로 보아 대학가 시위가 극렬해질 것으로 예상되는 시점을 잡아서 전격적으로 시행하는 것이 좋겠습니다. 따라서 상황을 봐가며 5월 10일에서 20일 사이에 발효하는 것으로 하는 것이 어떨까 합니다.

또한, 이 시점을 상정해서 사전에 특전사 투입 등 군 이동을 비롯한 모든 준비태세를 갖추고, 계엄 포고령을 근거로 집행할 정치활동 금지와 대학교 휴교령, 정치인과 데모 주동 대학생 등에 대한 예비 검속 등에 대해서도 만반의 준비를 갖추도록 합니다."

이학봉 처장이 설명을 마치자 전 사령관이 갑자기 자리에서 벌떡 일어나 지휘봉을 흔들어 대면서 참모들에게 말한다.

"좋아, 아주 좋아. 시점은 그렇게 하자고. 그리고 말이야, 계엄사령부인 육군참모본부에도 관련 준비를 은밀히 하라고 지시해. 특전사 투입은 미국놈들 눈치 안 봐도 되니까 미리미리 준비해서 이동도 시켜놓고 말이야."

"네, 그렇게 하겠습니다. 그럼 방금 말씀드린 대로 일정도 확정하신 것으로 알겠습니다. 참, 사령관님, 말씀드린 '무등산' 공작은 저희 참모들끼리만 공유하는 것으로 하겠습니다. 관련 군 지휘관이나 부대에는 그때그때 상황에 따라서 지시하면서 진행해 나가도록 하겠습니다."

이학봉 처장이 다시 공작 명 '무등산'에 대해 언급을 했고, 전 사령관은 눈을 움찔거리면서 고개를 끄덕이는 것으로 얘기를 마무리시킨다.

이날 밤, 차수일 중령은 이학봉 처장의 지시를 받아서 '무등산' 공작의 단계별 작전계획을 다시 점검했다. 공수특전사 등 광주에 투입할 부대의 선별은 중요한 문제다. 보안사가 만든 공작에 따라 광주 현지에서 차질 없이 작전을 수행할 수 있는 충성스런 지휘관이 있는 부대라야 한다. 지휘관이 가급적 하나회 소속인 공수여단이 적격이다. 물론 공수여단 본부 및 대대단위의 작전 현장에도 보안사 요원들이 파견되어서 '작전 조언권'을 활용한 감시와 지도가 이루어질 것이다.

차 중령은 이 외에도 광주에서의 선동 공작에 투입할 편의대, 즉 특수 공작대의 구성 및 운용, 지휘부 구성, 작전 목표도 구체적으로 만들어 나가기 시작했다. 광주를 폭동의 도시로 만들어 나가는데 있어 선동공작은 매우 중요한 부분이다. 시민들에게 분노와 증오감을 심어주고, 이를 활용해서 계엄군에게 물리적으로 대항하게 하는 것이 보안사가 원하는 '무등산' 공작의 내용이다.

왕좌의 싹, '시국수습방안'

5월 4일 오후 4시. 국군보안사령부의 전두환 사령관 집무실 옆 특별상황실은 긴장감이 가득하다. 일요일이지만 전 사령관을 비롯해 허화평 비서실장과 허삼수, 이학봉, 권정달 처장, 정도영 참모장 등 전 사령관의 최측근 참모들과 3군사령관 유학성, 육군참모차장 황영시, 육사교장 차규헌, 수도경비사령관 노태우, 특전사령관 정호용, 박준병 20사단장 등 신군부 핵심인사들이 거의 다 모였다.

이날 회의는 3일 전 일정이 통보됐으며, 대부분 12·12부터 생사를 같이하기로 결의한 동지이자 쿠데타의 주역들이다. 이학봉 보안사 대공처장 겸 계엄사 합동수사단장이 회의진행 임무를 맡았다.

"오늘은 사령관님과 여러 선배님을 모시고 안전하고 부강한 국가 건설을 위한 집권계획을 설명하고 이에 따른 일정 확정, 역할 분담 등에 대해 논의를 하고자 합니다. 선배님들의 조언과 충고를 부탁드립니다. 또 '오동나무' 작전 진행사항과 그 이하 '무등산' 작전에 대한 구체적 실행계획에 대해서 보고 드리고 일정 등을 확정하도록 하겠습니다. 먼저 사령관님의 말씀을 듣도록 하겠습니다."

전두환 보안사령관 및 중앙정보부장 서리가 자리에서 일어나 인사말을 한다. 군모를 벗은 그의 머리는 오늘따라 유난히 빛나 보인다.

"에~ 오늘 이 자리는 우리가 그동안 준비해오고 앞으로 실행할 계획들에 대해서 회의를 하고, 여기서 그 일정을 확정하도록 할 것입니다. 다들 맘들을 단단히 먹고, 각자 맡은 위치에서 최선을 다해주기를 바랍니다. 이제는 돌이킬 수 없습니다. 이상입니다."

단호한 어투로 전 사령관이 말을 마치자 회의실에는 엄숙한 분위기가 감돈다. 이학봉 처장이 차수일 중령이 펼쳐놓고 있는 차트 옆으로 다가간다.

"지금까지 국난을 극복하고자 집권을 위한 공작을 수행해왔으며 현재까지 큰 차질 없이 진행하고 있습니다. 그러나 이제 겨우 시작에 불과하고 아직도 넘어야 할 산이 많습니다. 아시다시피 전체적인 공작 명은 '오동나무'입니다. 오늘 첫 번째 논의할 부분은 공작 명 '오동나무' 계획에 따른 세부작전의 하나로 비상계엄의 전국 확대와 국회해산, 비상기구 설치에 대한 문제입니다. 이 부분에 대해서 권정달 정보처장이 설명을 진행하도록 하겠습니다."

권 처장이 앞으로 나와서 전 사령관을 향해서 거수경례를 한다. 전 사령관이 오른손을 들어 인사를 받자마자 권 처장이 차트를 짚어가며 설명한다.

"제가 말씀드리는 부분은 '오동나무' 공작 중, 정치 및 행정 분야에 대한 것입니다. 초안 마련 후 그동안 내부 참모진에서 검토를 마쳤으며 사령관님께 보고도 마쳤습니다."

차 중령이 손으로 차트를 넘기자 첫 장에 '구국을 위한 시국수습방안'이라는 제목의 문건이 크게 쓰여있다.

"현 시국을 수습하고 부정부패가 없는 새롭고 부강한 국가건설을 위해 다음과 같은 정치 및 행정조치를 결행해야 합니다.

첫째, 비상계엄의 전국 확대입니다. 현재의 비상계엄 상태에서 우리가 추구하는 목표를 달성해 나가려면 장애요소가 많습니다. 전국비상계엄으로 우리 군부가 실질적인 정치, 행정 권한을 가지고 집권을 위한 계획을 효율적이고 신속하게 실행해가야 합니다.

또한 이는 향후 집권계획을 순조롭게 추진하기 위한 필수 전제가 되기 때문에 비상계엄 전국 확대는 절대로 확보해야만 하는 과제입니다.

현재 국회는 김영삼이가 주축이 돼서 5월 20일 임시회를 소집해 놓은 상태며 그 때 계엄해제를 결의할 가능성을 배제할 수 없습니다. 따라서 20일 이전에 선제적인 작전을 결행해야 합니다. 이에 실시시기는 5월 18일 새벽 0시를 기해 발효하는 것으로 하고, 전날인 17일 전군 주요 지휘관 회의를 통해서 결의한 뒤 국무회의 의결을 거쳐 대통령의 재가를 받는 것으로 일정을 잡았습니다. 신속하고 일사불란한 행동이 요구됩니다. 각자 맡은 바 위치에서 주어진 작전을 수행, 차질이 없도록 해 주시기 바랍니다. 구체적인 작전수행에 대해서는 개별로 지침과 각본을 만들어 드리겠습니다."

권 처장의 설명이 진행되는 동안 모두들 숨을 죽이고 듣고 있다. 그들은 '5개월 만에 다시 두 번째의 혁명 작전이 실행되는구나'라는 생각을 한다. 그러면서도 이미 목숨을 건 쿠데타를 해봐서인지 대부분 담담한 표정이다.

"계엄령 전국 확대 부분에 대해 다른 의견이 있으시면 말씀해 주십시오."

권 처장이 의견을 물었지만 아무도 손을 들지 않는다. 이 계획은 이미 전 사령관의 내부 재가를 거친 것으로, 오늘 회의는 사실 요식행위나 다름없다는 것을 참석자들도 알고 있는 것이다.

"이의가 없으시면 지금 말씀드린 대로 비상계엄 전국 확대문제는 일정을 비롯한 그 계획을 확정하도록 하겠습니다."

권 처장의 말이 끝나자마자 전 사령관이 가볍게 손뼉을 쳤고, 이어 참석자들의 박수소리가 회의실을 울린다.

　"그럼 계속해서 다음 안건을 설명 드리겠습니다. 두 번째로 국회 해산입니다. 현재 국회를 구성하고 있는 국회의원들은 대다수가 부패정치인들로서 새롭고 부강한 국가 건설을 위해서는 저해요소가 됩니다. 따라서 국회를 해산하고 새로운 헌법 아래서 건전하고 애국심이 강한 정치인들로 국회를 구성해야 합니다. 이 부분은 계엄령 전국 확대 조치를 시행하면서 동시에 진행해야 할 것으로 보입니다. 그러나 추진 과정에서 현 최규하 대통령을 비롯한 장애물이 존재하기 때문에 유연성 있는 접근이 필요하다고 판단됩니다. 이 부분은 향후 진행 상황을 고려해서 결행 여부를 결정하도록 하겠습니다.

　셋째로는 비상기구의 설치입니다. 가칭, '국가보위비상대책위원회'를 설치해서 행정, 사법, 입법까지 전권을 장악해 명실상부한 임시 통치권을 확보하는 것입니다. 합법적인 권력기관을 통해 순조로운 집권을 이루고자 함입니다.

　"이상으로 마치겠습니다. 필요한 보충설명은 추후 회의를 통해서 자세하게 말씀드리겠습니다. 충성!"

　권 처장이 인사를 하고, 자리로 돌아가자 회의 진행을 맡은 이학봉 대공처장이 앞으로 나온다. 차 중령이 재빨리 차트를 바꾼다.

　"충성! 다음 보고는 제가 하겠습니다. 비상계엄 전국 확대가 시행되면 사실상 새로운 국면이 전개될 것입니다. 그래서 저희는 이번 비상계엄 확대를 12·12 거사에 이은 제2의 구국의 거사로 판단하고 있습니다.

먼저 '예비 검속' 문제입니다. '예비 검속' 공작은 계엄령 전국 확대와 동시에 진행될 것입니다. 학원가의 시위 주모자와 주동자, 재야단체인사, 정치관여 종교인, 기존 부패정치인, 직선제 요구 문인과 학자, 예술가 등 전국의 반체제 및 반국가 인물들에 대해 사전검거 및 체포를 하는 공작입니다. 이상에 대해서 궁금하신 부분이 있으면 말씀해 주시기 바랍니다."

노태우 수경사령관이 손을 든다.

"에, 좋습니다. 참 좋아요. 수고도 많이 했고요. 그런데 예비 검속 대상자들에 대해서는 명단이 확정됐나요?"

"아, 네. 이미 확정됐습니다. 그동안 보안사 예하 전국 보안부대에 지시해서 은밀하게 대상자를 찾아내고 가려내는 작업을 했고, 저희 정보처와 대공처 주도로 며칠 전 명단을 마무리했습니다."

이학봉 처장이 권정달 처장 쪽을 보면서 답변한다. 다시 노태우 사령관이 추가 질문을 한다.

"아, 그러면 김영삼, 김대중 등 3김도 포함이 됐나요?"

"아직 그 사람들에 대해서는 말씀드릴 수 있는 상황이 아닙니다. 조만간 보안사령관님의 지침을 받아서 최종 확정할 것입니다. 이 부분은 특별한 판단이 필요한 사항입니다."

노태우 사령관의 질문과 이학봉 처장의 답변이 오간 뒤, 회의실 안에는 다시 정적이 감돈다. 이학봉 처장이 침묵을 깨고 다시 회의를 진행하기 시작한다.

"이 부분에 대해서도 이견이 없으시면 공작 계획을 확정하도록 하겠습니다. 다만, 이 계획은 사전에 극도의 보안이 요구되는 사안이니만큼 각자 보안에 유념해 주시기를 바랍니다. 명단에 대해서도 실행 부서 담당자 외에는 일체 열람이 금지돼 있다는 점을 양해 부탁드립니다."

이 처장의 말이 끝나자 누군가 시작한 박수소리가 모두에게로 퍼져간다. 이 모습을 지켜보고 있던 전두환 사령관은 고개를 끄덕이며 만족스런 표정을 짓고 있다. 박수가 끝나자 모인 사람들은 힐끗힐끗 전 사령관의 표정을 살피면서 이학봉 처장의 다음 설명에 다시 귀를 기울인다.

"다음은 부대 투입에 관한 내용입니다. 18일 0시를 기해서 서울과 광주 등 전국 주요대학에 공수특전사 부대를 투입하기로 기획했습니다. 특히 광주에는 '무등산' 공작에 따라 1차로 전북 익산군 금마에 주둔중인 7공수여단의 2개 대대를 투입해서 전남대와 조선대에 각각 1개 대대씩 주둔시키기로 했습니다. 참고로 말씀드리면 '무등산 공작'은 지난번 말씀드린 대로 광주지역에 대한 공작을 말하는 것입니다.

현재 대한민국 군대 중 미군의 사전 협의 및 승인 없이 이동할 수 있는 부대는 수도경비사령부 예하부대와 공수특전사령부 부대입니다. 수경사는 여러 여건상 이동이 어렵기 때문에 광주에는 특전사를 투입하는 것이 바람직한 것으로 판단했습니다. 작년 부마사태 때도 특전사와 해병대를 투입해서 원만한 시위 진압을 한 적이 있습니다. 물론 부마사태 때는 시위대 해산이 목적이었지만 광주는 그렇지 않습니다. 시위양상이 매우 극렬해질 것으로 예상되기 때문입니다."

여기까지 말을 마친 이학봉 처장은 다음에 이어질 말을 목구멍으로 넘겼다. 더 이상의 말은 아무리 동지들이라 할지라도 할 수 없었다. 물론 말하지 않더라도 이심전심 다 알고 있겠지만 자신의 입으로 직접 적나라한 내용을 표현하는 것은 피하고 싶은 것이다.

이학봉의 뱃속으로 들어간 말은 '또, 실상은 광주시민의 저항 상황을 유도하기 위해서 특전사 투입이 결정됐습니다.'이다.

"특전사는 그동안 훈련해 온 대로 '충정작전'으로 진압을 펼칠 예정입니다. 이 부분에 대해서는 이미 보안사령관님의 지침과 의견을 받아서 계획을 세웠으며, 따라서 이견이 없으시면 그대로 시행하는 것으로 확정하겠습니다."

이학봉 처장의 긴 설명 끝에 전 사령관의 지침과 의견이라는 말이 나오자 모두 입을 다물어 버린다. 그렇지 않아도 거의 일방적인 회의고, 회의에 참석한 사람들은 전두환 사령관의 의중대로 계획이 진행되는 것에 대해 이의를 제기할 형편도 아니었으며 그럴 맘도 없다. 그럼에도 모두는 이학봉 처장의 일사천리식 회의 진행에 혀를 내두른다. 이학봉은 거기다가 공작의 귀재답게 집권을 위한 무궁한 수를 정리해서 실현가능한 계획으로 만들어 가고 있다. 무서운 사람이다. 그의 계획에는 사실 피비린내가 진동하고 있다. 그렇지만 집권이라는 권력욕에 빠져 있는 사람들의 코에는 그 냄새가 맡아지지 않았다. 오히려 빨리 결말을 보고 싶은 승부욕만이 가슴속에 채워진다. 이학봉 처장이 설명을 계속한다.

"광주지역에 대한 공수특전사 투입은 앞으로 7공수여단과 11공수, 3공수 여단을 축차 투입할 것입니다. 투입될 시기와 이동 방법 등 구체적 계획은 마련 중입니다. 또한, 광주 현지에서 계엄군으로 활동하고 있는 2군사령부 예하 전투교육사령부(전교사)와 그 예하 31향토사단 병력을 시위 진압 등 사태 진압에 함께 투입할 예정입니다."

꽤 긴 시간의 설명으로 이학봉 처장 목에서 약간 쉰 소리가 나는 듯하다. 차트 옆에 서서 판을 넘기는 일을 보조하던 차수일 중령이 얼른 물이 담긴 컵을 가져와서 이학봉 처장에게 건넨다. 물을 마신 이 처장이 목소리를 가다듬는다.

"참고로 광주에는 추가로 20사단을 파견할 수 있도록 사전 준비도 해 두었습니다."

이 말을 마치고 이학봉 처장이 숨 고르기를 한다. 참석자들은 20사단 투입 얘기에 순간 긴장한다. 수천 명의 대 병력, 그것도 전방부대 기계화사단병력을 투입한다는 것은 대규모 전투를 벌이는 때나 필요한 것이기 때문이다. 그럼 광주에서 전쟁을 벌인단 말인가? 예사스런 일이 절대 아니다. 정적이 감돈다. 숨소리조차 들리지 않는다. 전두환 사령관은 눈을 감은 채 턱에손을 괴고 침묵하고 있다.

"지적사항이나 충고의 말씀이 있으면 해 주십시오."

정적을 깨고 이 처장의 말이 회의실을 울린다. 그래도 아무 말이 없다. 부석거리는 소리도 없다. 이학봉 처장이 전 사령관을 바라본다. 순간 눈을 뜬 전 사령관이 가볍게 고개를 끄덕인다.

"그럼 오늘 회의는 여기서 마무리하도록 하겠습니다. 이 자리에서 말씀드리고 확정한 공작은 전두환 사령관님의 집권을 위한 필승의 작전입니다. '오동나무' 공작과 그 하위 작전인 '무등산' 공작이 성공해야만 순조로운 집권이 가능합니다. 이번 공작의 성공을 위해서 선배님들께서 최선을 다해 주시기 바랍니다. 이상으로 오늘 회의를 마치겠습니다. 감사합니다. 충성!"

이학봉 처장이 당부의 말로 회의를 마무리한다. 전두환 사령관이 자리에서 일어나더니 손뼉을 치기 시작한다. 다른 사람들도 모두 자리에서 일어나 손뼉을 친다. 박수소리가 끝나자 전 사령관이 얼굴 가득 웃음을 지으며 말한다.

"에~ 모두 힘을 내서 한 번 만들어 봅시다. 나 혼자만 잘되는 게 아니고 여러분 모두 함께 가는 길입니다. 날 믿어 봐요!"

전 사령관이 걸걸한 목소리로 참석자들에게 독려의 말을 끝내자 노태우 수경사령관이 큰 소리로 말한다. 전 사령관의 육사 동기인 노 수경사령관은 다소 눈치를 보는 사람이지만 미워하려야 미워할 수 없는 전 사령관의 든든한 동지이다.

"자, 오늘 참 수고들 많으셨습니다. 이 처장의 말을 듣고 보니 백 퍼센트 성공의 확신이 듭니다. 자 모두들 전 사령관님을 위해서 힘껏 박수를 칩시다. 자, 박수~"

노 수경사령관의 박수 유도에 모두가 다시 힘껏 손뼉을 친다. 전 사령관도 함께 박수를 치면서 웃어댄다. 그 웃음소리에 모두의 웃음이 더해지면서 박수소리가 이어진다.

차트 판 옆에서 부동자세로 서 있던 차수일 중령의 가슴이 벅차오르면서 어깨에도 힘이 들어간다. 그의 손뼉에서 나오는 박수소리가 가장 크고 열렬하다.

그러나 보안사 특별상황실에서 들리는 우렁찬 박수소리와 와자한 웃음소리는 피를 부르는 음울한 선율로 변해서 봄이 무르익는 보안사 정원을 지나서 남쪽 하늘을 향해 퍼져나갔다.

공작 상황실

5월 5일은 어린이날로 휴일인데도 불구하고 보안사 건물 여기저기에서는 분주히 오가는 사람들과 타자소리, 전화소리로 매우 분주하다. 그러나 절제와 일사불란의 모습이다. 보안을 생명으로 하는 곳이라서 그런지 불필요한 말은 없고, 업무적으로 중요한 말들은 약어를 쓰거나 전언통신문으로 대체하기 때문에 꼭 필요한 말들만 오고간다. 요즘은 사무실 안 분위기들이 더욱 차분하면서도 진중하다. 공작 핵심 부서인 정보처와 대공처, 비서실 등에서는 점차 결전의 날들이 다가오고 있기 때문인지 긴장감이 엿보이고, 요원들의 눈빛은 광기가 번뜩이는 듯하다.

일요일인 어제는 보슬비가 조금 내리더니 오늘은 황사가 찾아왔다. 중국에서 날아온다는 황사로 인해 창문은 모두 닫혔고, 요원들이 피워대는 담배 연기가 방안을 가득 채운다.

이학봉 처장은 방에서 나와 상황실로 향했다. 이제 본격적인 실행단계이기 때문에 거의 매 시간 작전 상황을 파악하고, 업무를 수행해야 한다.

어제는 신군부 핵심인사들을 상대로 집권공작 실행계획의 최종이라고 할 수 있는 설명을 마쳤다. 모두 사기충천해 있다.

이학봉 처장은 사령관 비서실을 통해 특별상황실로 쓰이고 있는 소회의실로 들어섰다. 본래 보안사에는 상황실이 따로 있지만, '무등산' 공작을 위한 특별상황실을 따로 만들어 사용하고 있다.

권정달 정보처장, 허화평 비서실장이 작전용 차트를 펴 놓고 회의를 하고 있다. 상황실장 격인 차수일 중령도 경례를 붙이면서 이 처장을 맞는다.

"어, 이 처장, 어서와."

허 실장이 손을 들어 이 처장을 맞았다.

"네, 선배님. 좀 늦었습니다."

"그래, 어서와."

권 처장도 이 처장을 살갑게 맞는다. 육사 16기인 권 처장은 이학봉 처장보다는 2기나 선배이고, 17기인 허화평 실장보다도 선배이다. 권 처장은 하나회에 속해 있지 않아서 12·12 때에는 거사에 함께하지 못했다. 고향이 경북 안동인 그는 12·12 쿠데타 성공 이후 신군부에 영입되어 처음에는 권력 핵심에는 들어가지 못했다. 그러나 보안사 정보처장이라는 막중한 보직을 성실하게 수행하고, 정치 분야에 대한 정보 수집 및 탁월한 분석 능력을 인정받아서 이제는 전 사령관의 핵심참모로 일하고 있다.

권 처장과 이 처장, 허 실장은 오늘 매우 중요한 과업을 수립하기 위해 모인 것이다.

계엄사를 통해서 기 마련된 공수부대의 사전 배치 문제와 계엄사 자체로 계엄군 투입과 시위 진압작전에 대한 계획을 수립하도록 지시하는 문제를 논의할 예정이다.

그러나 사실 오늘 논의될 중요한 문제는 김대중에 대한 문제이다. '오동나무' 공작 중에는 지금 국내 가장 큰 정치인이라고 할 수 있는 김대중을 제거하면서 '무등산' 공작에 얽어놓는 것이다.

매우 중요하면서도 '무등산' 공작의 핵심 사안 중 하나다. 우선 김대중을 체포해서 내란 음모죄로 엮는 작업에 착수한다. 광주 재야인사들과 지역 대학생들을 김대중과 연계시킨 공작도 함께 진행한다.

전국 계엄 확대를 기화로 광주에 공수부대를 투입해서 강경 진압을 하는 방식으로 광주를 자극하는 것을 병행한다. 그들은 공수부대에 맞서 무력시위를 할 것이며, 여기에 김대중의 구속은 광주 사람들을 거리로 나서게 하는데 불쏘시개 역할을 할 것이다. 공수부대 애들을 시켜서 더욱 강경한 유혈 진압을 하면서 광주를 폭동의 도시로 만들면 '무등산'공작은 일단 성공하는 것이다.

이후 북괴군 잠입설과 간첩 등 불순분자들이 주동해서 폭동을 일으켰다는 내용을 국민들에게 퍼뜨려서 기정사실화하는 공작을 진행하면 '무등산' 공작의 상위 개념인 '오동나무'공작도 절반은 완성되는 것이다. 이렇게 되면 대통령 직선제는 물 건너가고, 전 사령관 각하는 유신 때처럼 체육관에서 대통령으로 뽑힐 것이다.

오늘 이 작전을 구체적으로 실행할 수 있는 계획을 면밀하게 수립해야 한다, '예비 검속'도 이 작전과 병행할 것이다.

지금 이 특별상황실이 '오동나무' 공작의 산실이며 지휘소이다. 군 작전을 비롯해 모든 계획은 여기서 결정되어 계엄사령부로 전달 및 지시되고, 기타 신군부 핵심들과 협조 및 우호적 인사들과도 업무 협조를 지시하고 요청하는 곳이기도 하다. 이학봉 처장은 상황실 한쪽 책상에 앉아 서류를 정리하고 있는 차수일 중령을 바라보았다. 매우 믿음직하고 충성스러운 부하라는 생각이 들어서인지 그가 옆에 있으면 듬직하다.

"차 중령, 어제 중정 출장 내용은 정리가 다 됐나?"

이학봉 처장이 차 중령에게 다가가면서 묻는다.

"네, 처장님. 허문도 실장님으로부터 의견을 청취하고 필요한 부분은 자문을 받았습니다."

"그래 잘 했어. 앞으로 긴밀하게 연락을 취하면서 협조체계를 갖추도록 해!"

"네 알겠습니다."

차수일 중령은 어제 이학봉 처장의 지시로 중앙정보부장 비서실장인 허문도를 만나고 왔다. 중정은 전 사령관님이 부장 서리를 맡으면서 급속도로 안정이 되어 가고 있다. 거기다가 조선일보 기자 출신인 허문도가 비서실장으로 와서 전 사령관을 보좌하면서부터는 정치공작의 상당부분에 중정의 입김이 작용하고 있다. 보안사 중심의 정치공작에 중정의 역할이 더해지고 있는 것이다. 차 중령은 향후 정보부가 보안사를 제치고 정치공작의 전면에 나설 것이라는 예상을 한다. 박정희 대통령 때도 두 기관이 대통령을 떠받치는 기둥이었지만 정작 핵심 정치공작은 중정이 도맡아 해 왔기 때문이다. 그는 허문도 실장과의 개인적인 관계도 잘 설정해 놓는 것이 중요하다고 생각해서 허 실장하고의 면담에서는 깍듯한 예를 갖추었다. 부산고를 나온 허문도 실장은 같은 고교 동문은 아니지만 고향이 경남 고성인 차 중령을 후배로 생각해서 매우 반갑게 대해주었다.

허문도 실장은 허삼수 인사처장의 부산고 후배로, 사령부 두 허 선배와도 각별한 사이다. 차 중령은 허문도 실장을 만나고 오면서부터는 마음이 더 든든해졌다. 경남고와 육사 선배인 이학봉 처장과 고향 선배인 허문도 실장이 뒤에서 봐준다고 생각하니 그는 앞길이 확 트일 것 같은 생각이 든다. 보안사로 돌아오는 차 안에서 그는 마음을 다시 다졌다. 흔들림 없이 임무수행에 만전을 기하기만 하면 내 앞길은 열려있다. 아버지가 일본 경찰 출신이어서 항상 마음에 그늘이 있었는데 이제는 자신감 있게 나가보자. 피를 부르는 공작이라서 마음이 조금 흔들렸지만 이제부터 그런 약한 생각은 버리자. 그는 입술을 굳게 다물면서 의지를 다졌다.

*

두어 시간의 긴밀한 회의가 끝났다.

"이 처장이 오늘 중으로 계엄사령부에 다녀와야겠어. 계엄사와의 통신 채널은 내가 맡고 있지만, 중요 업무 협의와 지시는 보안관계상 계엄사 합수단장을 맞고 있는 이 처장이 직접 수행하라는 사령관님의 지시야."

허 실장이 이 처장의 어깨를 가볍게 잡으며 웃음 띤 얼굴로 말했다.

"네, 지시받았습니다. 이제부터는 보다 긴밀하고 신속하게 지휘체계를 가동하도록 해야겠습니다. 오늘 김대중 문제에 대한 계획을 완결해놓고, 계엄사에는 오후에 다녀오도록 하겠습니다."

이학봉 처장이 시원스레 대답한다.

"조만간 계엄사 측 실무진과 합동 회의를 하면서 지시가 잘 이행될 수 있도록 하자고. 오늘 그 쪽에 가서 날짜를 한 번 잡아 봐."

"네, 알겠습니다. 그러면 오늘은 비상계엄 전국 확대 이후 수행할 작전을 위해 우선 공수특전사의 이동을 지시하겠습니다. 우리 보안사가 지시한 내용을 가급적 작전서류에 남겨놓지 않도록 보안사와 계엄사와의 지휘체계를 구축하도록 하는 것이 중요합니다. 나중 귀찮은 일을 대비해서라도 말입니다. 특전사 정호용 사령관과의 지휘 문제도 마찬가지입니다."

"그렇지. 나중에 골치 아픈 일이 생기지 않도록 아예 처음부터 잘 단도리 하자고."

허화평 실장이 맞장구를 친다.

"네, 그리고, 공수부대에 파견된 우리 보안사 요원들에게는 따로 업무 지시를 하도록 조치하겠습니다. 비상 상황인 만큼 더욱 철저하고도 신속한 보고가 이루어질 수 있도록 할 필요가 있습니다. 부대장들의 동향 파악도 각별히 챙기도록 하겠습니다."

이 처장이 회의 마무리를 짓는다.

예비 검속

5월 16일 오후 2시, 국군보안사령부 회의실에서는 전국 보안부대 대공과장 회의가 열렸다. 보안사령부 3처장(대공처)이자 계엄사 합동수사본부장인 이학봉 대령이 회의를 주재하고 있다.

"지금부터 회의를 시작하겠습니다."

사회를 보고 있는 차수일 중령이 담담한 목소리로 회의 개시를 알린다.

전국 보안부대에서 올라온 대공과장들은 이번 회의가 중대한 문제를 다룰 것이라는 정보를 사전에 알았는지 모두 얼굴 표정이 굳어있다. 이학봉 처장이 대공과장들을 둘러보면서 말한다.

"에, 지금 지시는 극도의 보안을 요구합니다. 다들 부대로 복귀해서 사령부의 지시를 한 치의 어긋남도 없이 이행하고, 그 결과를 신속하게 사령부로 보고하도록 합니다. 알겠습니까?"

"넷, 알겠습니다."

회의 참석 과장들이 이구동성으로 대답한다.

"곧 계엄이 전국으로 확대될 것입니다. 이는 북한의 남침 위협이 가시화되고 있는 상황인데도 불구하고, 불순분자의 침투로 인한 소요사태가 지속적이면서도 갈수록 심화되고 있다는 판단에 따른 것입니다. 이에 따라 사령부에서는 다음과 같은 업무지시를 내립니다.

첫째, 계엄 전국 확대에 따라 관할 내의 모든 정보기관들을 장악하기 바랍니다.

둘째, 전국의 불순분자들에 대한 사전 검거작전이 단행될 것입니다. 예비 검속 대상자 명단은 각자 대공처에서 수령해 가기 바랍니다. 다시 말하지만 보안을 철저히 해서 쥐도 새도 모르게 임무를 수행하기 바랍니다."

이학봉 처장의 말에 회의장은 숨소리조차 들리지 않는다. 비상계엄을 전국으로 확대한다는 것은 매우 중대한 일이다. 사실상 군부가 나라를 통제하고 통치를 한다는 의미다. 장관들이 참석하는 국무회의는 있으나 마나하는 정부기구로 전락하는 것이다. 전국 대공과장들은 대부분 돌아가는 판세를 읽고 있다. 전두환 사령관이 주도하는 군부가 집권을 위한 시나리오를 착착 진행시키고 있는 것이다.

"비상계엄 전국 확대 조치는 18일 새벽 0시를 기해서 발효될 것입니다. 작전은 그 이전에 신속하게 준비, 개시해서 마무리하기 바랍니다. 다시 한 번 말하지만 계엄 확대 조치와 이번 예비 검속 작전은 극비 사항입니다. 보안에 만전을 기해 주기 바랍니다."

이학봉 처장은 말을 마치고, 잠시 무슨 생각을 하더니 다시 말을 잇는다.

"이번 작전은 사령관님의 지대한 관심사입니다. 한 치의 흐트러짐이나 머뭇거림이 있어서도 안 됩니다. 이점 각별히 유념하기 바랍니다. 이상으로 지시사항을 마치겠습니다. 질문 있습니까?"

아무도 말이 없이 조용하다. 질문은 필요 없고, 무조건 따라야 하는 엄명이기 때문이다. 이후 몇 가지 자질구레한 지시사항과 지침이 대공처 차수일 중령에 의해 전달되고 회의가 끝났다.

"처장님, 광주 505부대 서의남 중령이 대기하고 있습니다."

차수일 중령이 이학봉 처장의 방에 들어와서 조용한 목소리로 보고를 한다. 이 처장이 차 중령을 힐끗 쳐다보고는 들어오라고 한다.

잠시 후 광주 505보안부대 대공과장 서의남 중령이 방으로 들어와서 이학봉 처장에게 거수경례를 붙인다. 서 중령은 체격이 왜소한 편이다.

"충성! 처장님, 부르셨습니까?"

서 중령이 인사를 하자 소파에 앉아 있던 이 처장이 일어나며 다가선다.

"그래, 서 과장 수고 많아요. 이리 와서 앉도록 해요."

서 중령이 자리에 앉자 이 처장은 차 중령에게 눈길로 지시를 한다. 차 중령이 자리에 함께 앉으면서 서류철을 이 처장 앞으로 내밀자 이 처장이 말을 잇는다.

"이게 광주 지역의 예비 검속 대상자 명단이오. 다른 지역과 달리 광주 지역의 예비 검속은 매우 중대한 문제이기 때문에 극비로 신속하게 진행하도록 하시오. 이번 1차 예비 검속 외에 2차 예비 검속도 실시할 예정이오. 2차분은 추후 통보하겠소."

"네, 알겠습니다."

"아, 그리고, 이번 비상계엄 전국 확대 조치는 광주 때문에 한다고 해도 과언이 아니오, 무슨 말인지 알겠소?"

이 처장의 말에 서 중령은 잠시 눈을 끔벅거리며 앉아 있다. 서 중령이 생각하기로 광주는 현 군부에 저항하는 세력이 존재하기는 하지만 아직 조직적으로 움직이지는 않고 있어서, 대학가의 데모 외에는 특별히 예비 검속이라는 대대적 작전을 펼칠 상황이 아니기 때문이다.

다만, 보안사령부 정보처에서 2개월 전부터 관내 대학가 시위 주모자와 학생회 간부, 복학생 등 학생운동을 하는 아이들의 명단을 수집해서 보고하라는 지시가 있어 시행한 적이 있다. 당시 사령부 정보처는 광주 지역 재야인사 및 민주화 요구 인사들에 대한 명단도 수집해서 보고하라는 지시도 있었다. 서 중령이 즉각 대답을 하지 않고 있자 이 처장이 서 중령을 빤히 바라보면서 다시 말을 한다.

"서 과장, 무슨 다른 생각이 있소? 왜 그리 대답이 뜸 하시오?"

이학봉 처장의 질책에 가까운 말이 귓전을 때리자 서 중령은 얼른 자세를 바로 잡는다.

"아닙니다 처장님. 명령을 받고는 어떻게 작전을 완수할 수 있을까 하는 생각이 먼저 들어서 그랬습니다. 죄송합니다."

얼른 변명으로 둘러댄다.

"아, 그랬구먼. 어쨌든 차질 없이 작전을 수행하도록 해야 합니다. 내가 특별히 서 과장을 불러서 이렇게 따로 지시를 하는 이유를 분명히 알아야 합니다. 알겠지요?"

"네, 명심하겠습니다."

이 처장이 쐐기를 박자 대답하는 서 중령 얼굴에는 긴장감이 역력하다.

"참, 그리고 서 과장은 이따 저녁식사 후 날 좀 보고 가요. 내 따로 특별히 지시할 사항이 있으니까. 알겠어요?"

"네, 알겠습니다."

잠시 후 서 중령은 광주지역 예비 검속 대상자 명단이 들어있는 봉투를 들고 이 처장 방에서 나온다. 서 과장은 오늘 바로 광주로 내려가지 않고 다음날 갈 예정이다. 저녁에 모처럼 사령부에서 주관하는 회식에 참석하기도 해야 하지만, 이학봉 처장이 특별 지시사항이 따로 있다고 했기에 오늘 안으로 내려가기가 어렵다. 그는 이 처장의 특별 지시사항이 무엇일까 궁금하다. 서류 가방을 들고 사무실을 나서는 서 과장의 눈에 철쭉으로 보이는 꽃들이 눈에 들어온다. 벚나무는 벌써 꽃을 떨구면서 푸른 잎사귀를 맘껏 만들어내고 있다. 서쪽 하늘에서 쏟아지는 오월의 늦은 햇빛이 나무의 푸름을 더 해 가고 있다. 서울에도 봄이 오는지 보안사령부 정원은 온통 연녹색으로 칠해지고 있다.

또 하나의 쿠데타, '5.17'

이른 새벽인데 전두환 사령관은 잠에서 깨어났다. 현관문을 열고 밖으로 나오니 약간 쌀쌀하면서도 상쾌한 봄날의 새벽 공기가 얼굴에 와닿는다. 그는 정원을 천천히 걸으면서 생각에 잠긴다. 중요한 결전의 날이 밝은 것이다. 오늘 전군 주요 지휘관 회의를 통해서 군부의 의지와 힘을 보여주고, 이를 토대로 계엄 전국 확대 안건을 임시 국무회의를 거쳐 대통령으로부터 재가를 받아야 한다. 토요일인 오늘 모든 절차를 마무리하고, 일요일 새벽에 전격적으로 전국 계엄 확대를 실시해야 한다.

12·12가 군 권력을 잡는 거사였다면 오늘은 헌법상 정상적인 정치권력을 잡기 위한 구체적 행동에 돌입하는 날이다. 비상계엄을 전국으로 확

대하고, 이를 토대로 대학생들의 시위를 잡고, 정치판을 쓸어버려야 한다. 그래야만 집권 시나리오대로 추진할 수 있다.

전 사령관은 엊저녁 밤늦게까지 참모들과 함께 비상계엄 전국 확대를 위한 실행계획대로 모의 작전을 해봤다. 단계별로 절대 차질이 있어서는 안 되는 것이다. 전군 주요 지휘관 회의에 참석할 지휘관들에 대한 인적 사항 및 성향은 이미 분석을 마친 상태이다. 이는 정도영 보안처장이 맡고 있다. 회의를 주도할 지휘관들과도 사전회의를 통해서 각본을 짜 맞추어 놓았다. 회의실 주변에는 도청 및 감청반을 배치했고, 만약의 사태를 대비한 시나리오도 짜놓았다. 육군본부를 담당하고 있는 701 보안부대장이 현장 상황을 맡고 있다.

그는 오른손 주먹으로 왼쪽 손바닥을 탁탁 두드리면서 다 잘 될 것이라고 혼자 중얼거린다. 집 거실 창문에서는 그의 아내가 양팔로 어깨를 감싸 안고 서서 걱정스런 눈으로 창밖을 바라보고 있다.

*

오전 9시 30분, 보안사 권정달 정보처장은 전 사령관의 지시에 따라 주영복 장관을 찾아갔다. 주 장관은 이미 전 사령관의 의중을 잘 알고 있는 우호적 인사다. 그는 12·12 이후 전 사령관에 의해 전격적으로 장관에 임명된다. 신군부는 하나회를 주축으로 한 12·12 쿠데타 세력에 동조하지 않으려는 해군과 공군의 불만을 가라앉히고, 비 하나회 사람을 중용한다는 것을 보여줌으로써 민심을 수습하려는 전술에 따라 그를 선택한 것이다.

주 장관은 어제 오후 1시 30분쯤 전두환 보안사령관으로부터 전화를 받았다.

"장관님, 이미 말씀드린 대로 내일 전군 주요 지휘관 회의를 잘 주재해 주십시오. 내일 아침에 제 참모들이 찾아 뵐 것입니다."

전 사령관은 공손했지만 거역할 수 없는 위압감이 느껴진다. 주 장관은 기왕 여기까지 온 김에 이제는 적극적인 행보를 하리라 이미 맘을 먹었다. 권정달 정보처장이 깍듯한 예의를 차리면서 자리에 앉아서는 전두환 사령관의 말을 전한다.

"장관님, 오늘 열리는 전군 주요 지휘관 회의에서 전국 계엄 확대 문제만큼은 필히 군부의 의견으로 채택하도록 해 주십시오. 전 사령관께서 각별한 당부의 말씀이 있으셨습니다."

사실상의 전두환 사령관의 지시라는 얘기이다.

주 장관은 알았다고 짧게 말하면서 고개를 끄덕인다.

사실 계엄확대 조치는 국무회의 의결만 거치면 가능한 일이었지만 전두환 신군부는 만약 최규하 대통령이 거부할 경우 '군부의 일치된 뜻'이라는 것을 내세워서 대통령을 압박하기 위해 전군 주요 지휘관 회의를 열고, 결의절차를 진행하는 것이다. 전 사령관과 그의 참모들이 짜놓은 계획이다.

오전 11시, 국방부 제1회의실에서는 전국에서 온 43명의 지휘관이 참석한 가운데 전군 주요 지휘관 회의가 시작된다. 회의는 주영복 국방장관이 주재하고 있다.

이날 아침부터 국방부에는 대한민국의 군 수뇌부는 물론 군단장급(중장) 이상의 육·해·공군 주요 지휘관이 그야말로 별처럼 몰려들었다. 회의 시작 전 이들은 삼삼오오 모여 서로 안부를 묻는 등 화기애애했지만 회의 시간이 임박할수록 분위기는 무겁게 가라앉았다. 이는 오늘 회의 안건이 사실상 쿠데타에 버금가는 중대한 것임을 알고 있었고, 일부 고위 장성들은 국회 해산이나 비상기구설치 등에 대해서는 정치성이 농후한 것이기 때문에 군 지휘관들이 관여해서는 안 된다는 의견을 조심스럽게 내놓고 있기 때문이다. 이미 보안사에서는 전군 주요 지휘관을 상대로 회의가 무리 없이 진행될 수 있도록 사전 공작을 한 상태이다. 보안사 요원과 회의에 참석한 신군부 인사들에 의해 현장 분위기가 시시각각 보안사 상황실에 전달된다. 보안사 특별상황실에서는 긴급회의가 열린다.

"아무래도 오늘 지휘관 회의에서 국회 해산까지 잡기는 무리인 것 같습니다."

권정달 정보처장이 긴급 제안을 한다. 전 사령관이 그런 권 처장을 바라보다가 다른 참모들을 차례로 쳐다본다. 오늘 하루에 여러 마리의 토끼를 모두 잡으려던 신군부 핵심 인사들은 오늘 전군 주요 지휘관 회의 분위기가 만만치 않다는 것을 감지한다. 그래서 무리하게 국회 해산이라는 정치적인 부분까지 한꺼번에 몰고 가다가는 가장 중요한 비상계엄 전국 확대 문제까지 난항을 겪게 될 것이라는 판단을 하게 된다.

"그렇지? 무리하게 하지 말고 순조로운 방향으로 잘 이끌어가도록 해보자고."

"네 그렇게 하도록 하겠습니다."

참모들이 의견을 일치시킨다. 전 사령관은 참모들의 의견을 받아들여서 현장으로 바로 지시를 하달한다. 현장을 맡은 보안사 요원들과 보안사의 사전 지시를 받은 주요 지휘관과 주영복 장관에게는 비상계엄 전국 확대만 안건을 상정하게 하고, 다른 두 가지는 안건에서 제외하는 지시가 전달된다. 어차피 전국 계엄이 실시되면 그렇지 않아도 허수아비인 내각의 권한과 기능이 계엄사령관으로 이관되니 그때부터 계엄포고령으로 정치활동을 금지시켜 사실상 국회를 무력화시켜놓고, 국가보위비상대책위원회 같은 비상기구를 만들어 국내 모든 분야를 장악할 수 있기 때문이다. 주영복 장관은 회의가 시작되자 일사천리로 진행해 나간다. 모두 발언에 나선 주영복 장관이 말한다.

"지금부터 전군 주요 지휘관 회의를 시작하겠습니다. 그동안 일선에서 나라를 지키느라 수고가 많습니다. 먼저 국내 정세에 대한 설명이 있겠습니다."

최성택 합동참모본부 정보국장이 정세분석 현황을 설명했다. 내용 대부분은 대학가 시위 등으로 인해 사회불안이 심각하고, 북괴의 도발이 심히 우려된다는 것이다. 정세분석 현황에 대한 설명이 끝나자 주 장관이 다시 마이크를 잡는다.

"정보 국장의 국내 정세에 대해 소상히 얘기했습니다. 지금 상황은 국기조차 위협되고 있는 현실이고, 북괴도발을 대비해야 하는 시점입니다. 따라서 어떤 단안을 내리지 않으면 안 되는 시기이고, 어떤 조치를 취하지 않으면 안 되는 실정이라 국무회의에 올려 대통령 각하의 재가를 받아 시행하고자 합니다. 이에 여기에 그 안을 제시하여 현재 시국에 대해 여러분의 의견을 듣고자 합니다."

주 장관의 말에서는 오늘 회의를 주도하는 의도가 풀풀 묻어나고 있다. 혼란한 시국을 수습하기 위해서는 군이 먼저 적극 나서달라는 얘기이다. 잠시 짧은 침묵이 흐른 뒤 주 장관은 김인기 공군사관학교 교장을 지명한다.

"공사 교장께서 한 말씀 하시지요."

"현 정부를 전복하려는 세력과 국기를 흔들려는 집단이 존재하므로 군이 적극 개입할 시기라고 봅니다."

짧으면서도 분명한 의견이다. 다음으로 지명을 받은 해군사관학교 이상해 교장이 말한다.

"국민들은 군만 믿고 있다고 봅니다. 공사 교장의 말대로 군이 이 문제에 적극 관여할 시기가 아니겠나 생각됩니다."

애매하지만 완곡한 표현으로 군의 개입을 찬성하는 발언이다. 3군사령관도 군이 수습하지 않으면 걷잡을 수 없는 상황이 야기될 것이 우려된다고 덧붙인다. 시국 수습에 군 개입 필요성 분위기가 어느 정도 무르익었다고 생각했는지 주영복 장관이 다시 나선다.

"지금껏 군은 절대 개입하지 않으려고 노력했습니다. 내무장관이 시위 격화로 경찰병력으로는 한계를 느낀다면서 군이 출동해달라는 요청을 했지만 안 된다고 했습니다. 지난 15일 데모가 격화되는 상황이고 국민들은 대통령의 조치가 있으리라 기다리고 있습니다. 대통령 각하는 중동을 가

시기 전, 앞으로의 정치 일정에 대해 '올해 안에 국민투표를 하고 내년에는 대통령을 뽑아서, 내년 여름 이전에 정부를 이양하는 계획에는 변함이 없다'고 말씀하셨습니다. 그러나 데모는 더 격화되고 정국은 안개처럼 불투명합니다."

여기까지 말한 주 장관은 물을 한 컵 마신다. 목이 마르는 것인지, 목적한 바를 이루기 위해 애쓰다 보니 속이 타는 것인지는 알 수 없지만 그의 얼굴은 상기되어 있다. 주 장관이 다시 말을 이어 나간다.

"학생들은 정치 문제를 들고 일어나고 있습니다. 그들은 이것으로 끝난 것이 아니고 민중봉기로, 혁명수단으로, 이런 사태로 몰아가려고 합니다. 구호를 봐요. 이북에서 선전하는 것과 비슷한 점이 많습니다. 불순세력이 있습니다. 정치인의 하수인 역할로 학생과 결탁해서 정부를 전복시키려는 행동입니다."

주 장관은 준비해 온 얘기를 쏟아낸다. 이미 전두환 사령관과 보안사 참모들이 만들어 준 말이요, 논리이다. 그는 전 사령관의 충실한 부하나 다름없이 신군부의 각본대로 움직여 주고 있다. 그가 다시 말을 잇는다.

"이제 국가보위의 신성한 임무를 맡은 군이 단안을 내려야 할 때입니다. 합법적 절차에 의해 이루어져야 합니다. 생각해 보니 현재 지역비상계엄 상태입니다. 제주도가 제외되어 있습니다. 이것을 전국 비상계엄으로 해야 되지 않겠는가. 강력한 계엄 업무가 수행되도록 해야 할 것입니다."

주영복 국방장관은 쐐기를 박는다. 전국 계엄 확대는 정부를 전복하려는 불순세력과 북한의 위협으로부터 국가를 구하는 길이라는 논리로 군

지휘관들을 압박한다. 아무도 이의 제기를 하지 못한다. 주 장관이 발언을 마치고 다시 의견을 듣기 위해 지명을 한다. 발언 지명을 받은 1군단장은 한 발 더 앞서 나간다.

"1시간 반 전에 계엄사령관인 육군참모총장님과 얘기를 하고 모든 것을 총장에게 위임했습니다. 총장께 국가를 위해서 전국 계엄 확대를 건의했습니다. 총장께 건의한 것이 저희 전체 의견입니다."

역시 지명을 받은 5군 단장과 동부사령관 또한 결심하는 대로 따르겠다고 동의한다. 이에 공군참모차장은 학생들과 좌경세력들의 행동에 대해 참을 만큼 참았으며 전국 비상계엄으로 근본적이고 강력한 대책이 필요하다고 의견을 보탠다. 분위기가 무르익자 주 장관이 두어 발 더 나아간다.

"사회혼란을 조성하는 불순세력들이 배후에 많습니다. 문제 인물은 완전히 제거되어야 한다는 것이 이 시점에서 요망되는 것입니다."

주 장관은 정치인을 쓸어버려야 한다는 주장까지 내놓고 있다. 그런데 돌발 상황이 발생한다. 안종훈 군수기지사령관이 갑자기 장군들을 둘러보면서 큰소리로 말한다.

"군이 직접 개입하는 것은 중요한 결과를 초래합니다. 3천 7백만 명 국민 모두 똑같이 생각할 수는 없을 것입니다. 군이 개입하는 것은 마지막이어야 합니다. 회의는 그 대책을 마련하는 방식에 있어서 미리 결정해 놓고 하면 의미가 없습니다."

일순 회의실 분위기가 싸늘해진다. 안 사령관의 발언은 계엄을 전국으로 확대하자는 분위기에 찬 물을 끼얹고 있다. 그러자 정호용 특전사령관이 즉각 나선다.

"국민이 원한다는 것을 어떻게 알고 그렇게 표현합니까? 현재 보기에는 소수가 다수를 지배하는 시대입니다. 만약 이것을 그대로 놔두면 위험해집니다. 정권욕 없이는 그대로 볼 수 없는 상태입니다. 우리 군부가 정치에 관여 안함으로서 사회 안정이 돌아온다면 즉시 해제할 수밖에 없지요.

칼과 전차를 갖다 대겠습니까? 무력으로 해결할 수 있습니까? 그 때는 이미 늦습니다. 그래서 소수 주장을 허용해서는 안 된다고 생각합니다. 대다수가 비상 계엄을 지지하고 있습니다. 국회가 개회되면 국가를 오도할 상황이 많아집니다. 나라의 장래가 극히 염려되는 시점입니다."

두서없는 정 사령관의 발언을 듣고 있는 신군부 핵심 장군들은 조마조마하다. 상황실에서 감청으로 주요 지휘관 회의를 듣고 있는 보안사 참모들도 조마조마하기는 마찬가지다. 회의실에 다시 침묵이 감돈다. 그러자 주 장관이 회의 분위기를 다스리려 나선다.

"전국 비상계엄을 건의하려 했는데 전부 군대에서 한다고 보면 안 됩니다. 5·16 때와는 달라요."

주 장관의 이 말은 일부 지휘관들이 '이번 전군 주요 지휘관 회의가 전두환 사령관 등 신군부의 집권계획의 일환이 아니냐?'라는 생각을 갖고 있는 것을 알고 있기 때문이다. 이 때 노태우 수경사령관이 손을 들고 발언권을 요청한다.

"국민이 원하는 정부의 힘이 부족하면 군이 도와야 합니다. 현재 정치는 완전히 불신입니다. 이렇게 나가면 정당은 없습니다. 학원은 무정부주의입니다. 여러 기업들도 합의하고 있습니다. 무기력하고 소신 없는 것이 개탄스럽고, 생존과 안정은 물론 국민이 바라는 민주역량을 비축하기 위해서라도 지금 장애 요소를 제거해야 합니다. 난국 수습에 군이 이바지할 것을 건의합니다."

이어서 신현수 합참본부장도 비상계엄 확대를 주장하고, 야전군 출신 권익검 소장은 용공세력을 소탕해야 한다면서 흥분한다. 12 · 12 쿠데타에 참여한 박준병 20사단장이 나선다.

"어떤 소임도 완수할 것을 사단장 이하 전 장병이 결의합니다. 특히 우리 사단은 군을 대표해서 나와 있다고 자부합니다."

육군 제3야전군사령부 부사령관인 김복동 장군은 비상이든지 부조리 문제든지 무엇이든지 처음엔 거창하지만, 중요한 것은 마지막을 잘해야 한다며 강조하며 발언한다. 애매모호한 말이다. 하나회 멤버지만 12 · 12 때는 가담하지 않았다. 육사 11기 동기생인 전두환 사령관과는 중령 때부터 서로 경쟁 관계에 있었으며, 노태우 수경사령관의 부인은 김 장군의 여동생이다. 그러자 황영시 육군참모차장이 나선다. 12 · 12 쿠데타의 주역 중 한 사람이면서 신군부 핵심인사다.

"10월 27일 계엄선포 후 선도 조종을 강력히 하지 못해서 계엄의 권위가 떨어진 것입니다. 장관이 자신을 가지고 각하께 보고드릴 수 있으리라 믿습니다."

지명된 3군사령관은 국가운명이 백척간두이며 월남 패망의 초기 현상인 국가현실을 이대로 좌시할 수 없다고 한다. 그에 말에 육군 2군사령관

진종채 장군도 총장의 뜻에 따르겠다고 한다.

사실 국방부에서 전군 주요 지휘관 회의가 열리기 전, 육군본부에서는 아침부터 이희성 참모총장의 주재로 친 신군부 장군들이 모여 오늘 회의에 대한 사전 모임이 있었다. 전두환 보안사령관이 주도한 이 회의에서는 전군 주요 지휘관 회의에서 목적한 바를 원활하게 이룰 수 있도록 설명이 있었고, 의견 일치가 뒤따랐다.

국방차관인 조문환 중장은 현 정부는 무정부 상태이기 때문에 시기는 빠를수록 좋다고 발언한다.

엄연한 대통령과 내각이 존재해 있고, 국회도 구성돼 있으며 사법기관도 작동하고 있는데도 그는 무정부 상태라고 한다. 민주화를 요구하는 대학생과 재야단체, 일부 정치인들 때문에 무정부 상태라고 하는 것이다.

조문환 국방차관은 일제강점기 때 자발적 학도병 1호 출신으로, 그의 부친은 대표적 친일파인 조병상이다. 일본군 중위로 근무한 그는 전쟁이 끝나고 육사 7기(특별반)을 졸업하고, 군 주요 요직을 거치다가 12·12 직후 전 사령관에 발탁돼 국방차관에 임명됐다.

류병현 한미연합사 부사령관이 발언에 나선다.

"용공주의의 팽배는 예상할 수 있고, 그렇게 되면 김일성의 밥이 되는 것은 틀림없습니다. 장관은 안심하시고 각하 재가를 받고 결정사항을 전해줄 것을 요망합니다."

윤자중 공군참모총장도 "막바지 상황입니다. 군이 적극적으로 나서서 고쳐야 할 때입니다. 월남과 흡사하며 초기단계입니다."라고 말한다.

이희성 육군참모총장이 다시 발언에 나선다.

"창군 이래 처음 군의 주요 지휘관 회의장 같습니다. 각자가 국난 극복에 심혈을 경주하고자 장관에게 소신껏 말을 했습니다. 각하의 명에 따르겠습니다."

역시 충성을 맹세한다. 마지막으로 김종환 합참의장도 국방장관에게 복종하겠다는 의사를 분명히 한다. 대부분 전두환 사령관의 신군부가 사전에 마련하여 짜준 각본대로 발언했고, 큰 문제가 일어나지 않았다. 아니 일어날 수가 없었다. 몇 시간 동안 이어진 회의가 정점에 이르자 주영복 국방장관이 마무리 발언으로 회의를 정리한다.

"여러분의 의견을 요약하면 현 정세 하에서 전국 비상계엄 선포가 긴급하다는 건의로 봅니다. 각하께 건의 후 채택되면 여러분에게 전달하겠습니다. 절대 보안을 유지해 주세요. 그리고 여러분의 뜻을 담을 결의서를 준비했으니 각자 서명해 주기 바랍니다. 이의 없습니까?"

장관의 발언이 끝나자 박수가 터져 나온다. 이후 백지에 서명을 한 주요 지휘관들은 하나 둘 회의장을 떠나고 마지막까지 남은 주영복 장관과 신군부 핵심 인사들은 서로 의미 있는 미소를 교환하며 고개를 끄덕인다.

이날 오후, 주영복 장관은 이희성 계엄사령관과 함께 전군 주요 지휘관 회의에 참석한 장군들이 연명으로 서명한 서류를 들고 신현확 총리를 찾아간다. 주 장관은 방금 끝난 전군 주요 지휘관 회의에서의 논의 사항을 보고하면서, 계엄 전국 확대 뿐 아니라 국회 해산과 비상기구 설치문제도 신군부가 만든 자료를 토대로 그 필요성을 역설한다.

오후 5시 10분, 신현확 총리와 전두환 보안사령관 겸 중앙정보부장 서리, 주영복 국방부장관, 이희성 육군참모총장 겸 계엄사령관이 함께 청와대로 최규하 대통령을 만나러 간다.

신 총리와 주 장관, 이 총장 등이 차례로 나서서 대통령에게 오늘 있은 전군 주요 지휘관 회의 내용과 결과를 설명하고, 장군들의 연명서를 대통령에 보여준다. 보고를 다 듣고도 최 대통령은 아무 말도 하지 않는다.

주 장관과 이희성 총장의 입에서 국회 해산과 비상기구 설치 얘기가 나오자 최 대통령의 얼굴이 일그러진다. 역시 말은 없다. 시간이 흐르고 있다. 전두환 보안사령관은 오늘 중으로 국무 회의를 마치고 예정대로 전국 계엄 확대에 따른 조치를 실행해야 했기에 마음이 급하다. 사전에 모든 작전 계획을 짜서 지시를 내려놓고 있었고, 일부 군은 이미 이동을 시작했다. 예비 검속 작전도 벌써 시작하고 있다. 속이 탄 전 사령관은 인상을 쓰고 있다가 미적거리고 있는 대통령에게 몇 마디 한다.

"각하, 이 나라를 지키고 있는 군인들이 모두 국가를 걱정하고 있는 충성심에서 내린 결론이고 의견입니다. 앞으로 군이 적극 나서지 않으면 시위 격화로 인해 극심한 혼란이 오고 북괴의 남침이 현실화 될 수도 있습니다."

빨리 재가를 하라는 압박이다. 그런 전 사령관의 말을 듣는지 안 듣는지 대통령은 역시 무표정한 얼굴로 앉아있다.

시계를 바라보는 전 사령관의 얼굴이 찌그러진다. 오후 7시가 가까워지고 있다. 전 사령관이 굵은 헛기침을 한다. 어색하고 엄중한 태도로 한동안 앉아있던 최규하 대통령이 드디어 차분한 목소리로 말한다.

"국회 해산이라는 것은 헌정 중단을 의미합니다. 그런 상황은 5·16 하나로 족합니다. 군의 명예를 위해서라도 다시는 헌정중단 사태가 일어나서는 안 됩니다. 그래서 국회 해산이나 비상기구 설치는 승낙할 수 없습니다. 그러나 계엄 확대는 군의 의견이 그러하다니 재가하도록 하겠습니다. 총리는 국무회의를 소집해 주세요."

그렇게 말을 한 최 대통령은 긴 한숨을 내쉰다. 그런 대통령을 흘깃 바라보는 전두환 사령관의 입 꼬리가 살짝 올라가면서 얼굴에 미소가 흐른다

전국계엄 확대를 위한 대통령의 국무회의 소집 재가가 떨어졌다는 소식을 들은 보안사 특별상황실은 긴박하게 움직이기 시작한다. 보안사는 사전에 계획한 대로 국무회의가 열릴 중앙청 건물 주변에 대한 병력 배치 상황을 점검한다.

노태우 수경사령관은 대통령의 국무회의 소집 재가가 떨어지기도 전인 오후 5시부터 중앙청 건물 안에 헌병단 병력을 배치하고, 건물 밖에는 30 경비단 병력을 배치한다. 계엄사령부 지시는커녕, 보고조차 없이 독단적으로 실행했다. 노 수경사령관은 보안사령부에 마련된 특별상황실의 작전지시에 따라 능동적으로 움직이고 있는 것이다.

보안사 이학봉 처장이 가장 바쁘다. 며칠 전 그는 계엄 포고령 문안을 작성해서 계엄사령부에 직접 하달했다. 각본대로 시행하라는 보안사령관의 지시도 함께였다. 그는 이미 17일 정오에 전국 보안부대에 통신문을

보낸다.

　'17일 22시를 기해 예비 검속 대상자들을 검거작전에 일제히 돌입할 것. 이는 사령관의 각별한 관심사이니 절대 차질 없이 수행할 것'이라는 내용이다. 보안사가 진행하는 '예비 검속'은 소요사태 배후 조종자 및 권력형 부정축재자를 검거하라는 것이지만 실제로는 신군부의 집권을 위한 걸림돌들을 모두 제거하자는 것이 목표다.

*

　저녁 7시 35분, 5월의 저녁 해가 이제 막 서산으로 지면서 광화문 일대에도 어스름이 밀려오고 있다. 가로등은 아직 켜지지 않은 가운데 장갑차와 무장 군인들이 중앙청 건물을 둘러싸고 있다. 수경사령관의 명령에 따라 장갑차 4대와 수도경비단 장교 18명, 사병 324명은 권총과 M16 소총을 휴대하고 삼엄한 경비에 들어갔다. 건물 외곽뿐만이 아니다. 중앙청 내부 현관과 계단, 복도에는 역시 무장한 수경사 헌병단 장교 17명과 사병 236명이 1~2미터 간격으로 서서 눈초리를 번득이고 있다.

　헌병단 통신 부대는 외부와의 연락을 완전히 차단하기 위해 중앙청 내부 전화선 2,440개를 모두 절단해 버린다. 이 작전도 이미 5시부터 시작했다.

　군인들은 국무위원 외에는 아무도 중앙청 건물에 들어올 수 없도록 철저하게 봉쇄했으며, 미처 퇴근하지 못한 중앙청 직원들은 5층에 모아 억류시켜버렸다. 사실상 감금이다.

　저녁 8시, 이희성 계엄사령관은 계엄 포고령을 발표하기도 전에 예하 부대에 '비상계엄 전국 확대' 사실을 알리고, 이에 따른 '시위주동자와 배후세력 색출'을 지시한다. 비상 계엄 전국 확대 안건이 국무위원 회의를 통과하기도 전에 미리 실시되고 있는 것이다. 이희성 육군참모총장 겸 계엄사령관은 전두환 보안사령관 겸 중앙정보부장 서리의 꼭두각시나 다름없다.

9시 42분, 중앙청 국무회의실에서 신현확 총리의 주재로 임시국무회의가 열렸다. 회의에 참석하기 위해 중앙청으로 소집된 장관들은 살벌한 군인들의 모습에서 심상치 않은 상황을 감지한다. 움츠린 모습으로 회의실에 들어선 국무위원들은 서로 인사를 하면서도 강압적인 분위기 탓인지 모두 긴장한 얼굴이다. 신현확 총리가 안건을 상정하고 바로 주영복 총리가 제안서를 읽는다.

"지금 국내의 혼란한 상황을 틈타 북한의 움직임이 예사롭지 않습니다. 학원가 시위가 갈수록 격화되고 불순분자들로 인해 나라는 누란의 위기에 처해 있습니다. 이러한 상황에 계엄을 전국으로 확대해서 국난을 극복하자는 것이 저의 제안입니다."

구구절절한 제안서가 필요 없었다. '전국 계엄 확대 선포'에 대한 이견은 없다. 국무위원 아무도 반대 의견을 말하지 않는다. 찬반 토론이 있을 수 없고, 그런 절차도 생략된다. 회의시작 8분 만에 '전국 계엄 확대 선포'가 의결된다.

국무회의에 참석한 장관들은 회의실을 빠져나가면서 침울한 표정이고, 현관에 대기하고 있던 승용차로 올라타서는 참담한 표정으로 변한다.

5층에 갇혀 있던 중앙청 직원들은 회의가 끝났지만 집으로 돌아가지 못하고 있다. 회의 결과가 혹시 외부로 유출될 것을 우려한 군인들이 이들을 잡아놓고 있기 때문이다. 밤새 두려움에 떤 직원들은 다음날 아침 7시쯤 억류가 해제된 뒤 귀갓길에 올랐다. 표출할 수 없는 분노로 인해 그들의 어깨는 축 늘어지고 다리는 힘이 없어 휘청거렸다.

18일 새벽 0시 20분. 계엄군이 탱크 4대, 경장갑차 8대를 앞세워 국회의사당을 점거하기 시작한다. 수도군단 예하 33사단 101연대 1대대 3중대가 의사당을 점령하고 국회의원들의 출입을 막기 시작한다. 이 작전은 새벽 1시 45분 마무리된다.

새벽 1시, 이희성 계엄사령관은 '계엄 포고령 제 10호'를 발령했다. 물론 보안사에서 작성한 원안을 그대로 포고하는 것이다.

  ○ 모든 정치활동을 중지할 것.

  ○ 집회 및 시위를 금지할 것.

  ○ 대학은 무기한 휴교할 것.

  ○ 모든 언론보도는 사전 검열을 받을 것.

  ○ 모든 직장에서의 파업을 금지하고, 유언비어 유포를 금지할 것.

보안부대 수사관 허장환

5월 17일 오후, 전남 광주시 쌍촌동에 주둔하고 있는 505보안부대에서 태극기 하기식이 끝나자 허장환 수사관은 오후 회의를 위한 준비를 서두른다. 토요일이지만 사령부에서 비상을 걸어놓아 평일처럼 정상근무를 하면서 퇴근 시간을 기다리고 있다. 오늘은 광주 시내에서 모처럼 친구들을 만나 막걸리를 한잔할 예정이다. 맨날 바쁘다는 핑계로 만남이 소홀했던 친구들이다.

대구가 고향으로 서울에서 학교를 다닌 허장환은 505보안부대에 배치되면서 낯선 광주에 와서 7년째 살고 있다. 광주는 음식 맛도 좋을 뿐 아니라 사람들도 다정다감해서 조금만 마음을 열어도 쉽게 친해질 수 있다. 보안부대 요원들은 서울이나 서울 가까운 곳으로 가고 싶어 하는데 허장환은 솔직히 이제 광주를 떠나고 싶은 생각이 별로 없다. 대공정보를 수집해 수사를 하거나, 지금껏 맡아왔던 'KT공작'을 수행하는 데 있어서도 많은 저변을 확보해놓아서 수월한 편이다.

갑갑한 마음에 봄바람을 맞고 싶어 밖으로 나오는데 복도에서 서의남 중령을 만났다. 사복이 아니라 군복을 입고 있는 서 중령은 505보안부대 대공과장이고, 허장환의 직속상관이다.

서 중령은 전북 부안이 고향인데도 어투가 살갑지 않고 냉소적이어서 요원들 뒷공론의 주역이다. 그는 어제 서울 보안사령부에 긴급회의가 있어서 올라갔다가 오늘 내려왔다. 회의 후 바로 내려오지 않은 것을 보면 뭔가 중대한 업무 지시로 여러 가지 지시사항이 따라붙은 것이 아닌가 하는 생각이 든다.

"허 수사관, 마침 잘 만났어. 지금 수사관들을 집합시키도록 해. 난 부대장님께 보고하고 올 테니까."

그러고는 허장환의 대답도 듣지 않고 휙 가버린다.

'서 과장이 저러는 것은 무슨 특별한 공작 지시를 받았을 때 하는 행동인데, 어제 사령부에서 무슨 지시를 받았나?' 그는 고개를 갸웃거리면서 사무실로 들어간다.

수사관들은 조금 후 열릴 회의를 준비하느라 제각각 서류들을 정리하고 있다. 오후 5시에는 항상 그날 수행한 업무를 정리하는 회의를 한다.

전국 지역 보안부대는 그 명칭을 일반 회사처럼 이름을 지어서 부르고, 부대장은 사장으로 호칭된다. 과장은 전무나 상무로 부르는 등 외부 사람들이 보기에는 무슨 일반 회사 조직처럼 보이도록 위장하고 있는 것이다. 광주 505보안부대는 '무등 공사'로 부르고 있다. 목포에 나가있는 분견대는 '유달 공사', 여수 분견대는 '해양 공사'이다. 허장환은 박진수 외근 반장에게 서 과장의 긴급 소집 사항을 전달하고는 담배를 피워 물었다. 아무래도 오늘 약속은 취소해야 할 것 같은 느낌이 든다.

삼십분 쯤 후, 1층 대공 과장 사무실에 허장환을 비롯한 8명의 수사관이 모였다. 서 과장은 자리에 앉자마자 다소 떨리고, 흥분된 목소리로 말을 한다.

"지금부터 내가 지시하는 사항은 극비사항으로서 사령부의 긴급명령이다. 다들 명심하도록. 이봐, 우선 담뱃불부터 꺼. 매우 중대한 사안이야."

서 과장은 담배를 피우지 않는다. 허장환을 비롯해 담배를 피우고 있던 다른 수사관들이 담뱃불을 끄고는 재떨이를 의자 밑으로 내려놓는다.

"18일, 그러니까 내일 새벽 0시를 기해서 제주도를 포함한 전국에 비상계엄령이 확대 실시된다."

서 과장이 그렇게 말하자 서 과장 방에 모인 수사관들은 웅성거린다. 전국으로 계엄이 확대된다는 것은 계엄사령부의 권한이 절대적으로 커진다는 의미이면서 학생이나 정치인들에 대한 대응이 군대식인 무력으로 바뀐다는 것을 의미한다. 서 과장의 목소리가 다시 들린다.

"이에 따른 긴급 명령을 하달한다. 지금 보여주는 문건은 사령부에서 하달한 '예비 검속' 명단이다. 여러분들은 오늘 밤 안으로 이 명단에 있는 자들을 전원 검거해야 한다. 만약 검거에 실패하거나 사전에 정보가 누설되면 엄중하게 책임을 묻겠다."

그러면서 서 과장은 사령부에서 가져온 서류를 들어 보인다. 서 과장 왼편 의자에 앉아 있던 허장환은 서류로 눈길을 돌린다. 서류 표지 상단에는 붉은 글씨로 '예비관찰자 명단'이라는 글씨가 선명하게 쓰어 있다. 이른바 예비 검속 명단이다. 표지 하단에는 국군보안사령부라는 붉은 글씨가 보인다.

허장환은 전국 계엄확대가 발표되기도 전에 예비 검속 명단이 보안사령부에 의해 작성됐다는 것은 계엄확대 조치와 예비 검속 조치가 사전에 충분히 준비되고 공작됐다는 것으로 생각했다.

'그렇다면 예비 검속 작전의 목표는 무엇이라는 말인가?' 지금 상황으로 볼 때 광주 상황은 아직 그리 심각하지 않다. 홍남순 변호사 등 재야인사들은 특별한 움직임이 없이 예전처럼 모임을 간간이 갖고 있고, 전남대와 조선대 학생들로 주축이 된 데모 주동학생들은 아직은 순진한 어린아이에 지나지 않아 보였다. 교내 서클 활동을 중심으로 하고 있지만 연행해서 몇 대 쥐어박으면 금방 궤멸될 것으로 보인다. 물론 상황이 어떻게 변해 갈지는 모르지만 극비에 예비 검속을 할 정도는 절대 아니다.

"허 수사관, 뭘 그리 생각하고 있나?"

골똘한 표정을 짓고 있는 허장환에게 서 과장이 자기 얘기에 집중하라고 지적을 한다. 허장환이 머리를 숙인다. 서 과장이 조금 차분해진 어조로 지시사항을 이어간다.

"지금 명령은 전두환 사령관님의 특별한 관심사이니만큼 최선을 다하라는 이학봉 대공처장님의 당부도 계셨다. 무슨 말인지 알아듣겠지? 이번 작전이 특별하다는 것을 각자 명심하고 최선을 다해 주기 바란다."

그러더니 한 마디 덧붙인다.

"이번 작전 결과에 따라서 우리 505보안부대가 죽느냐 사느냐 하는 상황이 올수 있다. 이 점을 각별히 명심하도록 해!"

서 과장은 부족한 작전 인원은 전남도경과 협조를 해서 지원을 받되, 중요 인물의 체포는 보안사 요원들이 직접 하라는 지시를 추가한다.

전국으로 계엄령을 확대한다는 내용의 방송이 최초로 나가는 새벽 4시까지 일차 검거를 완료하라는 지시와 함께 경찰들은 믿을 수 없으니 신병확보 전까지 개인행동을 못하도록 철저히 통제하라는 주문도 한다. 갑자기 허장환이 서 과장을 향해 질문한다.

"과장님, 혹시 김대중이는 이번에 어떻게 됩니까?"

허장환은 사령부에서 특별히 지시한'KT 공작'을 수행하고 있다. 이는 김대중의 고향인 신안과 그 외 목포, 광주에 있는 연고지와 연고자들을 감시하고 보고하는 것이다. 사령부의 직접 지시로 중앙정보부 요원들과 함께 수행하고 있으며 서 과장도 모르는 극비 임무이다.

"김대중은 벌써 검거됐을 거야."

서 과장이 의외로 쉽게 대답을 해준다.

"아, 그리고 허 수사관은 목포와 여수, 순천 분견대에 지시해서 그동안 관리해 오던 김대중 추종세력을 일망타진하도록 하라고 해. 용공분자인 김대중이 대통령이 되어보려고 민중폭동으로 혁명을 일으키려고 하는 것을 사령부에서 먼저 입수했다. 광주 출신 학생들이 서울에 올라가서 김대중으로부터 지령과 돈을 받고 내려와 광주에서 폭동을 일으키려고 하고 있단 말이야."

서 과장의 구체적인 대답이 나오자 허장환은 속으로 '역시 그렇게 몰고 가는 건가?'라는 생각을 한다.

호남 출신인 김대중을 잡아가두는 것을 넘어서 광주 사람들과 김대중을 연결시켜서 무언가를 만들어내려는 것을 감지할 수 있다. 서 과장의 말대로 이미 김대중이 광주 학생들에게 폭동 자금을 전달했다는 것으로 못이 박혔다면 이는 이미 구체적으로 공작이 진행되고 있는 것이다.

허장환은 찜찜하기가 이를 데 없다. 73년도에 광주에 와서 이제는 제2의 고향이 된 곳이다. 이곳 사람들과 정이 들어서 가끔 보안사에 속한 업무보다는 광주 사람들과의 관계를 더 중요하게 여기는 자신을 발견하면서 갈등을 겪기도 한다. 그런데 이런 대대적인 예비 검속 작전이 벌어지고, 그 이후에는 더 큰일들이 광주에서 벌어질 것이라는 불길한 예감이 들면서 마음이 무거워진다.

서 과장은 수사관들에게 밤 9시까지 재집결하라는 명령을 내리면서 계엄이 전국으로 확대된다는 얘기를 부인을 포함해서 누구에게도 발설하지 말라는 쓸데없는 소리까지 늘어놓는다. 일어서서 방을 나가는 수사관들의 인상이 다들 찌푸려진다. 허장환도 일어서려는데 서 과장이 불러 앉힌다.

"박 반장과 허 수사관은 잠시 남도록 해!"

허장환은 직책이 그냥 수사관이지만 선임으로 사실상 반장 역할을 하고 있다.

"이번 검거 작전에 경찰의 협조를 받아야 되는데 몇 명 쯤 필요할까?"

서 과장의 말에 박 반장과 허 수사관은 서로를 바라본다. 검거해야 할 예비 검속 대상자가 몇 명인지 말도 안 해 주고 지원 인원을 짜라는 서 과장의 말에 어이가 없다.

"과장님, 검거 대상자가 몇 명이나 됩니까?"

허장환이 감정을 억누르면서 서 과장에게 묻는다.

"몇 명? 아, 아직 그 얘기를 안 했구먼. 1차로 약 22명 정도 된다. 대부분 광주시내 소재하는 대학생들이니까 그리 어렵지는 않겠지."

"2차 예비 검속도 있지 않나요?"

"조만간 명령이 내려오겠지. 왜?"

"미리 준비를 해야 되지 않겠어요?"

"허 수사관 너무 앞서 가지마. 좀 있어봐. 곧 지시가 내려오겠지."

서 과장이 심드렁한 척한다. 배알이 뒤틀린 허장환이 입을 다물고 담뱃갑에서 새로 담배를 빼어 물자 옆에 앉았던 박 반장이 얼른 입을 연다.

"과장님, 경찰에서는 한 30명 정도 협조를 받으면 되지 않을까요? 전투교육사령부(전교사) 헌병대에서도 무술 헌병 10명 정도 차출을 받도록 하시죠?"

"그래, 그 정도면 되겠다. 모두 무술이 뛰어난 놈들로 차출하도록 해. 전남도경과 광주경찰서, 광주서부경찰서에서 각각 10명씩 차출을 받도록 해."

서 과장은 그렇게 말해 놓고 무슨 생각이 드는지 다시 말문을 잇는다.

"박 반장은 나가서 지원 병력을 차출하고, 허 수사관은 잠시 남아있어. 할 얘기가 있으니까."

박 반장이 방을 나가자마자 허장환이 궁금증을 참지 못하고 질문한다.

"과장님, 무슨 일입니까?"

"지금 하는 말 잘 듣고 한 치의 오차도 없이 임무를 수행하도록 해."

뜸을 들인다. 성질이 급한 허장환은 속으로 '씨 팔~'을 외친다. 거들먹거리듯 서 과장이 느긋하게 본론을 꺼낸다.

"오늘밤 24시 경 전남대와 조선대에 각각 전북 금마에서 온 7공수 2개 대대가 주둔할 것이다. 7공수 부대에 동행하고 있는 우리 보안부대 담당관을 만나서 사령부의 지시사항을 은밀하게 전하도록 해!"

서 과장의 말이 끝나자 허장환이 서 과장을 바라보면서 말한다.

"과장님, 공수부대가 왜 여기 광주까지 배치됩니까? 그것도 대학교에 말이죠."

"내가 그걸 어떻게 알아?"

"허 수사관은 그런 쓸데없는 의문 갖지 말고 시키는 작전이나 잘 수행하도록 해."

그러나 허장환은 대답을 하지 않고 서 과장을 향해 비스듬히 앉아서 고개를 갸웃거린다.

"허 수사관. 너무 이상하게 생각하지 말라고. 다 사령부에서 필요하니까 그렇게 하는 것 아니겠어?"

다소 부드러워진 서 과장의 말에 허장환은 더 이상 말없이 고개를 끄덕인다. 역시 예상했던 수순이라는 생각이 든다.

"과장님, 사령부의 지시사항은 무엇입니까?"

"두 가지이다. 첫째, 앞으로 파견부대의 특이한 동정 보고를 소속 부대로 하지 말고, 광주 505보안부대로 하여서 향후 명령 보고 계통을 일원화할 것. 둘째, 부대 동정 파악 시 공수부대 지휘관들의 동향을 예의 주시토록 하고, 일반전화를 비롯한 505보안부대와 연결되는 통신 수단으로 즉각 보고토록 할 것. 이 지시사항은 사령부의 특별 지시사항임을 각별히 주지시키고 이행토록 할 것. 이상이다. 알았나?"

"네, 잘 알겠습니다."

허장환이 토를 달지 않고 즉각 대답한다. 사령부 지시는 광주에 투입되는 공수부대의 작전을 보안사가 사실상 조정하는 것은 물론 공수부대와 그 지휘관들의 일거수일투족을 감시하라는 것이다. 다소 이례적인 지시지만 지금 상황에서 능히 그럴 수 있다는 판단이 든다. 군 권력을 다 쥐고 있는듯하지만 언제 어디서 어떤 부대가 반기를 들지 모르는 일이다. 공수부대는 내편 일 때는 천군만마지만 적일 경우에는 공포의 대상이다. 서 과장이 다시 말을 잇는다.

"그리고, 공수부대가 주둔하는 사실이 내일 아침까지는 절대로 외부에 알려지지 않도록 각별히 주의하라는 명령이니 두 대학 내에 숙직하는 직원들과 기숙사에 남아 공부하는 학생들의 신병을 먼저 확보해서 그들의 입을 봉쇄하도록 해."

"알겠습니다."

허장환은 공수부대의 대학 교내 주둔은 계엄령 전국 확대 발표 이전에 이미 진행되고 있으며, 이는 벌써 시행에 들어간 예비 검속 작전과 함께 하고 있다는 생각이 든다. 거대한 작전이 치밀한 사전 각본에 의해 이루어지고 있다는 느낌이다.

그날 밤 자정이 조금 넘어서 허장환은 광주서부경찰서에서 차출된 무술 형사 2명과 전투교육사령부 헌병대에서 차출된 김주선 중사를 데리고 조선대에 들어간다. 음력 4월 초순이라서 달빛은 없고, 별빛마저 구름에 가려 칠흑 같은 어둠뿐이다. 조선대 교정에는 이미 공수부대 막사로 쓰이는 천막이 쳐 있고, 그들의 경계 또한 물샐틈없다.

공수부대원들의 도움으로 기숙사에 들어갔다. 늦은 밤까지 공부를 하는 학생들이 여러 명 있다. 발로 문을 차고 들어가 영문도 모른 채 항의를 하는 대학생을 향해 김 중사가 아직 불이 덜 꺼진 연탄재를 날린다. 뜨거워서 비명을 지르는 학생을 연행하지 않고 그냥 두고 나왔다. 그 사이 공수부대원들이 교직원과 학생들 몇 명을 붙잡아 무릎을 꿇려놓고 감시하고 있다. 그들도 이미 대학교를 접수해서 학생들을 붙잡아 놓으라는 작전 지시를 받은 모양이다.

허장환은 조선대에 주둔 중인 공수부대의 보안사 파견 반장을 만나 서 과장의 지시사항을 전달하고는 광주법원이 있는 산수동 쪽으로 이동했다. 오늘 새벽 4시 이전에 검거할 예비 검속 대상자의 집이 있는 곳이다. 그러나 이곳에서의 검거작전은 실패했다. 대상자가 며칠 전 지방에 있는 친구 집에 다녀간다고 집을 나갔다는 것이다.

어느새 어둠이 밀려나고 동쪽 하늘이 희붐하게 밝아온다. 허탈한 마음으로 귀대 길에 오른 허장환은 전남대에 들러서 공수부대 보안사 파견관인 임장수 반장을 만났다. 임 반장에게 조선대 주둔 공수부대 담당관에게 해 줬던 똑같은 내용의 지시사항을 전달했다. 그런데, 임 반장은 그 말이 무슨 뜻인지 쉽게 이해하지 못한다.

"허 선생, 그게 무슨 소리야?"

임 반장은 허장환을 선생이라고 호칭한다. 그들은 보안교육대 동기생이고, 둘은 동기생 이상의 친근함으로 가끔 연락을 주고받는 사이다. 고지식한 그는 허장환을 피곤한 눈으로 바라보면서 이해하지 못하겠다는 태도다. 그런 그에게 허장환은 차라리 쉽게 그리고, 노골적으로 설명해 주는 것이 좋겠다는 생각을 한다.

"임 반장, 지금 공수부대가 다른 세력과 밀착되거나 광주 현지와 가까워져서 본연의 임무에서 일탈할 가능성이 있을지도 모르니 그걸 감시하라는 지시야. 알겠어?"

그래도 임 반장은 아직도 무슨 소리인지 알 수 없다는 듯이 허장환을 멀뚱멀뚱 바라보고만 있다. 허장환은 피곤한듯 말귀를 못 알아듣는 친구에게 뭐라고 더 말을 해줘야 좋을까 고민이 된다.

"임 반장, 잘 들어봐. 원래 12·12 때 정병주 특전사령관은 반대편에 있다가 체포됐잖아, 부관은 사살당하고. 그건 알지?"

"그래 그건 나도 알고 있지. 근데 그게 이 지시와 무슨 연관이 있나?"

아직도 감이 오리무중이다.

"이 친구야. 바로 그거야. 아직도 공수특전사 내에는 정병주 사령관 사람들이 남아 있을 수 있잖아. 그들이 거꾸로 12·12 같은 일을 벌이지 말란 법이 있나? 그래서 사령부에서는 각별하게 살펴보란 뜻이야. 이제 알겠는가?"

허장환이 말이 끝나자 임 반장은 아무 소리도 안하고 가까이 진을 치고 있는 공수부대 천막막사를 바라본다. 그 사이 전남대 교정에는 잔뜩 낀 구름으로 회색빛 아침이 자리를 잡아가고 있다.

*

허장환은 18일 아침 6시쯤 부대로 복귀해보니 505보안부대는 말 그대로 아수라장이다. 전남계엄합동수사단은 사실상 보안사 아래에 있다. 따라서 계엄합수단의 운용은 광주 505보안부대가 주도하고 있고, 사무실도

505보안부대에 설치되어 있다. 합동수사단은 이날 86명의 보안부대 요원 및 무술 경찰, 헌병대원을 출동시킨 예비 검속으로 전남대생 등 12명을 검거했다.

여기에 공수부대들이 전남대와 조선대를 접수하면서 학생들과 교직원들을 무조건 체포해서 보안부대로 넘기는 바람에 505보안부대 지하 감방과 사무실에는 잡혀온 사람들이 가득하다. 일부는 전투교육사령부 헌병대로 신병을 넘기기도 했다.

대상자를 체포해 온 수사관들은 상부의 조사 방침을 전달받지 않은 상태에서 무조건 두들겨 패는 일밖에 모른다. 잡혀온 사람들은 어린 대학생들이 대부분이다. 보안부대 수사관들은 인적 사항을 파악하고 나서는 갑자기 군기를 잡는다는 이유로 주먹으로 때리거나 시멘트 바닥에 머리를 박게 하는 원산폭격을 시켜놓고는 몽둥이로 두들겨 팬다. 아닌 밤중에 홍두깨라고 잠을 자다가 새벽에 영문도 모르고 붙들려 온 학생들은 어안이 벙벙해서인지 말 한마디 못하고 있다.

광주 505보안부대에서 악명 높기로 2등이라면 서러워 할 허장환도 어린 학생들이 잠도 못 자고 끌려와 아침부터 무작정 구타를 당하는 것을 보고는 맘이 좋지 않다. 조사실에서는 학생들의 비명소리가 여기저기서 들리고, 턱없이 고함을 지르는 수사관들의 목쉰 소리가 난무한다. 보안부대에서는 일단 잡혀들어 온 조사 대상자들에게 겁주는 일부터 시작한다. 그것은 일단 두들겨 패는 일이다.

허장환은 감방으로 쓰이고 있는 부대 지하실과 조사실 여기저기를 들여다보면서 혹시 아는 놈이 없는지 찾아본다. 광주에서 업무를 오래 보다 보니 이제는 얼굴이 낯익은 사람도 많이 생겼다. 그는 '요놈의 짓거리를 언제까지 해야 한단 말인가' 생각을 하면서 씁쓸한 아침을 맞는다.

허장환은 서의남 과장에게 보고를 한 뒤 아침밥을 대충 때우고, 헌병대에서 차출된 김 중사와 무술경찰 2명을 차에 태우고 자신에게 배정된 예비 검속 대상자 검거를 위해 부대를 빠져 나온다.

505보안부대 공무 1호차를 몰고 거리를 달린다. 햇살이 가끔씩 구름을 헤집고 고개를 내밀자 햇볕의 따스함이 마음까지 스며들어 어느새 몸 구석구석까지 온기를 전해준다.

보안부대에서 10년 넘게 공작 요원 생활을 해오고 있는 허장환은 갑자기 들이닥친 예비 검속 작전과 공수부대의 출현이 왠지 불길하다는 느낌이다. 그것은 무슨 비린내 같기도 했고, 어두컴컴한 벽장에 손을 넣었다가 이상한 것이 만져지는 기분 같기도 하다. 그는 차창을 열고는 심호흡으로 상쾌한 아침 공기를 흠뻑 들이마신다. 기분이 약간 좋아지고 밤샘을 한 피로가 좀 가시는 듯 했지만 맘속에는 어두운 그림자가 짙어져간다.

광주는 계엄 속에서도 학생들의 데모가 산발적으로 있었다. 그러나 그렇게 폭력적이지 않고 비교적 평온한 가운데 자기들의 주장을 펼치고 있다. 지난 16일 밤 광주 시내에서 있은 학생들의 햇불 시위도 조용히 끝났다. 학생들은 당분간 데모를 하지 않고 사태의 추이를 지켜본다는 것이다. 그러니 광주에 공수부대를 투입해야 할 하등의 이유가 없다. 그런데도 계엄이 전국으로 확대되면서 은밀히 예비 검속이 실시되고, 공수부대가 광주 대학들에 투입됐다는 사실은 무언가 큰 그림의 무슨 공작이 이루어지고 있는 것이라는 생각으로 모아진다.

"그래, 이건 아무래도 공작 같아."

허장환이 혼잣말을 하자, 운전석 옆에서 담배를 피우고 있던 김 중사가 고개를 돌려 뜬금없다는 듯 바라본다. 허장환은 더는 아무 소리 안 하고 담배를 찾는다. 없다. 아까 사무실 책상에서 담배를 피우고는 그냥 놔두고 온 것 같다. 담배를 피우지 못하면 일이 안 된다. 그는 앞을 보면서 김 중사에게 오른손 집게손가락과 가운뎃손가락을 벌려 보인다. 김 중사가 담배에 불을 붙여서 손가락 사이에 끼어준다. 불기운이 조금 느껴지고 그것을 입술 사이에 넣고 깊게 빨았다. 구수하고 익숙한 담배 향이 입안을 감돌다가 입 밖으로 뿜어져 나간다.

피를 부르는 공작 '무등산'

18일 아침 8시. 전두환 보안사령관은 일찍 출근해서 특별상황실로 들어간다. 안에서는 밤새 작전 상황을 파악해오던 참모들이 소파에 앉아 쉬고 있다가 벌떡 일어나서 경례를 붙인다. 전 사령관이 부하들을 격려하면서 보고를 재촉한다.

"그래, 모두들 고생 많다. 계획대로 잘 되고 있나?"

"네, 사령관님, 지금까지의 상황을 보고 드리겠습니다."

이학봉 대령이 즉시 대답하자 차수일 중령이 얼른 보고용 차트를 건다.

고개를 끄덕이는 사령관에게 이학봉 처장이 보고를 시작한다.

"작전은 순조롭게 진행되고 있습니다. 예정대로 수경사 병력은 국회의 사당을 점거했습니다. 현재 국회의원은 누구도 들어갈 수 없도록 조치했습니다. 또한 계엄 포고령을 근거로 불량 정치인과 대학생 시위 배후 세력으로 지명된 인사들, 대학생 데모 주동자 등 검거를 시작했습니다. 예비 검속은 서울뿐 아니라 지방에서도 17일 22시를 기해 일제히 진행되고 있습니다. 다음은 현재까지 주요인사 검거상황을 말씀드리겠습니다.

17일 23시 김대중을 동교동 자택에서 체포했습니다. 수경사 헌병 19명이 동원됐습니다. 김종필 공화당 총재도 같은 시각 보안사 수사관들이 신당동 자택에서 연행했습니다. 이들 정치인 등 중요인사 외에 다수의 대학생 시위 주동자들을 붙잡아서 조사를 하고 있습니다."

"그렇군. 이제부터 본격적인 작전에 돌입하는데, 당신들이 수고를 많이 해줘야겠어."

"네 사령관님."

전 사령관은 며칠 동안 매우 긴장해 있다. 사실상 제2의 쿠데타를 진행시키고 있는 셈이다. 그는 이제부터 집권을 위한 걸림돌을 제거하는 수순을 밟으면 된다고 생각했다. 계엄 포고령을 근거로 이제는 못할 것이 없다. 정치인이고 대학생이고 종교인이고 문화인이고 간에 까부는 놈들은 다 잡아들여서 쓴맛을 보여주는 것이다. 제깟 놈들이 무슨 재주로 버티겠나, 덤비는 놈들은 확 뭉개버려야 할 것이다. 전 사령관은 야릇한 미소를 지으며 소파의 안락함을 느낀다. 전 사령관이 다시 입을 뗀다.

"지금까지는 잘 해 왔어. 그런데 우리가 진행하는 공작, 거 뭐야. '무등산' 공작 말이야. 이제부터 본격적으로 작전에 돌입해야 하는 거 아니야?"

"네, 그렇습니다. 사령관님."

이학봉이 얼른 대답한다.

"'무등산' 공작은 이미 세부적인 작전계획으로 돌입하고 있습니다. 김대중과 광주를 연계시킬 관련자들을 잡아가고 있으며 전남대 복학생 정동년을 광주 계엄사 합동수사단에서 체포하는 등 김대중을 내란음모 등 혐의로 엮을 명분과 증거를 만들어 가고 있습니다.

또한 7공수여단 2개 대대는 이미 17일 23시 50분부터 조선대를 시작으로 금일 02시까지 광주 전남대와 전남대 의대, 광주교대에 각각 투입됐습니다. 금일부터는 공수부대가 본격적인 시위 진압에 나설 것입니다. 광주 놈들은 지금껏 경찰의 느슨한 시위진압을 받아왔지만 금일부터는 공수부대의 강경한 진압을 받을 것입니다."

이학봉 처장은 이제부터 본격 시작될 '무등산' 공작에 대해 추가설명을 이어간다.

"'무등산' 공작은 이제 심혈을 기울이면서 작전을 펴 나가야 하며 주도면밀한 상황분석과 이에 맞는 신속한 부대투입 등이 요망됩니다."

전 사령관이 들고 있던 지휘봉을 흔들면서 말한다.

"그래. 아주 좋아. 그런데 말이야. '무등산' 공작이 잘 되겠어?"

"어떤 의미에서의 말씀입니까? 사령관님."

"광주 사람들 말이야, 우리 의도대로 폭동을 일으켜 줄 것 같아? 광주

시내에서 살인이나 방화, 약탈, 강도, 절도 같은게 일어나야 우리 계엄군 진압작전의 명분이 서는데 말이야.”

전 사령관이 눈꼬리를 올리면서 말한다. 아무래도 걱정이 되는 모양이다.

“사령관님, 만약 광주 시민들이 우리 의도대로 움직이지 않을 경우를 상정해서 이미 편의대라는 특수 공작대를 꾸리고 있지 않습니까. 이들을 광주의 시위대속으로 위장 침투시켜 방화, 무기 탈취 등을 선동하고, 유언비어를 퍼뜨려 광주 시민들을 자극하는 선동 공작도 예정되어 있습니다.”

여기까지 설명한 이학봉 처장은 잠시 목을 가다듬더니 다시 전 사령관을 바라보면서 보고를 진행한다.

“따라서 ‘무등산’ 공작이 원활히 수행된다면 이것을 근거로 계엄령 전국 확대와 그로 인한 계엄 포고령 제10호의 정당성 확보는 물론 대한민국의 안보위기를 극대화하여 궁극적으로 직선제 개헌 요구를 묵살하고 원하는 집권 시나리오를 진행할 수 있다고 생각합니다. 이상입니다.”

이 처장이 보고를 마치자 전두환 사령관이 자리에서 일어나더니 입 꼬리가 찢어지도록 미소를 지으며 고개를 주억거린다. 옆에서 이 모습을 바라보고 있던 허화평 비서실장과 권정달 정보처장도 덩달아 웃으면서 전 사령관을 바라본다.

특전사의 야습

17일 오후 5시 30분, 전북 익산군 금마면에 주둔하고 있는 제7공수특전

여단장 신우식 준장은 2군 사령부로부터 작전명령을 받는다.

'충정작전 유효, 5. 18 00:01를 기해 불순분자를 체포, 5.18 04:00 이전 주요 학교 점령'이라는 내용이다. 앞서 특전사령부로부터도 비상출동 명령을 받았다. '7공수 예하 2개 특전 대대를 금일 오후 22시에 출발시켜서 각각 광주 전남대 및 동 대학 의대, 조선대, 광주교대를 접수한다. 접수시간은 18일 오전 4시 이전까지 마무리하되, 접수 즉시 수색 작전을 벌이고, 학생들과 교직원을 체포해 연행한다. 작전은 명일 아침까지 극비로 할 것. 이상.'

이후에는 보다 구체적인 작전지시가 '전언통신문'으로 이어졌다. '전언통신문'은 보통 '전통'이라고 부른다. 신우식 여단장은 오늘 오전 보안사 고위 인사로부터 출동작전과 관련한 전화를 따로 받았다. 신 여단장은 육사 14기로 신군부의 주축인 하나회 회원이다. 그는 즉각 작전회의를 소집하고, 예하 33대대와 35대대에게 출동 준비를 지시한다.

사실 7공수여단의 광주지역 출동은 이미 훨씬 이전부터 준비되었다. 지난 5월 10일 대구에 있는 2군 사령부는 광주에 있는 예하 전투교육사령부에 '2군 학원 소요에 따른 증원 계획 지시'를 내렸다. '전북대에는 7공수여단 제32대대, 충남대에는 제31대, 전남대와 광주교대에는 제33대대, 조선대와 전남의대에는 제35대대를 각각 배치하도록 함. 또한 7공수여단이 이동할 수 있도록 수송 트럭을 미리 준비해서 작전에 차질이 없도록 할 것'

*

권영욱 중령이 지휘하는 7공수 33대대 공수부대원들은 처음에는 어디로 가는지 몰랐다. 원래 특전사는 유사시 적 후방에 침투해서 요인 암살, 폭파, 게릴라전을 펼치는 것이 주 임무이다. 그래서 24시간 출동 대기 상태를 유지하고 있으며 출동 지시가 떨어져도 대원들은 행선지를 알 수 없다. 현지에 도착하거나 도착 직전에 작전지시가 이루어진다.

1개 대대는 보통 소령이나 대위가 지휘하는 3개 지역대로 구성되고, 1개 지역대는 다시 4~5개의 중대로 나뉜다. 1개 중대는 보통 11명 정도로 구성되며 특전사의 최소 부대단위이다.

7공수 부대원들은 저녁식사 이후 얼굴에 검은 위장칠을 한 채 출동했다. 어둠을 뚫고 두 시간 넘게 달리던 군 수송 트럭이 멈춰선 곳은 광주 시내에 위치한 대학이다. 달이 없어 칠흑처럼 어두운 곳에서는 누가 쳐놓았는지 이미 A형 막사가 만들어져 있다.

공수부대원들은 평소 훈련받은 대로 소리 없이 경계를 하면서 진지 구축을 마치고 작전을 지시받는다. 밤은 깊어 사방은 쥐 죽은 듯이 조용했고, 별빛마저 보이지 않는다.

33대대 대원들은 사전에 파악해 둔 전남대 교정에 대한 건물 위치를 어둠 속에서도 정확히 확보한다. 부대원들은 학교에서 숙직을 서던 직원 몇 명을 붙잡아서 무릎을 꿇려놓고 감시를 하고는 대학건물 전체를 수색했다. 혹시 다른 곳으로 빠져나가는 사람들이 있나 살펴보는 것이다.

공수부대원들은 기숙사를 비롯해 아직도 교정에 남아있던 학생들과 학교에서 빠져나가려는 학생들을 보이는 족족 잡았다. M16 소총에 착검을 하고 항의하는 학생들과 교직원들에게는 무자비한 폭행을 한 뒤 포승줄로 묶어 광주지역 계엄군 합동수사단에 인계했다. 이날 전남대에서 체포한 학생은 대학 총학생회 간부를 비롯해 모두 69명이다.

*

김준웅 중령이 이끄는 7공수 35대대 역시 어둠을 뚫고 조선대에 도착한다. 33대대보다 먼저 광주에 진입했다. 광주 31사단에서 미리 쳐놓은 천막에 진을 친 공수부대원들은 착검을 한 소총을 들고 신속히 대학 교정을 수색한다. 숙직을 하던 교직원과 기숙사에 있던 학생들, 아직 교정에 있던 학생들을 붙잡아 한 곳에 모았다. 행사준비를 하던 방송반 학생 20명을 포함해 43명을 체포한다. 체포에 조금이라도 항의하거나 반항하는 학생과 직원들은 군홧발로 사정없이 짓밟아버린다. 붙잡은 대학생들은 모두 포승줄로 묶어서 505보안부대가 운영하고 있는 계엄군 합동수사단에 인계했다.

이날 밤, 광주 전남대와 조선대에는 7공수여단 소속 2개 대대 688명의 공수부대원들이 점령군으로 진주해서 아무것도 모르는 교직원과 학생들을 상대로 무자비한 폭행과 체포 작전을 벌였다. 7공수 부대원들의 작전 내용과 지휘관의 지휘모습은 7공수에 파견돼 있는 보안사 요원들에 의해 시시각각 505보안부대를 통해 서울에 있는 국군보안사령부 특별상황실로 보고 되었다.

제2부

신군부 집권 시나리오

학살

5월 18일 아침.

7공수여단 33대대장 권영욱 중령은 오전 7시쯤 전남대 정문에 배치된 부하들로부터 무전으로 보고를 받는다. 학교 도서관을 가겠다면서 정문으로 들어오려는 몇몇 학생들과 실랑이를 벌인 끝에 충정봉으로 구타해서 돌려보냈다는 내용이다. 맞은 학생들은 인근에서 지켜보던 다른 학생들과 시민들이 데리고 갔다는 보고도 함께 들어온다.

오전 8시쯤 다시 정문에서 보고가 들어온다. 정문 앞에 학생들 숫자가 점차 불어나고 있어 병력 증강이 필요하다는 것이다. 정문에는 9지역대 7중대 소속 병력 11명이 경계를 서고 있다. 권 중령은 즉각 병력을 증강 배치한다.

그런데 시간이 갈수록 학생들의 숫자가 불어나고 있다. 9시경에는 50여명의 학생들이 모여 대열을 이루더니 '계엄 해제'라는 구호를 외치면서 정문을 돌파하려고 시도한다. 한 시간이 지나자 이제는 100여명으로 불어난 학생들이 다리부근에 모여서 구호를 외치면서 노래를 부르고 있다.

조금 있으니 순식간에 학생들의 숫자가 3백여 명 정도로 늘어난다.

권 중령은 사태가 심상치 않아 보이자 대대 병력 절반 이상을 정문 앞으로 대기시켜 놓고, 해산 종용을 하던 부하 장교의 메가폰을 직접 들고 앞으로 나간다.

"학생여러분, 지금 즉시 해산하지 않으면 무력으로 해산시키겠다. 즉시 해산하기 바란다."

몇 차례 경고 방송을 한다.

그는 전남대에 출동한 직후 여단본부로부터 '어떠한 일이 있더라도 학생들이 학교로 들어오게 해서는 안 된다'는 명령을 받았다. 그는 갈수록 학생들의 숫자가 불어나면서 결국 정문 진입을 시도할 것이고, 그 때는 상황이 불리할 것으로 판단한다. 지금 공격적인 진압을 해서 선수를 빼앗는 상황 관리가 필요하다는 결정을 내린다.

수백 명으로 늘어난 시위 학생들은 아까보다 더 큰소리로 '전두환 물러가라', '계엄령 해제하라', '휴교령 철회하라'는 구호를 외쳐대고 있다.

권 중령은 여단 본부에 무전을 친다.

"참모장님, 정문 앞에 시위대가 급격히 불어나고 있습니다. 조치가 필요합니다."

"그래? 예상했던 일이 아니야? 기 작전지시대로 진입해. 해산만 시키지 말고, 앞에 선 놈들을 체포하도록 해."

참모장의 지시를 받은 권 중령은 지대장들을 모아 작전 지시를 내린다.

"학생들의 시위가 갈수록 격렬해질 것으로 예상된다. 충정봉을 사용해서 진압작전을 개시하라. 불순분자들이 주도하고 있으니 적극적인 체포 작전을 하도록 해라. 이상 실시!"

잠시 후 공수부대 일선 지휘관들은 부대원들에게 작전 지시를 내린다. 공수부대원들은 총을 등에 질러매고, 손에는 충정봉이라 불리는 곤봉을 들었다. 충정봉은 시위 진압을 위해 박달나무로 특별 제작된 어른 팔뚝만 한 곤봉이다. 머리를 강하게 한 대만 맞아도 사망할 수도 있을 정도로 단단하고 묵직한 흉기다. 지휘관들 입에서 명령이 떨어진다.

"돌격!"

수십 명의 공수부대원들이 고함을 내지르며 시위대 학생들 앞으로 내달린다. 대원들은 곤봉으로 미처 피하지 못한 학생들을 마구 후려치기 시작한다. 충정 훈련을 받은 그대로이다.

공수부대원이 곤봉을 휘둘러 시위학생의 머리를 내려친다. 피가 튄다. 다시 곤봉으로 얼굴을 가격한다. 얼굴이 일그러지면서 그대로 쓰러진다. 순식간에 학생들 몇 명이 피를 쏟으며 바닥에 쓰러진다. 공수부대원들이 달려들어 군홧발로 마구 짓이긴다.

학생들은 경악하면서 달아나고, 이 광경을 지켜본 시민들과 학생들이 비명을 지른다. 일부 학생들이 돌멩이를 던지자 공수부대원들은 아랑곳하지 않고 쫓아가서 곤봉으로 어깨고 머리를 분간하지 않고 마구 내리친다. 쓰러져서 실신한 학생들을 질질 끌고 진지로 데려간다.

30분 이상 상황은 계속된다. 시위 학생들은 공수부대원들의 무자비한 진압에 혀를 내두르면서 공포를 느끼고 시위행렬은 일시에 무너진다.

학생들이 시위를 멈추고 멀찍이 물러나자 권 중령은 진압 행위를 중지시키고, 공수부대원들의 전열을 가다듬는다.

　같은 시각, 전남대 후문에서도 비슷한 상황이 발생한다. 후문 경계를 맡고 있던 7지역대장 고 대위로부터 무전 연락이 온다. 후문에도 학생들이 학교로 들어오려고 한다는 보고이다. 권 중령은 학생들이 후문 진입을 시도할 경우 강경하게 진압하라는 명령을 내린다.

　후문에서는 무리 지어 항의를 하거나 시위를 하는 상황이 아니었지만 공수부대원들은 공격적인 행동을 벌인다. 군인들은 근처를 지나가는 평범한 젊은이들도 곤봉으로 무차별 폭행한다. 반항하거나 항의를 하면 할수록 폭행은 강도가 더한다. 지나가는 시내버스가 승객을 내려주기 위해 정차하자 버스에 올라타서 젊은 사람들은 무조건 끌어내리고 구타한다. 버스에서 20여 명을 강제로 끌어내려서는 전남대 교정에 설치된 진지로 끌고 온다. 전남대 체육관에는 머리와 얼굴이 피투성이가 되고, 심한 부상을 입어서 기신을 못하는 대학생들이 공수부대원들의 감시 속에서 신음하고 있다. 조금 후, 권영욱 중령은 7공수여단 본부로부터 성공적인 작전을 펼쳤다는 칭찬을 받는다.

　일요일 아침, 광주에서 공수부대원들의 유혈 진압은 이렇게 시작됐다. 이 상황은 보안사 파견 요원에 의해 광주 505보안부대로 보고되었고, 505보안부대는 즉시 사령부로 보고한다.

　보안사령부 상황실에서는 '무등산' 공작을 담당하는 차수일 중령이 상황을 취합해서 이학봉 대공처장에게 보고하고, 전두환 사령관에게도 즉각 보고되었다. 계엄사령부에서도 시시각각 보안사령부로 상황 보고를 하면서 지침과 지시를 받아 간다.

전두환 사령관의 '무등산' 공작은 이렇게 광주에서 '피의 일요일'을 시작으로 막이 올랐다.

피를 부르는 진압

전남대 앞에서 7공수의 유혈 진압으로 기세가 꺾인 줄 알았던 학생들은 삼삼오오 무리를 지어 저항하다가 공수부대와 멀찍이 떨어져서 숨을 고르고 있다. 잠시 후 무엇인가를 논의하던 학생들은 주먹을 쥐고 '계엄령 해제하라'는 구호를 외치면서 다른 곳으로 이동하기 시작한다.

학생들은 이동하면서 "대학교에 계엄군이 진주했다. 공수부대가 사람들을 곤봉으로 마구 때리고 있다."라면서 시민들에게 계엄군의 만행 사실을 알리고 있다.

이들의 뒤를 은밀히 따르는 사람들이 있다. 구경하는 시민들 틈에 끼여 있거나 데모하는 학생들 틈에 위장 침투해서 시위대의 상황을 일일이 파악하는 사람들은 광주 505보안부대에서 파견된 요원들이다. 경찰에서 파견된 정보과 형사들도 있다. 이들 정보도 모두 보안부대로 모아졌다.

학생들은 서로에게 "광주역 광장에서 재집결하자"고 하면서 전남대 정문에서 약 1㎞ 떨어진 광주역으로 이동한다. 광주역 광장에는 순식간에 수백 명의 젊은이들이 모여든다. 이들은 전열을 가다듬은 뒤 다시 금남로

도청 앞 광장으로 이동하기 시작했다. 학생들의 구호는 '비상계엄 해제하라!', '전두환 물러가라!', '휴교령 철회하라!', '계엄군 물러가라!', '김대중을 석방하라!'이다. 학생들은 어느새 사태를 정확히 파악하고 있는 듯하다. 전두환이 신군부를 이끌고 있고, 그가 대통령이 되기 위해 계엄령을 확대하고, 김대중을 빨갱이로 몰아 잡아넣는 등 이 모든 사태의 원흉이라는 것을 꿰뚫고 있는 것이다.

대부분의 시민들은 김대중 체포 사실을 알지 못했다. 전남대와 조선대 학생들을 중심으로 서울 대학생 조직과 연락을 하다가 알게 된 사실들은 학생들에게도 충격이었다. 계엄령 전국 확대가 선포되기 전부터 서울지역 대학생 총학생회 관계자들이 기습적으로 체포되고, 김대중, 김종필 등 정치인들도 체포되는 전국적으로 수천 명의 민주인사와 학생들, 정치인이 계엄군에 붙들려갔다는 것이다. 이 소식은 알음알음으로 광주까지 전해졌고, 대학생들은 시민들에게 이 소식을 알리려고 거리에서 구호를 외쳐대기 시작했다.

"전두환이가 다시 쿠데타를 일으켰다. 김대중 선생이 체포됐습니다."

시민들의 외침이 시내에 울려 퍼진다. 시민들은 18년간의 박정희 독재정권이 끝나자 민주화에 대한 열망이 새롭게 피어났고, 이제 제대로 된 민주 시민으로 살 수 있다는 희망에 부풀었지만 전두환의 신군부로 인해 그 꿈이 무참히 깨지는 상황에 어리둥절했다.

학생들 위주인 시위대는 금남로 가톨릭센터 앞에서 무리를 지어 광주 YMCA 앞으로 나아갔지만 거기서 경찰 진압부대와 맞닥뜨렸다. 시위대는 경찰을 피해 충장로 우체국 방향으로 갔지만 그곳에서도 경찰 진압대에 막힌다. 시위대는 두 갈래로 나뉘어 광주천 방향과 충장로 2가 방향으로 나아갔다. 시민들은 아직 학생들이 시위에 적극 가담하지 않고 있지만 숫자는 갈수록 불어나고 있다.

*

18일 오전 10시, 보안사령부 특별상황실에서 회의가 열렸다. 수시로 열리는 회의지만 '무등산' 공작이 본격적으로 시작된 시점이어서 긴장감 속에서 진행된다. 보안사령부는 광주 505보안부대와 계엄사로부터 들어오는 상황 보고를 통해 광주 현지의 상황을 정확히 파악하고 있다. 이학봉 대공처장이 전두환 사령관 앞에서 상황 보고를 한다.

"어젯밤 7공수여단 2개 대대가 전남대와 조선대를 접수했습니다. 이어 오늘 아침에는 학교로 진입하려는 학생들을 진압하면서 충돌이 있었습니다. 여기에 자극을 받은 학생들이 시위를 벌이면서 시내로 시위가 확산되고 있습니다. 계엄사에 진종채 2군사령관에게 연락해서 시내 시위 진압에 공수부대를 출동시키라는 명령을 내리도록 했습니다. 앞으로 확대될 시위 및 시위대의 폭도화에 대응해서 준비한 공수부대 증파 지침을 이미 계엄사에 전달했습니다."

"계엄사 누구에게 얘기를 했나?"

"황영시 참모차장에게 얘기했습니다."

"그러면 오늘 중 계엄사에서 회의를 갖고 추가 투입을 진행하라고 해."

"알겠습니다. 사령관님."

*

11시 30분, 광주 505보안부대 상황실에 긴급 보고가 들어온다.

금일 11시 25분 경, 학생 시위대가 충장로 파출소에 돌을 던져서 유리창 등이 파손되었다는 현장 요원의 보고가 올라왔다.

이 소식은 곧바로 보안사령부에 전통으로 보고됐다. 사령부 특별상황실은 '소요사태까지는 아니지만 학생들에게서 반항의 조짐이 일고 있다는 것'으로 분석한다.

광주 금남로에서 학생들의 연좌농성이 시작됐다. 인도에는 수백 명의 시민들이 모여서 이를 지켜보고 있다. 시위 진압을 위해 투입된 전투경찰들이 이들을 에워싼 후 머리 위로 최루탄을 발사한다. 경찰은 곧바로 체포 작전에 돌입한다. 학생들은 당혹해 했다. 그동안 비교적 차분하게 대응하던 경찰의 진압 방식이 아니기 때문이다. 붙잡힌 학생들이 경찰에 끌려가자 시민들이 경찰에게 욕을 퍼부었다. 경찰과 학생들의 쫓고 쫓기는 공방이 여러 차례 계속되면서 학생들이 점차 밀려나고 있다.

광주 505보안부대에는 광주 시내 상황이 시시각각 보고되고 있다. 경찰의 보고도 즉각 도달한다. 18일 오후 1시쯤 보고내용이다.

13시 사태 보고

13시 시위대가 광주 버스터미널 인근에 모여 지방으로 가는 사람들에게 광주 시위 상황과 전두환 사령관이 쿠데타를 일으켰다는 소식을 전해 달라는 낱조를 만들어 유언비어를 퍼트리고 있음.

13시 30분 경찰은 버스터미널 대합실에 최루탄을 발사. 다수의 부상자가 발생했음, 시위대는 대인동 시장 쪽으로 탈출하고 있어 시위대 몇 명을 검거했음.

13시 40분 헬리콥터가 시위대를 추적, 진압경찰과 유기적인 통신으로 시위대 해산 및 체포에 유용하게 작용하고 있음. 지상과 공중의 협동작전이 유효함.

13시 50분 경찰의 강경진압으로 학생들의 시위가 잦아들고 있음. 지금까지 수십 명의 학생들이 체포 함.

그러나 2시쯤 다시 상황이 변했다.

14시 사태 보고

14시 10분 시위대의 규모가 여기저기서 커지고 있으며 사기가 다시 오르고 있음. 시내 중심 상가는 대부분 셔터를 닫고 철시중.

14시 40분 충장로 학생회관 앞에서 시위대는 경찰에게 기습적으로 돌멩이를 던져 저항하고 장악한 지프차와 장비를 부쉈으며, 최루가스 발사 차량에 불을 질러 전소시킴.

14시 50분 경찰의 시위 진압 방식이 강력해지고 격렬한 것에 분노한 시민들이 점차 시위에 가세하고 있으며, 시위 방식도 격화되고 있음.

광주는 점차 '무등산' 공작을 벌이고 있는 신군부의 의도대로 상황이 변해가고 있다.

맹동과 반발

18일 오전 10시 경상북도 대구 주둔지에 있던 진종채 2군사령관은 김준봉 작전참모와 함께 급히 헬기를 타고 광주로 향한다. 2군단 예하에 있는 광주 전교사(전투교육사령부)와 31사단으로부터 광주 시내 시위 양상에 대한 보고를 받고서이다. 상부에서는 광주의 시위 상황을 어떻게 알았는지 공수부대를 지휘해서 시위를 강경 진압하라는 주문이다.

진 사령관의 헬기가 11시쯤 광주에 도착하자 기다리고 있는 전남북 계엄사령관인 윤흥정 전교사 사령관이 보고를 한다.

"사령관님, 학생들의 시위가 시내로 점차 확산되고 있으며, 일반시민들까지 가세하고 있습니다. 현재는 경찰 병력에 헬기까지 투입해 공조작전을 벌이고 있습니다."

보고를 받은 진종채 2군사령관이 서슴없이 말한다.

"윤 사령관, 앞으로 시위가 격화되면 시내에도 공수부대를 투입해 진압하시오. 상부의 명령입니다."

공수부대를 시위 진압에 동원하라는 2군사령관의 명령에 따라 윤흥정 전교사 사령관은 정웅 31사단장을 불러 작전 명령을 내린다.

"정 장군, 7공수여단을 투입해서 시내시위를 진압하도록 하시오. 이건

2군사령관의 지시입니다."

자신의 판단이 아니고 직속상관인 2군사령관의 명령이라는 것을 밝힌다. 공수부대 소속은 특전사령부이지만 작전에 투입됐을 때는 작전지역 현지 군 부대의 지휘를 받도록 돼 있다. 이에 광주에서 작전 중인 7공수여단은 31사단장의 작전 지시를 받아야 한다.

오후 12시 45분 정웅 31사단장은 '작전명령 1호'를 발령한다. 전남대와 조선대에 주둔한 7공수여단 병력 가운데 학교 경계에 필요한 최소 인원만 남기고 시내로 출동할 태세를 갖추도록 하라는 명령이다.

정웅 장군은 상부로부터 시위 진압에 공수부대의 즉각 투입 명령을 받았지만 아직 경찰병력만으로 진압할 수 있는 상황이라고 판단했고, 이에 곧바로 공수부대 투입을 지시하지는 않았다. 투입 준비만을 지시한 것이다. 그는 가급적 공수부대를 시위 진압에 투입하지 않았으면 하는 생각을 갖고 있다. 그러자 윤흥정 사령관이 독촉한다. 빨리 공수부대를 시위 진압에 투입하라는 것이다.

오후 2시 25분, 압박을 받은 정웅 장군은 헬기를 타고 조선대로 이동하여, 7공수여단 33대대장 권영욱 중령과 35대대장 김준봉 중령, 광주경찰서 경비과장 등이 참석한 가운데 작전 회의를 가진다. 그리고는 출동 명령을 내린다.

"금일 16시 이전까지 광주 금남로에 공수부대를 출동시키시오. 현재 전남도청 앞에서는 경찰이 시위대를 차단하고 있으니까, 35대대는 충장로를 중심으로 좌우측 도로를 차단하고, 33대대는 금남로 5가 쪽에서 도청 방향으로 압박을 가해 시위대를 해산하도록 하시오."

이보다 2시간 전, 광주에 나와 있는 7공수여단에서는 이미 특전사령부로부터 시위 진압을 위해 출동을 준비하고 있으라는 별도의 작전 지시를 받은 상태다. 이들 공수부대는 모든 출동준비를 갖춰놓고 공식 지휘계통을 통한 형식적인 명령만 기다리고 있었다.

오후 4시경 권영욱 중령이 이끄는 7공수여단 33대대 병력이 차량에서 내려 구보로 금남로 끝부분인 광주제일고등학교 정문으로 이어지는 지점에 도착한다.

공수부대원들의 절도있는 움직임을 보고 있던 시민들은 근심어린 눈으로 얼룩무늬 복장의 군인들을 바라본다. 수천 명의 시위대는 이에 아랑곳하지 않고, "전두환 물러가라"와 "계엄 해제"를 외치고 있다.

부대원들의 정렬이 끝나고 시위 진압태세가 갖춰지자 권 중령은 자신의 지휘차량에서 시위대를 향해 경고방송을 한다.

"시민 여러분, 빨리 집으로 돌아가십시오. 불법시위에 가담한 자는 전원 체포할 것입니다."

몇 차례 방송을 하면서도 권 중령은 현장을 유심히 살펴본다. 방송은 형식적이고, 곧 시위 진압작전에 들어갈 것이다. 진압 대열이 갖춰지자 권 중령의 입에서 작전명령이 떨어진다.

"돌격 앞으로!"

그러자 공수부대원들이 일제히 고함을 지르며 곤봉을 치켜들고 앞으로 달려 나간다. 시위대는 순간 솔개에게 닭 쫓기듯 사방으로 흩어지고, 시위대를 향해서 거침없이 빠르게 돌진한 공수부대원들은 미처 피하지 못한 사람들을 무차별 공격하기 시작한다.

공수부대원들은 남녀노소를 가리지 않는다. 군인이 아니면 모두 적으로 간주한다. 그들은 한번 정한 목표물은 놓치지 않고 끝까지 추적해 곤봉으로 무차별 내리치고 군홧발로 짓이긴다. 멀찍이 서서 구경만 하던 시민들도 공수부대원들의 먹잇감이다. 군인들은 눈앞에 보이는 사람들에게 무작정 달려들어 곤봉을 마구 휘두르고, 쓰러진 사람을 향해서는 M16 소총 개머리판으로 사정없이 내리쳤다. 여기저기서 비명소리가 터져 나왔고, 얼굴과 머리에서 흘러내린 피로 범벅이 된 학생과 시민들은 공수부대원들에 의해 질질 끌려간다. 피비린내가 등천하다. 공수부대원들의 무차별 진압에 시위학생들과 구경하던 시민들은 기가 질린다. 어이가 없어 멍하니 바라보고 있다가 공수부대원들에게 순식간에 당하는 시민도 있고, 분통이 터져 눈물을 흘리면서 도망가는 시민도 있다. 분노에 주먹을 부르르 쥐면서 안타까워하는 시민들도 있다.

33대대 지역대장들이 무전으로 권 중령의 지시를 받아 현장에서 대원들에게 명령을 내린다.

"인근 건물을 수색해서 도망간 놈들을 모두 잡아!"

공수부대원들이 주변 건물들을 살피고는 뒤지기 시작한다. 수창국민학교 횡단보도 옆에 있는 3층 건물 입구로 시위 학생들이 들어가는 것을 본 공수부대원 2명이 2층에 있는 동아일보 광주지사 사무실에 대검을 꽂은 총을 앞세우고 들어간다. 공수부대원들은 숨어있는 학생들을 발견하자마자 주저 없이 M16 개머리판으로 찍으면서 군홧발로 짓이긴다. 사람 살려 달라는 비명소리가 사무실을 울린다. 잠시 후 학생들은 머리가 축 처지고 실신한 상태로 공수부대원들에 의해 밖으로 질질 끌려 나갔다. 학생들의 머리와 윗옷은 피 칠갑이 돼 있고, 사무실 안은 피비린내가 그득했다.

"야, 다 잡아와!"

지역대장이 또 소리친다. 소리가 끝나기도 전에 공수부대원들이 다시 사무실로 짓쳐 들어간다. 이들은 수금하기 위해 출근해 있던 동아일보 광주지사 총무 정은철 씨의 뒷덜미를 낚아채서 넘어뜨리고는 군홧발로 짓밟고 개머리판으로 내려쳤다. 비명소리 한번 제대로 지르지 못한 정은철 씨는 숨이 끊길 듯 헉헉 거렸고, 공수부대원들은 그런 그의 뒷다리를 하나씩 잡고서 질질 끌고 계단을 내려간다. 머리가 계단 모서리에 부딪치면서 덜렁거렸다. 사냥한 짐승을 끌고 가는 것 같다.

김준웅 중령이 지휘하는 7공수여단 35대대 병력은 충장로 입구로 투입됐다. 작전에 투입되기 전 김 중령은 지대장을 모아놓고 작전 지시를 내린다.

"시위대를 해산하는 것이 목표가 아니다. 시위대를 체포해서 연행하라. 각자 목표량을 채워야 한다. 이상, 출동!"

2백여 명의 장교와 사병들로 구성된 35대대 공수부대원들은 착검된 총을 어깨에 가로질러 메고는 사기를 북돋우는 군가를 부른다.

김준웅 중령은 무조건 체포하라는 상부의 지시대로 시위 진압에 나서면서 유혈 상황이 발생할 것을 우려한다. 그러나 경찰 병력을 대체해서 시위 진압에 공수부대를 투입한 상부에서는 작전 성과만을 요구하고 있다. 부대원들은 점차 흥분해가고 있는 것 같아서 걱정이다.

'무조건'은 체포과정에서 공수부대원들이 휴대하고 있는 곤봉과 M16소총 개머리판, 대검을 사용하도록 하라는 의미로, 사실상 살상 행위를 허가하는 것이나 다름없다. 나무 중 가장 단단하다는 박달나무로 만든 곤봉은 무겁고 매우 딴딴해서 단 일격으로도 사람의 머리가 터지고 자칫 죽일 수도 있는 살상무기나 다름없다. 개머리판은 적과의 백병전에서 쓰이는 무기이고 총신 앞에 뾰족하고 날이 선 대검을 꽂고 있다. 누가 봐도 전쟁터에 나선 군인의 모습이지 시위 진압을 하는 모습은 아니다. 김 중령은 착잡한 마음이 들었지만 머리를 흔들고 털어버렸다. 군인은 명령에 살고 명령에 죽는다. 그는 이를 악물고 명령을 내렸다.

*

시위 진압에 투입된 35대대 소속 김영준 상병은 대학에 다니다 징집됐다. 태권도 유단자인 그는 공수부대로 차출되어 7공수에 배속되었다. 그는 자신이 속한 7공수가 다른 공수여단에 비해 작전능력이 떨어진다는 평을 받는 것에 자존심이 상해있다. 가장 남쪽에 주둔해서 그런가. 어찌됐든 그는 훈련에도 적극적으로 임했고, 실제로 훈련에서 낙오되거나 멸시받지 않을 정도로 기운도 넘쳤다. 그런데 전쟁터도 아닌 시위 현장에 투입돼서 무장하지 않은 학생과 시민들을 진압하라는 지시를 받은 그로서는 어이가 없다.

저항하지 못하는, 아니 저항할 능력이 없는 학생과 시민들을 상대로 살상무기를 들고 진압작전을 하는 것은 어쩌면 사냥터에서 사냥개를 풀어 사냥 놀이를 하는 것이나 진배없다. 아니면, 공수부대원들에게 시위 진압 명분으로 실전 훈련을 시키는 것이란 말인가.

이런저런 생각에 빠져들고 있는데 갑자기 뒤통수에 가벼운 충격이 왔다. 그리고는 윤선중 중사의 걸걸한 목소리가 들려온다.

"야 임마, 뭘 그리 생각하고 있나? 지금 이 상황에서 애인 생각이냐?"

돌아보니 윤 중사가 인상을 쓰면서 주먹으로 김 상병의 철모를 툭 툭 치고 있다. 김 상병이 뭐라고 변명할 거리를 찾느라 궁싯거리고 있는데 지역대장 방주열 대위가 대열 앞으로 나오면서 명령을 하달한다.

"다시 한 번 말한다. 시위대 체포는 각 부대의 목표량을 채운다. 또한 붙잡은 놈들은 남녀불문하고 속옷만 남기고 옷을 모두 벗겨 도망을 미연에 방지한다. 알겠나?"

명령은 가관이었지만 공수부대원들은 우렁찬 대답으로 답한다.

"이상, 출동이다!"

작전이 시작됐다. 시위대는 경찰과 공수부대에게 쫓겨 이리저리 헤매고 다니다가 다시 집결하려 하고 있다. 시위대는 정돈이 되지 않았고 지휘부도 없다. 공수부대와 경찰의 강경 진압에 맞서 자생적으로 벌이는 시위양상이다.

"앞으로~"

돌격명령이 떨어지자 35대대 공수부대원들은 각자 곤봉을 치켜들고 시민들 속으로 돌진한다. 수십 명의 공수부대원들이 고함을 지르면서 한꺼번에 달려들자 시위대는 물론 구경하는 시민들까지 혼비백산이다.

돌격하는 대열 속에서 중대장이 외치자, 공수부대원들은 2~3명씩 짝을 짓더니 점찍어 놓은 목표물을 향해 내달린다. 도망가던 시민들은 뒤에서 달려오는 공수부대원들의 곤봉을 피하지 못하고 '억' 하는 소리와 함께 픽픽 쓰러진다. 공수부대원들의 곤봉과 개머리판이 땅에 엎어져 허우적 거리는 청년의 머리와 허리, 가슴을 가리지 않고 무차별 파고든다. 여기저기서 들리던 비명소리는 금방 사그라지고, 공수부대원이 휘두르는 곤봉의 둔탁한 소음이 '픽' '픽' '픽' 들리고, M16 개머리판이 내려쳐지면서 들리는 노리쇠의 '찰칵' 소리와 공수부대원들이 흉기를 휘두르면서 내는 '획' 하는 바람소리, 이어 들려오는 '헉' 하는 숨이 넘어가는 시민들의 신음 소리만이 골목 여기저기에서 울려 퍼진다.

순식간에 수십 명의 시민들이 피를 낭자하게 흘리면서 거리에 쓰러지고, 공수부대원들에 붙잡힌 사람들은 속옷만 입혀진 채 머리를 땅에 처박고 있다. 자신도 모르게 대원들과 함께 곤봉으로 시민을 때리면서 진압작전을 펴던 김 상병은 같은 전우조인 윤 중사가 보이지 않자 그를 찾아 눈길을 돌렸다. 진압작전 중 혼자 고립될 경우 시위대에게 린치를 당하는 경우가 발생할 수 있어 전우조로부터 떨어지지 말라는 것이 작전 지시 중 하나이다.

저만치 윤 중사의 뒷모습이 보인다. 김 상병이 그쪽으로 뛰어가는데, 윤 중사가 자기 앞에 쓰러진 젊은이의 얼굴을 군홧발로 짓이기고 있다. 쓰러진 사람은 얼굴이 피로 범벅이 되어 있고, 허리는 새우처럼 구부린 채 겨우 꿈틀거리고 있다. 김 상병은 자신도 모르게 얼굴을 찡그리며 그 자리에 멈춰 선다. 욕지기질이 날 것 같다. 그는 들고 있던 충정봉을 손에서 놓쳤다. 다리가 휘청거리고 시선을 어디에 둬야 할지 몰라 초점 없는 시선을 사방으로 돌린다. 머릿속은 멍하고 귀에는 아무것도 들리지 않는다. 그러기를 몇 십초가 지났다. 갑자기 고함소리가 귀청을 뚫고 들어왔다.

"이 새끼야! 정신 차려!"

윤 중사의 목소리이다. 윤 중사는 김 상병을 군홧발로 한 번 차고는 땅에 떨어져 있는 곤봉을 집어 김 상병에게 건넨다. 그리고는 눈을 부라리며 노려본다.

정신을 차렸다. 그러나 뭐가 뭔지 알 수 없다. 머릿속이 혼란스럽다. '내가 지금 뭘 하고 있는 것인가?' '왜 내가 여기에 있는가?' '나는 누구인가'라는 의문이 밀려왔다가 멀어져 간다. 그는 자신의 오른손에 들려 있는 곤봉을 내려다본다. 피가 묻어 있다. '누구 피지?' 귀가 멍멍해진다. 눈에는 아무것도 보이지 않는다. 머리를 흔들어 본다. 그러자 아스라한 곳에서 들려오는 것이 있다. 고함소리이다. 옆에서도 들리고, 저쪽에서도 들리고, 앞에서도 들렸다.

"저 새끼 잡아!"

"모두 엎드려뻗쳐 이 새끼야, 대가리 박아!"

"저 새끼들 차에다 실어!"

그의 눈앞에 보이는 것들이 있다. 동료 부대원들이 붙잡아온 젊은이들을 곤봉으로 때리며 떼밀다시피 차에 싣고 있고, 몸을 가누지 못한 사람들은 두 사람이 질질 끌어 군용트럭 화물칸에다 내던진다.

어지럼증을 느낀 김 상병은 아수라장 같은 현장에서 조금 떨어진 도로턱으로 가서 주저앉아버린다.

그는 눈에는 또 하나의 참극이 보인다. 공수부대원들이 지나가는 버스를 세우고 차 안에 올라타서는 곤봉을 마구 휘두른다. 젊은 사람들은 무조건 잡아 끌어내리고는 곤봉으로 싸다듬이를 하고 있다. 옷을 벗기고 머리를 땅바닥에 처박는 원산폭격을 시키면서 군홧발로 짓밟고 다닌다. 속옷만 입은 그들의 모습이 불쌍하다 못해 애처롭게 보인다.

다른 버스에도 공수부대원 6~7명이 올라탄다. 고등학생으로 보이는 아이가 곤봉으로 때리는 공수대원에게 대든다. 그러자 옆에 있던 공수부대원들이 우르르 몰려가 곤봉과 군홧발로 소년을 짓이긴다. 순식간에 피투성이가 된 학생은 차 밖으로 굴러 떨어지고, 이것을 본 시내버스 안내양이 항의하는 몸짓을 하자, 한 공수부대원이 곤봉으로 머리를 갈긴다. 차에서 굴러 떨어진 안내양은 한동안 움직이질 않는다.

김 상병의 눈에 비치는 동료 공수부대원들은 악에 받쳐 있는 듯하다. 눈은 벌겋게 충혈된 것 같고, 마치 피 맛을 본 사자처럼 거침없이 달려들어 피를 튕겨내고 있다.

35대대 소속 공수대원 3명이 충장로에 있는 레코드판 가게 '은하수'로 들이닥친다. 시위대속에 있던 학생 한 명이 쫓아오는 공수부대원을 피해 가게로 들어오면서 셔터를 내렸지만 그것을 놓치지 않고 본 공수부대원들이 셔터를 올리고 짓쳐 들어갔다. 군인들은 곤봉으로 레코드판 가게 안에 있는 사람들을 보이는 대로 두들겨 팼다. 가게 안에는 대부분 젊은 남녀들이다. 벌겋게 충혈 된 눈을 번뜩이며 무차별 곤봉을 휘두르는 공수부대원들에게 너 댓 명의 학생들이 곤죽이 되도록 얻어맞는다. 공수부대원들이 실신해 널브러진 학생들의 머리채를 잡고 끌어가려고 하자 갑자기 가게 안에 있던 사람들 8~9명이 소리를 지르며 공수부대원들을 위협한다. 순식간에 공수부대원들의 난입과 폭행으로 아수라장이 되면서, 어안이 벙벙하고 정신을 차리지 못하고 있던 사람들이 군인들에게 반감을 일으켜 한꺼번에 대들고 있는 것이다. 좁은 공간에서 불리하다고 느낀 공수부대원들이 뒷걸음을 치면서 그냥 물러나갔다. 가게 안은 고통에 따른 신음소리와 분노의 탄식이 가득하고, 실신을 해서 깨어나지 못하고 있던 청년은 함께 있던 친구와 주변 사람들에 의해 택시에 태워져 병원으로 실려 간다.

*

7공수여단 권영욱 중령이 이끄는 33대대와 김준웅 중령이 지휘하는 35대대 소속 공수부대원들은 이날 광주를 공포의 도가니로 만들었다.

길가는 젊은이뿐만 아니라 구경하거나 항의하는 시민들까지 무차별 공격해서 붙잡았다. 무릎을 꿇리고, 곤봉으로 머리나 몸통을 후려치고, 군홧발로 무지막지하게 짓밟고, 개머리판으로 짓뭉개고, 쓰러지거나 실신하면 피투성이의 몸뚱이를 아무렇게나 질질 끌고 간다. 마치 청나라 군대나 왜놈이 침공해서 조선 사람을 살상하는, 그런 처참한 난리나 다름없다.

이날 광주의 공수부대원들에게는 작전에 투입되기 직전 특별한 내용의 정훈교육과 작전 지시가 보안사령부의 지침으로 이루어졌다. '광주는 북괴를 따르는 용공분자들이 폭동을 일으켜 반란을 획책하고 있다. 국가를 위해 충성을 다하라!'

공수부대원들에게 거짓 내용의 정훈 교육을 시켜서 무고한 광주 사람에 대한 적개심을 몽땅 심어 놨던 것이다.

*

공수부대원들의 거침없는 유혈 진압작전에 많은 시민들이 다치고 골병이 들었다. 공수부대원들이 휩쓸고 지나간 시내 거리는 시민들이 흘린 핏물이 흥건하다. 그러나 광주 시민들은 몸의 부상보다 마음에 더 큰 상처를 입었다. '어떻게 대한민국 군인이 국민들을 상대로 이처럼 무자비한 짓을 할 수 있다는 말인가.' 시민들은 경악했고, 분노는 가슴속을 넘쳐 머리끝까지 치솟아 올랐다.

예로부터 광주는 예향의 도시다. 구석진 도시 변두리 다방에만 가도 묵필로 그린 멋진 산수화나 매 · 난 · 국 · 죽 · 사군자 그림이 여러 점 걸려 있고, 웬만한 촌노들도 손바닥과 막대기 장단에 맞춰 창 한 소절쯤은 거뜬히 해 내는 서정도 넘쳐난다. 사람들은 정감이 넘쳐서 쉽게 웃고 운다. 못된 행동이나 말이 나오면 앞 뒤 안보고 바로 덤벼서 끝을 보았고, 선한 일하는 사람에게는 막걸리 잔도 얼른 내민다. 순박하지만 고집이 있고, 서글서글하면서도 질리지 않게 웃고, 도와달라면서도 뻔뻔하지 않고, 살림이 넉넉하지는 않아도 자존감이 높아 빈티를 내지는 않는다.

이런 광주 사람들에게 분통터지는 일이 처음이다. 일제 때의 고통이나 한국전쟁 때의 일은, 하나는 다른 족속의 침입과 탄압이요, 하나는 죽고 죽이는 난리 속에서 일어난 비극이었지만, 이번 만큼은 같은 나라의 군인들이, 그것도 가장 용감하다던 공수부대원들이 무작정 시민들을 두들겨 패고 죽이려고 드니 복창이 터지고 환장할 노릇이다.

공수부대원들의 만행에 광주 시민들은 처음에는 어리둥절했다. 그러나 무서워 하며 두려워 했으나 그들의 만행 속에서 화가 치밀어 올랐고 결국 시민들의 마음에는 분노가 일기 시작했다.

"염병할 놈의 새끼들"

공수부대 사냥터

이에 앞선 18일 오후 1시, 계엄사령부에서 이희성 사령관의 주재로 오찬 겸 회의가 열렸다. 황영시 참모차장, 전두환 보안사령관, 노태우 수경사령관, 정호용 특전사령관 등 신군부 핵심들이 모였다. 유병현 합참의장과 해군참모총장, 공군참모총장도 참석했다.

이희성 계엄사령관이 먼저 전국 각 지역의 시위상황을 설명한다.

"전국적으로 볼 때 다른 지역은 조용한데 유독 광주에서만 학생들이 반발하고 있으며, 시위가 확산되고 있습니다. 사전에 공수부대를 투입한 것이 선견지명이라 할 수 있습니다."

이 사령관은 공수부대가 투입돼 시위 상황을 악화시켰다는 분석은 외면하고, 거꾸로 시위가 악화될 것을 사전에 예견하고 공수부대 투입을 한 것을 자랑스레 떠들어댄다. 전두환을 비롯한 신군부 핵심 인사들은 그런 이희성 사령관의 모습을 멋쩍은 표정으로 바라본다. 황영시 차장이 나선다.

"광주에는 공수부대의 추가투입이 필요하다고 생각합니다."

정호용 특전사령관도 거든다.

"그렇습니다. 광주에 공수여단을 증파해야 합니다."

정 사령관의 그런 모습을 바라보는 전두환 보안사령관의 얼굴에 가벼운 미소가 떠오른다.

"그럼, 광주에 우선 공수부대 1개 여단을 증파하는 것으로 합시다."

3시 30분 경 이희성 계엄사령관은 공수부대 추가 투입을 결정한다. 이어 정호용 사령관은 곧바로 동국대에 주둔하고 있던 11공수부대의 최웅 여단장을 만나 광주로 출동할 것을 지시한다.

"최 장군, 지금 광주에서는 7공수 2개 대대가 계엄군으로 나가있는데 소요 진압작전에 고전 중이다. 즉시 광주에 들어가 시위 진압에 최선을 다해 주기 바란다."

그런데 정 사령관은 광주에서의 상황을 호도하고 있다. 광주에서 7공수가 시내 시위 진압에 본격적으로 나선 것은 오후 4시쯤이다. 정 사령관이 11공수여단장에게 출동을 지시하면서 말한 '7공수의 광주 시위 진압작전이 고전 중'이라는 말을 할 때는 광주에서 7공수가 아직 본격적인 시위 진압에 투입되기도 전이다.

광주에 공수부대 추가 투입을 합리화하기 위해 꾸며낸 거짓말이다. 신군부는 이미 '무등산' 공작을 꾸며놓고, 그 계획대로 작전을 진행하고 있다. 앞뒤가 안 맞아도 할 수 없다는 식이다.

최웅 여단장은 즉각 성남 비행장으로 이동을 명령한다. 11공수여단 61대대 260명은 대대장 안영진 중령의 인솔로 성남 비행장에서 대기하고 있던 군용수송기에 몸을 실었다. 오후 4시 30분이다. 최웅 여단장도 같은 비행기에 탔다.

61대대 나머지 병력과 62대대, 63대대 병력은 청량리로 이동해 오후 5시 쯤 역시 대기하고 있던 군용열차를 타고 광주로 향했다. 이동하는 11공수여단 대원들은 어디로 향하는지 알지 못했다. 자기들끼리 수군거림을 통해서 남쪽으로 이동하고 있다는 것만 알았다.

광주로 향하는 수송기 안에서 눈을 감고 있던 최웅 여단장은 동국대에서 정호용 사령관으로부터 들은 얘기가 자꾸 마음에 걸린다.

"지금 광주에는 '경상도 군인이 전라도 사람 씨를 말리려 한다.'는 유언비어가 유포되면서 광주 시민들이 격분하고 있으니 서울 출신인 당신이 현장에 가서 오해를 불식시켜야 한다."

최웅 여단장은 정 사령관의 이 얘기가 무슨 소리인지 이해가 되지 않는다. '광주상황이 그렇게 악화돼 있다는 말인가?'라는 의문에서부터, '이 무슨 말 같지도 않은 유언비어란 말인가?'라는 의문이 든다. 공수부대원들은 경향 각지에서 온 튼튼한 젊은이들로 구성돼 있어서 출신지역 편중이 있을 수 없다. 특히 이미 광주에 투입된 7공수는 전북 익산군에 위치해 있으며 하사관급 상당수는 전북이나 전남 출신이 많이 있는 편이다. 이런 부대가 설령 광주 진압작전 중에 불상사를 냈다하더라도 그와 같은 유언비어가 나올 상황은 전혀 아니라는 생각이다.

11공수여단 선발대가 송정리 광주공항에 도착한 것은 오후 5시 30분쯤이다. 이들은 곧 군용트럭을 타고 조선대로 향했고, 아직도 7공수여단이 벌인 유혈 진압의 잔상이 남아있는 시내를 통과했다.

최웅 장군의 눈에 비치는 광주시내 풍경은 거칠고 쓸쓸하다. 여기저기 시위의 흔적이 눈에 띄었고, 공수부대 차량을 바라보는 시민들의 눈에서는 공포와 싸늘한 외면이 동시에 느껴진다. 일부 시민들은 야유를 하는 듯 했고, 일부 시내구간에서는 돌멩이가 날아올 것 같은 위기감도 있다. 한바탕 전투가 벌어진 뒤 적군에게 점령당한 도시처럼 을씨년스러운 분위기가 도심을 채우고 있다. 한 참 봄이 무르익어야 할 계절이지만 광주는 황량했다.

18일 오후 6시쯤, 광주 505보안부대로 급한 보고가 들어온다. 시위대 일부가 각목과 쇠파이프, 식칼 등을 손에 들고 나타났다는 정보이다. 지금까지와는 양상이 다른 새로운 시위 국면이다. 공수부대의 유혈 진압에 드디어 광주 시민들의 분노가 행동에 옮겨지기 시작한 것이다. 이 정보는 즉각 보안사령부로 보고된다. 상황실에서 전통으로 이 상황을 보고받은 이학봉 처장은 차수일 중령에게 현장상황을 좀 더 자세하게 파악해서 보고하라고 지시한다. 오후 7시쯤 다시 사령부로 보고가 올라온다.

19시 사태 보고

 - 광주시 계림동 인근에서 무장한 시위대와 공수부대가 충돌, 쌍방 다수의 부상자가 발생했으며, 약 30분간 치열한 공방전이 치러짐.

 - 공수부대원들이 진압 및 체포 작전에 대검을 사용함. 시위대 다수가 부상.

 - 시위대의 숫자가 불어나고 죽기를 각오하고 덤비는 바람에 일부 공수부대원들이 포위됐다가 광주시 산수동 방향으로 퇴각함.

 - 전열을 가다듬은 공수부대가 다시 시위대를 반격해서 공방전이 이루어짐.

 - 오후 19시 현재 시위대의 행렬이 분산되면서 시위 진압작전이 소강 상태임.

　그러나 밤 8시쯤, 게릴라 시위를 벌이던 수천 명의 광주 시민들은 광주 가톨릭센터 앞에서 다시 군인들과 맞붙는다. 수적으로 불리하다고 느낀 공수부대 지휘부는 곤봉보다는 대검을 앞세우고 진압 및 체포 작전을 벌일 것을 지시한다.

　공수부대의 무자비한 공격에 시민 수백 명이 부상을 당한 채 공수부대원들에게 붙들렸고, 수천 명의 시위대는 큰 고기에 송사리 쫓기듯 금남로 노동청과 한일은행 앞쪽으로 밀린다. 공수부대원들은 대검에 찔리고 곤봉에 머리와 얼굴을 맞아서 피투성이가 된 채 붙잡힌 시위대를 사냥꾼에게 잡힌 짐승마냥 질질 끌고 간다.

이날 광주는 밤 9시부터 통금이 시작됐지만 시위는 밤 11시까지 이어지다가 12시가 가까워지면서 겨우 잦아들었다. 금남로와 충장로 일대 도로와 골목에서는 시민들이 흘린 피로 인해 비린내가 코를 찔렀고, 부상당한 사람들이 내는 신음소리가 빛고을 광주를 음산하게 만들고 있다.

*

18일 밤 10시, "처장님, 광주 상황이 예상했던 대로 만들어지고 있는 것 같습니다."

차수일 중령이 이제 막 계엄사령부 작전참모본부장과 통화를 마치고 소파에 앉아있는 이학봉 처장에게 다가가 보고한다. 이 처장은 고개를 끄덕이면서 눈에 힘을 준다. 그리고는 칭찬인지 뭔지 모를 말을 한다.

"그런 것 같다. 공수부대 유혈 진압에 광주 애들이 도망가지 않고 덤비고 있어. 역시 광주 놈들이야."

"그렇습니다. 작년 부마사태 때는 시내 무력 행진을 하는 공수부대와 해병대에게 덤벼들지 않지 않았습니까. 그런데 광주는 우리 예측대로 공수부대에게 덤벼들고 있습니다."

"그래. 그러나 이 정도로는 안 돼. 이제 본격적인 폭동 상황을 만들어야 해. 그래야 '무등산' 공작을 완성해 나갈 수 있단 말이야. 다음 작전을 준비해서 더 강하게 압박을 해야 해."

"네, 처장님. 11공수 선발대가 수송기로 광주에 도착했다는 보고입니다. 나머지 병력은 열차편으로 내일 새벽에 도착합니다. 내일부터는 좀 더 강도를 높여서 세게 진압작전을 펼치도록 하겠습니다."

"그래야지."

"3공수 축차투입도 준비를 해야 하지 않겠습니까?"

"여단장 최세창 선배에게는 사령관님께서 직접 지시를 할 거야. 작전 지침이나 잘 만들어 놓아."

"네, 알겠습니다."

보안사가 주도하는 신군부의 '무등산' 공작은 이제 6부 능선을 넘어가고 있다. 보안사는 이에 앞서 5.17 비상계엄 전국 확대 조치와 관련한 대통령 특별 성명을 발표한다. 성명서 내용은 보안사에서 작성했고, 청와대는 문구만 다듬었다. 발표는 오후 4시 30분 최규하 대통령이 직접 발표한다.

"위태로운 국가를 보위하고 3천 7백만 국민의 생존권을 수호하기 위해 비상계엄을 전국으로 확대했으며, 국민은 정부와 군을 믿고 맡은바 생업에 종사해 주기 바랍니다."

보안사는 또 18일 오전 10시 40분 국내 22개 언론사 편집부장을 불러 보도검열지침을 통보한다.

이날 밤 9시, 광주의 정웅 31사단장은 상황실에서 작전회의를 열었다. 회의에서는 7공수여단 병력을 한 곳으로 모으고, 도청을 중심으로 경찰서나 파출소, 도로교차점 등 시내 26개 거점에 공수부대 장교 1명 및 사병 10명으로 구성된 1개 중대, 경찰 2개 분대 24명을 한 조로 배치하도록 했다. 이후 11공수가 추가로 투입되자 7공수의 거점을 11공수에 인계하도록 하고 7공수는 휴식을 취하도록 조치한다.

다음날인 19일 새벽 2시 10분, 청량리에서 군용열차를 타고 출발한 11공수 나머지 병력 798명이 조선대에 도착한다. 조선대에 이미 주둔해 있던 7공수여단 35대대는 11공수여단의 작전 통제에 들어갔다.

목줄 없는 맹견들

11공수여단이 광주에 들어오면서 군 작전에 이상 기류가 생긴다. 지금까지는 형식일망정 배속 부대인 31사단의 작전지시를 받고 작전 상황을 보고하던 공수부대들이 공개적인 반발 움직임을 보인다.

19일 새벽 3시, 11공수부대 61대대장 안영진 중령은 조선대 학군단사무실에서 자신의 부대가 배속된 31사단 작전참모의 지시를 받는다.

"광주 시내를 바둑판식으로 분할 점령해서 진행하기로 했으니 그동안 7공수가 담당했던 광주시내 거점을 11공수가 인계받아 작전에 임하도록 하시오."

그러자 안 중령이 대뜸 31사단의 작전 참모에게 이의를 제기한다.

"작전참모님의 거점 점령 방식의 작전은 타당하지 못해 받아들일 수 없습니다. 특수부대는 기동타격대로 운영하거나 집결해서 부대를 운영하는 것이 타당하지 병력을 분산하다보면 공수부대의 특성을 살릴 수 없습니다."

안 중령은 31사단의 지휘를 받지 않겠다는 것이다. 지휘계통상 명백한 항명이다. 그는 이미 11공수여단 본부로부터 여단 자체의 지휘계통에 따라 작전에 임하라는 명령을 받은 터이다.

31사단 작전 참모는 아무런 말도 못한다. 속으로는 부글부글 끓었지만 어쩌지 못한다. 지시를 이행하라고 강요를 했다가는 자칫 개망신만 당할 것이라 생각한다. 지금 광주에서의 공수부대 지휘는 공수특전사 자체의 지휘 라인이 가동되고 있다는 것을 그도 알고 있기 때문이다.

아침 오전 9시, 조선대 학군단장실에서 최웅 11공수여단장은 예하 3개 대대의 대대장들을 데리고 작전회의를 한다. 여단장은 대대장들에게 각각의 작전지역을 지시해주고, 부하들을 격려한다. 그는 이미 광주 상무대 전교사에 상주하면서 11공수가 주둔해 있는 조선대를 헬기로 왕래하며 작전을 지휘하고 있다.

이보다 앞선 오전 7시, 보안사령부 상황실에서 이학봉 처장이 계엄사와 통화를 하고는 소파에 앉아서 잠깐 졸다가 전화벨소리에 정신을 차린다. 전화기 쪽으로 눈길을 돌리니 이미 차수일 중령이 전화를 받으면서 이쪽을 바라보고 있다. 그는 요즘 거의 매일 밤 보안사 특별상황실이나 대공처장 방 야전침대에서 잠을 자고 있다. 몸이 개운하지가 않고 찌뿌둥하다.

"처장님, 계엄사 작전참모본부입니다."

이 처장이 수화기를 건네받는다.

"처장님, 계엄사 작전참모본부의 김 대령입니다. 말씀하신 공수부대 광주 추가투입 건에 대해 금일 아침 6시 30분 작전회의를 한 결과 1개 공수여단을 광주에 추가 투입키로 결정했습니다."

수화기에서 들려오는 목소리는 기운이 넘쳐나고 있다.

김 대령은 같은 계급이지만 ROTC 출신이다.

"아, 김 대령, 수고 많았어요."

"네, 수고하십시오."

통화가 끝나고 이학봉 처장은 다시 소파에 앉아 어젯밤 회의를 되새김한다. 어제 밤이 깊어가는 시각에 이학봉 처장은 다른 참모들과 함께 광주의 상황을 점검했다. 내란죄로 엮는 공작은 내부적으로 차질 없이 진행되고 있는데, 광주 현지의 상황은 아직 뚜렷한 진전이 보이지 않고 있다. 시민들의 저항이 있기는 하지만 아직은 저항의 강도가 약하다. 시민들은 공수부대의 유혈 진압에 반발하면서 돌멩이를 던지고 쇠파이프 등으로 무장하기는 했지만 정작 시위 현장에서는 공수부대가 쫓고 시민들은 쫓기는 상황이다. 이래서는 예정된 공작으로 연결하는 것에 한계가 있다. 게다가 계획대로 20사단을 투입하는 것도 진행해야 하는데 광주 시민들의 반발이 폭발할 기미가 아직 없다.

그는 마음이 다급하다. 강한 저항을 유도하는 작전이 필요했고, 광주를 빨리 공포와 유혈의 도시로 만드는 작전이 필요하다. 이미 7공수 2개 대대에 이어 11공수여단 전체를 투입했지만 아무래도 조기 추가투입이 필요한 것 같다.

이에 따라 최정예 공수부대인 3공수여단을 앞당겨 광주에 투입하기로 결정했다. 3공수여단장 최세창 선배는 12·12 거사 때 직속상관인 정병주 특전사령관을 버리고 우리 편에 선 인물이다. 전두환 사령관이 1공수여단장 시절 부단장을 맡았으며 하나회 멤버로서 전 사령관의 최측근 중한 명이다.

어제 회의에서 전 사령관은 광주에 투입된 공수부대의 보고와 통제를 보안사에서 직접 할 수 있는 방안을 찾아보라고 했다. 그래야만 공작 계획에 맞게 공수부대의 작전을 지휘할 수 있는 것이다.

"학봉이, 앞으로 광주에서의 상황보고 및 관리, 작전은 계엄사를 통해서 하지 말고 공수특전사령관의 직접 지휘와 보고가 이루어지도록 해봐."라고 지시한다.

"네, 사령관님, 알겠습니다. 그런데 김대중의 고향인 목포에서 시위 조짐이 일어날 경우에 대비한 작전이 있어야 하지 않겠습니까?"

"왜, 그쪽에서도 데모를 하고 있나?"

전 사령관은 인상을 찌푸리면서 이학봉 처장을 바라본다.

"아닙니다. 아직 구체적인 움직임은 없습니다만 목포에서 문제가 발생하면 광주에 전념해야 하는 저희로서는 부담일 수 있습니다. 정치하는 놈들 위주로 김대중 석방 운동을 한답시고 움직임이 있다는 광주 505보안부대의 보고입니다. 초반에 조치가 이루어질 수 있도록 해야 할 것 같습니다."

"그럼 어떻게 진행할 건가?"

전 사령관이 다시 묻는다.

"네, 우선 공수부대 1개 지역대를 파견해서 위협 분위기를 조성하고 사태 발발 시 즉각 대응하도록 하는 것이 좋겠습니다. 또한 항구 도시라는 특성에 효율적으로 대응하기 위해 해병대 병력을 조금이라도 파견해서 상주시키는 것도 필요할 것으로 판단됩니다."

이학봉 처장의 대답이다. 전 사령관이 잠시 뜸을 들이더니 지시한다.

"그럼 공수특전사 1개 지역대는 지금 목포에 파견토록 하고, 해병대 목포 파견은 검토를 잘 해봐. 아, 그리고 말이야, 특전사 애들 잘 관리해. 잘 움직일 수 있도록 지원도 잘하고 말야."

"네, 그렇지 않아도 보안부대에서 해당 공수부대 지휘관들에 대한 움직임을 소상히 파악하고 특별보고체계를 갖추고 있습니다. 걱정 마십시오, 사령관님."

"그래, 좋아."

전 사령관이 그렇게 대답하고는 입술을 꼭 다물고 뭔가를 생각하는 것 같다. 이학봉 처장이 볼 때 전 사령관은 공수특전사 지휘관들에 대해서 신경이 많이 쓰이는 것 같아 보였다. 자신이 쿠데타를 일으킬 때 가장 유용하게 써먹은 부대가 공수부대였지만 역으로 쿠데타를 당할 때 가장 위험한 부대가 공수부대라는 것을 알고 있기 때문일까? 어쨌든 그는 공수부대 지휘관들의 일거수일투족을 특별 관리하고 있기 때문에 사령관의 걱정은 기우라고 여겼다. 이학봉 처장은 어젯밤 일을 되새기면서 다시 소파에 몸을 기댄다.

살상과 저항

19일 아침이 되자 경찰은 금남로 일대의 교통을 전면 차단한다. 그래도 시민들은 모여들고 있다.

공수부대원들은 진압 명목으로 금남로 일대에서 시민들을 쫓아다니기 시작한다. 사람들을 붙잡아서는 인정사정 봐주지 않고 폭행하고, 무조건 트럭에 실어 계엄사로 보낸다.

오전 10시쯤 금남로에 4천여 명의 시민들이 모여든다. 도로를 빽빽이 메운 시민들은 이제 두려움이 없이 서로를 바라보고 격려하면서 항쟁의 대열을 갖추기 시작한다. 어제까지의 양상과는 다르다. 남녀 대학생은 물론 젊은 회사원, 작은 가게를 하는 업주와 종업원들, 부녀자, 중년을 넘긴 동네주민들, 어린학생들까지 남녀노소가 다 모인다. 이들은 경찰과 공수부대원들이 쳐놓은 바리케이트를 사이에 두고 진압 군경과 대치를 하고 있다.

공수부대와 경찰은 상부의 지시에 따라 확성기로 시위대의 해산을 종용하고, 상공에서는 헬기가 저공비행을 하며 해산을 권고한다. 시민들은 하늘에 떠 있는 헬기에 주먹을 내지르며 항의를 하면서 군인들의 위협적인 경고에도 아랑곳하지 않는다. 시민들은 공수부대의 유혈 진압에 대한 반발로 적개심이 고조되어 있고, 이제 살기 위해서는 목숨을 걸고 싸워야 한다는데 이심전심 공감대를 이루어나가고 있었다.

옛날 임진왜란 때 왜놈들이 이 땅에 들어와 보이는 남자들은 다 죽이고, 보이는 부녀자들은 다 겁간을 하고, 보이는 집에는 다 불을 지를 때, 사람들은 살기 위해서는 목숨을 내놓고 싸워야 한다는 것을 깨달았다. 의병(義兵)의 탄생이다. 광주시민들은 무차별 살상을 하고 다니는 공수부대원들로부터 목숨을 지키기 위해서는 그 때처럼 목숨을 내놓고 싸워야 한다는 것을 깨달았다.

시민들은 담담하게 싸울 준비를 했다. 기껏해야 보도블록을 깨서 돌멩이를 만들고, 인근 공사장에서 철근이나 지지대 쇠파이프를 드는 것에 불과하고, 대부분은 맨손이나 다름없지만 투지와 용기만은 맘속에 가득했다.

*

조선대에서 휴식을 취하고 있던 11공수여단의 61대대 안영진 중령은 충장로 파출소 앞에 나가 있는 지역대장으로부터 무전으로 증원 요청을 받는다.

"대대장님, 지금 시위대에게 포위 되어 돌과 화염병 공격을 받고 있습니다. 지원군을 보내주십시오."

안 중령은 즉각 흩어져 있던 61대대 병력을 급히 끌어 모아 현장으로 달려간다. 현장에는 이미 수천 명의 시위대가 도로를 가득 메우고 있다. 11공수 참모장에게 무전을 친다.

"참모장님, 병력 증원을 요청합니다. 저희 61대대 병력만으로는 힘들 것 같습니다."

얼마 되지 않아 수십 대의 군용 트럭에 나누어 타고 온 공수부대원들이 전남도청 앞과 금남로 사거리에 풀려 시위를 진압하기 시작한다.

공수부대의 진압은 갈수록 공격적이다. 그들의 돌진은 거칠 것이 없다. 날아오는 돌멩이 따위는 아랑곳하지 않고 시위대를 향해 돌진한다. 붙잡은 시민은 그 자리에서 실신할 정도로 두들겨 패고 대검으로 찌른다. 단순한 폭행이 아니라 죽어도 좋다는 식이다.

18일 아침 전남대 앞에서 공수부대원들의 처음 진압 도구는 곤봉이었다. 그러다가 군홧발과 개머리판이 사용되더니 이제는 대검까지 사용하면서 거침이 없다. 공수부대원들이 지나간 진압 현장에는 유혈이 낭자하고, 시민들의 비명소리는 비릿한 피 냄새와 함께 광주 하늘을 울리고 있다.

공수부대원들의 얼룩무늬 제복은 시민들의 피로 검붉게 물들고, 도망하는 시민들을 찾아서 다방과, 사무실, 상점은 물론 시민들의 집에까지 들이닥친 공수부대원들은 남녀노소를 가리지 않고 살상 무기를 휘두른다.

군홧발은 가장 낮은 수준의 무기요, 곤봉은 그다음 무서운 무기요, 개머리판은 다음으로 더 무서운 무기요, 뾰족하고 단단한 대검은 가장 무서운 살상 무기다. 껍질이 단단한 짐승들도 이런 무기들 앞에서는 치명적인데, 하물며 얇은 피부를 가진 사람에게 이런 것들은 더욱 치명적이다.

승부는 이미 끝난 것이나 다름없다. 그래도 시민들은 '대나무 창으로 조총 대하듯'이 공수부대원들에게 맞선다. 시위 대열은 속절없이 무너지고, 대부분은 기세에 질려서 도망간다. 얼마 못 가 붙잡혀서는 피 곤죽이 되도록 얻어맞고 칼에 찔린다.

공수부대원들은 붙잡힌 사람들의 옷을 벗기고 속옷만 남겨놓는다. 손은 뒤로 묶고 길바닥에 엎드리게 하거나 무릎을 꿇려놓고 군홧발로 차 가면서 땅바닥을 기어가게 한다. 일부 공수부대원들은 붙잡힌 사람들끼리 서로 뺨을 때리게 하거나 서로 죽도록 두들겨 패도록 하는 게임도 즐긴다. 여성들을 잡아서는 속옷까지 북북 찢어서 속살이 다 드러나게 하고는 군홧발로 차는 것은 물론 머리채를 잡아서 건물 벽과 땅바닥에 짓찧어대는 행위를 서슴없이 한다. 전쟁 중 점령지역 여성들에게도 잘 하지 않는 막돼먹은 짓이 자행된다. 수백만 명이 학살된 캄보디아 폴 포트 정권의 '킬링필드'가 광주에서 재현되고 있다.

*

광주 505보안부대 허장환 수사관은 정보 수집 활동을 펴기 위해 19일 아침 일찍 금남로로 나갔다. 오늘은 2차 예비 검속 대상자들의 정보도 파악해야 한다. 이른 아침이라 아직 특별한 상황은 발생하지 않았지만 금남로에는 벌써부터 사람들이 꾸역꾸역 모여들고 있다. 큰 길은 물론 인근 골목에까지도 사람들의 그림자가 가득하다.

9시가 되자 시민들이 금남로 가톨릭센터 앞을 중심으로 모인다. 처음에는 1백여 명 되더니 숫자가 급격히 불어나기 시작한다. 그들은 서로 서로 지난밤의 상황을 얘기하면서 울분을 토로한다.

어젯밤부터 전남북계엄분소의 포고에 의해 밤 9시부터 통행금지가 실시됐지만 시민들은 공수부대의 잔악 행위에 맞서 시간 가는 줄 모르고 밤새 저항했다. 시내 여기저기에서 공수부대원에게 붙잡힌 학생과 일반 시민들은 피를 쏟으면서 질질 끌려갔다. 상황을 보고하는 허장환의 마음도 편치가 않다.

허장환은 공수부대의 유혈 진압작전에 혀를 내두르면서 그 이유를 찾아본다. 그러나 뚜렷하게 떠오르는 생각이 아직 없다. 이유를 알 수 없으니 공수부대의 잔혹 행위가 더욱 이상해 보인다.

허장환이 505보안부대에서 확인한 통계로는 18일 하루 동안 광주 시내에서 계엄사나 보안부대로 연행된 시민은 대학생 114명, 전문대생 35명, 고교생 6명, 재수생 66명, 일반시민 184명이다. 이 가운데 곤봉과 대검, 개머리판으로 인한 폭행과 상해로 중상을 입은 시민은 68명이고, 생명이 위급한 사람은 12명이나 된다.

허장환은 실제 부상자는 이보다 두 배는 더 많을 것으로 봤다. 공수부대원들은 곤봉과 개머리판, 군홧발로 폭행을 하다가 시민이 죽음 직전까지 가거나 실신해 버리면 그대로 내팽개쳐버린 경우가 많다. 또 폭행을 당하다 겨우 탈출한 시민들은 주위의 도움으로 병원을 찾아가 치료를 받고 있다.

그는 쓴 입맛을 다시고는 다른 활동을 위해 시내에 있는 광주관광호텔로 향한다. 이곳에는 이른바 안가로, 505보안부대의 직속상관인 서의남 대공과장을 비롯해 다른 요원들이 모르는 이른바 '비인가 은거지'가 있다. 호텔 5층에 있는 방 하나가 허장환이 쓰는 곳이다.

이곳은 사령부 대공처장인 이학봉 대령의 지시에 의해 만들어졌고 운용되고 있다. 허장환은 이학봉 처장의 지시를 받아 따로 중요한 임무를 수행하고 있다. KT공작을 비롯해서 광주 505부대를 비롯한 광주시내 정보기관장들의 동태를 면밀히 파악해서 직보하는 임무를 수행하고 있다.

허장환과 이학봉 처장은 몇 년 전 이 처장이 505보안부대로 좌천돼서 근무할 때 가까워졌다. 76년 당시 이학봉 중령은 전방부대 사단 보안부대장으로 근무하면서 부대 막사 개보수 시행업자로부터 금품을 갹출했다는 비리혐의로 505보안부대 대공과장으로 전출됐다. 그 때만 해도 광주 505 보안부대는 '505혼방사'로 불릴 정도로 사령부나 전국 보안부대에서 문제를 일으킨 인사들이 좌천되어 모인 곳이었다. 이 처장도 그때는 그랬다.

그러던 어느 날 간첩 혐의로 붙잡혀 온 광주 모 대학 학생을 선배수사관들이 혐의가 없다면서 훈방처리 한 것을 이상하게 여긴 허장환이 그 학생을 추적해 조총련과 연관됐다는 것을 밝히고, 당시 이학봉 과장의 공적으로 만들어 준 것으로 인해 두 사람은 가까워졌다. 같은 경상도 출신이기도 하다. 이것을 재기의 발판으로 삼아 보안사령부 대공과장으로 영전한 이학봉 중령은 허장환 수사관을 각별하게 아꼈으며, 이후 두 사람은 상하 관계이면서도 개인적으로도 특별한 관계로 발전한다.

그런 이학봉 중령이 12·12 이후 대령으로 승진하면서 일약 핵심보직인 사령부의 대공처장으로 보임되고, 허장환은 이 처장의 직접 지시를 받아 업무를 수행하는 일이 종종 있다. 둘의 사이는 조직을 떠나 개인적으로도 뗄 수 없는 사이다.

그는 이학봉 처장 앞으로 친피보고서를 써서 호텔 직원에게 등기우편으로 보내달라는 부탁을 하고는 시내로 다시 나간다.

허장환은 현장에서 벌어지는 공수부대원들의 패악에 가까운 행위를 개인 수첩에 낱낱이 기록한다. 보안사 요원이 비망록을 만드는 것은 금기지만 그는 아무래도 지금 광주의 일이 심상치가 않다는 생각을 한다. 이것으로 인해 조직으로부터 치도곤을 받을 수도 있지만 이 기록이 언젠가 큰 소용이 될 것이라는 판단에서이다.

오전 11시가 가까운 시각, 허장환은 금남로 가톨릭센터 뒤쪽에 있던 미도장이라는 여관 근처에서 현장 상황을 챙기고 있다가 공수부대원들의 패악을 목격한다.

공수부대원에 쫓겨 청년들이 미도장으로 도망치자 7~8명의 공수부대원들이 셔터를 열고 뒤쫓아 들어간다. 시위를 벌인 청년은 물론이고 객실을 모두 뒤져서 사람들을 끌어낸다. 신혼부부도 끌려 나온다. 신랑이 항의하자 신부가 보는 앞에서 곤봉과 개머리판으로 피투성이가 되도록 두들겨 팬 뒤 끌고가 버린다. 신부는 어쩔 줄 몰라 부들부들 떨고만 있다.

공수부대원들은 미도장 종업원들이 시위대를 숨겨줬다며 곤봉으로 두들겨 팬다. 나중에는 종업원들을 무릎 꿇리고 소령 계급의 공수부대 지대장이 군화발로 얼굴을 차례로 걷어찬다. 어린 종업원들의 얼굴이 뭉개지고 코와 입에서는 피가 쏟아져 나와 피범벅이 된다.

죽도록 맞고 실신하다시피 한 미도장 종업원과 젊은 투숙객 10여명은 공수부대원들에 의해 옷이 모두 벗겨졌다. 팬티만 입은 채 거의 알몸으로 자신의 옷을 들고 줄을 지어 밖으로 끌려 나간다. 머뭇거리거나 비틀거리면 여지없이 곤봉이 날아갔고, 그들은 붙잡힌 다른 사람들과 함께 금남로 큰길에서 공수부대원들의 지시에 따라 앞으로 엎어지고 뒤로 눕고 옆으로 구르고는 하다가 짐짝처럼 트럭에 실린다.

허장환의 입에서 "저런 개새끼들!"이라는 말이 튀어나온다. 그러나 쓴 입맛을 다시면서 다른 곳으로 향한다. 여기저기서 미친개처럼 날뛰는 공수부대원들의 행동에 그는 혀를 내두른다. 공수부대원들의 광기와 같은 살육으로 광주 시내는 죽음의 공포가 짙게 퍼지고 있다. 허장환의 무쇠 같은 발걸음도 허탈해진다.

12시경 보고서를 쓰기 위해 부대로 복귀했다. 커피를 마시고 있는데 시위 상황을 파악해 들어온 4년차 젊은 수사관이 혀를 차면서 허장환에게 말한다.

"선배님, 뭐 저런 새끼들이 다 있습니까?"

"누구 말이야?"

허장환이 되묻는다. 무슨 말인지 벌써부터 감이 잡힌다.

"공수 애들 말이에요. 아니 그 새끼들은 왜 사람 때리기를 개, 돼지 패듯 하는 겁니까?"

항의하는 것이나 다름없는 말이다. 허장환은 할 말이 없다. 자기도 지금껏 현장에서 그런 모습을 직접 목격하고 왔다. 그는 대답 대신 담배를 피워 문다.

"선배님, 이게 인간사냥이지 어디 우리나라 국민들을 상대로 하는 시위 진압작전입니까? 내 참, 씨팔, 기가 막혀서…."

후배 수사관은 흥분해 있다. 그도 그럴 것이, 아무리 보안사 요원이라도 광주 505부대 소속 요원들은 대부분 고향이 전라도이다. 고향에서 부모 형제들이 무차별 살상당하고 있으니 속으로는 분통이 터질 일이다. 505부대에서 고향이 전라도가 아닌 일선 요원은 허장환 외에는 없다.

"아니, 씨불놈들이 치료는커녕 부상자를 병원으로 옮기는 택시 기사들까지 끌어내서 두들겨 패고, 부상자마저 택시에서 끌어내 곤봉으로 마구

조지는데, 아니 고것이 군인이 할 짓이여?"

그는 갈수록 흥분하고 있다. 대한민국에서 가장 보수적이고, 반공적이고, 엄격한 위계질서 속에서 사는 보안사 요원의 입에서 저 정도의 말이 튀어나올 정도로 공수부대원들의 살상행위는 상상을 초월하고 있다.

허장환이 판단해봐도 지금 광주에서 벌어지고 있는 공수부대에 의한 살육은 도무지 이해할 수 없다. 일부러 사람을 살상하는 것이 목적이 아니라면 광주시민들의 반감을 유도하는 행위가 틀림없다.

그는 문제는 그 이후라는 생각을 한다. 공수부대의 유혈 진압에 광주 시민이 드디어 격하게 반응하고, 이제는 각목, 쇠 파이프, 돌멩이, 화염병을 들고 살상에 나서는 공수부대에 맞서는 형국이다. 공수부대는 이제 시내에 장갑차와 탱크를 동원하고 있고, 대검까지 사용하면서 많은 부상자를 낳고 있다.

허장환은 조만간 대규모 유혈극이 벌어질 것으로 보이며, 종국에는 실탄 사용이라는 최악의 국면도 배제할 수 없을 것이라는 판단이 들었다.

'그러면 이것이 무엇을 의미하는 것인가?' 그는 갑자기 몸에 전율이 흐르는 것을 느낀다. 지금까지의 상황을 곰곰이 생각해보니 '예비 검속' '계엄 전국 확대' '공수부대 투입' '유혈 진압' '공수부대 축차 투입' 등이 무슨 고리처럼 연결이 되고 있는 것이다.

눈치를 넘어서 분석과 판단이라면 타의 추종을 불허하는 허장환의 머릿속에서는 이번 광주의 유혈 상황을 누군가가 기획하고 연출하는 것이 아닌가하는 생각으로 모아졌다. 그래, 그럴 만도 하다. 전두환 사령관이

12·12를 성공했고, 이후 '최고 권력'을 쥐려는 신군부의 행보가 거침이 없는 것으로 볼 때, 지금 광주에서 벌어지는 일련의 사태도 분명 신군부의 공작이라는 판단이 선다. 그렇다면 광주를 '반항의 도시'로 유도하고 있는 것이란 말인가?

허장환은 자리에서 벌떡 일어나 밖으로 나왔다. 봄이 익어가는 비가 내리고 있다. 그는 일부러 비를 맞는다. 경상도 사람이지만 어느덧 몽땅 정이 들은 광주가 피비린내 나는 아비규환의 지옥이 되어서는 안 된다고 생각하며 하늘을 바라본다. 화끈거리는 그의 얼굴을 가랑비가 적시고 있지만 열은 식을 줄 모른다.

죽음의 공작

19일 오후 1시 30분. 서울 보안사령부에서는 광주 505보안부대와 계엄사령부를 통해서 들어온 광주 상황에 대한 보고회가 열리고 있다. 시시각각 들어오는 상황 보고를 분석하고 즉각 대응을 하고 있지만 이제 분수령을 넘은 것 같은 광주 상황을 다시 한 번 점검해 볼 필요가 있는 것이다.

전두환 사령관과 허화평 실장, 허삼수 인사처장, 이학봉 대공처장, 권정달 정보처장 등 보안사 핵심인사들이 모두 모였고, 외부 인사로는 노태우 수경사령관과 정호용 특전사령관이 참석했다.

오늘은 차수일 중령이 보고를 위해 차트 앞에 섰다. 이제 그는 '무등산' 공작을 책임지고 있는 일선 실무자다.

"충성! 지금까지의 광주 상황을 말씀드리겠습니다. 현재 광주시내는 소요사태 직전까지 가 있는 상태입니다. 폭도들은 화염병, 각목, 쇠 파이프, 식칼, 돌멩이 등을 소지하고, 우리 공수부대의 진압에 맞서고 있습니다.

공수부대는 현재 7공수 2개 대대와 11공수 4개 대대가 투입돼 있으며, 작전은 시내 중심부를 중심으로 바둑판식 분할 작전을 펼치고 있습니다. 장갑차와 전차, 수송 트럭 등의 장비 외에 충정봉과 대검, 소총 등 개인장비를 소지하고 작전에 임하고 있습니다. 31향토사단은 주요기관 경계 및 정보요원을 중심으로 시내 시위상황에 대한 정보수집과 고교생 귀가조치 작전 등을 수행하고 있습니다.

시위 양상은 18일까지는 대학생들이 주도를 했고, 19일부터는 절반이상이 일반 시민으로 분석되고 있습니다. 체포자도 시민이 절반이상을 차지하고 있다는 보고입니다. 아직 불순분자들이 검거되지는 않았지만 시위 배후에는 좌익 불순분자의 활동이 감지되고 있다고 합니다.

시위자들은 갈수록 저항이 극심해서 우리 공수부대원들의 생명이 위험한 상황입니다. 시위대의 피해는 현재까지 그다지 크지 않은 것으로 보고되고 있습니다. 이상입니다."

보고를 마치자 전 사령관은 고개를 끄덕이고 있고, 이학봉 처장과 다른 참모들도 말을 하지 않고 전 사령관의 눈치를 본다.

차수일 중령은 자신의 지금 보고 내용이 광주 실제 상황과는 많이 다르다는 것에 맘 한구석이 찜찜하다. 우선 공수부대가 생명의 위협을 느낀다는 부분은 사실 터무니없다. 바둑판식 분할 점령 작전을 세운 공수부대는 주요 거점에 부대를 투입해 놓고 시위대를 완전히 해산시키는 한편, 무조건 시위대를 체포하는 작전을 펼치면서 19일 오후 1시쯤에는 금남로 일대가 텅 비다시피 했다. 공수부대의 잔인한 유혈 진압에 쫓긴 시민들은 시내 중심가에서 밀려났으며, 경찰과 공수부대는 전남도청 앞에 바리케이트를 치고는 경계에 들어갔다. 공수부대는 안전했으며, 오히려 많은 광주시민들의 생명이 위협을 받고 있는 것이다.

그러나 차 중령은 광주상황을 당초 계획한 '무등산' 공작으로 몰고 가기 위해서는 어쩔 수 없다면서 이학봉 처장과 둘이서 사전회의를 거쳐 보고서를 조작했다.

차 중령의 보고가 끝나자 이학봉 처장이 차트 앞으로 다가간다.

"충성! 그럼 지금부터 상황분석에 따른 대응책 회의를 시작하겠습니다. 우선 공수부대 증파입니다. 갈수록 시위 상황이 악화돼서 자칫 상황 관리가 어려울 수 있다는 분석입니다. 이에 기 작전대로 공수부대를 추가 투입해서 진압작전을 펴나가다가 광주 전역에서 폭동상황이 발생하면 공수부대를 외곽으로 철수시킴과 동시에 광주시 외곽을 차단하는 작전에 들어가야 합니다."

이학봉 처장이 '무등산' 공작을 위한 공수부대 추가투입에 대한 의견을 내놓고 있다.

"최세창의 3공수가 이미 가기로 했잖아?"

전 사령관은 턱없이 큰 소리로 말한다.

"네 그렇습니다. 사령관님."

이 처장이 즉각 대답하고 있는데 상황실에 대기하고 있던 위관 급 장교 한 명이 들어와 차수 경례를 붙이고는 차수일 중령에게 쪽지를 건넨다. 얼른 쪽지를 읽어본 차 중령이 이 처장을 바라본다.

"무슨 보고야?"

"광주 상황입니다. 급박한 내용입니다."

"무슨 일인데 그래? 지금 바로 읽어봐!"

"네. 사령관님."

"네, 방금 광주 505에서 온 상황보고입니다. 광주시 금남로와 충장로 일 대까지 수천 명의 폭도들이 진을 치고 우리 공수부대와 대치중입니다. 차량을 불태워서 군경 저지선까지 몰고 오는 한편 기름이 들어있는 드럼통에 불을 붙여서 바리케이트까지 굴려 폭발하게 하는 등 상황이 매우 위협적이라는 보고입니다."

"그래? 이제 광주 놈들이 본격적으로 덤비는구먼. 암 그래야지. 그래야 우리 공작 계획대로 갈 것 아니야?"

전 사령관이 참모들을 의기양양 둘러보면서 떠벌린다.

"파견된 공수부대들은 뭐하고 있나? 더 강력히 밀어붙여서 본때를 보여주라고 해야지. 폭동이 극대화할 때까지 밀어붙이라고 해!"

전 사령관이 인상을 쓰면서 정호용 특전사령관과 참모들을 쳐다보며 말한다. 정호용 사령관이 이마를 찌푸리면서 고개를 끄덕인다. 다시 전 사령관이 목소리를 높인다.

"아, 정 사령관은 특전사 부대가 즉시 추가 투입될 수 있도록 준비태세를 갖추고 있으라고. 아, 학봉이. 지금 광주에 나가있는 공수여단장들은 누구야?"

"네, 사령관님. 7공수 신우식 여단장과 11공수 최웅 여단장입니다."

"그래? 신우식은 우리 하나회 멤버잖아?"

"네, 맞습니다. 사령관님."

"잘 좀 해서 우리 공작 계획대로 사태를 잘 유도하라고 해. 알았나?"

전 사령관이 굵은 목소리로 힘주어 말한다.

*

이로부터 1시간이 지난 2시 30분쯤, 최웅 11공수여단장이 헬기를 타고 광주 조선대 교정에 도착한다. 그는 전교사에 있다가 작전지시를 위해 나타났다. 대대장들에게 직접 작전명령을 내린다.

"지금 시내 중심가인 금남로 한일은행 일대에 폭도 2천여 명이 집결해서 공공시설을 파괴하고 노상에 휘발유를 뿌려 방화를 하는 등 난동을 피우고 있다. 전 대대는 즉각 출동해서 해산시키고 시위 주동자는 반드시 체포토록 하라!"

이어 양대인 참모장이 구체적인 작전지시를 내린다.

"부대는 광주일고부터 금남로를 따라 도청 쪽으로 진압대형을 유지하면서 폭도들을 진압하라. 대대장들은 폭동 진압상황을 수시로 무전기를 통해 보고하되, 그때그때 여단본부의 지시를 받아서 작전을 수행하라!"

31사단의 작전지시를 받아야 하는 원칙과 절차는 무시된다. 현장작전도 공수부대 자체무선망을 통해서 실시간으로 이루어진다.

전차와 장갑차를 앞세우고 트럭 22대에 나눠 탄 11공수여단 61, 62, 63대대와 7공수여단 35대대는 조선대를 출발해 도청 쪽으로 이동한다. 이들은 도로에 가득한 시위대를 향해 M60 기관총으로 무장한 장갑차를 돌진시켰다. 무서운 속도로 달려오는 장갑차로 시위대가 흩어지자 공수부대원들이 즉각 달려들어 곤봉으로 시민들을 가격하기 시작한다. 수백 명의 공수부대원들이 말벌 떼처럼 거침없이 달려들면서 도로와 인근 골목길에서 닥치는 대로 시민들을 곤봉으로 때리고 대검으로 찌른다. 곤봉에 이어 이제는 대검이 살상 진압의 주요 무기이다. 예비 병력인 7공수여단 33대대 병력도 시내작전에 투입된다.

이로써 광주에 온 공수부대 5개 대대 약 1천500여명의 대 병력이 광주 시내를 휩쓸면서 작전을 벌였다. 광주 금남로와 충장로 일대 도로, 골목길은 시민들이 흘린 피로 끈적끈적한 얼룩이 끝없이 이어지고, 공수부대원들에게 끌려간 수많은 시민 부상자들은 응급치료도 받지 못한 채 주둔지 창고에 방치되어 버렸다.

반란의 도시로 만들다

19일 오후 3시 쯤, 광주 505부대장인 이재무 대령은 대공과장, 정보과장 등 보임과장들과 함께 공수부대의 작전상황과 시민들의 반응, 향후 예상되는 상황을 분석하는 회의를 연다. 회의 결과는 사령부에 보고할 예정이다.

이재무 대령은 광주 상황이 악화되는 것에 대해 내심 불만을 갖고 있다. 정보 및 수사 요원을 총 가동해서 광주의 모든 상황을 수집해서 서울 사령부에 보고하고 있지만, 향후 전개될 작전에 대해서는 아는 바가 없다.

"현재 광주 상황은 악화일로로 치닫고 있는 것으로 보입니다. 모든 요원들이 정확한 사태 파악을 할 수 있도록 있는 그대로 정보를 보고하도록 주지시키기 바랍니다. 또한 정보기관과 군인, 경찰에 대한 광주 시민들의 감정이 갈수록 험악해지고 있으니 신변 안전에도 각별한 신경을 써주기 바랍니다."

이재무 대령의 얘기가 끝났지만 아무도 말을 하지 않는다. 무거운 침묵이 흐른다. 이 대령의 마음은 불길함으로 가득하다. 부하들도 마찬가지다. 계엄이 전국으로 확대되고 보안사가 국내 모든 분야에서 실질적인 권한을 다 쥐게 되면서 '이제 우리 세상이 왔구나!'하며 속으로 외치던 부하들이지만, 막상 광주에 공수부대가 투입되면서 대규모 유혈사태가 발생하자 모두들 불안함 마음을 감추지 못하고 있다. 세상 돌아가는 물정을 누구보다도 빨리 알아차리는 보안사 요원들은 시위 현장에서 발생하는 유혈극에 '큰일이 날 것 같다.'라는 예감을 하는 것 같다. 그래서 요원들은 진압 현장 상황을 나름 정확하게 보고한다. 이 대령도 차후에 보고가 잘못됐다는 것으로 문제가 될 소지를 없애고, 또한 통제되기 어려운 상황으로 이어질 것이라는 생각에서 상부의 합리적 대응에 도움이 될 수 있도록 있는 그대로 보고를 하고 있다.

그런데, 오늘 아침 사령부에서 의아한 질책이 내려왔다. 중앙정보부 광주 지부의 보고서와 광주 505보안부대의 보고서가 사뭇 다르다는 것이다.

중정 광주지부의 보고에는 최초 공수부대 투입의 시작지가 된 18일 아침 전남대 앞에서의 상황에 대해 도서관으로 들어가려는 학생들을 공수부대원이 제지하자 학생들이 미리 책가방에 숨겨 가져온 돌멩이를 던지면서 시위를 벌였다고 되어 있다는 것이다.

그러나 광주 505보안부대 보고에는 그런 내용이 없다면서 '상황을 정확히 파악해서 다시 보고하라'는 등 질책성 지시가 내려왔다. 물론 근거가 남는 전통문이 아니라 전화를 통해서다.

이 외에도 중정의 보고서에는 모든 시위의 원인이 불순분자들이 학생들을 선동하는 것이고, 점차 폭도로 변하고 있다면서, 군경에 대한 피해 상황만 보고를 했다는 것이다. 정작 시민들의 피해 상황은 전혀 언급되지 않았다.

이재무 대령은 '상황을 정확히 보고해야만 문제를 풀어갈 수 있다는 단순한 생각은 정작 보안사령부가 원하는 보고가 아니다'라는 사실을 뒤늦게 알아차렸다.

대공과장 서의남 중령의 업무처리에도 불만이 많다. 사령부로부터 직접 구두로 수령한 작전 지시를 정확히 보고하지 않은 것 같은 의구심이 든다. 서 중령은 지난번 사령부 전국 대공과장 회의에 참석한 후, 기고만 장해진 것 같다. 이학봉 대공처장으로부터 무슨 별도의 지시를 받았는지 모르지만 수사관들에게 부대장이 모르는 공작 지시를 내리는 것은 물론 이학봉 대공처장에게 직접 보고를 하고, 또 지시를 받는 것이 감지됐다. 그렇다고 추궁할 수는 없다. 보안부대나 경찰 정보과의 경우에는 직속상관을 배제하고 직접 상부기관에 정보보고를 하는 '친피보고'가 정상적인 행위다.

어찌됐던 지금 광주는 혼란의 도가니로 빠져들고 있고, 수많은 시민들이 피를 흘리고 있는 상황인데도 사령부는 사태를 수습하기보다는 악화하는 쪽의 작전을 쓰고 있다는 것이 무척이나 의아스럽다.

이재무 대령은 주먹을 불끈 쥐면서 답답한 가슴을 대신한다. 육사를 지원할 때는 불굴의 군인정신으로 멸사봉공하자는 신념과 의지를 가졌지만 지금 광주에서의 상황은 그를 자괴감에 빠뜨리고 있다.

*

허장환은 이재무 부대장의 특별 하명에 따라 현재까지 진행된 공수부대 및 계엄군의 시위 진압현황과 시민들의 피해상황, 향후 전개될 시민들의 투쟁 전망을 파악하는데 주력한다.

광주의 상황은 매우 어렵다,

그는 붙잡혀 온 예비 검속 대상자들을 상대로 조사를 벌이다가 부대장의 특명을 받고서 시위가 한창인 시내로 들어간다. 그런데 복장이 문제다. 사복을 입고 나갔다가는 자칫 폭도로 오인돼 공수부대원들에게 붙잡혀서 곤욕을 치를 수 있고, 반대로 군복을 입자니 시위대에게 붙잡혀 린치를 당할 수도 있다. 결국 군복을 입고 다닐 수는 없어서 속에다 군복을 입고 겉에는 사복을 걸쳐 입기로 했다.

그러나 막상 그렇게 옷을 입고 나서니 몸이 부풀려져 있어서 답답했고, 게다가 비까지 내리는 5월 중순의 날씨는 옷을 껴입는 것을 더는 용납하지 않는다.

'에이, 공수부대 놈들에게 죽더라도 그냥 사복으로 나가자' 그는 혼잣말을 내뱉고는 시내 정보 수집에 함께할 후배 수사관의 얼굴을 바라보았다. 동행하는 그도 이미 엷은 점퍼차림이다.

*

오후 5시 30분쯤 이재무 대령은 505상황실에서 현장 요원으로부터 급한 보고를 받는다. 공수부대의 발포로 시위대의 사상자가 발생했다는 것이다. 4시 50분 쯤 계림동 광주고등학교 앞 도로에서 11공수여단 63대대 장갑차에서 M16 소총으로 시민을 향해 발포해서 고교생 1명이 그 자리에서 총을 맞고 쓰러졌다는 것이다.

장갑차가 시위대 한가운데를 헤집고 다니다 보도블록에 올라타면서 시동이 꺼지고 시위대에 포위되자 장갑차에 타고 있던 군인이 M16 소총을 허공에 두 발을 발사했다. 총소리에 놀란 시민들이 흩어진 후 다시 모여들자 이번에는 시위대를 향해 발사했고, 시위를 벌이던 고등학생이 복부에 총상을 입었다는 것이다. 시민들이 쓰러진 고교생을 급히 병원으로 옮겼다는 것인데, 생명을 건진 것에 대해서는 아직 보고를 받지 못하고 있다.

이 대령은 11공수여단 담당 보안사요원에게 연락을 해서 발포경위를 조사하라고 지시한다.

이재무 대령은 공수부대의 발포사건을 비롯한 19일 상황에 대해 보안사령부에 보고할 서류를 검토했다. 19일 밤에만 300여 명의 시위대가 검거되고, 이 중 상당수는 검거 과정에서 많은 부상을 입은 상태다. 경찰과 군의 부상자도 24명으로 집계되고, 시위대 부상은 정확한 통계를 잡을 수 없다. 통계로만 보아도 광주는 이제 격렬한 대치와 격돌이 이루어지고 있음을 알 수 있다. 사무실에서 서성이던 이 대령은 비가 내리면서 더 어둡게 보이는 창밖을 바라보다가 눈을 감고 만다.

숨어있는 공수부대 지휘자

이에 앞서 19일 오전 10시, 광주 전교사에서 광주 주요 기관장회의가 열린다. 이재무 대령은 상무대까지 약 3km가 조금 더 되는 거리를 차로 10분 만에 도착했다.

유혈사태가 발생한지 처음 있는 회의이다. 기관장 회의에는 모친상을 당한 장형태 전남도지사 대신 참석한 정시채 부지사와 이대순 교육감, 배명인 광주지검 검사장, 정석환 중앙정보부 광주분실장 등 민간인이 참석했다. 군에서는 윤흥정 전교사 사령관, 이재무 505보안부대장 이외 정웅 31사단장, 장사복 전교사 참모장, 신우식 7공수여단장 등이 참석했다.

민간 기관장들은 공수부대의 유혈 과잉진압을 강하게 항의한다.

"공수부대원들이 광주 시민을 마치 적군을 상대하듯 하면서 무차별 살상하는 것이 도저히 납득할 수 없다. 너무 강경하게 시위 진압을 하다 보니 고등학생들까지 시위에 참여하려 한다. 공수부대를 시내에서 철수시켜 달라"

공수부대의 강경 유혈 진압에 대한 기관장들의 성토와 항의가 쏟아진다. 잠자코 얘기를 듣고 있던 윤홍정 사령관과 정웅 31사단장의 얼굴은 구겨지고, 신우식 7공수여단장은 입을 굳게 다물고만 있다. 분위기는 싸늘해지고, 회의는 공수부대의 성토장이다. 이윽고 윤홍정 사령관이 차분하고 침통한 목소리로 기관장들에게 말한다.

"앞으로는 절대로 유혈 진압이 발생하지 않도록 하겠습니다."

이어서 정웅 31사단장과 신우식 7공수여단장에게도 지시를 내린다.

"앞으로 공수부대의 시위 진압 시 유혈 진압을 하지 말도록 하세요."

회의에서는 또 기관장들의 건의를 받아들여 시위 주동자가 아닌 일반 사람들은 모두 석방하라는 하는 조치도 취해진다. 이재무 대령은 기관장 회의 참석 후 505보안부대로 즉시 귀대한다. 사령부에 회의 내용을 그대로 보고하기 위해서이다.

밤 11시쯤, 31사단에 나가있는 보안부대 요원으로부터 보고가 들어온다. 정웅 31사단장이 공수부대와 휘하 부대장들에게 무혈진압을 지시했다는 것이다. 31사단 작전명령 제 3호로 발표된 내용에 따르면 유혈 진압을 중지하고 무혈 진압으로 전환하도록 하는 것이다. 구체적으로는 시위 진압 시 대검의 사용을 금지하고, 진압봉을 사용할 때 머리를 타격하는 것을 금지하며, 시위 진압작전은 가급적 시위대의 분산에 주력하되 시위자의 연행을 금지토록 하다는 것이다.

정웅 장군의 지금 명령은 2군 사령부의 지시를 받지 않고 단독으로 하는 것으로, 상부의 '강경 진압' 명령을 사단장 단독으로 '무혈 진압' 명령으로 변경시키는 것으로 매우 중대한 일이다.

보안부대 요원의 보고에 따르면 정웅 장군은 이 같은 진압작전 명령을 단독으로 변경하는 발표에 앞서 휘하 참모 및 부대장 10여 명에게 자신의 생각을 밝혔다고 한다. 광주 시민은 적이 아니라 보호하고 지켜야 할 국민이기 때문에 진압작전을 변경하려 한다는 것이다. 이재무 대령은 이제라도 다행이라는 생각이 든다. 그러나 그는 즉각 이 같은 상황을 서울 사령부에 보고한다. 생각은 생각이고, 업무는 업무인 것이다.

*

서울 종로구 소격동에 있는 보안사령부 상황실에서는 광주 505보안부대로부터 윤홍정 전교사 사령관 주재의 기관장 회의 내용과 정웅 31사단장의 시위 진압 방침 단독 변경을 보고받고는 대책 마련에 부심한다.

전두환 사령관은 어제 오후, 505보안부대가 광주에 있는 전교사와 31사단에 대한 '작전 조언권'을 제대로 행사하지 못하고 있다는 판단에 따라 보안사 기획조정처장 최예섭 준장을 광주에 급파했다.

최 준장은 19일 오후 4시쯤 광주에 도착, 505보안부대장실 옆에 마련된 사무실과 전교사 부사령관 부속실을 왕래하면서 광주 상황을 직접 사령부에 보고한다.

보안사령부 회의에서는 광주 현장 지휘관들의 애매하고도 유약한 시위 진압작전에 대해 불만이 터져 나온다.

"사령관님, 전교사 사령관과 31사단장이 아무래도 시원치 않아 보입니다. 교체를 해야 되지 않을까 생각됩니다."

허화평 비서실장이 이학봉 대공처장, 권정달 정보처장과 한 번씩 눈길을 교환하고는 전두환 사령관에게 자신의 견해를 밝힌다. 이미 이 처장과 권 처장하고는 의견을 일치시켰다.

"그놈들 왜 그 모양이야?"

전 사령관이 인상을 쓰면서 말을 내뱉는다. 아무도 말이 없다.

"지금 광주 상황은 공수부대가 주도하고 있지 않아? 정호용은 뭐하는 거야?"

"정 사령관은 수시로 광주를 다니면서 지휘하고 있습니다."

허 실장이 즉시 대답한다.

"그러면 그 사람들, 그 전교사 사령관이나 31사단장의 지휘는 별로 신경 쓰지 않아도 되는 거 아냐?"

"네, 그렇습니다. 지금도 공수부대의 지휘계통은 31사단장의 지시를 받지 않고 공수여단장들이 특전사령부의 지시를 받아서 움직이고 있습니다. 물론 모든 작전지침은 우리 보안사가 내려 보내고 있습니다."

"공수부대의 작전은 잘 통제되고 있는 거지?"

"네, 그렇습니다. 그렇더라도 공식적인 지휘권을 갖고 있는 전교사나 31사단장의 교체는 고려해봐야 할 것 같습니다. 31사단 참모들도 부화뇌

동해서 정웅 장군의 뜻을 따르는 것 같습니다.”

허 실장이 재차 문제를 제기하자 전 사령관이 눈꼬리를 가늘게 하고는 헛기침을 한다.

“그래, 검토를 해 봐. 우리가 진행하고 있는 ‘무등산’ 공작에 차질이 없도록 말이야. 그리고 교체할 때까지는 전교사에 나가있는 우리 보안대 책임자를 통해서 강경 진압을 계속 ‘조언’ 하도록 해.”

“알겠습니다. 사령관님.”

“그리고 말이야, 오늘 아침 내가 계엄사령부 회의에서 3공수 투입과 20사단 투입을 결정했는데, 잘 진행되고 있는지도 점검해 봐.”

“네, 점검하고 있습니다. 오늘 중으로 투입 작전이 진행될 수 있도록 준비하고 있습니다.”

“좋아, 다들 수고들 해.”

전 사령관은 참모들을 하나하나 쳐다보면서 의미심장한 미소를 지어 보인다.

이날 밤 11시 8분, 최세창 여단장이 이끄는 3공수여단은 서울에서 군용열차를 타고 광주를 향해 출발한다. 장교 255명, 사병 1,137명 등 총 1,392명으로 구성된 3공수여단은 대한민국 공수부대 중 최정예부대로 꼽히고 있다. 최세창 준장은 하나회 멤버로서 전두환 사령관이 12·12 쿠데타를 일으킬 때 앞장 선 인물로, 당시 자신의 직속상관인 정병주 특전사령관을 배신하고 반란군 편에 선 사람이다. 정 사령관은 전두환 세력의 반란을 제압하려다 체포되면서 총상을 입고, 자신의 부관인 김오랑 소령이 반란군의 총격에 숨지는 통한의 아픔을 겪었다. 이날 거의 같은 시각, 이희성 계엄사령관은 2군 사령부를 통해 전교사에 충정작전 지침을 하달한다.

"광주 폭도들에 대한 진압은 '바둑판식 분할점령' 방식을 취하면서 폭도들을 체포할 것."

해산이 아니라 검거에 주력하라는 지시다. 결국 계엄사령부의 작전은 갈수록 격화되는 광주 시민의 항거를 수습하거나 달래려는 것이 아니고, 오히려 광주 시민을 공산주의 이념을 가진 불순분자로 간주하고, 더 강경하고도 단호한 작전을 펼치겠다는 의도다.

계엄사의 이 같은 작전 지침은 보안사의 치밀한 계획과 주문으로 이루어졌다. 줏대가 없는 이희성 계엄사령관은 전두환 보안사령관의 꼭두각시였다.

*

20일 이른 아침, 광주역 앞에는 수십 대가 넘는 수송용 군용트럭이 대기하고 있다. 7시쯤 광주역으로 여러 개의 객차를 단 기관차가 플랫폼으로 들어온다. 열차가 멈추고, 잠시 후 얼룩무늬 군복을 입은 공수부대원들이 무더기로 내린다. 이들은 일사불란하게 움직인다. 구호도 없다. 입을 꾹 다문 공수부대원들은 밤새 열차를 타고 온 탓인지, 아니면 작전지역에 도착했다는 긴장감에서인지 모두들 굳은 표정이다.

3공수 최세창 여단장과 5명의 대대장, 여단장 참모들은 31사단장인 정웅 장군의 영접을 받고는 바로 숙영지인 전남대로 이동하기 시작한다.

이로써 광주에는 총 3,280명의 공수부대원이 모여들었다. 대한민국 특전사령부 예하 7개 공수여단 중 무려 3개 여단이 광주에 투입된 것이다.

3공수는 최정예 공수부대답게 가장 시위가 치열한 금남로 일대에 즉각 배치된다. 대원들은 작전에 투입되기 직전 지휘관으로부터 충정 교육을 받는다.

"광주에 대한민국 전복을 노리는 불순분자와 빨갱이들이 무장폭동을 일으켰으니 구국의 충정으로 맡은 바 임무를 다 하라. 이상, 알겠나?"

"네, 알겠습니다."

우렁찬 공수부대원들의 대답 소리가 도시를 흔든다. 밤이 되면서 시위가 격화되자 3공수 5개 대대 병력은 전남대 입구, 광주역, 광주시청 등 광주 서북부지역의 시위 진압을 맡는다.

11공수여단은 7공수 33대대를 추가로 배속 받아 광주 시내 동부지역을 담당했다. 7공수여단 35대대는 오후부터 계림 파출소 부근으로 이동 배치된다. 이 같은 공수부대 작전 상황은 보안부대원들에 의해 시시각각 505보안부대를 거쳐 보안사령부로 보고되고 있다.

원래 육군의 '폭동 진압작전 교범'에는 일반적인 시위로서 물리적인 힘에 의한 진압이 요구될 때는 우선 수적으로 우세한 보병부대를 요청한다고 되어 있다. 또 공수부대를 비롯한 특수부대는 소요사태가 극렬화하여 무장 폭도들이 특정 시설을 거점으로 항거할 때 투입 요청을 하도록 규정돼 있다.

보안사의 지휘를 받고 있는 계엄사령부는 광주의 시위상황이 소강상태여서 군이 특수부대를 투입할 시기가 아닌데도 불구하고, 계엄 전국 확대 조치가 발효되기 전부터 일찌감치 공수부대를 투입했다.

거기에다가 이제는 최정예 부대인 3공수여단까지 투입해서 광주 시민을 상대로 본격적인 살육 작전을 전개하려고 한다. 광주를 폭동의 도시로 만들겠다는 보안사령부의 '무등산' 공작은 이처럼 정점을 향해 계획대로 착착 진행돼 가고 있었다.

특수공작대

보안사 홍성률 대령은 5월 20일 아침에 3공수를 태운 군용열차를 타고 광주에 도착했다. 전두환 사령관과 이학봉 대령의 지시에 따라 특수임무를 띠고 내려온 것이다. 사령부에서 만난 간부급 장교 요원 13명도 같은 열차를 타고 와서 시내에 마련된 비트(비밀 아지트)로 향했다.

그는 505보안부대 서의남 과장이 마중 보낸 수사관의 안내를 받아 우선 부대를 방문한다. 서 과장을 만나서 이학봉 처장의 지시사항을 전달하고, 시내에 있는 광주관광호텔을 찾아간다. 호텔로 가는 시내 길은 시위 현장이라기보다는 군인들끼리 시가전을 치른 것처럼 엉망이다. 여기저기 불타다 만 잔해들이 널려있고, 성한 보도블록도 거의 없다. 호텔에 도착해서 로비 여직원에게 묻는다.

"여기 보안대, 아니 무등공사 허장환 씨 와 있습니까?"

무등공사는 광주 505보안부대 별칭으로 일반인들은 이렇게 부른다.

"어디서 오신 분입니까?"

"아, 난 서울 사령부에서 내려온 사람이오."

홍 대령은 그러면서 신분증을 꺼내 여직원에게 보여준다. 태도가 바로 달라진 여직원이 허둥대면서 말끝을 흐린다.

"허 부장님은 지금은 안 오셨습니다만…."

허장환은 무등공사 부장님으로 호칭되고 있다.

"아, 그럼 허장환이 쓰는 방이 어딘가?"

반말로 바뀐다.

"네. 503호인데요, 들어가서 기다리시겠습니까?"

여직원의 말에 홍 대령이 고개를 끄덕인다.

*

허장환은 시내에서 정보수집활동을 하다 광주관광호텔로 들어온다. 로비에 들어서니 여직원이 인사를 하면서 할 말이 있는 것처럼 입을 오므리다가 열다가 한다.

"무슨 일이야?"

"부장님, 손님이 찾아오셨어요."

순간 허장환은 이학봉 처장으로부터 받은 지시내용이 떠오른다.

"그래? 어디에 계시나?"

"부장님 방에 들어가 계십니다. 신분증을 보여줘서 할 수 없이 방으로 안내를 해 드렸습니다."

"음, 잘했어. 근데 니들도 높은 사람이라면 사족을 못 쓰는구나. 아무렴 주인인 내가 없는데 문을 열어주면 어떻게 하냐, 이놈들아. 허참."

허장환은 질책을 하는지, 칭찬을 하는지 모를 애매한 말을 남기고는 방으로 올라간다. 방문을 열고 들어가니 홍 대령은 탁자위에 서류를 놓고서 무슨 생각을 하는지 골똘한 표정을 하고 앉아 있다. 허장환이 방에 들어서자 그가 고개를 돌려 바라보면서 먼저 입을 연다.

"허장환?"

"네, 그렇습니다."

"나 홍성률 대령이야"

"아, 그러십니까? 처음 뵙겠습니다. 충성!"

"이리 와서 앉지."

홍 대령이 탁자위에 있던 서류를 보이지 않게 뒤집어 놓으면서 허장환에게 앉으라고 한다. 주객이 바뀌었다.

"사령부 이학봉 처장님이 관심을 많이 갖고 있더군. 자네는 나를 모르겠지만 난 옛날부터 자네를 눈여겨보고 있던 사람이야. 중요임무를 띠고 왔는데, 내가 광주 출신이라서 이 지역 사정을 대충 알고 있지만 자세한 부분에 대해서는 여기서 활동하고 있는 자네보다 잘 모르지. 내가 부족한 부분이 있으니 자네가 유기적으로 나를 도와서 임무수행을 하도록 해!."

"네. 알겠습니다. 저한테 지시할 특별한 임무가 있습니까?"

허장환이 급하게 묻는다.

"아, 점차 알게 돼. 그리고 이 방 열쇠를 나한테 하나 주겠나? 이 방을 앞으로 안가처럼 사용하면 좋겠네. 수시로 여기서 손님들도 만나고, 요원들하고 회의도 해야 되겠어."

홍 대령의 말에 허장환은 입으로 대답하지 않고 고개를 가볍게 숙이는 것으로 대신한다. 그는 기분이 언짢았다. '뭔 놈의 새끼가 주인도 없는 방에 먼저 들어와 있지를 않나. 방을 쓰겠다면서 열쇠를 달라고 하질 않나.' 그는 순간 찌증이 확 났지만 내색은 하지 않는다. 이학봉 처장의 지시가 떠올랐기 때문이다.

허장환은 어제 이학봉 처장의 전화를 받고는 사령부 인사처 동기에게 전화를 해서 홍 대령에 대해 알아봤다. 홍성률 대령은 보안사령부에서 공작 과장을 하다가 얼마 전 대령으로 승진돼 원주에 있는 1군단 사령부의 1001보안부대 부대장으로 발령이 났다. 그런데 전두환 사령관의 특별지시에 따라 원주 부대에 부임 인사만 하고는 바로 광주로 파견을 나왔다는 것이다. 그의 공식 직함은 '광주사태 감독관'이지만 '공작'이 전문인 그에게는 특별한 임무가 따로 있을 것은 당연하다.

광주관광호텔 503호는 허장환이 호텔의 협조를 받아서 혼자 쓰는 방이다. 말이 협조지 보안사의 위세로 원가에 쓰는 것이다. 허장환은 광주시내와 전남 지역에 수십 명의 정보원을 갖고 있다. 그들과 비밀리에 만나고, 피곤할 때 혼자 쉬는 곳이 필요하다. 이곳은 505보안부대장도 모른다. 사령부 이학봉 처장만 아는 곳이다. 허장환은 어제 오후 이학봉 처장으로부터 특별한 지시를 받는다.

"1001보안부대장 홍성률 대령이 특수공작임무를 띠고 광주에 내려 갈

터이니 앞으로 모든 업무지원을 하도록 하라. 이 공작은 극비이니만큼 505보안부대장에게도 당분간 보고하지 말도록 해!"

"넷, 알겠습니다."

더 이상 말이 필요 없다. 허장환은 그동안 공수부대의 이해할 수 없는 유혈 진압이 사전 계획에 따라 움직이는 것 같은 느낌을 받았고, 그 뒤에는 보안사령부가 있다는 것을 어렴풋이 알아차렸다. 그래서 혼자 끙끙거렸는데 드디어 이학봉 처장의 극비 지시가 내려온 것이다. 역시 그렇다. 광주 상황은 공작으로 진행되고 있는 것이다.

허장환은 뭔가 거대한 해일이 광주로 밀려오고 있으며, 그 해일 속에 자신도 포함돼 있다는 긴장감에 몸이 부르르 떨린다. 10년이 넘는 보안사 수사관 생활 속에서 악명 높기로 이름이 난 그였지만, 최근의 광주 상황에 대해서는 속으로 불만이 많다. 그러나 이제 다시 보안사 핵심인물의 지시를 받은 만큼 그는 공작수행에 만전을 기해야 한다고 생각했다. 그는 마음을 다 잡고 어깨에 힘을 준다. 허장환은 물불을 가리지 않았던 그동안의 드세었던 기가 다시 살아나는 것을 느낀다.

*

홍 대령은 광주에서의 공작활동에 대한 모든 지원은 505보안부대의 허장환 수사관이 극비리에 도와줄 것이라는 이학봉 처장의 얘기를 이미 들었던 터였다. 또, 505보안부대 서의남 대공과장에게도 각별히 지시를 해놓았으니 도움을 받으라는 지시도 받았다.

광주관광호텔 직원이 안내해서 들어온 방은 깔끔하고 잘 정돈이 되어 있다. 안쪽으로 침대가 있는 방이 있고, 거실로 쓰이는 곳에는 소파와 책상, 화장실이 있어서 불편함이 없을 듯하다. 호텔전화 외에 일반전화가 특별히 가설돼 있는 것도 좋다. 앞으로 이곳을 자주 이용할 것이다. 물론 허장환이 몰라야 하는 공작은 광주시 사동에 있는 처갓집을 이용할 것이다. 처갓집에는 이미 연락을 해 놓아서 필요한 조치를 취해 놓았다.

홍 대령은 소파에 앉아서 앞으로 광주에서 수행해야 할 공작을 점검해 본다. 예상했던 것보다 광주 상황은 심각한 대결로 치닫고 있는 것으로 판단된다. 공수부대의 유혈 진압에 대한 광주 시민들의 인내심은 이미 한계점을 넘어선 것으로 보인다. 상부에서 지시하는 공작이어서 진행하는 것이지만 홍 대령은 영 탐탁치가 않다.

홍 대령은 광주일고를 졸업했다. 처가도 광주에 있다. 그는 광주에 내려오면서 많은 생각을 했다. 보안사령부의 지시는 무섭고도 야비한 작전이다. 그가 받은 명령은 광주를 폭동의 도시를 만드는 것을 넘어 반역의 도시로 낙인찍는 작전이다. 처가 식구들은 물론 친구들도 많이 살고 있는 광주를 이렇게 초토화시켜서까지 권력을 잡아야 하는 비정함에 마음이 편치 않다. 그러나 명령은 지엄했고, 그는 그 명령을 벗어날 수 있는 위치에 있지 않다. 거부하면 곧바로 죽음의 강이 기다리고 있는 것이다.

그가 받은 명령은 광주를 반란의 도시로 만들기 위한 특수공작이다. 이미 그의 지시를 받아서 움직일 200여 명 규모의 특수공작대, 즉 편의대가 꾸려졌다. 보안사와 공수특전사, 중앙정보부에서 차출된 요원들이 이미 광주에 들어와서 일부 작전을 수행하고 있고, 오늘부터는 자신의 명령대로 움직일 것이다. 어디에 있는지는 홍 대령도 아직 모른다. 오늘 내려온 중간 간부들을 통해서 작전 수행에 필요한 정보를 최대한 제공하고, 임무 수행을 지시하면 된다.

첫 번째 임무는 유언비어 유포이다. 광주 시민들의 심정을 자극해서 분노를 일으키게 만들고, 공수부대 및 계엄군에 물리적으로 대항하도록 하는 것이 유언비어 유포 작전이다. '경상도 군인들이 전라도 사람 씨를 말리려고 왔다'라든가, '공수부대원들을 굶기고 술을 먹여서 시위 진압에 투입했다'라든가 하는 말들은 광주 시민들 입장에서는 치가 떨리고 가슴이 터질 것 같은 얘기들이다. 이 말을 듣고 가만히 있을 사람들이 어디 있을 것인가? 이미 광주 사람들은 공수부대의 유혈 진압을 직접 당하고 목격했기 때문에 이런 말은 그 진위를 떠나서 분노를 치솟게 할 것이다.

두 번째는 시위대의 장갑차 탈취 등 집단행동에 대한 유도 작전이다. 광주에는 아세아자동차 등 국가 보안목표가 있다. 이곳에는 국내 최초로 무궤도 장갑차를 개발하여 보관되어 있으며 항상 무장군인들이 경계를 서고 있다. 이 장갑차를 시민들이 탈취해서 끌고 다닐 수 있도록 해야 한다. 그러려면 경계를 허술하게 함은 물론 평상시 비워놓은 연료통에 기름을 가득 채워놓아야 한다.

이것들보다 더 중요한 작전이 있다. 시민들이 무기를 탈취하도록 선동 공작을 하고, 실제로 무기고에서 무기가 빼내질 수 있도록 치밀한 사전 공작을 해야 한다. 특수공작대가 시민들 틈에 잠입해서 무기고의 위치와 탈취 방법을 자연스럽게 알려주는 것이다. 탄광인 화순광업소에 있는 다이너마이트 소재를 알려주고 탈취 방법을 은근히 알려주는 것도 임무다.

물론 특수공작대는 이런 선동과 유도를 하고는 실제 탈취행위 때는 뒤로 살짝 빠져 나온다. 특수공작대는 또 시민들이 무기나 탄약, 폭약을 빼내가기 쉽게 시건장치를 허술하게 해 놓거나 경계를 없애버리는 공작도 실시한다. 이런 공작으로 시민들이 무장을 하게해서 폭동의 상황을 만들도록 하는 것이 홍 대령의 임무다.

20사단이 내려오면 사단장 차를 탈취하는 공작도 수행해야 한다. 광주 시민들이 군 사단장 차를 탈취하는 수준의 폭도이고, 그들 뒤에는 간첩을 비롯한 좌익 불순분자들이 도사리고 있어서 광주를 그대로 놔둘 경우 국가 안보가 매우 위험하다는 것을 국민들이 인지하도록 하는 것이다.

그는 구체적 작전에 돌입하기 위한 작전 구상을 모두 마쳤다. 물론 기본 작전에 대한 공작 계획은 이미 사령부에서 마련해 놓고 있었다. 유언비어 작전은 며칠 전부터 이미 실행하고 있다.

홍 대령이 이런 생각에 잠겨 있을 때 허장환이 마침 호텔방에 들어온다. 예상했던 대로 체격도 다부지고, 바늘로 찔러도 피 한 방울 나오지 않을 정도로 강하고 과묵해 보인다. 듬직해 보여서 맘에 든다. 한 가지, 경상도 말씨를 쓰고 있어서 거슬린다. 보안사에서는 경상도 사람들과 전라도 사람들은 그 차이가 엄청나다. 성골과 진골의 차이가 아니다. 성골과 하층민의 차이다. 보안사에서 전라도 출신은 출세하기 어렵다. 물론 다른 국가 기관에서도 마찬가지지만, 이곳에서는 각고의 노력을 해도 한계가 뚜렷하다. 어찌해서 대령까지는 오를 수 있지만 장군 승진은 꿈도 못 꾼다. 특별한 공적을 세우지 못하면 아예 쳐다보지도 말아야 한다. 그런데 기회가 왔다. 이제 막 대령으로 승진했는데 광주에서 거대한 공작이 시작된 것이다. 사령부는 광주 출신인 홍 대령에게 그 공작의 일부를 맡겼다. 맘이 썩 내키는 일이 아니지만 일단 임무를 수행해야 한다. 그래야 살아남는 것은 물론 말 그대로 별을 달 수 있는 기회가 오는 것이다.

홍 대령에게는 작전을 수행하기 위해서 공작 현장인 광주 지역의 상황을 잘 아는 지역 전문가가 필요하다. 이학봉 처장이 찍어 준 505보안부대 허장환 수사관이 바로 그 전문가다. 계급은 상사지만 영관급 장교 못지않은 두뇌와 배짱, 출중한 공작 능력을 갖췄다는 평가다. 홍 대령이 알기로는 허장환은 본래 해군사관학교에 입교했다가 무슨 문제가 있어서 퇴교하고 하사관으로 복무하고 있다. 어쨌든 이학봉 처장이 그를 매우 신임하고 있다는 점이 홍 대령 마음에 든다. 요즘 나라를 쥐락펴락하는 전두환 보안사령관의 최신임을 받는 사람이 바로 이학봉 처장이다.

그러나 한편으로는 이 처장이 자신을 감시하는 임무를 허장환에게 맡겼을 수도 있다는 생각이 머릿속 한 구석에서 맴돈다. 중요 공작 책임자가 고향인 광주에서 임무를 제대로 수행하는지를 감시하고 점검하는 일은 사령부 입장에서는 어쩌면 당연하다. 그것도 매우 중요한 극비 공작이기 때문이다.

그는 자신의 공작 내용에 대해 허장환 수사관에게 굳이 자세하게 얘기해줄 필요는 없다고 생각했지만 눈치가 백단인 허장환은 금방 알아차릴 것이다. 어쨌든 허장환을 입안의 혀처럼 잘 굴려 먹으려면 공작 내용의 기본은 얘기해 주는 편이 나을 것이라는 판단도 선다.

"허 부장, 공작을 진행하려면 현지 지원이 필요한데 광주 시내 및 전남 지역 지리와 군부대 현황, 경찰 현황 등에 대해 잘 아는 인원을 좀 차출해서 대기시키도록 해 줘."

홍 대령의 최초 지시다. 허장환은 홍 대령이 보는 앞에서 바로 전남도경과 광주에 있는 두 군데 경찰서에 연락을 취했다. 평소 잘 아는 정보과 소속 경찰들을 차출해서 홍 대령에게 붙여주기 위해서다.

허장환은 홍 대령이 진행하고 있는 공작이 아무래도 찜찜하다. 간단한 공작이 아니라 무언가 큰일을 꾸미는 것 같다. 도대체 공작 내용이 뭔지 궁금해서 견딜 수 없다. 그는 홍 대령을 힐끗 쳐다본다. 홍 대령의 얼굴 표정은 담담해 보인다. 그러나 물을 자주 마시고 있는 것이 초조한 마음을 대변하고 있는 것 같다. 눈동자도 흔들리고 있다. 그의 태도로 보아서 그가 벌이고 있는 공작은 결코 간단한 것이 아니라는 생각이 든다. 하기야 사령부에서 특수임무를 띠고 왔으니 어련하겠는가? 그러나 공작의 내용이 무엇이든지간에 허장환 자신도 이제는 홍 대령이 지휘하는 '공작'이라는 배에 승선해 있다. 공동운명체나 다름없다. 그는 이를 악문다. 느낌이 엿 같지만 임무는 임무다. 허장환의 귀에 홍 대령의 말이 들린다.

"허 부장, 내가 시내에 나갈 때는 변장을 해야 하는데 그 분야 전문가 좀 데려다 줘. 콧수염도 붙이고 가발도 좀 써야 한단 말이야. 흐 흐~"

"알겠습니다."

허장환이 벌떡 일어서서 홍 대령이 맡겨준 일을 처리하기 위해 호텔방을 나선다.

미국은 무엇을 보았나?

공군 제1전투비행단이 주둔하고 있는 광주 송정리 K57비행장에는 미국 501정보여단 광주 파견대가 주둔하고 있다. 이 부대 소속 김용장 정보관은 5월 20일 오후 3시 쯤 잔뜩 긴장한 상태에서 광주 시내의 시위 상황 및 계엄군의 진압 상황을 파악하고 있다.

미 육군 정보보안사령부(INSCOM) 산하로 한국에서 군사 관련 정보 및 첩보 수집 업무를 맡고 있는 501정보여단은 한국에 11개의 파견대를 두고 있으며, 광주에는 송정리 K57비행장 내에 파견대가 있다.

김용장 요원은 동국대학교를 졸업하고 영어실력이 뛰어난 덕택에 미 육군 정보부대에 통역관으로 들어왔다가 정보관으로 근무하고 있다.

그는 광주가 염려된다. 갈수록 상황이 악화되어가고 있기 때문이다. 이미 보고서도 작성했지만 공수부대의 터무니없는 공격적 유혈 진압이 광주 시내를 피로 물들게 하고 있고, 다른 지역에 비해 항거 정신이 강한 광주 사람들이 들고일어나면서 걷잡을 수 없는 사태로 악화될 것이 분명해 보인다.

그는 요즘 외근을 많이 하면서 정보를 수집하고 있지만 지금껏 확보돼 있는 휴민트(HUMINT)를 통해서 계엄군의 이동 및 활동, 시위 진압 상황 등과 작전 계획까지를 소상하게 파악하는데 주력하고 있다. 광주 상황은 미국 본토에서도 매우 민감하게 받아들이고 있기 때문에 정확하고도 신속한 정보 수집과 보고가 필요하다.

그는 한국의 군과 정보기관에 근무하고 있는 지인과 협조자들을 많이 확보하고 있다. 이 외 정보를 제공해 주는 대가로 일정 금액을 주는 유급 정보원도 두고 있다. 미국은 인적 자산을 통해 얻는 첩보나 정보 이외에 시진트(SIGINRT), 즉 위성 촬영이나 감청 등과 같이 최첨단 장비를 사용하여 정보 수집 활동을 하면서 한반도의 군사상황을 손바닥 들여다보듯 하고 있다. 김용장 정보관은 방금 작성해서 상부에 보고한 내용을 다시 확인해 본다.

'광주에서는 20일 현재 약 3만여 명이 시위를 벌이고 있으며, 이 중에는 학생이 아닌 일반 시민들이 다수 있다. 군인들은 군중을 해산하기 위해 최루탄가스와 무장수송차량, 확성기를 장착한 헬기를 사용하고 있으나 별 효과가 없는 것으로 보인다. 사태가 심각히 악화돼가고 있음.'

이전 보고서에서는 '공수부대원들이 곤봉과 개머리판, 대검 등을 사용하는 잔혹한 방법으로 시위를 진압해 수백 명의 시민들이 심각한 부상을 입고, 시민들이 분노의 감정을 갖게 되었다'라고 썼다.

잠시 휴게실에서 쉬고 있는데 미국인 요원이 전화를 받으라는 사인을 보낸다. 김용장 정보관은 급히 일어나 사무실로 들어갔다. 요즘처럼 긴박한 날에는 한 순간도 긴장을 풀어놔서는 안 되고, 특히 휴민트의 전화를 놓쳐서는 안 되었다.

"여보세요? 김용장입니다."

그는 수화기를 들고 급히 상대방을 불렀다.

"아, 네. 정보관님. 미스터 박입니다. 지금도 여전히 바쁘시지요?"

전화를 걸어온 사람은 한국의 군 정보기관에 근무하는 지인이다. 그와는 자주 만나서 서로 정보를 교환하거나 때로는 수집된 정보를 교차 확인하기도 하지만 김용장 정보관이 도움을 더 많이 받고 있다.

"아, 여전히 그렇습니다. 항상 감사합니다."

"용건만 간단히 말하겠습니다. 오늘 K57비행장 공군기지에 백 명이 넘는 특수요원들이 C-135수송기를 이용해서 어디선가 날아왔습니다. 지금 비행장 격납고에 머물고 있습니다."

"아, 그렇습니까? 감사합니다."

"그럼 이만 끊겠습니다."

미스터 박은 용건만 말해주고는 전화를 끊는다.

김용장 정보관은 얼른 셔츠위에 점퍼를 걸치고 우산을 챙겨서 밖으로 나온다. 어제부터 봄비가 보슬보슬 내리고 있다.

사무실에서 수송기 격납고가 있는 곳까지는 약 2km 정도 떨어져 있다. 김 정보관은 부지런히 걸어서 격납고 쪽으로 이동한다. 20여 분 쯤 걸었을까, 격납고 안에 3~40명의 사람들이 웅성거리고 있는 것이 보인다. 그는 눈을 크게 뜨고 다가가 본다. 30~40m 정도 가까이 다가갔는데 어느 순간 사람들의 모습이 커다란 문에 가려지고 보이지 않는다. 다행히 두 사람이 서서 얘기를 나누고 있는 것이 보인다. 20대 후반애서 30대 초반으로 보이는 사람 중 하나는 넝마주이처럼 옷차림을 하고 있는데 머리에는 다 떨어진 정글 모자를 쓰고 있고, 다른 한 사람도 평범하고도 허름한 옷차림을 하고 있다. 단번에 보아도 군인들이 작전을 위해 변복을 하고 있는 것을 알 수 있다.

김 정보관은 서둘러 사무실로 돌아왔다. 아무리 생각해 보아도 변복한 군인들의 정체가 무엇인지 알 수가 없다. 일단 목격한 내용을 위주로 보고서를 만들어 미국인 책임자에게 넘겨주고는 여기저기 전화를 걸었다.

광주 505보안부대에 전화를 걸어서 친한 요원을 찾았지만 외근중이어서 통화가 이루어지지 못했다. 한국에서는 모든 군부대의 이동 및 작전이 이루어지기 위해서는 사실상 보안사의 사전승인을 받아야 한다. 이 때문에 보안사에서는 모든 군부대의 이동을 파악하고 있다. 한 시간 쯤 후 505보안부대 지인으로부터 전화가 걸려온다.

김철수라는 요원은 전남 순천 출신이다. 계급은 상사지만 보안대에서 오랫동안 잔뼈가 굵어서 웬만한 정보는 꿰고 있는 사람이다.

"김 선배, 오늘 저녁식사라도 할 수 있습니까?"

김용장 정보관은 보안대요원을 선배로 부른다. 서른다섯 살인 김 정보관보다 댓살이 더 많다. 소속 국가는 다르지만 같은 정보기관 요원들끼리는 선후배로 호칭하고 있다.

"네, 그럴까요? 그런데 길게 자리하기는 힘들 것 같습니다. 공수부대 애들이 시위대를 워낙 많이 잡아와서 조사하느라 정신이 하나도 없네요. 그래도 김 정보관은 만나야지요. 제가 57비행장 쪽으로 가겠습니다. 저도 궁금한 부분이 있기도 합니다."

"아, 선배님. 잘됐습니다. 수고스럽지만 이곳으로 와 주시면 저녁은 제가 맛있는 스테이크로 대접해 드리겠습니다."

"아이구, 이거 오랜만에 부드러운 미국 소고기 좀 먹어보겠네요. 그럼 이따 저녁때 뵙겠습니다."

"네, 그러시지요."

두 사람은 시원스레 약속을 한다.

그날 저녁, 미국 501정보여단 광주 파견대 구내식당에 마주 앉은 두 사람의 대화는 진지했지만 낮에 보았던 격납고의 변복 무리 정체에 대해서는 쉽게 해답을 찾지 못한다.

광주 시내 상황에 대한 얘기를 하면서 식사를 마친 두 사람은 미국에서 비행기로 실어온 커피를 마신다. 커피 맛은 강하면서도 부드럽다. 미국인들은 커피에 설탕을 타지 않고 큰 대접 같은 컵으로 마치 숭늉을 마시듯 홀짝거리면서 마신다. 평소 설탕과 프림을 잔뜩 넣고 달달한 커피를 마시는 김철수는 김용장 정보관 흉내를 내서 자신도 미국식으로 커피를 마셔본다. 입속에 진한 커피 향과 쓴맛이 함께 감돈다. '역시 다방에서 타 준 커피가 우리 조선 사람에게 맞는 맛이야.' 김철수는 그렇게 생각하면서 김용장 정보관의 질문에 대답한다.

"3~40명 숫자의 사복을 입은 군인들이라면 두 부류중의 하나입니다. 하나는 변복을 했다는 측면으로 보아 선동을 임무로 한 특수공작대일 가능성이 큽니다. 보통 특전사나 보안부대 특수요원들로 구성된 부대로, 적지 또는 상대방 집단속으로 들어가서 유언비어를 퍼트리거나 선동하는 임무를 수행하는 부대입니다. 다른 하나 가능성은,"

김철수 보안부대 요원은 말을 끊는다. 김용장 정보관은 커피 잔을 손에 든 채로 그를 빤히 바라본다. 어서 얘기를 계속해 달라는 재촉이다. 김철수 요원이 낮은 목소리로 말을 잇는다.

"우리 보안사령관님이 광주에 올 가능성이 있습니다."

"선배님, 그건 무슨 얘기인가요?"

"음, 이건 상당히 중요한 얘기인데…."

김철수 요원이 뜸을 들인다.

"이건 대단히 중요한 정보중의 하나입니다. 미국 측이 이 내용을 알고 있는지 모르겠습니다만, 보안사에는 특별한 조직이 하나 있습니다."

"무슨 조직입니까?"

"보안사령관의 경호를 책임지고 있는 부대가 있는데, 그 부대일 가능성이 있습니다. 606부대라고 합니다. 차지철 경호실장 시절에 대통령 경호 및 대테러 임무를 위해서 창설되었습니다. 아마 전두환 사령관이 광주에 올 계획이 있다면 사전에 그 부대가 경호작전을 준비하느라 현지에 미리 왔을 가능성이 있습니다."

"그런 부대가 있나요?"

"특전사 요원들 중에서 뽑힌 정예요원들로 구성돼 있습니다. 이 부대는 극비리에 움직이고 있습니다."

"아, 그렇군요. 부대 규모는 어느 정도인가요?"

"장교와 하사관 약 50명으로 구성된 것으로 알고 있습니다."

"그렇다면 선배님은 이번에 내려온 변복 부대는 어느 쪽 부대라고 판단하십니까?"

"수송기로 백 명이 넘는 규모의 인원이라면 내 생각으로는 사령관 경호부대와 특수공작을 하는 편의대 둘 다 온 게 아닌가 싶습니다. 우리 505부대 내부에서도 광주에서의 특수공작을 진두지휘하기 위해 보안사령부에서 대령 급 간부가 내려와서 시내 모처에 은밀히 자리를 잡고 있다는 얘기가 돌고 있습니다."

"그들의 주 임무는 무엇인가요?"

"얘기한대로 유언비어를 유포하거나 시민들을 선동해서 강경한 대항을 하도록 유도하는 일을 할 겁니다. 심하게는 광주 시민들이 총기로 무장하게 하는 공작도 진행하는 것으로 알고 있습니다. 일단 폭동 상태로 유도해서 광주를 무법천지로 만들겠다는 심산인 것 같습니다.

저도 전라도 사람이지만 참 속으로 쓸쓸합니다. 많은 친지와 친구들이 광주에 살고 있는데, 저도 빨리 광주를 떠나서 조용한 곳으로 피신하라고 얘기해 주고 싶을 정도입니다."

김용장 정보관도 이 대목에 이르러 한숨을 쉰다. 그도 광주에 친인척들이 꽤 있다.

"선배님, 오늘 소중한 말씀 감사합니다."

"별말씀을, 그런데 미국에 정보 보고는 어떻게 이루어지는지 궁금하네요?"

"저희 파견대에서 보고한 내용은 우선 501여단을 통해 정리되고 검증을 해서 미 육군정보보안사령부(INSCOM)으로 보내집니다. 여기서 다시 교차 검증 등의 절차를 거쳐서 미 국방정보국(DIA)로 보고됩니다. 여기서 확인된 정보는 선별돼서 백악관으로 보내집니다. 이 과정에서 필요한 정보는 다시 각 정보기관으로 내려 보내져 공유가 이루어집니다."

"그렇군요. 미국은 이번 광주 문제에 대해 어떤 방침인지 알고 있나요?"

"선배님, 미국은 기본적으로 모든 대외정책에 대해서 두 가지 원칙이 있습니다. 하나는 인권이고 다른 하나는 안보입니다. 카터 대통령이 부임하고서는 인권 쪽에 무게를 두는 경향이 있다고들 하는데, 사실 미국은 이들 상위개념에 'America First'라는 것이 있습니다. 모든 정책결정의 최종기준은 '미국의 이익'에 부합하느냐의 문제로 귀결됩니다. 인권 보호에 다소 문제가 있더라도 미국의 전략적 이익과 안보에 도움이 된다면 그 방향으로 정책결정을 합니다."

여기까지 말한 김용장 정보관은 심호흡을 한 번 한다. 미 육군 정보기관에 몸을 담고 있지만 그도 어쩔 수 없는 한국인이다. 양국의 이해관계가 충돌할 때 자신은 어떤 편에 서야 하는지 고민스럽기는 하지만 결국 조상 대대로 살아온 대한민국을 위해야 한다는 소신은 가슴속 깊이 간직하고 있다.

"이번 광주 문제에 대한 미국의 입장은 사실 이미 정해져 있다고 봐도 무방합니다. 이미 부대 이동에 대한 사전 허가를 해 주고 있고, 전두환 보안사령관 겸 중앙정보부장 서리의 집권의지를 묵인하고 있다고 해도 과언이 아닙니다. 우리 쪽 정보로는 브루스터 CIA 한국지부장이 전 사령관과 연결이 돼서 긴밀한 협조관계를 지속하고 있답니다. 미국정부는 한국의 치안상황이 크게 악화되면 북괴가 남침할 수 있다는 가능성을 염두에 두고 있으며, 이에 치안유지를 명목 삼은 전두환 신군부의 군사행동을 묵인하고 있는 것입니다. 물론 신군부의 미국을 상대로 한 로비도 상당 부분 차지하고 있고요.”

김용장 정보관은 현 상황만으로 보아 민주주의 측면에서는 한국의 앞날이 그다지 밝아 보이지 않고, 오히려 독재 정권의 연장이라는 측면이 더 강하다는 생각을 한다. 한국의 정치인들이 얘기하는 ‘서울의 봄’은 아직 멀었고 어쩌면 당분간 오지 않을 것이라는 판단이다.

“선배님, 오늘 좋은 말씀 고맙습니다. 부탁드리건대 오늘 K57비행장에 온 요원들의 신분에 대해서 혹시 확인이 되면 연락 부탁드립니다.”

“그래요, 오늘 김 정보관의 허심탄회한 이야기 많이 들었습니다. 맛있는 음식도 대접해 주시고 감사했습니다.”

“아닙니다. 앞으로 더 자주 뵙도록 하겠습니다.”

김철수 505보안부대 요원이 떠나고 김용장 정보관은 미 육군 501정보여단에 보낼 정보 보고서를 타이핑하기 시작한다.

학살의 시작

3공수가 투입되면서 광주 시내는 공수부대의 사냥터나 다름이 없다. 곤봉과 착검이 된 총으로 무장한 공수부대원들은 진압과정에서 붙잡힌 시민들을 함부로 다룬다. 인권은 내팽개쳐졌다.

공수부대에게 어처구니없이 당하기만 하던 시민들의 마음에 항쟁심이 꿈틀거린다. 군인들에게 당한 아픔은 분노를 넘어서 이제는 살길을 찾아야 한다는 절박한 심정으로 변해간다. 시민들은 어느새 살육을 벌이는 공수부대원들을 광주 시내에서 쫓아내야 한다는 목표를 가졌다. 대학생을 비롯한 젊은이 뿐만 아니라 고교생, 중학생들까지 분노의 돌멩이를 쥐었다. 여자들도 나섰다. 치맛자락은 시위하기가 거추장스러워서 바지를 입는다. 노인들도 나섰고, 꼬마들도 호기심 어린 눈을 이리저리 굴리며 할머니의 손을 잡고 거리로 나왔다. 넥타이를 맨 회사원, 가정주부들과 요식 업소에서 일하는 남녀들도 나선다. 사람이라고 생긴 사람은 거의 모두가 나와서 항전 의지를 다지고 있다.

20일, 시내 곳곳에서 공수부대와 시위대간의 밀고 밀리는 공방전이 계속된다. 오전에는 다소 소강상태를 보였으나 오후가 되면서 시민들의 투쟁이 분격 시작된다.

변두리에서 산발적인 시위를 벌이던 시민들은 오후 3시가 넘어서면서 금남로에 모여든다. 경찰들이 최루탄을 쏘아대지만 최루가스에 흰 범벅이 된 시위대들이 이리저리 흩어지다가 다시 모이고를 반복하면서 순식

간에 시위 군중이 수만 명으로 불어난다. 말 그대로 인산인해이다. 이제
는 경찰의 최루탄쯤은 무서워하지 않는다. 인도와 도로에 퍼질러 앉아 농
성을 시작한다. 시민들은 손으로 태극기를 흔들면서 절규한다. "우리를
모두 죽여라" "전두환은 물러가라" "계엄령을 해제하라" 목청껏 소리친
다. 대학생들과 젊은이들이 유인물을 나눠준다. '우리는 왜 싸우는가?'라
는 내용의 유인물에는 '이 땅의 민주주의를 말살하려는 전두환 신군부의
폭거에 대항하자' '우리 광주시민들이 목숨을 바쳐서 민주주의를 지켜내
자'라는 등의 문구가 적혀있다. 이미 김대중 선생을 비롯한 많은 민주인
사들이 붙잡혀 갔다는 내용도 들어있고, 공수부대에 의에 의해 많은 광주
시민들이 살육을 당하고 있다는 얘기도 들어있다. 가두방송을 위한 시위
용품 구매와 유인물 제작에 필요한 모금이 현장에서 이루어진다. 순식간
에 40여만 원이나 모였다.

유인물을 낭독하면서 '투사의 노래' '정의가' '우리의 소원은 통일'이라
는 노래를 부르면서 시민들의 서로 서로 투쟁 의지를 북돋우고 격려한다.
투쟁가 노래를 처음 접하는 시민들은 음률만 흥얼거리다가 금방 배워서
함께 불렀고, 민족의 노래인 '아리랑'을 부를 때는 시민 모두가 눈물을 흘
리면서 한스런 곡조를 타넘고 있다. 눈물바다다.

확성기로 귀가를 종용하던 공수부대 진영에서 갑자기 '와~~~'하는 함
성이 들리면서 곤봉을 쳐든 공수부대원들이 벌떼처럼 시위대쪽으로 짓쳐
들어온다. 시위대 앞쪽에 있던 사람들은 공수부대원들이 휘두른 곤봉에
머리고 어깨고 할 것 없이 무차별 구차를 당한다. 순식간에 아수라장이

된다. 여기저기서 피가 튀고 비명이 난무한다. 시민들이 공수부대원들을 피해서 이러 저리 피하면서 넘어지고 엎어지고, 피투성이가 된 시민들은 허리를 웅크리고 단말마적 신음을 내뱉는다.

흩어졌던 시위대가 다시 모인다. 수만 명이던 시위대 숫자는 갈수록 더 불어나서 전남도청 앞 도로에는 모여든 시민들로 꽉 찼다. 시민들은 이제 물러날 곳이 없다는 각오로 공수부대의 공격에 덤볐다. 돌멩이를 만들어 대항했고, 모금된 돈으로 마련한 스피커를 들고 다니면서 항전을 독려한다.

전남도청은 광주시민들에게는 상징적인 곳이다. 이곳을 공수부대들이 점거해 놓고 시민들을 탄압하고 살육한다는 것은, 광주시민들 입장에서는 과거 일제의 조선총독부가 조선의 상징인 경복궁에 똬리를 틀고 앉아서 국권을 빼앗고 조선인을 탄압하는 것이나 다름없다.

전남도청에서 공수부대를 쫓아내야만 한다. 화분과 드럼통을 앞세운 시민들의 행렬이 도청 정문 앞에 있는 공수부대 진지를 향해서 천천히 전진한다. 자전거와 손수레에는 인근 공사장에서 실어온 자갈과 철근 등이 가득하고, 최루탄이 계속해서 터지며 괴롭혔지만 광주시민들의 항쟁의지를 무디게는 못한다.

공수부대의 유혈 진압에 맞선 시민들의 투석전이 수차례 이어진다. 나중에는 지친 시위대가 물러나면서 소강상태를 이루다가 시위군중 5천여 명이 스크럼을 짜고 도청 앞으로 다시 돌진한다. 오후 5시 50분쯤, 보슬비가 내리고 있는 가운데 시민들이 맨손으로 돌격을 시도한다. 전남도청에서 공수부대를 쫓아내기 위한 육탄공격이다.

가만히 있을 공수부대가 아니다. 다시 곤봉을 치켜 든 공수부대원들이 달려들어 시위 군중을 무차별 가격하기 시작한다. 시민들이 흘린 피가 빗물과 섞여 도로 여기저기에 핏물이 흐른다.

*

보안사령부 특별상황실에서는 이학봉 대공처장과 차수일 중령이 한시도 자리를 뜨지 않고 광주 상황을 계속 보고받으면서 예의주시하고 있다. 광주는 이제 사실상 공수부대와 시민간의 치열한 싸움이 벌어지고 있다. 물론 공수부대의 일방적인 공격이다.

20일 밤 10시 쯤, 이학봉 처장을 비롯한 참모들은 전두환 사령관에게 보고할 내용을 정리한다. 2시간 간격으로 상황을 보고했지만 광주 상황이 시시각각 변하고 있어서 순간적인 대응이 필요하다.

앞서 7시 30분쯤, 광주 505보안부대로부터 급한 보고가 올라왔다.

- 금일 오후 7시쯤부터 대형트럭과 고속버스, 시외버스 11대와 2백여 대의 영업용택시들이 도청을 향해 돌진해 오고 있음. 이들 차량은 전조등을 켜고 일제히 경적을 울리면서 금남로를 가득 메운 채 밀려오고 있음.
- 선두차량인 대형화물트럭에는 20여명의 폭도들이 태극기를 흔들고 있으며, 버스에는 태극기와 각목을 든 남녀가 타고 있음.

보고 내용으로 볼 때 이제 광주시민들이 본격적으로 폭도로 변해가고 있는 것으로 분석됐다. 이어 들어온 보고는 공수특전사의 작전 내용이다.

- 11공수여단 61대대가 전남도청 앞을 지키고 있으나 역부족으로, 62대대를 긴급투입하고 있으며, 인조 화분대 3개를 도로 한가운데에 옮겨서 차량 돌진을 막고 있음.

- 폭도들은 차량들을 몰면서 쇠파이프, 각목, 곡괭이, 화염병, 낫, 식칼 등을 들고 돌멩이를 던지면서 공수특전사부대를 공격하고 있음.

- 공수특전사 진압군은 버스를 비롯한 폭도들의 차량에 많은 양의 최루탄을 쏘아서 폭도들을 제압한 뒤, 특공대를 투입해 체포 작전을 벌이고 있음.

- 61대대를 비롯한 특전사부대는 폭도들 차량 200여대를 제압하고 폭도 50여명을 체포함.

- 오후 7시에 시작된 이 같은 상황은 약 20분간 지속된 후 종료됨.

9시 50분쯤에 광주 505보안부대로부터 다시 긴급 보고서가 올라온다.

- 7시 40분부터 전남도청 앞 금남로에서 특전사와 폭도들 간에 격렬한 충돌 후, 폭도들이 광주 MBC방송국에 몰려가 '공정보도'를 요구하면서 화염병을 던져서 화재가 발생했지만 경비 중이던 31사단 96연대 병력들이 진화함.

- 이후 8시 30분쯤에는 광주 KBS방송국에 폭도들이 난입해서 기자재를 부수는 바람에 방송이 전면 중단됨.

- 시내 곳곳에 일반 시민들로 보이는 폭도들이 연탄집게, 빨래방망이,

삽, 낫 등을 들고 거리에 나와서 시위를 하고 있음.

- 전남도청 앞 분수대로 향하는 도로에 약 7만 명으로 추산되는 폭도들이 운집해 있음.

- 특전사 부대는 경찰의 최루탄으로 폭도들을 분산시킨 뒤 곤봉 등으로 폭도들을 제압해서 체포하는 작전을 쓰고 있음.

- 폭도들의 사상자가 많아지면서 오히려 시위대들이 더 늘어나고 있는 것으로 보임.

- 금일 밤 9시 20분쯤 광주 노동청 앞 오거리에서 광주고속버스에 시위 진압 경찰관 4명이 치여서 사망함.

- 특전사 부대의 부상자도 다수 발생하고 있음. 대부분 폭도들이 던진 돌멩이를 맞은 부상으로 전체 진압 부대원 중 30%가 경상을 당함.

차수일 중령이 가져다 준 보고서를 읽은 이학봉 처장은 다른 선배 처장들에게도 차례로 보고서 전문을 보여 준다. 잠시 침묵이 흐른다. 이학봉 처장은 소파에 앉아서 상황을 점검해 본다. 광주에서는 이제 본격적인 유혈극이 시작된 것이다. 경찰관의 사망과 특전사의 부상이 거슬리지만 이 정도면 군불은 충분한 것으로 보인다. 이런 생각을 하고 있는데. 차수일 중령이 보고서를 들고 다시 특별상황실로 들어온다.

"무슨 급한 보고라도 있나?"

이학봉 처장이 차 중령에게 물으면서 보고서를 건네받는다.

"네. 지금 광주에서 3공수가 발포를 한 모양입니다. 또 공수특전사에서도 희생이 나온 것 같습니다."

이 처장은 급히 보고서를 읽어 본다. 곳곳에서 들어온 보고서를 취합한 내용이다.

5월 20일 오후 23시 10분 현재 광주 상황 보고(긴급)

- 20일 오후 밤 10시 경 광주역 앞에서 폭도들의 시위를 진압 중이던 3공수여단 소속 특전사 하사관 3명이 시위대 트럭에 치여 부상을 입음.

- 광주역을 사수하고 있는 3공수를 향한 폭도들의 무인 차량 공격과 화염병 공격이 계속되고 있음.

- 밤 10시 10분 경 3공수여단 16대대 소속 대대장 차량 운전병 정관철 중사가 폭도가 몰던 트럭에 치여 전사함. 운전을 한 폭도는 체포함.

- 밤 10시 30분 경 부터 특전사에서 부대별로 실탄을 지급함. 조준사격은 아니지만 공포탄 외에 위협용 사격을 산발적 실시. 사격에 의한 폭도들 사상자 확인 안 됨.

- 밤 11시 경 3공수 여단 소속 12대대, 15대대에서 집단발포를 함. 민간인 2명 사망. 그 이상 사상자 미확인.

- 시내 곳곳에서 폭도들이 진압군을 향한 화염병과 차량 돌진 등의 공격이 지속됨.

이학봉 처장은 온몸에 전율이 흐르는 것을 느낀다. 폭도들을 향해서 실탄 사격이 이루어진 것이다. 그만큼 광주 상황은 극한으로 치닫고 있으며, '무등산' 공작도 정점에 가까워지고 있는 것이다. 그는 자리에서 일어나 선배들에게 긴급 상황보고서를 건네준다. 허화평 실장이 먼저 읽고서 권정달 처장에게 건넸고, 허삼수 처장이 마지막으로 읽는다. 보안사 참모들은 보고서를 읽는 동안 서로 숨소리조차 내지 않는다. 긴장감이 상황실에 가득하다. 이학봉 처장이 물을 마신다. '꿀꺽 꿀꺽' 목구멍으로 물 넘어가는 소리가 유달리 크게 들린다.

밤 11시 반이 넘어가는데 전두환 사령관이 보안사에 도착한다. 그는 눈코 뜰 새 없이 바쁘다. 전 사령관은 집무실이 여러 개이다. 보안사령부 사령관실, 남산의 중앙정보부장실, 그리고 궁정동의 안가에도 집무실이 있다. 합동수사본부장을 겸임하고 있으면서 박정희 대통령이 시해당한 곳에 집무실을 만들어 사용하고 있는 것이다.

"다들 늦게까지 고생아 많아."

전 사령관이 특별상황실로 들어서면서 참모들에게 격려의 말을 던진다. 전 사령관이 자리에 앉자마자,

"이 처장, 광주 상황이 어떻게 돼 가고 있어?"

눈꼬리를 치켜뜨면서 묻는다.

"네, 공수특전사에서도 한 명의 전사자가 발생했습니다. 또한 광주역을 사수하던 3공수에서 집단 발포를 했습니다. 최세창 3공수여단장이 위협사격용으로 지급을 지시했는데 현장에 있던 대대장의 명령에 따라 짧은 시간이었지만 발포가 이루어진 것으로 보고 됐습니다."

이 처장의 대답이다. 전 사령관은 이 차장의 보고를 받고는 잠시 침묵한

다. 집단 발포가 이루어지고, 공수부대의 피해도 현실화된 것이다. 그는 마음이 찜찜한 것처럼 입맛을 다신다. 그러다가 의외의 큰소리로 다시 묻는다.

"광주 MBC는 어떻게 됐어?"

"네, 방금 보고를 받았습니다. 폭도들이 방화를 해서 방송이 불가능한 상황입니다."

"음~. 이제는 폭동상태가 된 건가?"

"아닙니다. 현재 폭도들이 각목이나 쇠파이프, 화염병, 돌멩이를 들고 나와 계엄군에 맞서는 상황이어서 아직은 폭동 상황은 아닙니다. 폭동 상황이 되려면 계엄군에 맞서는 것도 있지만 폭도들끼리 자체 살인과 강도, 강간, 약탈, 절도, 방화 등의 행위가 이루어져야 합니다. 그 정도까지 가야만 진압군을 투입할 수 있을 것입니다."

"그렇게 되려면 어떻게 해야 된다는 거야?"

"지금 정도의 상황에서는 일부 특전사 부대를 일단 시 외곽으로 철수시키는 단계를 진행하는 것이 좋을 것 같습니다. 자칫 특전사 부대들이 시내에 고립된다면 폭도들에 의해 많은 피해를 입을 수도 있으며, 그렇게 되면 전체적인 작전에 차질이 생길 수 있습니다."

"그래? 그건 계엄사하고 상의를 해서 진행시키도록 해. 그리고 말이야, 이후 작전은 어떻게 되나?"

"네. 편의대, 즉 특수공작대들이 이미 작전을 진행하고 있습니다. 시위대 속으로 들어가서 유언비어를 퍼뜨려 광주시민들을 자극하고, 한편으로는 폭도들이 총기를 탈취해서 무장을 하도록 하는 선동 공작을 진행토록 했습니다."

"폭도들 사상자는 어때?"

"아직 공식적인 집계는 보고되지 않고 있지만 다수의 사망자 및 수백 명의 부상자가 발생한 것으로 관측되고 있습니다. 폭도 사망자는 대부분 공수특전사 대원들이 진입하는 과정에서 곤봉으로 인한 두부 출혈 및 손상, 대검으로 인한 자상으로 인한 것으로 보입니다. 현재 체포된 폭도들 중 절반 이상이 머리 등에 부상을 입고 있는 상태입니다."

이 처장의 보고를 듣는 전 사령관의 이마에 주름이 잡히면서 입 꼬리가 조금 올라간다. 그는 입을 꾹 다물고는 눈을 가늘게 뜨고 무슨 생각을 하는 것처럼 보인다. 전 사령관이 아무 말을 하지 않자 상황실 안은 잠시 정적이 감돈다. 전 사령관이 침묵을 깬다.

"권 처장, 언론 장악은 잘 되고 있나?"

권정달 정보처장이 앉은 채로 차렷 자세를 하면서 대답한다.

"네, 사령관님. 이상재 준위를 반장으로 저희 정보처에서 잘 관리하고 있습니다. 보도지침을 마련해서 시행하고 있으며, 모든 언론사에 저희 요원들을 파견해서 검열을 하고 있습니다."

"거, 우리나라 언론은 너무 많아. 이번 기회에 제대로 정리를 좀 해 봐. 내가 비서실장인 허문도에게도 얘기를 해 놨으니 잘 보조를 맞춰봐. 그리고 광주 건, 아 그 '무등산'건 말이야. 그에 대해서는 언론의 역할이 있잖아. 아무리 공작을 해서 상황을 잘 만들었어도 그놈들이 역할을 잘 하지 않으면 말짱 도루묵이야. 안 그래?"

"네, 그렇습니다. 사령관님. 그렇지 않아도 이학봉 처장과 '무등산' 공작 이후의 언론 공작에 대해 미리 작전계획을 수립하고 있습니다. 지금도 광주 상황에 대해서 통제된 보도만 이루어지고 있습니다."

"그래. 잘 했어. 아까도 얘기했지만 이번에 그 언론사 놈들 날뛰는 버르장머리 좀 잘 가르쳐 놓아. 그래야 앞으로 우리가 집권해서도 국가를 잘 운영할 수 있을 거야."

"넷, 확실히 하도록 하겠습니다."

권 처장이 자신감 있게 대답한다. 이때 밖에서 특별상황실 문을 노크하는 소리가 들린다. 회의실 밖으로 나간 지 얼마 되지 않은 차수일 중령이 들어와서는 이학봉 처장에게 쪽지를 하나 건넨다. 이 처장이 쪽지를 읽더니 전 사령관에게 다가와서 쪽지를 드린다. 심각한 표정으로 쪽지를 읽던 전 사령관이 허화평 실장을 보더니,

"허 실장, 계엄사령관에게 전화를 걸어봐."

"네, 알겠습니다."

잠시 후 허 실장이 전화를 걸어서 전 사령관을 바꿔준다.

"아, 선배님. 접니다. 밤늦게까지 고생이 많으십니다."

수화기의 상대방은 이희성 계엄사령관이다.

"선배님, 말씀대로 윤홍정 사령관이 건의를 했다는 말씀이시지요? 아, 그렇습니까? 그렇지 않아도 우리도 지금 그 문제를 상의하고 있습니다. 장관님께서도 함께 계시는데 동의하신다고요? 알겠습니다. 일단 3공수는

시내 중심인 광주역에서 외곽인 전남대 숙영지로 철수하도록 하시지요. 네, 선배님. 아, 그건 그렇게 하세요. 그럼, 수고하십시오."

통화를 끝낸 전 사령관이 이학봉 처장을 바라보더니,

"윤흥정 전교사 사령관이 계엄사령부에 특전사부대의 광주시 외곽으로의 철수를 승인해 달라고 건의했다는 거야."

"아, 그렇습니까?"

이 처장이 전 사령관을 바라보면서 말한다.

"그래. 지금 막 그런 건의가 상신됐다는 거야. 그래도 11공수가 맡고 있는 전남도청은 그대로 사수하라고 지시를 했어."

"그럼 당초 우리 계획대로 3공수만 전남대로 철수하는 것이지요?"

"그래, 지금 그렇게 말해줬지."

"잘하셨습니다. 사령관님."

"그런데 말이야. 정호용 특전사령관은 지금 어디에 있나?"

"정 사령관은 어제부터 광주 전교사에 있습니다. 그곳에서 여단장들과 함께 있으면서 특전사 작전을 지휘하고 있습니다."

"그렇구먼. 그 사람 광주가 아마 처음은 아닐 거야, 전에 얘기 들으니까 7공수 창설 여단장이던 시절에 말이야, 전남과 전북의 기관장들이 일 년에 한두 번씩 서로 교차해서 방문을 했다더군. 특전사 여단장도 기관장이니 그때 광주를 가 봤을 거야. 그때 전남도지사가 아마 고건이라는 사람이었지?"

전 사령관이 이 말을 하면서 권정달 처장을 바라본다. 권 처장이 즉시 대답한다.

"네, 사령관님. 당시 고건 전남지사가 맞습니다. 37세에 최연소 지사를 역임했습니다."

"아, 참. 그 고건이라는 사람 지금은 뭐하나?"

"네. 얼마 전까지 대통령 정무 2수석 비서관을 하다가 최근 잠적한 것으로 알고 있습니다. 아마 사직서를 낸 것 같습니다."

"그래? 그런 사람은 호남인으로서 능력이 뛰어난 사람이니까 앞으로 우리사람으로 잘 만들어 봐. 정호용이가 서로 안면이 있을 거니까 나중 참고하도록 해."

"네. 알겠습니다. 사령관님."

정보처장답게 권정달 대령이 막힘없이 대답한다. 전 사령관이 다시 이학봉 처장에게로 눈길을 돌린다.

"그러면 구체적으로 앞으로의 일정을 다시 점검하도록 해보자고."

전 사령관이 회의 본론으로 들어가자고 재촉한다. 이학봉 처장이 나선다.

"사령관님, 현재 광주는 폭동의 상황으로 치닫고 있습니다. 특전사가 조금 더 버텨주고, 이어 이미 광주로 출발한 20사단이 외곽봉쇄 작전에 투입된다면 4~5일 후에 진압작전도 용이하게 할 수 있을 것으로 보입니다."

이 처장이 잠시 뜸을 들이자 권정달 처장이 거든다.

"네, 그렇습니다. 현재 공수부대들은 전남도청, 전남대, 조선대 등만 지키고 있고, 나머지 지역은 폭도들이 장악해 있는 상태입니다. 조만간 폭도들이 이들 지역을 공격할 것으로 보입니다."

그러자 전 사령관이 손목을 앞으로 꺾어 턱에 괴고 이 처장에게 묻는다.

"그럼 앞으로의 '무등산' 공작 일정은 어떻게 되는 건가?"

"네. 일단 20사단이 광주에 도착하면 시 외곽으로의 통행과 통신을 일체 차단할 것입니다. 지금은 일부가 열려 있습니다. 이어 폭도들이 총기를 탈취해서 무장하는 상황이 만들어지면 공수특전사를 위주로 진압군을 편성해서 무장을 해제시키는 진압작전을 벌이도록 하겠습니다."

"그런데 말이야, 당신 말대로 작전이 순조롭게 되라는 법만 있지 않잖아? 만약에 총기탈취가 너무 많아서 우리 군 병력으로 제압할 수 없는 상황이 된다면 이거 낭패가 아닌가?"

"네, 그럴 수도 있습니다. 그러나 광주의 폭도들이 탈취하는 총기는 제한적입니다. 예비군 무기고와 경찰서에서 보관하고 있는 무기는 대부분 카빈 소총과 M1 소총입니다. 그 숫자를 이미 파악해서 적정 숫자만큼만 남겨놓았습니다. 또 실탄을 일부만 남겨 놓는 방법으로 총기 사용에 제한을 걸어 두었습니다. 이외 일부 수류탄과 LMG가 있지만 많지 않습니다. 그나마 이미 특수공작대가 중요 화기에 대해서는 발사 부분인 공이를 빼놓도록 작전을 수행하고 있습니다."

"그렇다면 지금 상황에서 공수부대 등 광주에 투입된 계엄군을 모두 시 외곽으로 완전히 철수해 놓고 진압작전을 수행하는 것은 어떤가?"

전 사령관과 이학봉 처장과의 일문일답 형태의 논의는 계속된다.

"아직은 아닙니다. 광주가 무장폭도들에 의해 완전히 장악되어 무정부 상태가 된 상황이라야 당초 저희가 목표로 삼은 '무등산' 공작이 성공할 수 있습니다. 북괴의 지령을 받은 간첩이나 불순분자들이 뒤에서 이 같은 폭동을 선동하고 지휘하고 있다는 것을 국민들에게 홍보해서 납득시키려면 최소 광주의 폭도들이 총기로 무장을 하는 상황은 연출이 되어야만 합니다.”

“그러려면 많은 사상자가 불가피 할 것 아닌가?”

“그렇습니다. 폭도들의 사상자는 불가피합니다. 계엄군도 일부 피해가 있을 것으로 예상됩니다.”

“구체적 작전 개념을 설명해 봐!”

“네. 폭도들은 광주 시내에서의 공수부대 철수를 요구하면서 전남도청과 전남대, 조선대 등에 주둔하고 있는 공수부대를 향해 공격해 올 것으로 보입니다. 여기서 양측의 전투는 불가피합니다. 자칫 공수부대가 패하는 상황이 온다면 향후 작전에 막대한 차질이 예상됩니다. 따라서 자위권 발동을 통한 발포 등 적절한 대응으로 폭도들과 접전을 벌여돼 폭도들이 총기 등으로 무장하는 상황이 오면 슬그머니 시 외곽으로 철수하는 작전을 펴는 것입니다. 이래야만 공수부대마저 폭도들에게 쫓기는 모양새를 갖추어서 국민들이 광주를 ‘북괴가 배후에 있는 불순분자에 의한 폭동의 도시’로 인식할 수 있게끔 만들 수 있습니다.”

이학봉 처장의 시나리오는 막힘이 없다. 담배를 피우면서 보고를 받던 전 사령관이 차수일 중령을 손가락으로 부르더니 물을 가져오라는 신호를 보낸다. 물을 몇 모금 마신 전 사령관이 다시 질문을 한다.

“그 이후는?”

"이때부터 당분간 진압작전을 유예하는 것입니다. 총기를 비롯한 살상 무기를 갖고 있는 폭도들이 많아지면서 건달이나 넝마주이 등 사회 저층의 불만세력들 위주로 총기를 이용한 살인과 강도, 강간, 방화, 약탈을 하면서 광주는 말 그대로 혼란과 폭동의 도시로 전락할 것입니다. 이때를 맞추어서 국민들에게 광주의 상황을 설명하고 진압작전을 개시하면 될 것으로 판단됩니다."

"이봐 학봉이. 광주놈들이 그렇게 안 움직여주면 어떻게 하나? 그렇지 않아도 지금쯤 광주에서는 대혼란의 조짐이 나타나야 하는데, 아직 금은방 절도라든가 중요 사건은 하나도 나오지 않고 오히려 민생치안은 더 안정되고 있다면서?"

전 사령관의 지적에 이 처장의 말문이 잠시 막혔다가 터진다.

"네, 사령관님. 저희들도 그런 부분에 대해서는 솔직히 아직 판단을 못내리고 있습니다. 광주 시민들의 저항이 조직적으로 변해가는 것은 저희 입장에서는 고무적이나 폭도들의 행태가 단순히 공수부대를 향한 분노에서 촉발됐다는 부분이 조금 꺼림직 합니다. 시위를 폭동으로 만들어 가기 위해서라도 며칠 동안은 광주 시내를 무장시위대가 맘껏 활보하도록 해야합니다. 반드시 대혼란과 함께 약탈이 수반되는 폭동이 일어날 것입니다."

이 처장이 여기까지 말을 마치고 전 사령관을 바라본다. 전 사령관은 눈을 감고 묵묵히 듣고 있다. 이 처장이 벽시계를 바라보니 벌써 밤 12시가 넘어가고 있다. 이 처장이 다시 조심스레 말을 꺼낸다.

"사령관님, 폭도들이 곧 공수부대를 공격할 것입니다. 이러면 발포는 필연적이라 판단됩니다. 이들의 피해를 최소화하면서 임무를 완수할 수 있도록 계엄군의 자위권 보유 및 발동에 대한 법률적 정리를 해주셔야 합니다. 특히 광주역 앞에서 조금 전 있었던 3공수여단의 발포에 대한 사후 정당성 확보를 위해서라도 계엄군이 자위권을 보유하고 있다는 문제를 정리하는 것은 시급합니다."

전 사령관이 눈을 뜨고 이학봉을 처장을 바라보며 말한다.

"자위권 발동을 어떤 형태로 정리해야 하는 거야?"

"계엄사령부의 공식적인 결정 및 발표가 있어야 합니다. 명분은 광주의 폭도들이 불순분자와 더불어 무장봉기를 획책하고 있다는 것으로 삼으면 됩니다."

"그래? 알았어."

"사령관님, 지금이라도 계엄사령부 긴급회의를 소집해서 이 문제를 논의해야 합니다."

"지금 말이야?"

"네, 한시가 급합니다."

"이 시간에 가능할까?"

"지금 안 되면 내일 새벽에라도 논의해서 오전 9시에 열리는 계엄사 대책회의 공식안건으로 채택할 수 있도록 해야 합니다."

"알았어. 이봐 허 실장. 계엄사령관 다시 연락을 해 봐. 아마 공관에 있을 거야. 아니 잠깐. 황영시 선배한테 먼저 전화를 연결해."

"네, 알겠습니다."

허화평 비서실장이 수화기를 들더니 곧 황영시 육군참모차장의 목소리가 흘러나온다. 전 사령관이 수화기를 들고는,

"황 선배님, 밤이 깊었는데 죄송합니다. 긴히 드릴 말씀이 있어서 이렇게 전화를 드렸습니다."

"아, 전 사령관. 나야 아직 잠들지 않았지요. 그래 무슨 일입니까?"

"선배님께서 계엄사 긴급 대책회의에 참석해서 애써주실 것이 있습니다."

"그래요? 무슨 내용입니까?"

"선배님, 광주 상황이 심상치 않습니다. 공수특전사가 폭도 진압작전을 하고 있는데 만만치가 않습니다. 그놈들이 화염병 등으로 무장을 하고 덤벼 들어서 우리 공수부대의 피해가 늘고 있습니다. 계엄군의 자위권 보유 및 발동에 대한 것을 빨리 정리해 줘야 할 것 같습니다."

"아, 발포의 정당성을 만들어 놓자는 것이지요? 그래, 내가 어떻게 하면 되겠습니까?"

"선배님, 제가 지금 계엄사령관하고 통화를 해서 내일 새벽에 긴급 대책회의를 열도록 조처하겠습니다. 선배님께서 그 자리에 참석해서 이 문제가 정리될 수 있도록 적극 나서주시기 바랍니다."

"알겠소, 전 사령관. 내 그리 하리다."

"선배님, 감사합니다. 앞으로도 잘 모시겠습니다. 허허허~"

전화가 끊어지고 전 사령관은 다시 이희성 계엄사령관과 전화통화를 해서 새벽 4시 30분에 긴급 대책회의를 갖기로 했다. 시계는 밤 12시 15

분을 가리키고 있다.

이후 계엄군의 자위권 보유 및 발동문제는 일사천리로 진행된다. 새벽 4시30분에 열린 긴급 대책회의에서는 황영시 참모차장이 계엄군의 자위권 보유 및 발동의 정당성을 역설하면서 '자위권 보유'에 대한 의견이 모아진다. 오전 9시에 열린 계엄사대책회의에서도 다시 안건이 올라와서 '자위권 보유'를 다시 확인한다.

21일 오후 4시 30분에는 국방부장관실에서 이 문제에 대해 논의를 했으며, 계엄군이 자위권을 보유하고 있다는 내용의 담화문을 계엄사령관이 발표하기로 결정한다. 담화문은 보안사령부에서 초안을 마련해 계엄사령부로 보냈고, 계엄사령부는 이를 토대로 문안을 다듬어서 오후 7시 30분 라디오와 텔레비전을 통해 생방송으로 계엄사령관이 직접 발표했다.

계엄사령관이 광주의 시위대를 폭도로 규정하고 자위권을 발동하겠다고 천명함에 따라 광주 현지의 공수부대 지휘관들은 '지휘권 발동'을 사실상의 발포 명령으로 받아들인다.

광주에 파견된 7, 11, 3공수여단 소속 공수부대들은 이날 오후 6시쯤 상부로부터 '사격 유효 명령'인 '자위권 발동' 지시를 받았으며, 이들은 공식적인 지휘부대인 31사단이 아닌 공수부대 자체 지휘 계통을 통해서 명령을 하달 받는다. 전두환에서 계엄사령관으로, 이어 정호용으로, 다시 각 공수여단으로 이어지는 지휘계통을 통해서 명령을 받은 것이다. 국군의 공식적 진짜 지휘 계통인 31사단은 이보다 두 시간 늦게 공수여단들에게 자위권 발동을 하달한다. 이는 광주에서 벌어지는 공수부대의 작전이 계엄사가 인정하는 공식적인 것이 아니라, 신군부가 별도로 지휘하는 계통으로 공작 및 작전이 진행되고 있다는 보여주고 있는 것이다.

광주 시민을 폭도로 규정해서 타도와 살상의 대상으로 결정한 신군부의 이 같은 방침으로 인해 '빛고을' 광주는 '핏고을'로 변해가고 있었다.

광주의 전두환

21일 새벽 4시, 제20기계화 보병사단 병력을 가득 실은 군 수송 열차가 광주 송정리역에 도착한다. 완전군장을 한 군인들은 일사불란하게 움직인다. 20사단 61연대가 먼저 도착하고, 아침 9시쯤에는 사단사령부와 62연대도 송정리역에 도착한다. 이들은 송정리역을 거쳐서 광주역까지 열차로 진입할 예정이었으나 20일 밤 광주역 앞에서 치열한 공방전 끝에 3공수여단이 퇴각하고 시민군이 장악하는 바람에 일단 송정리역에 하차했다.

61연대 1천500명의 병력은 군용트럭 40대를 이용해 일단 전교사가 있는 상무대로 이동한다. 나머지 병력들도 차례로 상무대로 들어갔다.

20사단의 광주 투입은 '무등산' 공작 계획 때 이미 결정됐다. 하나회 소속이면서 12·12 가담자로 신군부 세력인 박준병이 사단장으로 있는 20사단이 광주로 투입되는 것은 우연이 아니다.

보안사령부는 진압작전을 수행하고 있는 공수부대 외에 광주 외곽지역을 봉쇄하는 작전과 진압작전 마무리를 위해서는 많은 병력이 필요하다고 판단한다. 광주지역에 있는 전교사는 사실상 교육시스템으로 가용병력이 많지 않고, 31사단도 향토사단으로 예비군 교육을 비롯한 지역 방위 개념의 부대로서 역시 가용 병력이 많지 않다. 이들 지역의 군인들은 작전에 투입돼 본 경험이 많지 않아서 효율적인 작전을 수행하는데도 제한적이다.

이에 보안사는 가장 신뢰할 수 있는 박준병 사단장의 20사단을 광주에 투입하기로 결정한다. 대략 5천여 명에 이르는 보병 및 기갑, 포병 병력이 출동한다면 광주에서의 작전은 매우 수월하게 할 수 있을 것이라는 판단에서이다. 앞서 5월 19일, 20사단 박준병 소장은 예하 60, 61, 62 연대와 사단 전차대대, 91포병 대대(백호)에 대해 광주지역 충정작전에 출동할 것을 명령한다.

경기도 양평군 덕평리의 사단본부에서는 사단 전차대대와 91포병대대가 먼저 광주로 출발했다. 61, 62 연대는 군 수송열차를 이용해서 21일 새벽에 광주 송정리역에 도착했고, 60연대 병력 1,650명은 22일 새벽에 성남비행장에서 광주 송정리비행장으로 공수될 예정이다.

20사단은 과거 한국전쟁 때 강원도에서 창설되었다. 크리스마스 고지와 M1 고지를 지키고 있던 중, 공격해 온 중공군 제60군의 제33사단과 공방전 끝에 12일 만에 격퇴한 전공을 자랑하는 정예부대이다. 이런 20사단이 전차와 대포를 앞세우고 5천여 명의 대병력으로 광주에 투입되고 있는 것이다.

20사단은 광주에 투입되기 전 장병들에게 "불순분자와 간첩들의 조종으로 인해 광주시민들이 폭도로 변해서 관공서를 방화하고 반란을 도모하고 있다."는 허위사실의 정훈교육을 실시한다.

*

광주 505보안부대장 이재무 대령은 21일 아침 9시 30분 간부들과 회의를 마치고 부대장실에서 혼자 담배를 피우면서 착잡한 마음을 달랜다. 그는 어젯밤 광주 시내에서 벌어진 희한한 전투를 곱씹어 본다. 부대원들의 보고에 의하면 시민군을 상대로 한 공수부대의 간헐적 발포와 곤봉과 개머리판, 대검을 이용한 무차별 살상행위로 인해 많은 시민들이 목숨을 잃었고, 수백 명의 시민들이 큰 부상을 입었다. 물론 공수부대와 경찰들의 피해도 있다. 시민들의 인명 피해도 컸지만 무엇보다도 큰 문제는 이제 광주시민들이 군인들을 적으로 생각한다는 것이다. 하기야 처음부터 유혈 진압으로 시위를 유발하게 하고, 나중에는 무차별 공격으로 시민들의 분노를 일으켜 급기야는 시민들이 조직적으로 저항하게 하는 공수부대의 행태가 이런 결과를 낳은 것이다.

광주시민들에게는 '이제 아무도 믿을 데가 없다'는 절박함과 군인들에 대한 분노, 사태를 이 지경으로 만들고 있는 신군부에 대한 원한이 사무치고 있다. 그들은 이제 자신들 스스로 지켜야 한다는 생각으로 뭉쳐지고 있다. 시민들을 달래고 설득해야 하는 시점인데도 광주의 모든 상황을 관장하고 있는 보안사령부에서는 별도 지휘계통을 통해 공수부대에게 오히려 더 강경한 진압을 독려하고 있는 것이다.

거기다가 5천여 명이나 되는 제20기계화보병사단까지 투입하고 있다.

수십 대가 넘는 전차와 포병부대까지 광주로 향하고 있다. 이 무슨 해괴한 일인가? 광주가 적군이 침투한 전쟁터도 아닌데 전차와 대포까지 투입되고 있다.

이 대령은 당초 자신이 판단했던 사령부의 의도가 이제는 확연하게 드러나는 것 같다고 판단했다. 사령부는 처음부터 광주를 폭동의 도시로 만들려 작정했고, 전국 계엄확대 이전부터 이미 공수부대 투입을 시켜서 유혈 강경 진압으로 학생과 시민들을 자극했다. 이제는 돌이킬 수 없는 상황이 되고 만 것이다.

21일 오늘 새벽까지 파괴되거나 불타버린 관공서는 광주 시내 16개 파출소와 광주세무서, 노동청, MBC, KBS, 전남도청 차고 등이다. 금남로와 충장로 일대 시내 중심도로는 폐허처럼 변해 버렸다. 찌그러진 바리케이트와 불타다 남은 차량들의 잔해, 아스팔트를 뒹굴고 있는 깨진 보도블록, 화염병 파편들이 치열한 시가전을 치른 전쟁터를 방불케 한다. 거기다가 시민들이 흘린 피가 흐르다 굳어버린 검붉은 흔적들은 보는 이들의 탄식을 자아내게 한다.

통신도 외부와 완전히 단절됐다. 오늘 새벽부터 외부로 통하는 모든 시외전화는 완전히 차단됐다. 열차도 송정리역까지만 운행되고, 광주역으로는 들어올 수 없다. 고속버스도 광주로는 오지 못한다. 광주로 오는 기차나 버스는 서울에서부터 이미 통제되고 있다.

광주 시민들은 라디오 방송 외에는 다른 언론을 접할 수 없다. 그나마 라디오는 음악 아니면 선무방송만 내보낸다. 보안사와 중정분실에서 언론사들을 장악하고 있기 때문이다.

계엄군도 도청과 전남대, 조선대만 겨우 지키고 있고, 나머지는 시위대들이 사실상 장악하고 있다. 경찰서와 파출소도 텅 비어 있는 상태다. 분노에 찬 시민들은 죽음을 불사하고 총칼을 들고 살상을 하는 공수부대에게 덤벼들고 있다.

이재무 대령은 부대장인 자신만 쏙 빼놓고, 보안사령부에서는 서의남 과장과 사령부에서 파견된 홍성률 대령 등 일부 비선 라인을 중심으로 모종의 공작을 진행하는 것을 감지했다. 최예섭 준장도 내려와서 독자적인 상황 판단과 보고를 하고 있다. 물론 알려고 해서도 안 되고 알아서도 안 된다. 이재무 대령은 소외감보다는 사령부의 공작에 대해 두려움을 느끼는 자신을 발견하고는 허탈한 웃음을 짓는다.

이재무 대령은 어젯밤 늦게 사령부로부터 극비사항임을 전제로 유선 비화기로 명령을 받는다. 비화기는 수화기에 대고 말하는 순간 암호화돼서 송신되기 때문에 도청이나 감청에서 비교적 자유롭다. 전두환 사령관님이 21일 오전에 광주에 방문할 예정이니 만반의 준비를 갖추고 있으라는 지시다. 또한 사령관님이 주재하는 회의에 참석할 수 있도록 대기하고 있으라는 내용의 지시도 이어진다.

전 사령관이 심각하게 치닫는 광주의 상황을 직접 눈으로 보겠다는 것인지 아니면 새로운 명령을 내리려고 하는지는 모르겠지만 좋은 상황은 아니라는 생각이 든다. 무언가 중대한 결심을 하려고 내려오는 것이라는 쪽으로 이 대령의 생각이 모아진다. 그는 사령관의 505부대 방문을 대비,

부대를 깨끗이 청소하라는 지시를 내린다. 서의남 과장을 비롯한 과장들에게는 극비 사항임을 주지시키고 사령관의 방문사실을 고지했다.

오전 10시쯤, 사령부로부터 다시 긴급지시가 내려온다. 역시 비화기를 통한 명령이다. '금일 오전 11시까지 전교사에 도착하기 바람. 사령관님이 도착하시는 대로 전교사 사령관, 정호용 특전사령관과 함께 회의를 하실 것이며, 이에 회의 배석자로서 참석하길 바람. 이상.' 이재무 대령은 복장을 단정히 하고 비서에게 출장 준비를 시킨다. 전교사로 가는 길은 그리 멀지 않았지만 시내 대부분을 시위대가 장악하고 있었기에 은근히 걱정이 된다. 손목시계를 보면서 출발시간을 기다리는데 비서와 서의남 대공과장이 함께 들어온다. 서 과장이 말한다.

"부대장님, 사령부에서 명령이 다시 도착했습니다."

"그래요? 무슨 명령?"

서 과장이 암호로 된 전문을 들고 부대장 곁으로 오더니 낮은 목소리로 말한다.

"오늘 회의 장소가 바뀐 것 같습니다. K57 광주 비행장입니다."

"그래? 몇 시로 잡혔나?"

"정오쯤 도착 예정이십니다."

"알겠소. 사령관님 경호부대와 협력해서 비행장 VIP 회의실 도청 및 감청 점검과 사령관님 식사 준비도 해 놓으시오."

이날 오전 11시 50분쯤 제1전투비행단이 주둔하고 있는 K57 광주 비행장에 진청색 UH-1H 헬기가 착륙한다. 일반 헬기가 아닌 귀빈용 공군 헬기이다. 헬기 착륙장 주변에는 쥐새끼 한 마리 드나들지 못하도록 특별경호부대의 철통같은 경비가 이루어지고 있다. 헬기에서 내린 사람은 별 세 개가 달린 군모를 쓴 전두환 보안사령관이다. 부관을 대동한 전 사령관은 마중을 나온 이재무 505보안부대장의 안내를 받아서 비행장 귀빈실로 들어간다. 귀빈실에는 정호용 특전사령관이 일찌감치 와서 기다리고 있다.

"정 사령관, 고생이 많아요."

전 사령관이 먼저 인사를 건넨다.

"아, 네. 사령관님. 오시느라 고생 많으셨습니다."

정호용 사령관이 얼른 받아서 인사를 한다. 정 사령관은 친구인 전두환 사령관이 12·12 쿠데타를 일으킬 때 대구에 있는 50사단장을 맡고 있었다. 쿠데타가 성공한 뒤 합류한 그는 분별없이 전 사령관을 '친구야~'라고 부르면서 주변의 빈축을 사곤 했다. 전 사령관의 눈살을 찌푸리게 하던 그는 노태우 장군의 강력한 천거로 정병주 사령관 후임으로 특전사령관에 보임된다. 이후 그동안의 부족함을 때우려는 듯 그는 전 사령관의 눈에 들기 위해서 나름 열심이다. 헬기를 타고 서울과 광주를 오가면서 광주에서의 공수부대작전을 지휘하고 있다.

"에~, 어제 계엄사령부에서 계엄군의 자위권 보유에 대해서 천명을 했고, 이에 따라 자위권 발동을 지시했는데, 정 사령관은 이 부분을 잘 이해해서 작전을 펴도록 하세요. 무슨 얘기인지 알겠지요?"

"아, 사령관님, 알겠습니다. 오늘이 고비인 것으로 알고 있습니다. 광주에 대한 우리의 공작과 작전이 무리 없이 진행될 수 있도록 최선을 다하겠습니다."

"알겠어요. 난 우리 공수 애들이 한 명이라도 상해서는 안 된다고 생각해요. 정 사령관이 잘 알아서 해봐요. 내가 믿어요."

"네, 잘 알겠습니다."

"자, 난 정 사령관하고 둘이서만 긴히 할 예기가 있으니 이 대령은 잠시 나가 있으라고."

전두환 사령관이 웃음기 띤 얼굴을 하면서 이재무 대령을 바라본다.

"네, 사령관님. 말씀 끝나시는 대로 점심식사를 할 수 있도록 준비해 놓겠습니다."

"그래, 알았어."

이재무 대령이 밖으로 나오고 귀빈실에서는 전두환 보안사령관과 정호용 특전사령관 단 두 사람만이 남아 심각한 표정으로 두런두런 얘기를 나눈다. 약 10분후 VIP 회의실을 나오는 두 사람의 얼굴은 긴장과 단호함으로 굳어있다.

*

한 시간 후, 미 육군 501정보여단 광주파견대 김용장 정보관은 보고서를 작성한다.

'한국의 전두환 보안사령관이 금일 정오 경 공군 귀빈용 헬기를 이용해서 광주 K57비행장에 도착함. 그는 도착 즉시 정호용 특전사령관과 광주 505

보안부대장인 이재무 대령, 그 외 신원을 알 수 없는 군인 1명과 함께 비행장 귀빈실에서 약 30분간 회의를 함.'

이로부터 두 시간 후 김용장 정보관은 다음과 같은 보고서를 또 작성해 보고한다.

'전두환 보안사령관이 광주에 도착해서 정호용 특전사령관과 비밀회의를 한 직후인 21일 오후 1시 경, 광주 전남도청 앞에서 한국의 공수부대원들이 시민들을 향해 M16 소총으로 집단발포를 했으며, 이로 인해 광주시민 백여 명 이상이 사망함. 총기로 인한 부상자도 수백 명임.'

이들 두 건의 보고서는 작성 즉시 미 육군정보보안사령부(INSCOM)로 보고됐다.

특수공작대 수괴는 '보안사'

505보안부대의 허장환 수사관은 아침 9시 30분 쯤 광주관광호텔 503호에서 특수공작대를 운용하고 있는 홍성률 대령을 만나고 있다. 광주 시내 상황을 보고해 주고 있는데 홍 대령은 어디서 걸려오는 전화인지 보고를 계속 받고 있다. 옆에서 얻어들으니, 아침에 고속도로를 이용해서 광주에 진입하던 박준병 20사단장 전용 지프와 지휘부 차량 13대가 광주 공단 입구에서 시위대에게 탈취 당했다는 얘기다. 병사도 1명 생포됐다. 그런데 이상한 점은 당한 내용을 보고받은 것이 아니라 탈취 진행 상황을 보고받은 것 같아 보인다. 눈치 빠른 허장환은 금방 알아챘다. '특수공작대 놈들이 이런 공작도 하는구나'

홍 대령의 입에서는 '아세아자동차도 문제없도록 잘해!'라는 말도 튀어나온다. 그는 홍 대령이 더 이상 특별한 협조사항을 지시하지 않아서 금방 호텔을 나온다. 오늘은 홍 대령이 같이 있는 것을 불편해하는 것 같다.

허장환은 자신 뿐 아니라 서의남 대공과장도 비밀리에 홍성률 대령과 만나서 나름대로 특수공작에 협조하고 있는 사실을 알았다. 서 과장이 홍 대령과 함께 K57비행장에 머물고 있는 특수공작대를 만나 격려하는 모습이 포착된 것이다. 반면에 서 과장은 허장환이 홍 대령과 광주관광호텔에서 극비로 만나 특수공작대를 돕고 있는지를 알지 못했다. 이른바 점조직 형태의 공작이다. 동료가 누군지도 모르게 하는 것으로, 남파 간첩들이 주로 쓰는 수법이다.

허장환은 자신이 홍 대령을 돕고 있지만 내심 겁이 난다. 두둑한 배짱을 갖고 있는 그도 맘을 졸이는 일이 버젓이 벌어지고 있는 것이다. 밖으로 나온 그는 부대로 복귀하는 길을 택한다. 현재의 상황을 보고하는 것도 필요했지만 향후 전개될 상황에 대한 사령부의 방침이 어떤 것인지 궁금하다. 워키토키 배터리도 충전해야 한다.

12시 쯤 부대로 돌아오니 모든 수사관들과 정보요원들이 현장에 나가고 없다. 그는 구내식당에서 간단히 점심을 들고서 서의남 대공과장 방을 찾는다. 평소에는 꼴도 보기 싫을 정도로 가급적 만나고 싶지 않지만 오늘은 아쉬운 상황이다. 문을 열고 들어가자 서 과장이 혼자서 소파에 앉아서 무슨 생각을 하는지 골똘한 모습이다.

서 과장은 허장환 수사관이 들어오자 의아한 얼굴을 한다. 서 과장은 허장환이 평소 고분고분하지 않는 태도여서 호감이 가지 않는다. 부대 내 유일한 경상도 출신이기도 하다. 그러나 결코 만만한 인물이 아니다. 일도 똑소리 나게 잘 하지만 사령부 이학봉 처장이나 두 허 씨들과도 매우 친한 눈치다. 그런데 오늘은 허장환이 먼저 사무실에 찾아오면서 웃는 얼굴이다. '별일이다'라는 생각을 하고 있는데,

"과장님, 미제 커피 한 잔 드릴까요?"

허장환의 목소리가 부드럽게 들린다. 그의 손에 커피 잔이 들려 있다. 진짜 별 일이다.

"웬 일이야? 허 수사관."

"과장님, 오늘 사령관님 우리 부대에 들르지 않으시나요?"

허장환이 커피 잔을 서 과장 앞에 놓으면서 하는 말이다.

"아니, 허 수사관이 사령관님 오신다는 걸 어떻게 알아?"

서 과장이 두 눈을 크게 뜨고 놀랐다는 표정을 하고 있다.

"아이, 과장님도. 그거 모르는 부대원이 어디 있습니까? 사령관님 오시기로 해서 어제부터 사무실 청소하고, 지하 감방 청소하고, 때 빼고 광내고 했잖아요, 허허~"

"극비에 부쳤는데 어떻게 다 소문이 났어?"

"과장님, 이건 소문이 아니고 정보입니다. 보안부대 애들이 얼마나 눈치가 빠른지 아시잖아요. 반장급들은 급히 귀대할 수도 있으니 현장에서 대기하라는 지시도 사령관님 방문 때문에 그런 것 아닙니까? 아니, 그런데, 사령관님은 부대에 안 오시고 바로 가시는 겁니까?"

"그렇게 될 것 같아."

서 과장이 아쉬운 듯 입맛을 다시면서 고개를 돌린다. 허장환이 그런 서 과장을 빤히 들여다보더니 한 마디 더 던진다.

"과장님, 우리 부대원들은 사령관님이 오셔서 금일봉이라도 주시는 줄 알고 다들 기다렸는데, 말짱 도루묵이 돼 버렸습니다. 허허~."

그러자 서 과장이 "그랬었나?" 하면서 피식 웃고 있다. 다들 기대한 바를 이루지 못한 고소함이 피장파장이다.

"과장님, 앞으로 어떻게 될 것 같습니까?"

허장환이 정색을 하면서 묻는다. 서 과장은 그런 허장환을 빤히 쳐다보면서 작은 눈을 더 가늘게 뜨고 말한다.

"우리야 시키는 대로 하면 되지 뭐가 답답해? 안 그래?"

"그야 그렇지요. 하지만 뭘 알아야 미리 준비를 하고 말고 할 것 아닙니까?"

은근히 뼈가 있는 말이다.

"그냥 기다려 봐. 당장에도 할 일이 많잖아. 시내 상황이 심상치 않아. 아마 오늘 중으로 무슨 변곡점이 있을지도 모르니까 시내 상황 잘 파악하도록 해."

"과장님. 그 변곡점이란 게 오늘 사령관님 오신 것하고 무슨 상관이 있습니까?"

허장환이 집요하게 물어오자 서 과장은 잠시 머뭇거린다. 무슨 엉뚱한 생각을 하다가 들킨 사람처럼 그는 허장환을 외면하고는 입을 다문다.

"과장님. 우리가 무슨 서자도 아니고, 위에서 내려오는 사람들은 쉬쉬하면서 자기들만 따로 놀면서 보고도 별도로 하고, 이게 뭔 일입니까?"

허장환이 슬쩍 서 과장을 찔러본다. 아니나 다를까 서 과장은 얼굴에 뭔가를 감추는 기색이 역력하도록 허장환과 눈을 마주치지 못한다. 허장환은 그런 서 과장을 물끄러미 바라보다가 담배를 꺼내 문다. 통신병과인 서 과장은 그 분야에서는 탁월한 재주를 갖고 있다. 그러나 어찌어찌해서 505보안부대 대공과장으로 온 뒤, 베테랑 수사관들로부터 업무 미숙으로 인한 멸시를 받아왔다. 505보안부대에서 수사업무 지원을 하는 일반 사병으로부터 '쪼다 같은~~'이라는 욕을 들은 적이 있고부터, 그의 별명은 '서 쪼다'이다. 상부에서도 '서 쪼다'라는 말을 서슴없이 쓴다.

그런 그가 이번 광주사태기간 상부에 충성을 다하려고 애쓰는 모습이 허장환의 눈에는 가긍해 보이기도 하다. 그는 홍성률 대령의 특수공작대 공작에도 깊숙이 지원을 하고 있다. 그 공작을 무엇 때문에 하는지 알고나 있는지 모를 일이다. 서 과장이 입을 연다.

"허 수사관, 이번 광주에서의 일은 쉽게 끝날 것 같지 않아. 아마 우리부대가 많은 역할을 할 것 같으니까 당신도 맘 단단히 먹어야 할 거야."

"그러면 대대적인 수사 업무가 우리한테 떨어진다는 얘기입니까?"

"그렇지 않겠어? 저렇게 폭도들이 날뛰고, 특히 김대중이가 뒤에서 배후 조정해서 저 난리를 피운 것이 드러나고 있는데 관련자들을 모조리 잡아들여야 되지 않겠어?"

"그러면 대대적인 검거와 수사가 불가피하겠네요?"

"그럴거야. 김대중이가 조만간 자백할거라는 얘기가 있어. 김상현이랑 주변 관련자들을 잡아서 족치고 있는데 냄새가 많이 난다고 하더라고."

"뭔 냄새요?"

"뭔 냄새는, 국가를 전복해서 지가 대통령이 되려는 짓을 했다는 거지."

"그럼 내란음모죄입니까?"

"아마도 그렇겠지."

"그 양반 이제 살날이 얼마 남지 않았겠네요?"

"누구?"

"누구긴요, 김대중이지요."

"쉽게 죽겠어?"

"과장님, 이렇게 많은 피를 흘려가면서 하는 공작인데 어렵하겠어요? 대충하려면 안 했겠지요. 저 같아도 그냥 안 넘어갑니다. 확실히 처리해 버리지."

"허 수사관은 때로 무서운 사람이라는 생각이 들어. 그런데 이게 공작이라는 생각은 어디서 나온 거야?"

"어디서 그냥 뚝딱 떨어진 게 아니고, 돌아가는 본새가 그렇지 않습니까?"

서 과장은 큰일을 입에 담은 것처럼 말을 멈춘다. 그리곤 허공을 바라보면서 묵묵히 앉아있다. 허장환이 다시 담배를 피우려고 라이터를 손에 들자 서 과장이 얼굴을 찌푸리면서 바라본다. 허장환이 라이터를 그냥 호주머니에 넣고는,

"과장님, 저는 현장에 나가보겠습니다. 제 감으로도 오늘은 뭔가 큰 일이 벌어질 것 같습니다."

허장환이 일어서고 서 과장도 뒤따라 일어서려는데 갑자기 문이 열리고 당직 수사관이 들어온다. 그가 다급하게 말한다.

"과장님, 상황실로 가보셔야겠습니다. 도청 앞에서 공수부대가 시민들에게 일제 사격을 가해서 많은 사상자가 발생했답니다."

"뭐야?"

서 과장은 가만히 있는데 허장환이 굵은 목소리로 소리친다. 서 과장과 당직수사관이 그런 허장환을 바라보다가 다시 서로의 얼굴을 바라본다. 그런데 허장환의 표정은 굳어진 반면 서 과장은 대수롭지 않은 표정이다. 뭔가 미리 알고 있는 여유가 비친다.

"부대장님은 어디 계시나?"

"상황실에 계십니다."

"알았어. 일단 상황실로 가보자고."

서 과장이 앞장서고 허장환과 당직 수사관이 뒤따라서 보안대 본관 건물 2층에 마련된 상황실로 들어간다. 상황실에는 현장에 나간 수사관 및 정보요원들이 보내는 무전으로 인해 시끄러울 지경이다. 외근하는 요원

들은 워키토키를 가지고 나가서 즉시 상황을 보고하고 있다. 무전기에서도 총소리가 선명하게 들린다. 일이 크게 터져 버린 것이다.

허장환은 발포 상황을 파악하고는 상황실을 슬쩍 빠져나와서 통신실로 들어간다. 관계자가 아니면 절대로 들어갈 수가 없는 곳이다. 505보안부대에서 사령부로 올라가는 모든 문서가 이곳에서 암호화 하거나 아니면 평문으로 만들어져 송신된다. 거꾸로 내려오는 문서도 이곳을 통한다. 이 때문에 비밀을 요하는 문서들은 이곳에서 은밀하게 보내지며, 대공수사과나 정보과 등에서도 서로 보안이 필요한 문서는 이곳에서 각각 보내진다. 허장환은 통신실에 근무하는 하사관이나 사병들을 통째로 구워삶아 놓고 있다. 가끔씩 용돈을 주거나 먹을 것을 갖다 주는 방법을 쓴다. 기실 그것보다는 제 할 일 다 하면서 '나 잡아먹어라'는 통 큰 배짱으로 부대원들을 사로잡고 있어서 가능한 일이다. 그는 집으로 전화를 하거나 다른 용무로 은밀하게 전화를 할 때는 사무실 전화를 쓰지 않고 여기 들어와서 한다. 사무실 전화도 모두 도청하기 때문이다.

오늘은 통신 전문으로 전두환 사령관의 모습을 확인하기 위해서이다. 사령관이 광주에 오는 모습은 전교사에 나가 있는 보안부대와 31사단, 비행장 등 모든 곳에서 상황문건이 들어오고, 이는 곧바로 여기 통신실에서 사령부 통신실로 보내지기 때문이다. 아니나 다를까 여기저기서 전두환 사령관의 이동 동선과 행적을 담은 전문들이 들어와서 다시 암호화돼 사령부로 보고되었다. 사령관은 광주에 왔지만 무슨 이유에서인지 505보안부대는 들르지 않고 그냥 올라간 것이다. '행적을 숨기려는 의도인가?' 허장환은 고개를 갸웃하면서 통신실을 빠져나온다.

킬링 필드 '광주'

21일 비가 그치고 엷은 안개가 드리워진 전남도청 앞에는 이른 아침부터 수만 명의 시민들이 구름처럼 모여들고 있다. 도청 정문 앞에서 시위대의 모습을 지켜보고 있는 11공수여단 61대대장 안영진 중령은 머릿속이 멍하다. 밤새 대원들을 지휘해서 시위대 체포 작전을 벌인 탓도 있지만, 시민들을 향해 총을 겨누어야 하는 상황에 처해 버린 것이 혼란스럽기만 하다.

처음 광주로 출동 명령을 받으면서는 '광주에서 빨갱이들이 폭동을 일으켜 국가 안보가 위태롭다'라는 말을 들었다. 그러나 막상 현장에 와 보니, 먼저 투입된 7공수의 유혈 진압에 반발한 시민들이 공수부대에게 덤비면서 민주주의를 요구하는 상황이다. 광주에 투입되어 현지 부대인 31사단장의 지휘를 받아야 했지만 깡그리 무시되고, 공수특전사령부 자체 통신망을 이용해서 작전을 벌이고 있다. 상부의 명령도 시위 진압을 하라는 건지 시민들을 마음껏 살육하라는 건지 분간할 수 없을 정도로 강경 일변도다. 부하들도 처음에는 유혈 진압을 서슴지 않았지만 지금은 심적 갈등을 겪고 있는 것 같다. 빨갱이의 모습은 찾아보기 어렵고, 대신 어린 학생들부터 치마를 입은 여자들, 노인들까지 시위대속에 있는 모습을 보고 있노라니 혼란스러울 것이다. '어쩌다 이런 상황까지 와 버렸다는 말인가?' 안 중령이 혼잣말을 하면서 한숨을 내쉬는데 시위대 쪽에서 태산을 울리는 큰 함성과 함께 구호가 터져 나오기 시작한다.

"살인마 공수부대는 물러가라!"

"전두환은 퇴진하라!"

"도청을 내놓아라!"

시민들의 함성과 구호는 절규 같다. 안 중령은 부하들을 둘러본다. 모두들 긴장해 있다. 빈 총구를 시위대쪽으로 겨누고 있는 부하들은 불안한 얼굴로 현장 지휘관인 중대장과 지대장 쪽을 흘깃거린다. 그들의 표정은 어서 후퇴명령을 내려달라는 것 같다. 안 중령은 마음이 쓰리다. 자신도 빨리 이 어처구니없는 현장을 떠나고 싶다. 그러나 공수부대 지휘부에서는 '도청에서의 철수는 불가하다'는 원칙을 못 박아 놓은 상태다.

"대대장님, 시민 대표라는 사람들이 와서 협상을 하자고 합니다."

시위대 쪽에 있던 지대장이 달려와 보고한다.

"무슨 협상을 하자는 거야?"

"현장 최고 지휘관을 만나고 싶답니다."

"알았어."

안 중령이 시민 대표들을 만났지만 결과는 뻔했다. 그는 시민들에게 해 줄 말이 별로 없다. '철수는 불가하니 시위대를 해산하라'는 말 뿐이다. 상부에서는 철수 불가방침을 못 박아 놓고 있다.

오전 10시가 넘어가면서 11공수여단 61, 62, 63대대와 7공수여단 35대대 대원들에게 실탄 지급명령이 떨어졌다. 도청 앞과 울타리 쪽에 있던 모든 공수부대원들에게 실탄을 지급했다. 실탄을 받아 든 대원들의 얼굴

하나하나는 긴장감으로 굳어진다.

안영진 중령은 속이 바짝 바짝 타들어가는 것을 느낀다. 헬기에서는 전남도지사라는 사람이 시민들에게 시위 해산을 종용하고 있다. 공수부대가 곧 철수할거라는 말도 한다. 상부에서는 아직 철수 명령이 없다. 해가 중천으로 이동하는 것에 맞춰 시위대도 점차 도청 앞으로 바짝 다가오고 있다. 곧 충돌 상황이 벌어질 것 같다. 그는 조선대에 주둔하고 있는 11공수여단본부 양대인 참모장에게 무전을 친다.

"참모장님, 언제 철수합니까?"

"야, 무슨 철수? 철수계획은 없다. 현 위치를 고수하라!"

"지금 전남지사가 헬기에서 공수부대가 곧 철수를 할 계획이라고 방송을 하고 있으니 말입니다."

"야, 안 중령. 개소리 집어치우고 사수해! 아직 상부에서는 철수 지시가 없어."

"그래도 지금 상황이 급박합니다. 금방 터질 것 같습니다. 빨리 결정을 내려주십시오."

"야 이 새끼야. 나도 답답하긴 마찬가지야. 기다리란 말이야!"

그리고는 무전이 끊긴다. 안 중령은 난감하다. 만약 시위대와 충돌이 된다면 양측 많은 사상자 발생이 불가피할 것으로 판단된다. 집단 사격을 해야 하는 상황이다. 그런데도 위에서는 명령을 주지 않고 있다. 속에서 부글부글 끓었다. '개 같은 새끼들'이라는 욕이 터져 나오려 한다. 10분쯤 지났을까, 양대인 참모장으로부터 무전이 온다.

"안 중령. 최웅 여단장님에게 확인한 결과다. 아직 철수 계획이 없으니 도청을 사수하라. 시민들을 상대로 선무 활동을 계속하도록 하라!"

"참모장님. 지금 상황이 급박합니다. 조만간 충돌이 일어날 것으로 판단됩니다. 속히 구체적 명령을 내려주십시오."

"안 중령, 시키는 대로 해. 상부에서 결정을 했는데 나보고 어쩌라는 거야? 이상 무전 끝!"

무전통신이 끝나자마자 그의 입에서는 "씨팔~"소리가 튀어나온다. 안 중령은 일단 지대장들을 모아놓고 명령 없이는 절대로 사격하지 말라고 지시한다. 그는 이어 도청 앞 분수대 옆으로 다른 3명의 대대장들을 모았다. 11공수 61, 62대대는 금남로 쪽을 향해 맨 앞에 있고, 63대대는 15미터 후방에 있다. 7공수의 35대대는 도청 울타리 벽을 둘러싸고 있다.

"상부에서는 도청을 사수하라는 명령입니다. 어떻게 하겠습니까. 죽는 한이 있더라도 현장을 지켜야 되지 않겠습니까?"

선임 대대장인 안 중령이 비장하게 말을 했지만 아무도 입을 열지 않는다. 다들 극도의 긴장으로 얼굴이 굳어있다. 안 중령은 이미 최웅 11공수 여단장으로부터 '도청 앞 현장 상황을 총지휘하라'는 지휘권을 부여받은 상태여서 그의 마음은 책임감으로 무겁다 못해 질식할 지경이다.

12시가 막 넘어가면서 시위대의 압박이 더 거세어진다. 공수부대가 철수 요구를 받아들이지 않자 시민들은 더 흥분해간다. 시위대와 공수부대 간의 거리가 50여 미터 가까이 좁혀지면서 금방 불이 붙을 것 같다. 안 중령은 위기감이 엄습해 오는 것을 느낀다. 까닥하면 쌍방간 엄청난 희생이

나올 것으로 판단한 그는 다급한 마음에 조선대에 있는 여단본부와 전교사에 있는 최웅 여단장에게 다시 무전을 친다. 참모장이 받는다.

"참모장님, 빨리 상황에 대한 대처를 지시해 주십시오."

"조금 더 기다려. 일단 지시한대로 선무 활동을 계속하란 말이야 임마."

"도대체 이곳 상황을 알고나 하는 얘기입니까?"

"알고 있다. 기다려. 일단 도청을 사수해라."

"곧 충돌이 예상됩니다. 발포를 할 것인지 철수를 할 것인지 빨리 결정해 주십시오."

다급한 안 중령의 목소리가 갈수록 커져간다. 그러나 무전기에서는 "도청을 사수하라. 선무 활동을 강화하라. 조금만 기다려 봐!"라는 소리만 계속 들려온다. 안 중령은 무전기를 던져버리고 싶다. 그의 입에서 끝내 욕설이 터져 나온다. "야 이 씨팔 놈들아, 어쩌란 말이야~"

그 소리는 무전기를 타고 공수특전사 지휘부의 귀로 고스란히 들어간다. 이때 광주 전교사에서는 공수특전사 3, 7, 11공수 여단장들이 한곳에 모여 전남도청 앞 현장 상황을 공수부대 전용무전기를 통해서 함께 듣고 있다. 일촉즉발인 상황에서 이들은 정호용 사령관의 명령만을 기다리고 있고, 그 시각 정 사령관은 광주 K57비행장에서 전두환 보안사령관과 둘이서 비밀회의를 하고 있다.

*

오후 12시 50분쯤 시위대쪽 마이크에서 최후통첩이 나온다.

"당신들은 12시까지 철수하겠다는 약속을 어겼다. 5분 내에 철수하라!"

일촉즉발의 위기감을 느낀 안 중령이 무전병에게 여단 본부를 연결하라는 지시를 하고 있는데. 시위대로부터 화염병이 날아와 대기 중인 공수부대 장갑차에 불이 붙었다가 금방 꺼진다. 그러는 순간 시위대들이 거대한 물결을 이루어 전진해 오기 시작한다.

12시 58분, 시위대를 태운 관광버스 2대가 쏜살같이 도청 광장 한가운데로 달려왔다. 버스 한 대는 다시 시위대 쪽으로 돌아갔지만 다른 한 대는 분수대 옆에 멈춰 섰다. 순간 총성이 울리고, 운전석에 않은 사람이 그 자리에서 고꾸라진다. 버스에서는 공수부대원들이 쏜 총알이 튕기면서 불꽃이 튀었다. 안 중령은 자기도 모르게 "사격 중지! 사격 중지!"를 외친다. 사격은 멈췄지만 흥분한 시위대를 뚫고, 비무장 장갑차가 도청 앞 분수대 앞까지 왔다가 다시 돌아나간다. 시위대가 광주 아세아자동차에 가지고 나온 것으로 무한궤도가 아닌 고무바퀴로 만들어져 있다.

시위대의 함성이 더 커지고 있는 순간, 전남도청 옥상에 설치된 스피커에서 갑자기 애국가가 울려 퍼지기 시작한다. 오후 1시 정각쯤이다. 옆에 선 무전병이 급히 안 중령을 부른다.

"대대장님! 여단본부에서 무전입니다."

안 중령이 수화기를 든 순간, "발포하라! 발포하라!"라는 소리가 무전기에서 반복된다. 안 중령은 다시 귀를 쫑긋하고 듣는다. 분명한 발포 명령이다. 사방을 둘러보는데 다른 공수부대 대대장들도 무전기를 붙들고 상부의 지시를 받고 있다. 그러는 순간 애국가가 끝나가고 있다. 시위대가 점점 더 가까이 다가오고 있다. 다시 무전기들이 웽웽 거린다.

"발포하라! 발포하라! 폭도들을 섬멸하라!"

어느 공수대원이 쏘는 것인지 한 발의 총성이 울린다. 이어서 총소리가 터져 나오기 시작한다. 도청 분수대 앞 쪽에 있던 공수부대원들의 총구가 일제히 불을 뿜기 시작했다. 시위대를 향한 집단발포다.

"탕 탕 탕 탕 탕 탕 탕 탕 탕 탕 탕 탕……."

공수부대원들이 '서서 쏴' 자세와 '앉아 쏴' 자세를 취하면서 시민들을 향해서 총을 쏴댄다. 조준사격을 하는 것이다. 순식간에 도청 앞 광장이 학살장으로 변한다. 시민들이 여기저기에서 쓰러져 허우적거린다. 피를 흘리면서 내는 고통스러운 신음이 난무한다. 쓰러져 움직이지 못하는 사람들도 많다. 이미 절명한 것이다. 사람들의 비명이 도청 앞 광장과 도로를 가득 메운다. 사람들이 총알을 피해 늦가을 낙엽처럼 흩어진다. 그 속에서도 사람들은 총에 맞아 쓰러지고 절명한 사람들을 끌거나 업고서 공수부대의 총질을 피해나간다. 그러다 총에 맞는다.

"사격 중지! 사격 중지!"

안 중령은 시민들의 저항이 전혀 없자 목청을 돋우어 고함을 지른다. 한동안 계속되던 공수부대의 사격이 멈추고 10여 분 동안의 소강상태가 이어졌다. 총소리가 멈추자 부상자들의 고통스런 비명과 '사람 살려!'라는 절규가 여기저기서 들린다. 그런데, 시민들이 부상자를 데려가려고 도로에 나가자 공수부대원들이 다시 총격을 가한다. 안 중령이 사격중지를 외쳤지만 다른 부대들은 통제가 되지 않는다. 저격병들은 조준경을 통해서 시민들의 급소를 겨냥해 사격을 해댄다. 장갑차에서도 시민들을 향해 기관총을 쏘아댄다. 전쟁터가 아닌 학살의 현장이다. 공수부대의 무차별 사격으로 인근 건물 안에 있던 사람들까지 총에 맞아 목숨을 잃는다. 안 중령은 눈을 감고 만다.

눈앞에서 사람들이 속절없이 죽어나가자 분노한 시민들이 차량을 몰고 공수부대를 향해 불나방처럼 달려든다. 그러나 공수부대원들의 집중사격에 운전석에서 피를 쏟으며 그대로 고꾸라지고 만다.

전남도청 옥상과 수산업협동조합 전남지부 옥상에서도 공수부대 저격병들이 골목길에 피신한 시민들을 향해 총알을 퍼붓는다. 총기를 가지고 있지 않은 시민들을 상대로 마치 짐승을 사냥하듯 조준사격을 하고 있다. 부상당한 사람들을 구조하는 사람들에게까지 마구 총알이 날아간다.

시민군 무장과 특수공작대

총알이 날아오지 않는 시위대 뒤편 후미진 골목길에서 누군가 외친다. "우리도 총을 가집시다. 총을 갖고 저놈들을 몰아냅시다." 점퍼를 입고 머리에 정글 모자를 쓴 30대 초반의 남자가 주먹을 치켜들면서 선동을 한다. 여기저기서 여러 사람들이 동조하는 소리가 들린다. 헬기의 기총소사와 공수부대의 총질로 울분에 찬 시민들은 격하게 반응한다. "옳소" "옳소" "옳소" "총을 구하러 갑시다."

그러나 말뿐이다. 어디서 총을 구한다는 말인가. 시민들은 안타까운 마음에 발을 구른다.

"파출소로 갑시다. 파출소 무기고에는 총이 있습니다. 예비군 무기고에도 있습니다."

이번에는 감색셔츠를 입은 30대 중반의 남자가 선동한다.

"갑시다. 파출소로 가서 총을 가져옵시다."

처음에 나선 30대 초반의 남자가 다시 선동을 하자 여기저기서 이구동성으로 맞장구를 친다. 정글 모자를 쓴 사람이 다시 말을 한다.

"광주 시내 파출소에도 있지만 화순이나 나주 면소재지의 지서에서 무기를 가져오는 게 쉽습니다. 모두 광주를 나가 가까운 지서를 찾아서 총을 가져옵시다."

"맞습니다. 지서로 가서 총을 가져옵시다. 군대를 갔다 온 사람들 위주로 총을 가지러 갑시다. 자~ 갑시다!"

이런 선동은 골목 여기저기서 벌어진다. 선동하는 사람들은 구체적으로 어디로 가서 어떻게 총을 가져올 수 있다고 떠들어댄다. 시민 모두가 이제는 총을 갖고서라도 저 무지막지한 공수부대 놈들에게 대항해야 한다는 생각을 갖고 있어서인지 총기 탈취 방법을 자세하게 설명하는 사람들을 아무도 이상하게 생각하지 않는다.

일부 시민들은 시내 파출소로 향한다. 젊은이들 위주로 차를 몰고 광주와 인접한 화순과 나주와 담양으로 떠난다. 그 모습을 지켜보면서 얼굴에 회심의 미소를 지으면서 돌아서는 사람들이 있다. 그중 점퍼 차림의 30대 중반의 남자는 보안사 홍성률 대령이 묵고 있는 광주관광호텔 503호와 홍 대령의 광주시 사동 처갓집을 드나드는 사람이다. 보안사에서 파견한 특수공작대 중간 책임자다.

거부된 명령

보안사령부 상황실에는 광주 상황을 보고하는 전화와 전언통신문들이 쉴 새 없이 들어온다. 차 중령과 부하들은 이 내용을 곧바로 보고서 형태로 만들어서 특별상황실로 전달한다. 오늘 광주를 다녀온 전두환 사령관은 오후에 특별상황실로 들어와서 긴장한 얼굴로 소파에 앉아있다.

"사령관님, 이제 광주는 어느 정도 상황이 만들어진 것 같습니다. 이제 계획대로 공수부대를 시 외곽으로 철수시키고, 20사단과 전교사, 31사단 병력을 함께 투입해서 광주시 외곽을 모두 차단하는 작전에 들어가야 할 것 같습니다."

이학봉 처장이 상황판을 넘기면서 이후 작전계획을 설명한다. 묵묵히 보고를 듣고 있던 전 사령관이 자리에서 일어나며 말한다.

"광주폭도들은 총기를 얼마나 확보했나?"

"네, 저희 계획대로라면 약 3천 자루 정도를 탈취당하는 것입니다. 몇 시간 전부터 총기 탈취 보고가 들어오고 있는데, 아직 초기라서 수 백정 쯤으로 추정하고 있습니다."

"아군 피해는 얼마나 되나?"

"시민들의 직접적인 공격으로 인한 공수부대원 사망자는 아직 나오지 않은 것으로 파악되고 있습니다. 그러나 폭도들이 총기를 들고 나서면서 향후 피해가 다수 발생할 것으로 예상됩니다."

"그러면 말이야, 계엄사에 연락해서 장갑차와 헬기를 더 많이 보내서 폭도들을 제압하라고 해. 그래야 공수 애들이 시 외곽으로 철수하는데 수월하지 않겠어? 그리고 광주 놈들 기도 좀 화~악 꺾어버리고 말이야."

"그러겠습니다. 황영시 차장님께 연락을 해서 지시를 할까요?"

"응? 황영시 차장? 그래, 황 선배에게 연락해서 작전을 지시하도록 해 봐."

오후 4시 쯤, 광주 전교사 기갑학교장 이구호 준장은 부관으로부터 황영시 육군참모차장으로부터 전화가 왔다는 말에 수화기를 든다.

"이구호 준장입니다."

"아, 이 장군, 나 황영시 차장이오. 수고가 많소이다."

"네, 차장님. 안녕하십니까?"

"아, 그래요. 내가 이 장군에게 지시할 게 있소."

"말씀하십시오. 무슨 일입니까?"

"이 장군, 지금 광주 시내 상황이 긴박하오. 폭도들을 진압하고 전남도청 점령을 유지해야 하는데 공수부대가 고전하고 있소. 당신 기갑학교의 전차를 출동 시켜야겠소."

"차장님, 무슨 말씀이신지요?"

"다시 말하겠소. 전차대대 탱크가 서른 두 대인가? 폭도들 진압에 모두 출동시키시오."

대답을 안 한다.

"이 장군, 내 말 듣고 있소?"

"네, 차장님. 말씀하십시오."

"폭도들 진압에 이 장군 휘하의 전차를 출동시키도록 하세요."

역시 대답을 않는다.

"이 장군, 듣고 있소?"

황영시 차장의 목소리가 커진다.

"후~~"

이구호 준장의 한숨소리가 전화선을 타고 넘어가 황영시 차장의 귀에까지 도달한다. 잠시 후 이 준장이 차분하고도 단호한 목소리로 말한다.

"차장님, 죄송합니다. 시민들을 상대로 진압에 전차를 출동시킬 수는 없습니다. 육본 진압 교본에도 어긋납니다."

"이 장군, 지금 무슨 소리 하는 거요? 출동시키시오. 그리고 폭도들에게 전차를 빼앗길 우려가 있으니, 전차 주위에 철조망을 치고 화염병 기습에 대비해서 해치를 닫고 작전을 수행하도록 하시오."

잠시 대답에 뜸을 들이던 이구호 준장이 황 차장을 설득하려는 듯 자세하게 말한다.

"차장님, 전차가 움직이면 화염병에 의한 화재 염려는 없습니다. 또 전차는 캐터필러가 있어서 철조망을 달고 있다가 걸리면 움직일 수 없습니다. 지휘를 위해서는 해치를 열어야 합니다. 차장님, 무엇보다도 무장한 시위대가 광주 시내 진입도로를 전봇대로 차단하고 있습니다. 또한 전차가 시내에 진입할 때 시위대가 도로상에 누워 진입을 방해할 가능성도 있습니다. 이런 상황인데 어떻게 시내에 전차가 진입할 수 있겠습니까? 재고해 주십시오."

그러자 황영시 차장의 격한 목소리가 들린다.

"이 봐, 이 장군. 내 명령을 무시하는 거야?"

"아닙니다, 차장님. 현실을 말씀드리는 것입니다."

"그래서 전차를 출동시키지 못하겠다는 거야, 뭐야?"

"네, 차장님. 출동시킬 수 없습니다."

이 준장의 단호한 거부다.

"뭐야 이 새끼야, 폭도들이 가로막으면 포를 쏘면서 진입하면 될 거 아니야. 빨리 출동시켜 임마!"

황 차장의 더 커진 소리가 욕설과 함께 들려온다. 이 준장은 귀에서 수화기를 뗐다. 그리고는 오른손에 들었던 수화기를 전화기에 가만히 내려놓는다. 속에서 치밀어 오는 화로 인해 그의 얼굴은 벌겋게 달아오른다.

이 준장은 호흡을 가다듬는다. 그는 지금 광주에서 벌어지고 있는 상황이 도무지 이해되지 않는다. 북한군이 남침했거나 무장공비가 침투한 상황이 아닌데, 어떻게 시민들의 시위에 전쟁터의 적군을 상대로 한 작전을 벌인다는 말인가. 거기다가 이제는 정식 명령 계통을 무시하고 전화를 걸어서 전차까지 동원해 시민들을 학살하라니, 이게 제 정신을 가진 사람들이 할 수 있는 행위인가? 황영시 차장은 신군부의 핵심 중 한 사람이다. 아무리 그래도 그렇지 전차까지 출동시킬 수는 없다. 그는 고개를 숙이고 두 손으로 얼굴을 감싼다. 군인의 한 사람으로서 부끄럽고 한심스럽다.

이 준장이 알기로는 광주 상황은 불순분자들이 선동하고 주도하고 있는 폭동이 아니다. 공수부대의 터무니없는 유혈 진압에 항의하다 대규모의 시위가 자발적으로 이루어졌고, 공수부대의 총기와 장갑차, 헬기를 사용하는 무차별 살상행위에 대항해서 시민들이 총을 든 것이다. 그런데 이제 와서 탱크까지 동원해서 시민들을 깔아뭉개버리라는 것인가? 그는 절망의 탄식을 토해낸다.

"아~~~"

전교사 기갑학교장 이구호 준장에게 전차 출동명령을 거부당한 황영시 차장은 이번에는 전교사 부사령관 김기석 소장에게도 전화를 건다.

"김 부사령관, 광주 상황이 심상치 않아요. 전차를 출동시켜서 폭도들을 제압하도록 하세요. 또 코브라 헬기를 동원해서 시위를 조속히 진압하도록 하세요."

김기석 소장은 정식 명령계통을 밟지 않은 황영시 차장의 지시를 받아들일 수 없다.

"차장님, 현지의 판단으로는 전차를 출동시키고 헬기를 추가로 동원해 시위대를 진압하는 것은 아직 시기상조입니다. 그렇지 않아도 많은 인명 피해가 발생한 상황입니다. 전차와 헬기를 대규모로 동원해서 작전을 한다면 엄청난 사상자가 발생할 수 있습니다. 재고해주십시오."

"김 부사령관, 상황 판단은 위에서 하는 거요. 당신들이 제대로 대응을 하지 못해서 폭도들이 날뛰는 거 아니오? 그러니 출동시켜서 작전을 수행하시오."

"차장님, 정 그렇다면 정식 계통을 밟아서 작전 명령을 해주십시오."

"뭐? 이 새끼들이···."

그리고는 전화기가 끊긴다. 보안사령부의 지시에 따라 전차와 헬기를 대규모로 동원하려던 신군부 황영시 육군참모차장의 독자적인 명령은 광주 현지지휘관들의 거부로 일단 실행되지 못한다.

*

수많은 사상자를 낸 집단발포 이후 공수부대원들은 체포 작전에 돌입해 시민들을 무차별 끌고 갔다. 반항하면 피 곤죽이 되도록 두들겨 패고, 대검으로 찔렀다. 공수부대원들의 눈은 이미 사람의 눈이 아니었다. 피 맛을 본 늑대처럼 날뛰면서 마구잡이 살상을 이어갔다. 11공수여단 61대 대장 안 중령은 죽어가는 시민들의 모습에 눈을 질끈 감았다. 부하들의 광기와 같은 행동이 무서워졌다. 후퇴를 명령했다. 전열을 가다듬고 있는데, 오후 3시쯤 여단본부에서 무전이 날아왔다.

"안 중령, 시위대가 총기로 무장을 하고 있다는 정보가 들어왔다. 시가전을 대비해서 만반의 태세를 갖추라!"

안 중령이 어이가 없어 대답을 안 하자 다시 지시가 반복된다.

"안 중령, 듣고 있나? 시가전을 대비하라! 알겠나?"

안 중령은 자신도 모르게 수화기를 떨어뜨렸다. 그리고는 혼자 중얼거린다. '이러면 안 되는데... 안되는데···.' 한참 후 안 중령은 지대장들을 불러 모아서 전투태세를 지시하고는 금남로 쪽을 바라보았다. 도로에는 시민들이 흘린 피가 흥건하다. 피비린내가 엄습해 오는 것 같다. 그는 눈을 감았다. 귀와 코도 막고 싶다. '이 무슨 짓이란 말인가?' 자괴감으로 괴로워하고 있던 안 중령은 전열을 가다듬고 지대별로 군가를 부르고 있는 부대원들을 바라보았다. 몇 시간의 살육 작전을 끝낸 대원들은 시간이 흐르면서 자신들이 무슨 짓을 했는지 느끼는 것 같다. 동공이 흔들리면서 초점이 없어 보인다. 오후 4시가 조금 넘은 시각, 안 중령은 의외의 명령을 받는다.

"안 중령, 긴급 작전명령이다. 지금부터 부대원의 안전을 도모해 가면서 61대대는 전남 광주시 소태동 주남마을로 철수를 하도록 한다. 이후 작전 명령은 현지 도착 전에 하달할 예정이다. 조금 있으면 31사단 헌병대 차량과 수송 트럭이 도착해서 철수 인도와 수송을 맡을 것이다. 이상!"

마침내 철수 명령이다. 안 중령은 속으로 "개새끼들!"을 부르짖었다. 그는 기왕 철수할 것을 집단 발포 전에 명령을 내렸으면 총을 쏘아 시민들을 죽이지는 않았을 것이라고 생각하면서 탄식한다. 61대대를 비롯한 11공수 전체 병력 외에 7공수여단에게도 철수 명령이 내렸다. 이와 동시에 전남대 정문과 후문 앞에서 무차별 집단 총질로 시민을 학살하던 3공수여단 병력에게도 동시에 철수 명령이 떨어졌다. 공수부대의 퇴각 작전은 2시간 가까이 진행됐다. 시내 구간을 지나면서는 두려움을 못이긴 부대원들이 주변 건물과 골목길을 향해 총질을 해댔다. 시민군들의 공격을 사전 차단하겠다는 의도지만 빌딩과 주택가로 날아든 총알에 또 죄 없는 많은 시민들이 죽거나 다쳤다.

봉쇄

21일 오후 5시경부터 시내에서 퇴각을 시작한 공수부대와 대기하고 있던 31사단, 20사단 병력들은 광주를 봉쇄하는 작전에 들어갔다. '무등산' 공작 각본에 따라 계엄사령부의 명령에 의한 것이다.

보안사령부의 의도는 총기를 가진 폭도들이 광주 시내를 완전히 장악하고 무정부 상태가 되고, 그 안에서 총기를 사용하는 살인과 강도, 강간이 발생하고 도둑질과 약탈이 횡행하는 폭동의 도시가 되도록 하는 것이다.

3공수여단은 호남고속도로 순천 방향 진출입로가 인접해 있는 광주교도소에 전체 병력을 주둔시키고, 광주의 동쪽 방향을 차단하도록 했다. 11공수여단 전체 병력과 7공수여단 33, 35대대는 광주시 소태동 주남 마을에 주둔시켜서 화순으로 연결되는 광주의 남쪽 방면을 막도록 했다.

20사단은 광주의 서쪽으로 통하는 송정리를 못 미친 극락교, 광주와 목포를 잇는 백운동 일대, 북쪽인 서울로 통하는 호남고속도로 입구와 광주 톨 게이트에 병력을 배치했다.

봉쇄작전에 투입되지 않은 전교사 병력 800여명과 31사단 병력 32여명은 각각 자대에 주둔하고 있고, 20사단의 전차대대 소속 수십 대의 탱크와 포병부대 대포도 포신을 시내로 향하고 광주를 둘러쌌다. 장성 갈재 밑을 통과하는 사남터널 속에는 전주 35사단에서 파견된 병력들이 대기하고 있다.

이로써 광주는 군대에 의해 완전히 봉쇄된다. 계엄군이 차단한 지점은 광주에서 외부로 연결되는 출입구와 같은 곳으로서, 이제 사람들은 광주를 빠져나갈 수도 없고, 반대로 들어오기도 어렵다. 광주는 외부세계와 단절된 섬 아닌 섬이 되어버렸다.

계엄군은 무기를 확보하려거나 광주 상황을 알리려 지방으로 떠났다가 다시 들어오려는 시민군 차량에 총탄을 퍼부었다. 광주로 오려는 일반 시민들 차량도 매복한 계엄군에 의해 무차별 총격을 받았고, 광주에서 지방으로 피신해 나가려는 차량과 사람들도 계엄군의 총질에 죽거나 다치는 상황이 계속됐다.

*

21일 밤 10시 쯤, 전두환 보안사령관은 이학봉 처장으로부터 광주상황을 자세히 보고받는다. 차수일 중령은 보고용 차트를 걸어놓고 옆에 서 있다.

"현재 광주는 계엄군이 외곽 길목을 완전히 차단해서 봉쇄를 한 상태입니다. 시외 전화를 비롯한 우편물도 외부로 나갈 수 없도록 조처했습니다. 광주시 외부로 나가는 사람들은 폭도나 학생, 일반인을 불문하고 사살 또는 검거하라는 지시도 계엄사를 통해서 내려보냈습니다."

"향후 작전은?"

"다음 단계는 총기를 탈취한 폭도들이 광주 시내에서 각종 사건 사고를 일으키면서 무정부 상황이 심화되도록 하는 것입니다. 조만간 살인과 강간, 강도사건이 수없이 발생할 것으로 보입니다. 총을 들고 앞장서는 사람들은 대부분 넝마주이나 건달 등 사회에 불만을 가진 자들을 위주로 하도록 공작하고 있습니다. 물론 학생과 일반 시민들이 상당수 있기도 합니다."

"우리 편의대 애들이 특수 공작을 잘 하고 있나?"

보안사 내부에서는 광주 현지 특수공작대를 편의대라 칭한다.

"네, 공작 전문인 홍 대령이 광주 현지에서 진두지휘를 잘 하고 있습니다."

"공작을 꼭 성공시키라고 해! 내가 격려한다고 전해주고."

"네. 알겠습니다."

"그 다음 단계는?"

"약 5일 정도의 숙성기간을 둬서 명실상부한 폭동의 도시가 만들어지면 진압작전을 펼칠 것입니다. 그래야만 국내외적으로도 명분이 생깁니다."

"대외공작은 어떻게 되나?"

"네. 광주에 불순세력, 즉 북괴 간첩과 용공분자들이 개입해서 폭동을 일으켰고, 김대중 등 일부 정치인과 학생들도 폭동의 주동자라는 내용으로 대언론 공작을 하고 있습니다."

"광주에서 우리가 집단 발포를 해서 많은 사람이 죽었다는 사실이 외부로 알려져서는 안 돼. 그런 부분에 대한 차단을 철저히 하라고."

전 사령관이 인적 봉쇄 뿐 아니라 통신과 언론의 봉쇄까지 주문한다.

"사령관님. 이미 시행하고 있습니다."

"그래? 잘했어. 이제 8부 능선은 넘은 것 같아. 남은 작전도 차질 없이 잘 진행하도록 해."

"넵, 알겠습니다."

광주505보안부대 허장환 수사관은 21일 오후 6시 쯤 서의남 과장 방으로 들어갔다. 허장환은 전남도청 인근에서 정보 수집 활동을 하고 있다가 서 과장이 부른다는 내용의 무전을 받고 505보안부대로 급히 귀대한 것이다. 도청 앞에서는 공수부대의 집단 발포로 수많은 시민들이 죽어가고, 총상을 입은 사람들의 비명과 사람들의 분노에 찬 고함소리가 천지를 진동시키고 있다. 공수부대원들 중에는 M16 소총에 조준경을 달고 조준 사격을 하는 저격병들도 있고, 장갑차에서 기관총으로 비무장 시민들을 향한 무차별 사격도 있었다. 차마 눈 뜨고 볼 수 없다. 명백한 학살이다. 서의남 과장 방으로 들어가자 그에게 특별지시가 떨어진다.

"허 수사관, 이제 공수부대들이 시 외곽으로 모두 철수를 했다. 수사관 3명을 데리고 광주 시내 시민군, 아니 폭도들의 배치 상황, 병력, 소지하고 있는 화기, 특히 중화기 소지 여부와 폭도들의 지휘 본부에 대해 중점적으로 정보를 수집하는 업무를 수행하도록 해."

"네, 알겠습니다."

"아, 그리고, 오늘 도청 앞에서 있었던 헬기 기총소사에 대한 것도 좀 더 소상히 파악 좀 해 봐. 다른 놈 시켰더니 아직도 보고를 안 하고 있어. 사령부에도 보고를 해야 하는데 말이야."

"알겠습니다. 그런데 과장님. 뭐 여쭤볼게 있습니다."

"뭐야?"

"과장님이 오늘 아침 회의에서 우리 수사관들 모두 광주 시내에서 활동할 때 사복을 입고 가급적 공수부대 앞에 있는 시위대 쪽에는 접근하지 말라고 하셨는데, 혹시 과장님은 오늘 집단 사격 명령이 내려질 것을 알고 계셨습니까?"

궁금해서는 그냥 있지 못하는 성격의 허장환이 서 과장에게 대놓고 묻는다. 순간 서 과장의 얼굴이 약간 찡그려지다가 다시 억지웃음을 짓는 것처럼 어색한 얼굴이 된다. 허장환은 말을 해 놓고 서 과장을 빤히 바라본다. 서 과장이 마지못하는 듯 입을 연다.

"허 수사관, 당신을 비롯한 수사관들은 다 내 부하들이잖아. 만약의 사태에 대비하는 의미에서 그런 조처를 취한 것뿐이야."

"아, 그러시군요. 저는 과장님이 뭘 알고서 저희들을 보호하기 위해 일부러 그런 지시를 내린 것으로 생각했지요."

"당신, 혹여 다른데다가 그런 소리 하지 마. 내가 오해받는다고. 내가 알기는 뭘 알겠어? 그저 위에서 시키는 일이나 하는 주제에 말이야."

"아이, 과장님. 왜 그런 말씀하십니까? 어쨌든 잘 알겠습니다. 그럼 저는 나가보겠습니다."

허장환은 방문을 닫고 나와서는 뒤를 돌아서 서 과장이 있는 쪽으로 주먹을 쥐고 한 방 먹여 보냈다. 입에서는 "좆같은 놈!"이라는 말이 튀어나온다. 허장환은 앞서 이날 오전에는 홍성률 대령이 머물고 있는 광주 사동의 홍 대령 처갓집을 찾아가 어젯밤까지의 시내 상황을 보고해 줬다.

홍 대령은 오늘부터는 사동에 있는 처갓집을 이용하겠다고 한다. 시내 중심가에 있는 광주관광호텔은 도청과 가깝고 시민군들이 장악하고 있는 것이나 마찬가지다. 그의 처갓집은 아직 노출되지 않은 곳으로 은밀한 작전을 지휘하기에는 안성맞춤이다.

그는 홍 대령을 만날 때마다 심사가 뒤틀린다. 홍 대령 이 인간은 진짜 중요한 것은 얘기를 안 해준다. 허장환은 홍 대령의 지시에 따라서 공작에 필요한 자료나 정보를 최대한 수집해 주고도 정작 무슨 공작이 진행되고 있는지는 모른다. 연결해 준 정보요원들을 통해서 공작 내용을 듣거나 눈치로 파악하는 것이다.

오전에 홍 대령에게 특수임무 지시를 받으러 온 편의대 간부들하고 짧은 대화를 가졌다. 30대 초중반으로 보이는 요원들은 위관 및 영관급 장교로 보였다. 무심코 군번을 물어봤더니 장교 군번이다. 젊은 장교들만 뽑아서 특수공작을 펴고 있는 것이다.

허장환은 서 과장 방에서 나와 동료 수사관과 만나기로 한 광주관광호텔로 이동했다. 그는 광주상황이 이제 고비를 맞고 있다는 생각을 한다. 오늘 시민들을 상대로 살육 작전을 벌인 공수부대들이 시 외곽으로 철수했다. 그런데, 시민들의 요구를 수용해서 그런 것이 아니다. 시민군의 저항에 못이긴 척 철수했을 뿐이다. 사실 공수부대의 철수도 공작이라는 판단이 선다. 이미 치밀하게 계획된 작전인 것이다. 무장을 한 시민들이 서로 총질을 하고 난동을 부리며 분탕질을 하도록 하는 것일 것이다. 그는 앞으로 더 심각한 상황이 오리라는 것을 직감했다. 대규모의 군사작전이 눈앞에 보인다.

보안사령부에서는 벌써부터 진압작전에 필요한 정보 외에 시민군의 동태와 무장 상황, 재야단체 인사들과 학생 지도부의 움직임까지 세밀한 부분의 정보를 수집할 것을 지시하고 있다. 진압작전과 더불어 대규모 검거작전이 진행될 것이다. 어차피 광주사람들은 폭도 수준을 넘어 반란을 획책하는 내란죄를 범하는 것으로 몰고 가려는 것이라는 짐작이 간다.

허장환은 밤늦게까지 시내 주요 지점을 돌아다니면서 광주의 모습을 눈에 담았다. 위에서는 시내 폭도들의 무장 상황을 주의 깊게 파악하라는 지시를 내리면서 총기를 개인적인 원한이나 다툼에 사용하는지를 알아보라고 한다. 그가 파악한 바로는 아직도 시내에서는 개인이 총기를 사용해 일어난 사고나 사건은 없다. 많은 사람들이 총기를 들고 있지만 시민들 자체로 통제가 되는 모습이다. 택시나 트럭을 타고 다니면서 시민들을 선동하는 부류도 있었지만 총을 함부로 발사하지는 않았다. 약탈은 물론 강도나 절도 사건도 일어나지 않고 있다. 야간 활동을 하다가 귀대해서 야전 침상에서 선잠을 자고 일어난 허장환은 아침 식사를 대충 때우고 후배 수사관들과 함께 일찌감치 밖으로 나왔다.

22일 광주의 아침은 좀 쌀쌀했지만 봄이 깊어가서 인지 해가 뜨자 금방 훈훈하다는 느낌이 든다. 시내 가로수에는 나뭇잎들이 한껏 푸르러서 사람들의 눈을 시원하게 한다. 그러나 시내 거리는 싱그럽게 느껴지는 나무들과는 달리 처참하고 음울한 느낌이다.

가끔 시민군을 태운 트럭들이 지나가고 있다. 시민군은 이제 조직적으로 움직이고 있는 것 같다. 자체 경비소를 만들어 지키고, 순찰대를 조직해서 시내를 돌고 있다.

거리에 나와 있는 시민들은 삼삼오오 모여 허탈한 모습으로 서로를 바라보고 있다. 요 며칠 동안의 일들이 마치 꿈처럼 느끼고 있을 것이다. 어디서부터 잘못됐는지, 어떻게 이 지경이 됐는지 알 수가 없는 시민들은 멍한 모습들이다. 왜 군인들이 광주 사람들을 무참히 살육하고 있는지, 어쩌다가 이제 와서는 군인들과 서로 총질까지 하게 됐는지, 이제는 돌이킬 수 없는 상황까지 왔다는 생각에 시민들은 암담해 하고 있다. 사람들의 눈길은 저절로 하늘을 향한다. 그들의 눈빛은 처연하다. 믿었던 대한민국 군인들의 총칼에 부모형제와 자식을 잃은 참담함과 슬픔에 낙심하고 분노에 치를 떨고 있다.

허장환은 시민들의 모습을 바로 쳐다볼 수 없다. 신군부의 하수인으로서 정말 부끄럽다. 돌아본 광주 시내 병원에는 총상 환자들이 북적였고, 병원 영안실과 시신을 모아놓은 학교 강당에서는 울부짖는 사람들의 피맺힌 절규로 지옥이나 다름없다. 광주의 봄은 너무나 애달프고 구슬프고 통한의 계절이다.

경이로운 항거의 도시

공수부대가 광주시 외곽으로 철수를 완료한 다음날인 22일 정오에 전두환 보안사령관은 사령관실 책상 의자에 깊숙이 파묻혀 앉아 생각을 정리하고 있다.

오전 '무등산' 공작 회의에서 광주가 예상했던 대로 움직여주지 않고 있다는 보고이다. 중앙정보부 보고로는 광주 시내가 무법천지가 된 것처럼 되어있는데, 보안사 특별 정보라인의 보고에는 그런 징후가 거의 없다는 것이다.

특별 정보라인의 보고는 정확하다. 중정의 정보나 일반 보안부대의 정보는 윗선의 입맛에 맞는 정보로 가공해서 보고하는 경우가 많다. 그러나 광주 상황에 대한 정보는 입맛을 좋게 하자는 것이 아니라 이어지는 작전에 참고하도록 하는 중대한 문제이다. 그래서 가감없는 정보를 생산해서 보고를 하라고 특별 정보라인을 꾸린 것이다. 특수공작을 하러 내려가 있는 홍성률 대령도 공작 임무 외에 있는 그대로의 현장 정보를 보고하고 있는 특별 정보라인중 하나다. 이학봉 처장이 운용하고 있는 광주 현지 특별 정보라인이 가동되고 있는데, 결국은 우리 기대와는 다르게 광주시민들이 너무 차분하게 대응한다는 것이다.

전 사령관은 입맛을 다시면서 눈을 감는다. 뭔가 예감이 좋지 않다. 이학봉 처장의 얘기대로 광주 폭도들이 총기를 갖기 시작한지 아직 만 하루가 지나지 않았기 때문에 더 기다려 볼 필요가 있다. 그러나 시민들은 자체치안대를 만들어 거꾸로 총기를 회수하는 일까지 벌이고 있다니 당초의 예상을 빗나가도 한참을 빗나가고 있다. 강도나 절도, 약탈, 강간사건도 전혀 일어나지 않고 있다는 것이다.

"그래 며칠만 더 기다려 보자"

그는 혼잣말을 하면서 의자에서 몸을 일으켜 잠시 똑바로 앉아 다시 생각에 잠긴다. 어쨌든 4일만 기다려보자. 그 안에 진압작전을 모두 짜놓고 기다리면서 광주시민들을 대한민국과 민주주의를 위협하는 반체제 폭도로, 용공분자로, 내란음모를 꾀한 반역자로 만들어 가면 되는 것이다. '무등산' 공작 이후의 각본도 마련되었다. 4일후에 전남도청과 인근에 진을 친 폭도들을 제압하는 진압작전을 펴서 광주를 평정한다. 진압작전 전후 시점에는 폭도들을 배후에서 조종하고 사주한 혐의로 광주의 유력인사들을 내란죄 선동 및 수괴 등의 혐의로 체포한다. 군사재판으로 신속하게 재판을 진행하되 사전에 내란죄 조직체계도표를 잘 그려서 그럴싸하게 만든다. 광주사태 처리를 위해 특별수사국을 설치해, 가담자로 분류된 인사들은 속히 조사를 해서 군 검찰이 기소를 하고, 선고 전에 미리 형량을 결정해서 군사재판부에 넘겨준다. 특별수사국장은 기 광주에 파견한 최예섭 보안사 기획조정처장을 보임하고, 이하 광주505보안부대 수사관을 중심으로, 중앙정보부, 검찰, 육군범죄수사단, 헌병 등 80여명의 수사요원으로 구성한다. 수사 개시는 진압당일 즉시로 한다. 각 부처 요원들은 미리 선발해 놓도록 한다. 가장 중요한 것은 김대중의 내란죄를 뒷받침 할 수 있도록 광주사태를 조작하는 것이다. 광주에서 폭동을 일으키고, 총기를 탈취해 계엄군을 공격해서 살상하는 모든 행위가 사전에 국가를 전복해서 권력을 잡으려는 김대중의 지령을 받아서 행했다는 것으로 만들어내는 것이다. 사전에 가담 인사로 분류돼 검거한 인사들은 인정사정 봐주지 말고 수사한다. 고문을 비롯해서 수단 방법 가리지 말로 조사를 해서 자백을 받아내도록 한다. 고문을 이기는 놈은 없다. 허위자백도 자백은 자백이다. 여기까지 만들면 '무등산' 공작은 고비를 넘는 것이다.

이후에는 이 같은 사실을 국민들에게 알리고, 이를 빌미로 국가보위비상대책위원회를 만들고, 여기서 정치일정을 우리가 원하는 대로 만들어 가면 궁극적으로는 '오동나무'공작이 완성되는 것이다. 밑그림을 비롯해서 구체적인 그림은 이미 그려져 있다. 아주 그럴듯해 보인다. 전 사령관은 자신도 모르게 입꼬리가 올라가면서 미소를 짓는다.

*

차수일 중령은 광주에 파견된 특별 정보관으로부터 받은 보고서를 손에 들고 보안사 정원을 서성인다. 그는 사령관의 특별지시에 이은 이학봉 처장의 명령에 따라 보안사, 중정, 계엄사, 경찰의 공식정보라인 외에 따로 정보라인을 꾸렸다. 서울에서 요원들을 직접 파견해서 광주 현지상황을 가감 없이 보고하도록 했다.

그런데 광주에서 올라온 보고서가 차 중령의 마음을 흔들고 있다. 특별정보원들에 따르면 군 작전은 당초 계획대로 진행되고 있지만 광주시민들은 당초 예측한 대로 움직여주고 있지 않고 있다. 폭동의 도시로 만드는 공작이 실패를 눈앞에 두고 있다는 판단이 든다. 거기다가 외신들은 광주시민들이 폭도가 아니라 거꾸로 공수부대들이 난동을 부리고 있는 것으로 기사를 작성하고 있다. 아직 외부로 흘러나가지는 않고 있지만 조만간 해외 언론에서 터질 것 같다. 물론 국내 언론에 재갈을 물려서 해외보도를 막아버리면 되지만 당초 계획한 '무등산' 공작대로 광주 상황이 만들어지지 않은 것만은 확실하다.

차 중령은 특별정보관이 입수해서 참고 자료로 보내온 외국 언론사 기자의 기사를 다시 읽어본다. 한국인인 문제의 기자 원고가 다행히 외국으로 송고되기 전 탈취해버린 것이지만 광주 현장 상황을 적나라하게 보여주고 있다.

대한민국 광주의 시민들은 지금 자신들을 살상하는 공수부대를 내쫓고 학살당하는 공포에서 벗어났다. 그러나 그들은 곧 닥쳐올 비극을 예측하고 있다. 지금까지의 학살이 서곡이라면 이제부터는 아예 광주 시민들을 몽땅 죽일 것이라는 대학살이 일어날 것이라는 예감에 광주 시민들은 비감한 마음을 갖고 있다.

공수부대를 비롯한 계엄군들이 광주를 겹겹이 에워싸고 있다. 광주의 비극을 알리고 투쟁을 확산시키고자 다른 지방으로 나갔던 시위대들은 광주로 돌아오지도 못하고, 광주로 연결된 길목에 배치된 공수부대 등 계엄군들에게 사살당하고 있다.

광주는 해방구 같지만 사실 해방구가 아니다. 봉쇄된 고립무원이다. 지방이나 다른 지역으로부터 들어오던 농산물이나 생활물자 공급이 끊기면서 광주는 생필품 부족현상이 나타났다. 그러면서도 약탈이나 도둑이 없다. 신기하게도 강도나 절도사건 하나 일어나지 않는다. 수천 정의 총기가 시민들 손에 들려졌지만 사사로이 총기를 사용하는 일도 없다. 여성을 강간하려거나 추행하는 일도 없다. 오히려 시민들은 일탈행위를 하려는 자가 있으면 현장에서 적극 만류하면서 스스로 질서를 잡아나간다. 아무도 예측 못 한 경이로운 현상이다.

공수부대가 시내에서 철수하자 시민들은 눈물을 흘리면서 검붉은 핏물자국을 씻어내고 거리를 청소한다. 그들은 시민군을 조직화했다. 공수부대와의 싸움을 위해서가 아니라 질서를 잡고자 함이었고, 사사로운 사건이 일어나지 않도록 스스로를 다잡기 위한 것이다.

무장한 시민군은 전남도청을 본부로 정하고 경비반과 기동순찰대를 조직해서 계엄군의 공격에 대비한다. 시민들은 시민군에 포함되지 않은 사람들이 들고 있는 총기는 회수한다. 시민들이 혹시 신고해오는 불순분자나 강도 및 절도혐의자를 체포하도록 하는 치안유지를 위한 조직도 운영한다. 무질서한 해방구가 아니라 질서를 잡고 치안을 유지하는 민주주의 도시로 만들고 있다.

나는 외국 저널리스트로서 그저 지켜보기만 하는 무력한 인간이지만 광주사람들은 슬픔과 분노와 복수심을 딛고 일어나 쓰러져가는 민주주의를 일으켜 세우고 있다.

군인들의 총칼에 쓰러진 시민과 죽음을 불사하고 싸우고 있는 동양의 작은 나라 광주시민들에게 경의를 보내고 싶다.

　　　　　1980년 5월 22일, 대한민국 광주에서. 기자 제임스 강.

외신 기자가 쓴 글을 다 읽고 난 차 중령은 가슴이 방망이질 치는 것을 누르려고 심호흡을 한다. 머릿속이 멍하게 비워지는 것 같다. 그는 자기의 마음 한구석에 있던 양심의 보따리를 찌르고 있는 이 외신 기자의 글을 이학봉 처장에게 보고할 것인가 말 것인가를 고민했다. 상황실에서 혼자 읽다가 얼른 밖으로 들고 나와 버렸다. 봄바람이 산들거리고 있지만 그는 마음이 춥기만 하다. '무등산' 공작이 꼬여가고 있는 것이다. 여러 갈래의 생각들이 두서없이 머리를 흔든다. 숙여진 고개를 든 차 중령은 다시 심호흡을 한다. 그래, 이제 와서 후퇴할 길은 없다. 사령관님은 물론 이학봉 처장을 비롯한 우리 사람들 모두가 목숨을 걸고 공작을 하고 있다. 갈 때까지 가보자. 어차피 내 인생 여기서 승부를 걸었던 것이 아니었나. 그는 손에 쥐었던 종이를 그대로 구겨서는 입안으로 가져가 잘근잘근 씹어버렸다.

이날 밤, 보안사령부 특별상황실에서는 밤 10시가 넘은 시각에 전두환 사령관에게 보고가 이루어지고 있다. 다들 지친 표정이었지만 눈빛에는 살기가 서려있다.

"사령관님, 현 상황을 보고 드리겠습니다."

요즘에는 이학봉 처장이 보고를 전담하다시피 하고 있다.

"어서 해 봐!"

전 사령관이 피곤한 음성으로 대답한다.

"22일 오후 22시 현재, 광주는 개미 한 마리 빠져나가거나 들어올 수 없도록 외곽을 전면 봉쇄했습니다. 드나드는 자는 누구를 불문하고 사살하거나 체포하도록 지시했습니다. 폭도들은 현재 전남도청을 장악하고 있으며, 자체 기동대를 조직하는 한편 계엄군이 포진하고 있는 곳에 맞대응 진지를 구축하고 계엄군의 진입을 막는다는 태세입니다.

계엄군은 송정리 K57비행장으로 향하는 길목이라 할 수 있는 광주통합병원을 사이에 두고 광주 폭도들과 대치하고 있습니다. 진압작전 시 이곳으로 전차부대 등이 진입할 것입니다. 참고로 폭도들 사이에서는 광주통합병원을 '판문점'이라고 부릅니다."

"뭐? 판문점?"

갑자기 전 사령관이 고개를 쳐들고 반문한다.

"네, 사령관님. 통합병원에서 폭도부상자들을 다수 치료하고 있기 때문에 일부 가족들이 올 수 있도록 하고 있어서 그렇게 부르고 있는 모양입니다."

"미친놈들. 판문점은 무슨⋯. 아, 광주놈들 쓸어버리는 공작은 잘 진행하고 있는 거야?"

전 사령관이 짜증을 낸다.

"사령관님. 지금 일정대로 작전 중입니다."

"총기 회수는 어떻게 되고 있나? 거 뭐 시민수습위원회라고 하는 놈들이 나서서 협상을 하자고 한다면서?"

"네. 그 부분을 말씀드리겠습니다. 시민수습위원회가 전남북계엄분소를 찾아와서 7개항의 요구 사항을 내놓았습니다. 그러면서 회수한 총기도 일부 가지고 왔습니다. 그러나 우리가 받아들일 수 있는 사항이 없습니다. 다만, 연행자 중 선별해서 848명을 석방해 줬습니다. 석방자는 총상 등으로 인한 부상정도가 심해서 치료가 골치 아픈 폭도와 중고등학교 학생, 고령자 등이 대부분이며 선별작업은 우리 505보안부대가 주도했습니다. 현재 광주에는 3개의 수습위원회가 있습니다. 홍남순 변호사 등 재야인사들이 주축으로 하는 수습위원회와 조비오 신부들이 참여하고 있는 수습위원회, 그리고 전남도청이 주도하고 있는 수습위원회가 있습니다. 저희들은 도청이 주도하고 있는 수습위원회 위원 일부를 공작하고 있습니다. 현재 폭도들에게 약 4천정의 무기가 탈취됐는데 이 중 3천500정 이상을 진압작전 실행 직전까지 회수하는 것이 목표입니다."

"다이너마이트 상당량이 전남도청 지하실에 있다면서?"

"네. 화순탄광에서 탈취된 것 들입니다."

"진압작전 때 위험하지 않겠나?"

"아닙니다. 그렇지 않아도 뇌관이 없어서 쓰지 못하도록 은밀한 공작을 진행하고 있습니다. 다이너마이트 관리를 하고 있는 사람들을 포섭해서 폭도지도부 모르게 진행하고 있습니다."

"그것 참 잘됐구먼. 그 공작을 하는 놈이 누군지 몰라도 나중 훈장을 주도록 해."

"네. 알겠습니다."

"진압작전 때까지 별 상황은 없겠지?"

"네. 지금 상황을 그대로 유지하면서 수습위원회를 설득하고 협박해서 총기회수 성과를 최대한 올리겠습니다."

"김대중이랑 연계시키는 수사 공작은 잘 되고 있지?"

"네, 그렇습니다. 상당한 성과가 있습니다. 광주 쪽 인사들은 검거대상 인원을 확정해 놓고 있습니다. 김대중과 연계되는 부분도 이미 기획을 마처놓은 상태이니 공작계획대로 밀고 나가면 됩니다."

"광주쪽 내란 수괴는 누구로 했나?"

"네. 홍남순 변호사라고 재야인사입니다."

"아, 그 인권변호사라는 영감 말이야?"

"네. 그렇습니다."

"그 영감 나이가 너무 많은 것 아니야?"

"나이는 69세지만 아직 건강상태는 양호합니다. 김대중 무료변론도 여러 차례 한 인물로, 사실상 광주사람의 정신적 지주역할을 하고 있습니다."

"그래? 골치 아픈 인사구먼. 잘 다스려봐."

"네. 알겠습니다."

광주교도소

허장환은 23일 오전에 다른 5명의 수사관들과 함께 헬기를 타고 광주교도소에 도착한다. 서의남 과장의 지시에 따라 교도소에 붙잡혀 있는 폭도 178명에 대한 분류 심사를 위해서이다. 이 외에 광주교도소가 폭도들의 습격을 받고 있다는 상황을 파악하는 것도 임무다. 좌익수 문제는 은밀하게 처리할 사안이다. 만약 광주교도소가 폭도들에게 점령당할 위기에 처한다면 좌익수들을 미리 사살해야 한다. 현장에 와 보니 교도소 측에서는 이미 좌익수들을 한 곳에 모아서 수감하는 등 나름대로 조처를 하고 있다. 허장환은 3공수여단 참모들과 대대장들을 만나고, 3공수에 파견된 보안부대 반장과도 얘기를 나눴다. 그 결과 교도소는 경비에 문제가 없어 보인다. 교도소 담장 밖으로는 해자가 설치되어 있다. 예부터 성곽 앞에는 자연 하천이나 인공 하천을 이용해서 적의 침공을 막거나 지연시키는 시설물을 만들었다. 교도소 담장을 빙 둘러서 하천이 있는데 해자 역할을 하고 있어서 공격하는 입장에서는 쉽게 공략할 수 없는 지형이다.

공수부대원들도 경계가 아닌 매복 작전을 하고 있다. 여러가지 지형 상 시민군이 교도소를 습격하는 것은 불가능해 보인다. 그런데 3공수는 전교사에 '시민군이 교도소를 습격했으며 그 과정에서 시민군을 사살하고 여러 명을 붙잡았다'고 보고했다. 허장환은 공수부대의 말이 의심스러웠다. 광주교도소를 습격하기 위해서는 수백 명, 아니 수천 명의 공격군이 있어야만 가능할 것으로 보인다. 해자가 있어서 바로 침투하기 어렵고, 교도소 측에서 보면 방어하기에 아주 유리하다. 중화기로 무장한 대규모 병력이 공격을 하면 모를까, 시민들로 구성된 단순 폭도들이 교도소를 공격해서 성공할 가능성은 거의 없어 보인다.

분류 심사를 위해 폭도들이 갇혀 있는 곳으로 가봤다. 서른 평 남짓한 교도소 작업장 바닥에 총상을 입은 시민들이 아무렇게나 널브러져 있다. 몸이 성한 사람보다는 다친 사람이 더 많다. 중학생도 있었고, 총상으로 살이 썩어 들어가는 사람도 있다. 이들은 시내에서 시위를 하다가 붙잡혔거나, 고향인 화순, 담양, 곡성으로 돌아가기 위해 교도소 앞을 지나가다가 '교도소 습격 폭도'라는 누명을 쓰고 붙잡혀 있다. 중학생 한 명을 비롯해서 목숨이 위태로운 세 명을 우선 광주국군통합병원으로 보냈다. 마침 교도소에 온 헬기의 조종사에게 반강제적으로 환자 이송을 요구했다. 그 와중에 총상 환자 한 명이 숨진다. 공수부대원들이 끌고 나간다. 시체 처리를 묻자 우선 교도소 담장 밑에 묻어버린다고 했다. 시내에서 집단 발포가 있었던 21일에는 시내에서 사살된 시민들 수십 명을 이곳 교도소로 옮겨와 담장 밑에 임시 매장을 했다는 말도 들었다. 총소리가 들린다. 처음에는 한 발씩 쏘거나 몇 발씩 모아서 쏘는 점사 소리가 들리더니 나중에는 한꺼번에 쏘는 연발사격 소리가 들린다.

"저게 뭔 소리야?"

허장환이 옆에 있던 보안부대 소속 3공수 파견반장과 공수부대원들에게 묻는다.

"교도소를 들어오려고 하는 놈들을 사살하는 겁니다. 교전입니다."

공수부대원이 대답한다.

"뭐? 교전? 그러면 폭도들이 교도소를 공격한다는 건가?"

허장환은 의문을 제기한다.

"그렇습니다."

공수부대원들이 천연덕스럽게 대답한다.

"그래? 어디서 어떻게 공격을 해 오고 있다는 거야? 한 번 가보자."

허장환이 본관 옥상으로 올라가보니 거기에서는 3공수여단 소속 군인들이 어디론가 조준 사격을 하고 있다. 자세히 보니 지나가는 차량을 향해 일방적으로 총질을 해대고 있다. 사냥꾼이 꿩 사냥하듯 쏘아대고 있다. 상대편에서는 아무런 저항도 없다.

"이봐! 어디로 사격하는 거야?"

허장환이 공수부대원들을 향해서 묻는다. 공수부대 중사가 뻐드렁니를 드러내면서 웃는다.

"광주 시내에서 외곽으로 나가는 사람이나 차량에 대해서는 공격해서 사살하라는 명령입니다. 들어오는 차량도 마찬가지입니다."

그리고는 다시 조준을 하면서 사격을 퍼붓고 있다.

허장환이 옥상에 함께 올라온 보안부대 김영욱 파견반장에게,

"김 반장, 이게 교전이야?"라고 묻자, 그는 고개를 돌리면서 쑥스러운 표정을 짓는다.

조금 있으니 공수부대원들이 집중사격으로 만신창이가 된 차량으로 달려가 무언가를 끄집어낸다. 시체다. 두 명의 공수부대원들이 다리를 잡고 끌고 온다. 축 늘어진 시체가 땅바닥으로 질질 끌려온다.

"저 시체는 어떻게 하나?"

허장환이 묻는다.

"아, 저것들은 다 교도소 담장 밑에 묻어버립니다. 일단 가매장합니다."

공수부대 중사가 아무렇지도 않게 얘기한다.

허장환은 말없이 담배를 꺼내 물었다. 담배 맛이 쓰다.

분류심사를 하다가 오후 늦게 교도소장실에서 차를 마시고 있는데 3공수 대대장 한 명이 들어온다.

"우리 3공수는 내일 철수합니다. 다른 곳으로 이동하라는 명령이 떨어졌습니다."

이곳에서 철수한다는 얘기다.

그 소리를 듣고는 허장환이 벌떡 일어서더니,

"아니, 공수부대가 그냥 철수하면 어떻게 합니까?"

"아, 우리는 여기 교도소방어를 목적으로 와 있는 것이 아닙니다. 시 외곽으로 나가는 폭도들을 제압하고 사살하는 것이 임무입니다. 이제 다른 부대와 교대하기로 돼 있는 것 같습니다."

3공수여단의 대대장은 자신들의 임무는 교도소 방어가 아니고 시 외곽으로 나가는 폭도들을 사살하라는 명령에 따라 광주에서 담양, 곡성, 진도로 통하는 고속도로와 국도 입구에 있는 광주교도소를 노루목 삼아 작전을 수행하고 있다는 것을 명확하게 밝힌다.

허장환은 3공수의 작전목표가 폭도들의 교도소 습격을 방어하는 것이 아니라는 사실을 확실히 알아차렸다. 또한 난감했다. 자신은 광주교도소에 있는 좌익수들이 폭동을 일으킬 조짐이 있으면 즉시 사살하라는 상부의 명령을 받고 왔는데, 공수부대원들이 철수해 버리면 그 사살업무를 수행할 방법이 마땅치 않았기 때문이다. 권총으로 열 명이 넘는 좌익수 모두를 사살할 수도 없고, 그렇다고 한 방에 모아놓고 수류탄을 까서 죽일 수도 없다. 때마침 교도소장실로 서의남 과장으로부터 전화가 걸려온다. 교도소 일이 궁금한 모양이다. 허장환이 수화기를 건네받는다.

"어떻게 됐어?"

대뜸 묻는다.

"네, 여기는 폭동의 조짐이 없습니다. 폭도 등 외부로부터 안전합니다."

"조치는 어떻게 했나?"

"좌익수들은 모두 튼튼한 별도 감방으로 옮겨서 특별 감시하고 있습니다."

"그래? 그럼, 폭도들에 대한 분류 심사를 하다가 내일 오전에 헬기를 보낼 테니 철수하도록 해."

"알겠습니다."

전화를 끊은 허장환은 서 과장의 좌익수 관련 지시가 무엇을 뜻하는지 알 것 같다. 보안사령부에서는 당초부터 시민군의 광주교도소 습격을 기정사실화 하고는 그에 대비한 작전을 마련한 것이다. 어떤 미친놈이 현장에 와 보지도 않고서 시민군의 교도소 습격을 마치 사실처럼 보고한 것이다. 아니면 공수부대가 자신들의 시민 살상을 합리화하기 위해 교도소를 습격하는 폭도들을 사살했다고 전과를 보고했고, 이 보고서를 받은 보안사령부가 광주 505보안부대에 이에 대한 대책 및 작전지시를 내린 것으로 보인다. 어쨌든 시민군의 교도소 습격은 결코 사실이 아니다.

그날 밤 허장환이 교도소 의무실에 있는 환자용 베드에 몸을 막 눕히고 있는데 보안부대 파견 반장이 소주 한 병을 들고 찾아온다.

"허 선배, 어찌 잠은 잘 만 합니까? 보해 소주 딱 하나 꼬불쳐 놓은 것이 있는데 선배님 잠동무하라고 가져왔습니다."

"어이구, 역시 우리 김 반장 밖에 없고만. 고맙네."

허장환이 소주병을 따서 그대로 입에 대고 꿀꺽 꿀꺽 몇 모금 마신 뒤 김 반장에게 건네준다. 소주를 받은 김 반장도 몇 모금 마시고는 손으로 입을 훔친다. 그리고는 미안하다는 소리를 한다.

"안주가 없어서 죄송합니다."

"무슨 소리야. 이런 난리 판국에 이것도 호사지."

허장환의 진심어린 말이다. 잠시 아무소리 않고 있던 김 반장이 나지막한 소리로 말한다.

"선배님, 며칠 전 여기 3공수에서 일어났던 사건에 대해 특전사 보안부대장에게 보고를 했는데 혹시 들으셨어요?"

"아니, 무슨 일인데?"

허장환이 눈을 똥그랗게 뜨고 궁금한 눈으로 김 반장을 바라본다.

"지난 21일 저녁때 공수부대원 한 명이 동료 부대원을 총으로 사살하고 탈영했습니다. 시체 한 구도 함께 사라졌습니다."

"뭐야?"

허장환은 놀래 자빠질 뻔 했다. 어찌 그런 일이 있을 수 있다는 말인가? 특전사 부대에서 그런 일이 일어나는 것은 상상조차 힘든 것이다.

"무신 그런 일이 있노? 그래 어떻게 됐어?"

허장환은 놀라다 보니 경상도 고향 말투가 튀어나온다.

"점호 때 확인을 해 보니 살해 된 공수부대원은 웃옷이 벗겨진 채 나무밑에 있었습니다. 탈영한 공수부대원이 동료를 살해해서 옷을 벗긴 뒤 시체에게 공수부대원 옷을 입혀 위장시킨 뒤 교도소 밖으로 나간 것으로 판단됐습니다."

"야. 이거 놀랠 노자다. 그래 보고를 한 뒤 어떤 지시가 없었나?"

"없었습니다. 아마도 그대로 쉬쉬하는 것 같습니다. 3공수에서도 그대로 묻으려 하는 것 같습니다."

"그렇겠지. 이게 밖으로 터져나가면 여러놈 작살난다. 아무리 준전시상태지만 이런 해괴한 일이 어디 있을 수 있나?"

"그러게요. 아무리 분석을 해봐도 납득이 가지 않는 상황입니다."

그러면서 김 반장은 머리를 긁적인다.

"그래, 죽은 공수 애는 어떻게 처리했나?"

"전사로 처리한답니다."

"탈영한 애는 뭐야? 병이야? 하사관이야?"

"사병입니다. 서울대 의대에 다니다 입대해서 논산훈련소에서 차출된 의무병입니다. 살해된 애는 입대 2년차 하사입니다."

"허, 참. 알 수가 없는 일이다. 해괴한 일이야~."

허장환이 입맛을 쩝쩝 다시면서 혀를 찬다.

"김 반장, 소주 아직 남았나? 있으면 병 좀 줘 봐."

허장환이 소주병을 들고 나머지를 입에 털어 넣는다. 입안에 소주 향이 퍼지면서 쓴맛과 단맛이 동시에 혀에 달라붙는다.

"씨~펄, 말세다. 세상이 거꾸로 돌아가니 모두가 미쳐버리는구만. 아이고 나는 잠이나 자 둘란다. 김 반장 오늘 얘기는 나도 안 들은 거다. 고마워~."

그리고는 벌렁 침대에 누웠다. 김 반장이 나가고 눈을 감았지만 정신은 말똥말똥하다. 허장환은 벌떡 일어난다. 앉아서 생각해봐도 이해하기 힘든 사건이다. 그나저나 사람이 너무 많이 죽어나간다. 이래서는 나중에 감당하기 힘들 것이다. 무고한 시민들이 수백 명 죽었는데 어찌 세상에 드러나지 않고 묻히겠나? 더구나 앞으로도 더 많은 사상자가 나올 것 같아서 큰일이다. 그는 밤새 뒤척이다가 새벽녘에서야 잠이 들었다.

사라진 시민들

허장환은 광주교도소에서 하룻밤을 지낸 다음날 오전 505보안부대로 복귀하기 위해 교도소장 방에서 헬기를 기다리고 있다. 아침까지 교도소에 잡혀있는 폭도들에 대한 분류심사를 마쳤다. 대부분 단순 시위에 참가한 학생들과 시민들이어서 무장 폭도로 분류하는 것이 쉽지 않다. 내키지 않은 일이지만 상부의 명령인 만큼 눈 딱 감고 폭도로 분류시킨 사람도 있다. 심사를 마치고 교도소장 방에서 이제나 저제나 헬기가 오는 소리에 귀를 기울이는데 전화가 온다.

"허 수사관. 나 과장인데, 거기서 긴급으로 실행할 임무가 있다. 지금 요원 2명과 감식 경찰들이 헬기로 가고 있으니 함께 광주교도소에 가매장된 폭도 시체들의 신원을 파악하도록 해!"

서희남 과장의 긴급지시다.

"과장님. 이게 갑자기 무슨 이유입니까?"

허장환이 짜증스런 말투로 묻는다.

"아, 사령부 긴급 지시사항이야. 죽은 폭도들 중 간첩 용의자가 있을 것으로 예상되고 있으니 신원파악을 하라는 지시야."

"간첩이요?"

허장환이 속으로 코웃음을 치면서 다시 묻는다.

"그래. 광주에 북괴의 지령을 받은 간첩과 불순분자, 그리고 북한공작 원들이 침투했을 수 있다는 확실한 정보가 있다는 거야. 신분을 잘 파악 해 봐. 진짜 간첩이 있을 수 있잖아?"

"아니, 과장님. 지금 장난하십니까? 광주에 간첩이나 무장공비가 없다 는 것은 과장님이 더 잘 아시지 않습니까? 그런데 이런 말 같지 않은 지시 를 내린다는 말입니까?"

"어이, 허 수사관. 나도 괴로워, 괴롭다고. 그런데 상부에서 지시를 하 는데 내가 거부할 수 있어? 까라면 까야지 어떻게 하란 말이야?"

서 과장도 짜증을 낸다. 허장환은 더 이상 말씨름을 해야 소용없다는 것 을 안다. 자칫 상부로부터 찍혀서 나중 곤욕을 치를 수 있다. 명령을 거부 하거나 불이행하면 인생을 종칠 수 있게 만드는 조직이 보안사다. 서 과 장과 전화 통화를 끝내고 커피를 마시고 있는데 헬기 도착소리가 들린다.

*

공수부대원들과 교도소 직원들이 담장 밑을 파서는 묻힌 시체들을 꺼 내 놓는다. 시체 일부는 마대자루에 넣어져 있지만 일부는 그냥 그대로 묻혀 있다. 허장환 일행은 거적때기 위에 놓인 시체들을 살펴서 인상착의 를 적고, 손가락 지문을 일일이 떠서 신원확인 작업을 해 나간다. 팔이나 손목이 잘려 나간 시체는 옷 속을 뒤져서 신원확인에 도움이 되는 것을 찾아보기도 한다. 시체들은 가매장 한지 얼마 되지 않았지만 대부분 총상이나 자상이 심해 욕지기가 나올 정도로 보기에도 흉측하고 처참하다. 여자와 어린 학생들 시체도 있다. 여름으로 접어드는 계절이라서 그런지 벌써 썩는 시체도 있다. 3공수여단이 교도소를 떠나기 직전까지 수십 구의 시체 신원확인을 마친 허장환은 시체를 다시 묻어야 한다는 생각이 들었다. 허장환이 신원확인 차 오전에 헬기를 타고 온 505보안부대 수사관에게 말한다.

"어이, 김 수사관. 3공수 애들 떠나기 전에 빨리 가서 시체를 다시 묻어달라고 해!"

"아, 선배님. 이 시체들 묻지 않아도 됩니다."

"무슨 소리야? 지금 날씨가 더워지니까 금방 썩는단 말이야. 이대로 놔둘 수는 없잖아?"

"아닙니다. 상부 지시사항입니다. 묻지 말고 그대로 두면 계엄사에서 처리를 한답니다."

"계엄사에서? 그놈들이 무슨 수로 처리한다는 말이야?"

허장환이 묻자 김 수사관이 주위를 둘러보면서 목소리를 낮춰 말한다.

"네, 저도 귀동냥인데요, 태워버린답니다."

"태워? 아니 이 시체들을 어디로 가지고 가서 소각한다는 말이야? 광주에는 그런 시설이 없는데."

"제가 알기로는 광주국군통합병원 소각장에서 할 거랍니다. 이미 쓰레기 소각장을 시체 소각장으로 바꾸는 작업을 하고 있는 것으로 알고 있습니다."

김 수사관이 연속으로 충격적인 소리를 해댄다. 시민들의 시체를 소각해 버리면 죽은 사람의 부모형제들은 어디에서 시체를 찾아서 초상을 치른다는 말인가? 허장환은 머릿속이 윙윙 울리는 것 같아서 잠시 멍하게 서 있다. 누가 또 이런 짓을 저지르라고 명령했다는 말인가? 아무리 계엄군에 의한 시민들의 살상 숫자를 감추려 한다고 해도 이건 아니었다. 천인공노 할 짓이다.

허장환은 갈수록 수렁에 빠져드는 느낌이 든다. 보안사의 특성상 명령복종과 비밀 엄수는 절대적이다. 특히 업무수행과정에서 취득한 정보는 한 이불속에서 같이 자는 마누라는 물론 죽을 때까지도 누설하면 안 된다. 그러나 이런 반인륜범죄는 언젠가는 밝혀지게 된다. 학살의 증거를 없애기 위해 시체를 소각하는 것은 죽은 자와 그 가족들을 두 번 세 번 죽이는 일이다. 살아있는 사람들은 사라진 가족의 시신이라도 찾기 위해 평생 세상을 다 뒤지고 다닐 것이다. 이런 죽일 놈의 짓이 어디 있다는 말인가. 그의 머릿속에는 또 하나의 분노와 비애의 비망록이 쓰여 지고 있다.

다음날 저녁, 광주국군통합병원이 있는 광주시 화정동 인근 주민들은 평소 맡아보지 못한 고약한 냄새를 맡는다. 동물 사체를 태울 때나 나는 고약한 냄새다. 사람들은 무슨 일인지 영문을 모르면서 코를 찌르는 지독한 냄새에 손으로 코를 막으면서 밖을 내다본다. 검은 밤하늘에서는 비가 내리고 있었다.

그 냄새는 다음날 낮까지 계속 났다. 주민들이 냄새의 원인을 찾아보니 광주국군통합병원 쪽이다. 병원 굴뚝에서 시커먼 연기가 나오고 있고, 역겨운 냄새는 거기서 나는 것으로 보였다.

며칠 후 허장환은 광주국군통합병원을 담당하는 경찰 정보원과 505보안부대원으로부터 시체소각에 대한 얘기를 듣는다. 통합병원에는 쓰레기 소각장이 있는데 이곳을 시체 태우는 곳으로 개조했다는 것이다. 소각 작업에는 벙커씨유를 사용했는데, 시체를 태우는데 충분한 열량이 나오지 않아서 일이 어려워졌다고 한다. 소각장의 화력 부족으로 미처 다 타지 못한 시체와 대기하고 있던 시체는 비닐로 싸고 마대자루에 담아서 헬기장이 있는 곳으로 옮기고, 헬기들이 동원돼 어디론가 싣고 갔다는 것이다. 헬기의 행선지는 알 수 없지만 시내가 아닌 바닷가 쪽으로 날아갔다고 한다.

그날 시체 소각에 대한 정보를 들은 허장환은 시체 소각 작업에 동원되었다는 광주시 소속 청소부들을 만나서 사실을 확인해야겠다고 결심한다. 그러나 그의 행보는 이루어지지 못한다. 시민군이 마지막으로 저항하던 전남도청이 공수부대의 무자비한 살상으로 진압되면서 체포된 시민들을 수사하느라 눈코 뜰 새 없었기 때문이다. 아니 어쩌면 그런 극비사항을 캐려다 객사하는 수가 있다는 것을 잘 아는 그의 머릿속 계산이 작용했을지도 모를 일이다. 시체 소각이 있은 며칠 후 미군 501첩보부대 김용장 정보관은 보고서를 작성한다.

'광주국군통합병원 소각장에서 다수의 시신이 소각처리 됨. 시신은 계엄군에 의해 사망한 시민들로 추정됨. 소각로 열량 문제로 미처 소각이 이루어지지 않은 시체 상당수는 헬기에 실려 불상지로 이동 처분됨.'

상무충정작전 '학살'

26일 오전 10시 30분, 광주 상무대에 있는 전교사 사령관 사무실에서는 전남도청을 비롯한 광주시내 시민군을 소탕하는 회의가 열리고 있다. 이른바 '상무충정작전'이다.

소준열 전교사 사령관과 박준병 20사단장을 비롯해서 31사단장, 공수특전사의 3, 7, 11공수여단장, 전교사 예하 보병학교 교장 등이 참석한 가운데 열린 회의에서는 진압작전에 대한 구체적인 명령이 하달된다.

장교 53명, 사병 323명 등 모두 376명의 공수부대원으로 편성된 특공대는 전남도청과 전일빌딩, 광주공원 등 3개 목표지점에서 폭도를 제압한 다음 20사단과 31사단 병력에게 각각의 책임지역을 인계하도록 했다. 그 밖의 다른 부대들은 외곽선 봉쇄 임무가 주어졌다.

특공대 선발은 정호용 특전사령관이 추천해서 소준열 사령관이 정한다. 이름뿐인 형식을 거치고 있다.

특공대원들은 오후 3시부터 송정리 K57비행장 격납고 안에서 소탕작전을 위한 목표지점을 숙지했으며, 또한 건물의 구조도면을 보면서 진입로 및 공격목표물에 대한 사전분석을 한다. 여기에는 505보안부대 요원들과 경찰서 정보과 도청담당 경찰이 참석했다.

허장환 수사관은 K57비행장에서 열리는 진압작전 회의에 참석하라는 서의남 과장의 지시를 받고 오후 3시 전에 비행장에 도착한다. 비행기 격납고에 모여 있는 공수부대원들은 특전사 복장을 벗어버리고 모두 일반 군인 복장을 하고 있다. 공수부대 특공대를 투입해서 과잉진압을 했다는 비난을 회피하기 위해서다. 철모에는 아군끼리의 오인사격을 없애기 위해 흰 띠를 둘렀다.

허장환은 특공대 지휘관들에게 도청 건물에 대한 구조와 시민군들의 배치상황, 지하실에 보관된 다이너마이트 등 폭발물에 대한 현황 등을 설명해 줬다. 도청 진압 공격작전에는 공수특전사에서도 최정예부대인 3공수 11대대가 투입된다. 전일빌딩과 관광호텔 공격은 11공수 61대대 1개 중대, 광주공원 점령에는 7공수여단 33대대가 맡았다. 진압에는 18개 항목에 이르는 작전지침이 하달됐다. 가급적 하복부 지향 사격 등도 포함됐지만 이미 피 맛을 본 공수부대원들의 눈에는 살기가 등등하다. 그런 모습을 보고 있자니 허장환도 오싹한 느낌이 든다.

오후에 부대로 복귀한 허장환은 서의남 과장으로부터 새로운 임무를 부여받는다.

"허 수사관, 내일 새벽 특공대가 도청에서 시민군 소탕을 완료하면 바로 진입해서 수사에 필요한 서류와 자료들을 확보하도록 해!"

"과장님, 진압작전에서 시민군 대부분은 죽거나 중상을 입을 것인데 무슨 수사준비를 하라는 것입니까?"

"아, 항복하는 시민군도 더러 있을 것 아니야. 그 속에 빨갱이도 있을지 모르니까 가려내야지 않겠어? 이건 상부의 특별지시라는 걸 명심하도록 해!"

서 과장은 사령부의 지시라는 오금을 박는다.

"공수특공대가 진압을 완료하면 그 즉시 20사단이 도청에 진입해서 장악을 할 거야. 그 이전에 필요한 자료를 확보해야하니 만반의 준비를 하고 있으라고."

"네, 잘 알겠습니다."

서 과장 방을 나온 허장한은 도청 진입에 동행할 동료 수사관들을 모아서 회의를 끝내고는 505보안대 건물 밖으로 나와서 담배를 피워 물었다. 봄비가 내린다. 하늘에서는 생명을 잉태하고 성장을 돕는 비가 내리고 있지만, 정작 사람들은 군인들을 동원해서 생명을 죽이는 대규모 작전을 꾸미고 있다. 수백 명의 사상자가 나올 대규모 진압작전을 코앞에 두고서 허장환은 착잡한 심정에 머리를 떨군다.

제3부

신군부 집권 시나리오

은폐

"'무등산' 공작은 실패했어!"

"사령관님, 예정대로 내일 27일 새벽 0시 1분부터 진압작전이 개시됩니다."

"음, 준비는 다 되어 있겠지?"

"네, 그렇습니다. 우리 보안사령부 요원들이 주축이 되어 계엄사에서 도청 진압작전 계획을 수립했습니다."

"진압 주력부대는 어디야?"

"최세창 준장의 3공수 여단이 도청을 맡고, 그 외의 다른 지역은 11공수와 7공수가 맡습니다. 공수부대라는 것을 숨기기 위해 일반군복을 입혀서 투입시킬 예정입니다."

"도청 진입은 몇 시야?"

"27일 새벽 4시입니다."

"현장지휘는 잘 되고 있나?"

"네. 정호용 사령관이 밤 9시 광주비행장에 도착해서 특공대를 격려하고, 우리 보안사령부에서 지원하는 물품과 계엄사에서 지원하는 특수화학탄인 스턴 수류탄을 특공대에 지급했습니다."

"그래? 좋아. 그리고 말이야. 홍남순 변호사를 포함해서 광주 유력인사 놈들 잡아들이는 것은 어떻게 됐어?"

"네. 지금 체포 작전 중입니다."

26일 밤 9시 30분. 서울 국군보안사령부 특별상황실에서는 전두환 사령관과 이학봉 처장을 비롯한 참모들이 '무등산'공작을 완결 짓기 위한 회의를 하고 있다.

계엄군은 시민군들이 장악하고 있는 도청 건물과 일부 시내건물을 무력으로 진압할 예정이다. 처음부터 협상은 계획에 없었다. 진압작전을 통해서 광주 폭도를 제압하고, 그 주동자들을 검거해서 재판에 넘겨서 처벌해야만 '무등산' 공작이 완결되기 때문이다.

"이봐 권 처장, 언론공작은 잘 되고 있나?"

전 사령관이 묻는다.

"네, 그렇습니다."

권정달 정보처장이 얼른 대답한다.

"언론사 애들의 며칠 전 광주 방문은 어떻게 됐어?"

"네. 광주 폭도들의 실체를 눈으로 보여줬더니 많이 놀라는 눈치였습니다. 저희들이 제공한 보도자료 만을 활용하라는 지침에 따라서 보도를 하고 있습니다."

계엄사령부는 이틀 전 광주의 실상을 보여준다는 명목으로 서울의 각

언론사 사회부장들을 군 수송기에 태워 광주로 데려갔다. 물론 보안사령부의 지시다.

　언론사 부장들은 상무대의 계엄사 전남북계엄분소에서 광주사태에 대한 브리핑을 듣고, 시민군들이 바리케이트를 치고 계엄군의 진입을 막고 있는 화정동 고갯길에서 광주 시내를 바라본 후 서울로 돌아갔다.

　다음날 각 언론에서는 광주를 불순분자들이 배후조종하는 폭동의 도시로 규정하는 보도를 한다. 조선일보는 5월 25일자 사설에서 '남파간첩들이 지역감정을 촉발시키는 등 갖은 유언비어를 퍼뜨렸다'면서 계엄군의 발표와 주장을 그대로 되풀이해준다.

　보안사령부에서는 이미 지난 20일부터 광주사태에 대한 보도통제를 일부 해제하면서 '광주 폭동이 통제를 벗어났다'라는 보도 자료를 내는 등 제한된 자료만을 언론사에 보내준다. 언론사들은 계엄사령부에서 주는 내용대로 써댄다. 광주는 그렇게 폭동의 도시로 낙인찍히고 있다.

　"앞으로 언론들이 잘 써야 돼. 그래야 광주사태가 북한군의 사주를 받은 용공분자들의 폭동으로 규정할 수 있단 말이야. 국민들이 우리의 말을 진짜로 믿도록 하기 위해서는 언론을 잘 활용해야 된다고. 안 그래?"

　"네, 잘 알고 있습니다. 각하."

　권정달 처장의 대답이 시원하다.

　"그리고 권 처장. 미국의 움직임은 특별한 게 없나?"

　"네, 지난 22일 미 국방성 대변인이 '주한유엔군 및 한미연합사 사령관이 자신의 작전지휘권 아래 있는 한국군을 시위군중 진압에 사용 할 수 있게 해 달라는 한국정부의 요청에 동의했다'라는 발표 이후 미국의 특별한 반응은 없습니다."

"미국이 보내기로 한 것들은 어떻게 됐나?"

"네, 일본 오끼나와에 있는 조기경보기 2대와 필리핀 수빅만에 있는 항공모함을 긴급 출동시키고 있습니다. 광주 진압작전 때 혹시 모를 북괴의 오판을 사전차단하기 위한 것입니다."

"그래. 그건 나도 알고 있어. 그리고 말이야. 북한의 움직임은 어때?"

"네, 국군정보사에 수시로 확인하고 있습니다. 특이 동향은 없습니다. 미국도 북한군의 움직임에 남침 징후가 있지는 않다고 밝혀오고 있습니다."

권정달 처장의 답변에 전 사령관이 고개를 끄덕이면서 호흡을 가다듬는다.

전두환 사령관이 담배를 입에 문다. 그는 무슨 생각을 하는지 눈을 감고 가만히 있다. 이학봉 처장이 탁자위에 놓인 지포라이터를 얼른 집어 불을 켜려다 전 사령관이 실제 담배를 피우려는 것이 아님을 알아차리곤 엉거주춤한다.

한참 열띤 보고를 해오던 참모들은 전 사령관의 그런 모습에 조용히 있다. 침묵이 길어지면서 특별상황실 안의 공기가 무거워진다. 다들 전 사령관의 얼굴을 힐끗 힐끗 바라만 보고 있다. 참모들은 긴장하기 시작한다.

전 사령관이 눈을 가늘게 뜨고는 얼굴에 인상을 쓰면서 참모들을 차례로 바라본다. 그의 입이 열린다.

"이봐, 이학봉 처장."

전 사령관의 부름에 이 처장이 얼른 자세를 고쳐 잡고 긴장한 목소리로 대답한다.

"네. 사령관님."

"우리의 '무등산' 공작이 성공했나?"

다분히 질책조인 전 사령관의 질문이다.

"사령관님. 아직 공작이 끝나지 않았습니다. 아직 마무리가 남았습니다."

이학봉이 얼버무리며 대답한다.

"아직 끝나지 않았다? 그래 아직 마무리를 못했지. 그런데 말이야, 솔직히 우리 '무등산' 공작은 실패한 것이나 다름없지 않아?"

전 사령관의 입에서 끝내 그 소리가 나오고 만다. 이학봉을 비롯한 참모들은 그동안 목에 가시가 걸린 듯, 언젠가 이 문제가 터져 나오리라고 생각했지만 막상 사령관의 입에서 그런 말이 나오자 몸이 굳어지는 듯하다.

"우리가 계획하고 진행한 '무등산' 공작이 뭐야? 학봉이, 말해 봐!"

이 처장이 전 사령관을 한 번 쳐다보고 눈이 마주치자 고개를 수그리면서 대답한다.

"네, 사령관님. '무등산' 공작은 광주를 살인과 방화, 약탈, 강도, 강간이 횡행하는 폭동의 도시로 만들고, 군대를 투입해서 무력으로 진압하는 작전입니다. 여기에 간첩을 비롯한 불순분자 등 북괴가 개입됐다는 내용의 공작을 해서 국가안보가 위태롭다는 것을 국민들에게 널리 알리고, 이를 빌미로 국민들의 직선제개헌요구를 잠재우도록 하는 것입니다."

이학봉 처장이 또박또박 말을 한다. 그런 이 처장의 말을 끝까지 듣고 있던 전 사령관이 눈꼬리를 치켜들고 이 처장을 노려본다.

"그래서, 우리 의도대로 광주가 폭동의 도시가 되었나?"

전 사령관의 질문이 창이 되어서 이학봉의 가슴을 찌른다. 전 사령관의 눈길이 다른 참모들을 차례로 훑는다. 허화평 허삼수 권정달의 가슴도 뜨끔하다. 이 처장의 얼굴이 더 수그러진다. 다른 참모들도 전 사령관과 눈길을 마주치지 않으려고 고개를 숙이고 있다. 사령관 일행과 멀찍이 떨어져 있는 차수일 중령도 소리 없이 한숨을 내쉬면서 고개를 수그린다.

"다시 말하지만 우리 '무등산' 공작은 실패했어. 솔직히 광주는 지금 폭동의 도시가 아니야. 저항의 도시고, 항쟁의 도시야. 그렇지 않아?"

아무도 대답을 못한다. 전 사령관이 이어 말한다.

"지금 진압작전 수순에 들어가고 있지만 이것은 억지야. 폭동을 일으키고 있는 폭도들을 제압하기 위한 진압작전이 아니고, 자신들의 생명을 지키려고 총을 든 광주사람들하고 전투를 하는 그런 형국이 돼 버렸지 않느냐 이 말이야. 안 그래?"

역시 아무런 대답이 없다.

"수천 명의 공수부대를 투입해서 광주 사람들의 반발을 유도하고, 수백 명의 편의대, 아니 특수공작대를 투입해서 총기를 들도록 선동공작까지 하고도 이게 뭐야?"

핏대를 올리며 말하는 전 사령관의 말은 계속된다.

"살인사건, 강도사건 하나 없다는 것이 말이 돼? 이런 상태에서 무력진압작전을 하고, 결국 많은 사상자가 날 텐데, 훗날 이 상황을 어떻게 설명하고 모면할 거야? 다들 고개만 처박고 있지 말고 말들좀 해 봐!"

전 사령관의 목소리가 갈수록 커진다. 전 사령관이 이렇게 화를 내는 모습은 함께 집권공작을 도모하면서 처음 있는 일이다. 모두들 유구무언이다. 전 사령관은 예측대로 되어가고 있지 않은 광주의 상황이 못내 걱정이다. 외신기자들이 광주에서 취재를 하도록 내버려 둔 것도 사실 광주사람들이 총을 들면서 폭도로 변해 약탈과 살인, 강도짓을 할 것이라는 철석같은 믿음에서다. 그런데 그런 예측이 완전히 빗나갔다.

광주사람들은 난동을 부리는 것이 아니고, 공수부대들을 상대로 싸우는 민주시민이 되어버렸다. 결과적으로 공수부대가 폭도고, 광주사람들은 폭도를 제압하려는 민주시민이 된 형국이다. 이건 아니다. 시민들이 폭도가 돼서 광주 시내가 무정부상황이 만들어져야 무력진압의 명분이 있다. 그러나 어처구니없게도 현실은 거꾸로 되어버렸다. 광주를 폭동의 도시로 만든다는 것이 항쟁의 도시로 만들어 버린 것이다.

전 사령관은 지포라이터를 들어 담뱃불을 붙인다. 담배 맛도 영 개운하지가 않다. 이제 억지로 진압작전을 펴서 광주를 폭동의 도시, 반란의 도시로 낙인찍는다 해도 사실 명분이 없다. 일어나지 않은 폭동을 있다고 공작을 하고, 북괴가 개입됐다고 사실을 조작해서 공작을 한다고 하더라도 언젠가는 들통이 나게 될 것이다. 그 후폭풍은 감당하기 힘들 것이다.

그는 '무등산' 공작을 시작할 때부터 찜찜했던 것이 결국 현실화 된 것에 무력감이 든다. 참모들의 말만 믿고 밀어붙인 자신의 책임이 크다.

그러나 어찌되었든 마무리를 해서 꼭 목표를 이루어야 한다.

"다들 내 말 잘 들어. 광주 놈들을 폭도로 만들려는 '무등산' 공작은 이미 실패했어. 그러나 그렇다고 여기서 멈출 수는 없지 않아? 다들 예정대로 공작을 수행하는데 최선을 다 하도록 해. 기왕 시작한 일이니 마무리라도 잘 해야지 않겠어?"

전 사령관의 말투가 차분해지고 부드러워진다. 그러나 단호하다.

"이제 막바지야. 진압작전을 성공리에 마무리하고, 이어 당초 계획한대로 광주를 북괴 간첩과 불순분자들이 개입해서 무장봉기를 획책한 반란의 도시로 만들어 가자고. 지금부터 포장이라도 잘 하잔 말이야. 알겠어?"

"네, 알겠습니다."

네 명의 참모들이 일제히 큰 소리로 대답한다.

"이제 진압작전 개시시간이 얼마 안 남았지? 모두들 그동안 수고가 많았어. 실패한 건 실패한 거고, 그걸 만회하려면 지금부터라도 보다 치밀하고 완벽하게 공작을 수행하도록 해. 이건 나 혼자만의 일이 아니야. 여러분을 포함한 우리 동지들의 일이야. 제대로 못하면 바로 죽음이야."

전 사령관이 말을 그치자 다시 침묵이 무겁게 흐른다. 그가 다시 말을 잇는다.

"난 말이야. 한 번 결정하면 죽음을 불사하는 성격이야. 당신들도 잘 알잖아. 이제 얼마 안 남았어. 곧 우리들 세상이야. 다들 군복을 벗고 이 나라를 끌어가보자고. 자, 자, 힘을 내. 알았나?"

"네, 사령관님." 참모들이 합창을 하듯 대답한다.

밤 11시가 넘어서 전두환 사령관이 잠깐 쉬고 오겠다면서 특별상황실을 나가고, 이어서 허화평 실장과 허삼수 권정달 처장도 각자 사무실로 돌아갔다. 오늘 밤 12시를 넘어서부터는 최종 진압작전이 펼쳐지는 날이니 모두 집에 들어가지 않고 대기하고 있을 작정이다. 이학봉 처장도 세수를 하고 오겠다며 수건을 챙겨들고 나간다.

차수일 중령은 특별상황실에 혼자 남자 잠깐 생각에 잠긴다. 오늘 전 사령관의 질책은 뼈아프다. 사령관의 지적은 모두가 사실이다. 설마 한 상황이 벌어진 것이다. 이학봉 처장도 아무 말도 못했다. 아까 초저녁에 이학봉 처장과 함께 광주 상황을 최종 점검했다. 시민군과 시민들의 동향 및 동태를 보고하면서 아직도 광주에서 폭동의 징후가 나타나지 않고 있다고 이 처장에게 보고를 하자 이 처장이 인상을 찌푸리면서 혀를 찬다.

"거 참, 광주 놈들 신기하단 말이야. 끝내 우리가 유도하고 예측했던 대로 움직여주지를 않아요."

"네, 그렇습니다. 아직도 약탈이나 무장 강도 등의 행위는 나타나지 않고 있다는 보고입니다. 봉쇄로 인해 지금 광주는 생필품이 바닥나 있는 상황인데도 말입니다."

차 중령도이해가 가지 않는다는 표정을 지었다.

"홍성률이도 그렇게 보고하고 있지?"

"그렇습니다. 보안사 공식 및 비공식 보고라인 외에 특수공작대에서도 아직 그런 상황은 발생하지 않고 있다는 보고입니다."

"아~, 총이 4,5천정이나 풀리고, 수류탄, 폭약까지 탈취가 됐는데 어떻게 그런 일들이 거의 없느냐고. 이상하지 않아? 우리 애들이 그런 정보를 잡아내지 못하고 있는 것 아니야?"

"…"

차 중령은 아무 말도 못한다. 이학봉 처장은 그렇게 말해 놓고도 멋쩍은지 혼자서 입맛을 다신다. 그렇게 자신한 일들이 광주에서 하나도 일어나지 않고 있는 것에 대해 솔직히 면목이 없는 것이다.

"차 중령. 우리 예측이 틀려버린 건가? 특수공작대까지 투입해서 선동공작까지 벌였지 않았느냐 말이야. 그런데 그런 우리의 공작을 비웃기라도 하듯이 광주 놈들이 아무 짓도 안하고 있으니, 참. 신기하기도 하고 멋쩍기도 한 게 사실이야."

"처장님, 죄송합니다. 저도 드릴 말씀이 없습니다."

차 중령이 얼굴을 붉히면서 고개를 숙인다.

"당신이 무슨 책임이 있나. 나와 윗선에서 최종 결정한 일인데."

그러면서 이 처장은 광주 상황이 못내 아쉬운 듯 입맛을 다셨다. 차 중령은 언제부터인가 언뜻 언뜻 두려운 생각이 든다. 처음 공작계획을 세울 때부터 들었던 불안감이다. 그는 사태가 일단락된다 해도 죽지 않고 살아남은 광주사람들은 언제까지라도 자신들이 당했던 이날들의 진실을 캐려고 들 것이라는 생각이 든다. 두려운 것은 바로 그것이다. 아무리 역사가 이긴 자의 기록이라고 해도, 이 공작으로 권력을 잡는다 해도, 그래서 많은 기록과 사실들을 왜곡하고 은폐하고 없애버린다고 해도, 언젠가는 진실이 드러날 것이다. 외신기자의 글이 다시 떠오른다.

"차 중령, 뭘 그렇게 생각하나?"

언제 들어왔는지 이 처장이 침울한 표정을 하고 있는 차 중령을 빤히 바라보며 묻는다.

"아닙니다. 잠깐 무슨 생각이 들어서 그렇습니다."

차 중령이 얼버무린다. 목이 마른지 이 처장이 자리에서 일어나 물주전자를 들고 보리차 잔에 물을 따르는데 손이 떨린다. 그 모습을 바라보는 차 중령의 가슴도 떨린다.

피의 찬가

1980년 5월 27일 새벽 4시. 3공수여단 11대대 소속 77명의 특공대가 전남도청을 향해 전격 기습 공격에 들어갔다. 장교 11명과 사병 66명으로 구성된 군인들은 무차별 총질을 하면서 순식간에 정문을 돌파하고 담을 넘어서 본관을 장악해 나간다.

11공수여단 61대대 소속 37명의 특공대는 전일빌딩과 광주관광호텔을 공격한다. 역시 무차별 총격이다.

7공수여단 33대대 소속 262명의 특공대는 광주공원을 공격했다.

공수부대 특공대는 전원 방탄조끼를 입고, M16 소총을 난사하면서 시민군을 학살한다. 1시간동안 이루어진 공수부대 특공대의 공격으로 전남도청에서만 16명의 시민군이 현장에서 숨지고, 수십 명의 시민군이 총상을 입고 체포된다.

20사단은 장교 284명, 사병 4,482명이 투입해 광주시 전역을 저인망식으로 압박하면서 시민군들을 소탕하고 체포하는 작전을 벌인다.

새벽 4시부터 시작된 계엄군의 상무충정작전은 수십 명의 학생과 시민을 죽이고, 수백 명의 시민을 체포하고는 아침 6시30분쯤 공수특공대가 전남도청을 완전 점령하면서 끝이 난다.

작전이 끝나갈 무렵인 아침 6시부터 전남도청 앞 금남로에는 탱크와 장갑차들이 진주했고, 여러 대의 헬리콥터들이 상공을 돌면서 시위를 벌인다. 헬기에 장착된 고성능 확성기에서는 '무기를 버리고 투항하지 않으면 사살한다.'면서 주택가로 도망간 시위대에게 경고를 하고 있다. 시내 곳곳에서는 계엄군의 탱크와 장갑차 수십 대가 무력시위를 벌이면서 시민들에게 공포감을 안겨주고 있다.

학살 작전이 끝났다. 그런데 해괴한 일이 벌어졌다. 전남도청 앞 분수대 주변에 도열한 공수부대 특공대들이 몸을 좌우로 흔들어대는 반동을 넣으면서 '특전가'를 목청껏 부르고 있다. 그들 바로 옆에는 자신들의 총에 맞아 죽은 시민들의 시체가 아직도 피가 굳지 않은 채 피비린내를 풍기면서 아무렇게나 널브러져 있었다.

"보아라, 장한모습 검은 베레모. 무쇠 같은 우리와 누가 맞서랴~"

"안되면 되게 하라~ 특전부대 용사들~!"

열흘 동안 수백 명의 광주시민을 죽이고, 수천 명의 부상자를 만들어 낸 살인집단 공수부대원들이 부르는 군가소리가 통한의 광주하늘에 울려 퍼진다. 공수부대가 시민들을 학살하고 난 뒤 부르는 '피의 찬가'는 이른 아침부터 광주 시민들의 가슴속을 쥐어 뜯어놓고 있다.

두목과 똘마니들의 축배

전두환 사령관이 먼저 잔을 들자 모임에 참석한 사람들도 모두 앞에 놓인 술잔을 든다.

"자, 다들 수고가 많았어요. 여러분들이 수고한 덕에 광주사태가 잘 마무리 됐습니다. 자, 건배합시다. 건배!"

"건배~~~"

전 사령관의 선창에 이어 참석자들이 모두 건배를 외친다.

1980년 6월 1일, 서울 종로구 소격동에 있는 국군보안사령부에서 얼마 멀지 않은 요정에서는 만찬자리가 거하게 벌어진다. 산해진미가 놓인 긴 탁자에는 전두환 보안사령관이 중앙에 앉고, 황영시, 노태우, 정호용, 박준병 등 신군부 핵심인사들과 허화평, 허삼수, 이학봉, 권정달, 최예섭, 장세동 등 전 사령관의 참모들이 모두 자리를 잡고 앉았다.

술이 몇 순배씩 돌고, 다들 거나하게 취하면서 서로를 추켜세우는 덕담이 오간다. 노태우 수경사령관이 자리에서 일어나더니 전 사령관에게 술잔을 권한다. 그러면서 다들 들으라는 듯 큰소리로 말한다.

"이제 멍석을 다 깔아놨으니 신속하게 고지를 점령하는 일 만 남았습니다. 다 전 사령관님의 탁월한 지도력 덕분입니다. 축하드립니다. 전 사령관님!"

"아, 내가 다 한 것이 아니라 여러분이 다 함께 한 거지요. 노 사령관도 고생 많았어요."

전 사령관이 화답해 준다.

"우리 정호용 사령관도 참 고생이 많았어요. 광주를 수시로 다니고 작전을 지휘하느라 눈코 뜰 새 없었지요?"

전 사령관이 정호용 특전사령관에게 술잔을 권하면서 칭찬한다.

"아, 저야 뭐, 보안사에서 짜 준 작전대로 지휘한 것 밖에 없습니다. 아, 그 광주 놈들이 예상보다 독하게 덤벼들어서 사실 혼났습니다. 하하하"

정 사령관이 너스레를 떨면서 너털웃음을 짓는다. 그런 모습을 이학봉 처장이 주의 깊게 바라보고 있다. 옆을 보니 허화평 실장과 허삼수 처장도 그런 노 사령관과 정 사령관의 모습을 힐끗 힐끗 보면서 술잔을 기울이고 있다. 두 허 선배들은 제각각 2인자를 꿈꾸고 있다. 그러면서 지금 내가 하고 있는 생각을 똑같이 하고 있을 것이다. '잘못하면 죽 쒀서 개를 준다.'는 것을. 어쨌든 저 선배들도 지금까지는 동지였지만 앞으로는 견제를 해야 할 선배들이다. 이학봉은 시바스리갈 술이 담긴 작은 술잔을 들어서 한입에 털어 넣었다.

*

그 날 아침, 이학봉 처장을 비롯한 참모들은 전 사령관을 모시고 집권 계획 실행을 위한 점검 회의를 가졌다.

어제는 국가보위비상대책위원회를 구성했다. 명목상으로는 전국비상계엄 하에서 국가를 보위하기 위한 국책사항을 심의, 의결하여 대통령의 자문에 응하거나 대통령을 보좌한다는 것이지만 실질적으로는 입법, 사법, 행정을 초월한 초헌법적인 기구다. 정치권력을 신군부로 집중시키고 사유화하기 위해 만들어 진 것이다.

전두환 사령관이 상임위원장을 맡아서 실질적인 권한을 쥐게 되었다. 국보위 설치는 전 사령관을 대통령으로 만들기 위한 '무등산' 공작의 일환으로 이미 계획된 것이다. 헌법상 권력을 잡기 위한 순조로운 항해이다.

국보위에 대한 보고가 끝나고 광주사태에 대한 보고가 이어지자 전 사령관의 질문이 많아진다.

"이봐 학봉이. 발표된 공식적인 집계 말고 실제 광주에서 얼마나 죽은 거야?"

"네, 사령관님. 계엄군은 총 23명이 사망했습니다. 광주 폭도들에게 전사한 군인은 8명입니다. 이 중 차량 사고로 3명이 전사했습니다. 14명은 계엄군간 3차례의 오인전투로 사망했고, 1명은 오발사고로 죽었습니다."

"아니, 적들 말이야. 광주폭도들 사망자 집계를 예기해봐!"

전두환 사령관이 인상을 쓰면서 말한다. 아군의 피해는 듣고 싶지 않았다. 그는 혼자 중얼거린다. "병신 같은 놈들, 어떻게 계엄군들끼리 오인전투를 하고 지랄들이야. 쯧 쯧..."

"네. 폭도들에 대한 피해 집계는 확실하지 않습니다. 다만 현재까지 사망은 300명이상으로 추정되고 있고, 중상자는 500명 정도입니다. 부상자는 3천명이 넘는 것으로 추산하고 있습니다."

이 처장이 정확한 숫자를 제시하지 못하자 전 사령관이 다시 묻는다.

"집계가 왜 정확하지 못해?"

"네, 사령관님. 진압작전 과정에서 폭도 사망자를 적에게 넘겨주지 말고 무조건 확보해서 처리하라는 지침에 따라 그 때 그 때 현장에서 가매장하거나 암매장 한 시신들이 많습니다. 또한 일부 시신의 경우 소각 처리한 경우도 있습니다. 이 외 각 부대에서 폭도들 사망자 보고를 고의로 누락하는 경우도 있었던 것으로 파악되고 있습니다. 이렇다 보니 사실 폭도들의 정확한 사망자 및 부상자 수를 파악하기가 어려운 상황입니다. 참고로 현재까지 확인된 폭도들 시신은 160명가량입니다."

"어린애들도 죽었다는데 몇 명이나 돼?"

"네, 14세미만 아이들은 8명이 사망했습니다. 15세에서 19세 미만은 36명이 사망했습니다."

"뭣 때문에 애들이 그렇게 많이 죽었나?"

"사실, 원인은 아직 분석을 못했습니다."

이 처장이 답변을 제대로 못하고 있다.

전 사령관이 그런 이 처장을 한 번 쏘아본다. 그 눈빛에는 '아이들도 폭도라서 죽였다는 것이 말이 되느냐?'라는 질책이 들어있다.

잠시 아무런 말이 없이 눈을 감고 있던 전 사령관이 다시 이 처장을 향해 묻는다.

"나머지 공작은 예정대로 잘 진행되나?"

"네. 광주폭동사태를 김대중과 연계시킨 공작이 마무리단계입니다. 김대중의 지령을 받은 광주지역 학생과 재야인사들이 폭동을 일으켜서 국가를 전복하려는 내란죄를 범했다는 시나리오를 만들어 엮어가고 있습니다. 광주지역 총 수괴 겸 재야 수괴는 홍남순 변호사로 정했습니다. 대학생 수괴는 전남대 복학생 정동년, 폭도 수괴는 조선대생 김종배, 극렬가담 박남선 등의 체계도가 완성돼 있습니다. 이중 정동년은 김대중으로부터 500만원을 받았다는 공작도 마친 상태입니다."

이 처장이 보고를 하는 동안 차수일 중령은 전 사령관이 눈으로 볼 수 있도록 이미 만들어 놓은 공작 체계도 차트를 넘겨가면서 보조하고 있다. 전 사령관이 차트를 한 번 쓱 훑어본다. 차트에는 5월 31일 현재 1,039명이 체포돼 조사를 받고 있는 것으로 써 있다.

"학봉이 자네가 계엄사 합수단장이니만큼 잘 지휘해서 모든 수사가 잘 이루어지도록 해. 특히 공작부분은 한 치의 실수 없이 진행하도록 하란 말이야. 주동자로 찍힌 놈들은 모두 사형을 선고하도록 해서 다른 놈들한테 본보기를 보여주라고. 까불면 다 죽여 버린다고 말이야. 알겠어?"

전두환 사령관이 강한 어조로 말하고는 갑자기 벌떡 일어선다. 보고를 하던 이 처장과 다른 참모들도 얼른 따라 일어난다. 전 사령관이 들고 있던 지휘봉으로 소파를 탁탁 두들기면서 말한다.

"이제는 계획된 일정대로 신속히 밀어붙이라고. 지금 일정대로라면 언제쯤 통일주체국민회의를 열 것 같나?"

"네, 사령관님. 앞으로 늦어도 3개월 안에 회의를 열어서 새로운 대통령을 선출할 수 있을 것 같습니다. 예상대로라면 9월 중으로 대통령에 취임하실 수 있습니다."

권정달 정보처장이 바로 대답한다. 국보위를 비롯한 정치공작은 권 처장이 맡고 있다.

전 사령관이 눈을 크게 치켜뜨면서 목을 한 바퀴 돌려본다. 멋쩍은 표정을 짓지만 기분 좋은 감정은 감출 수 없는지 얼굴에 웃음이 퍼진다. 갑자기 허화평 실장이 구령을 붙인다.

"각하께 충성을 다 하겠습니다. 모두 각하를 향하여 경례!"

방안에 있던 참모들이 모두 전 사령관을 향해 일제히 "충성!"하면서 거수경례를 붙인다. 차 중령도 얼떨결에 함께 경례를 붙인다.

전 사령관이 만면에 웃음을 띠면서 고개를 끄덕거린다. 어깨는 우쭐거리고 지휘봉을 쥔 오른손은 저절로 들려서 부르르 떨리고 있다.

공작의 마무리

"그 영감탱이가 아직도 순순히 말을 듣지 않는다는 거야?"

서희남 대공과장의 짜증스런 목소리가 수사관들의 귀를 후빈다.

"말들 해 봐! 그 칠십 먹은 늙은이하나 못 다뤄서 수사공작 일정이 늦어진다는 게 말이 되느냐 말이야?"

서 과장이 수사관들을 둘러보면서 질책을 계속하지만 소파에 앉아있는 수사관들은 아무런 대답을 하지 않고 있다.

"박 계장, 당신이 예기를 좀 해 봐!"

서 과장이 외근반장을 겸하고 있는 박용철 수사계장을 지목해서 다그친다. 고개를 숙이고 탁자만 바라보고 있던 박 계장이 서 과장을 한 번 힐끗 바라다보고는 정면을 응시하면서 말문을 연다.

"과장님, 홍남순 변호사는 정말 다루기 힘듭니다. 우리 수사관들이 보름이 넘도록 잠을 재우지 않고 번갈아가면서 조사를 하는 방식으로 고문을 해도 버티고 있습니다. 빤쓰 한 장만 남기고 옷을 다 벗겨서 차가운 지하실에 넣어둬도 보고, 자식들을 모두 잡아 넣어버리겠다고 협박을 해도 도무지 말을 들어먹지 않습니다."

혀를 차며 말을 하는 박 계장을 다른 수사관들이 바라보면서 고개를 끄덕인다. 함께 들러붙어서 수사를 하는 그들도 오히려 지쳤다는 표정이다.

"그러면 어떻게 해야 하는 거야?"

서 과장이 혼잣말을 하는지 부하들에게 묻는 건지 알 수 없는 투로 한숨을 내쉬면서 말한다. 그는 눈길을 창 쪽으로 보낸다.

서 과장은 어젯밤 사령부에서 걸려온 전화를 받고는 밤새 잠을 설쳤다. 밤 9시까지 퇴근하지 못하고 수사상황을 점검하고 있는데 사령부 이학봉 대공처장으로부터 전화가 걸려왔다.

"서 과장, 어찌 수사는 잘 되어 가고 있나?"

대뜸 묻는 말에 서 과장은 잠시 머뭇거리다 대답한다.

"네, 처장님. 잘 진행하고 있습니다."

"그래? 그런데 왜 아직도 중요부분의 결말을 보지 못하고 있는 거야?"

약간 언성이 높아지면서 질책을 하고 있다.

서 과장이 대답을 하지 못하고 있자 다시 이 처장의 목소리가 들린다.

"구체적인 공작 시나리오까지 만들어 줬는데, 아직도 거기에 짜 맞추는 수사결과를 만들어내지 못하고 있는 이유가 뭐야? 당신 능력이 그것밖에 안되나?"

"아닙니다. 처장님, 최선을 다하고 있습니다."

서 과장이 다급한 목소리로 대답한다.

"서 과장, 내가 광주에 직접 내려가서 수사공작을 지시한지가 벌써 열흘이 넘었잖아. 그런데도 아직 오사마리를 하지 못하고 있으면 어쩌라는 거야?"

이 처장의 입에서는 결말을 짓는다는 뜻의 일본말, '오사마리'까지 튀어나온다.

이 처장이 흥분하고 있다는 것을 느낀 서 과장은 가슴이 철렁했다. 이 처장은 자신의 생사여탈을 쥐고 있는 사람이나 다름없다. 이번 광주사태의 모든 수사공작을 수립하고 지휘하는 이 처장의 눈 밖에 나면 사령부로 영전해서 대령까지 바라보는 일은 언감생심 꿈도 꿀 수 없게 된다. 지난 5월 이 처장에게 충성을 서약하고 의미 있는 언질을 받은 그로서는 수단방법 가리지 않고 그의 지시를 이행해야만 한다.

"처, 처장님, 지금 최선을 다하고 있습니다. 조만간 매듭을 지어서 보고 드리도록 하겠습니다." 서 과장이 약간 더듬거리면서 말한다.

"알겠소. 난 서 과장 당신만 믿어요. 빨리 오사마리를 지어야 다들 좋은 일이 있을 것 아니요." 이학봉 처장의 목소리가 부드러워지면서 반말을 거두고 다독거리는 태도로 변한다.

"네, 처장님. 명심해서 수행하도록 하겠습니다."

"그래요. 조속히 수사공작을 마무리하도록 하시오. 알겠소?"

"넵, 알겠습니다. 충성!"

서 과장이 수화기에 대고 큰 소리로 외쳤지만 정작 그의 '충성' 소리는 이학봉 처장이 내려놓은 수화기의 달그락 거리는 소리에 섞여 소용없게 되었다.

"과장님!"

누가 부르는 소리에 서 과장이 정신을 차리고 오른쪽으로 고개를 돌렸다. 허장환 수사관이다. 그는 국보위가 설치되면서 국보위 특명반장까지 맡고 있다. 이학봉 처장의 직속 명령을 받아 광주 현지에서의 중요한 사항들을 처리하고 있다. 상사 계급의 부하지만 함부로 다룰 수 있는 녀석이 아니다.

"그래, 허 반장. 얘기해 봐!"

"정보과장님까지 나서서 직접 홍남순을 신문했지만 우리 공작 계획대로 순순히 응하지 않고 있습니다. 변호사인 홍남순은 우리가 짜놓은 각본대로 가면 자신은 물론 관련자들 상당수가 사형을 당할 것이라는 법률적 판단과 직감을 하고 있는 것 같습니다. 그래서 끝까지 버티고 있는 것 같고, 그래서 그 양반에게 고문은 더 이상 의미가 없을 것 같습니다. 다른 대안을 마련해야 하지 않겠습니까?"

허장환이 논리적으로 설명하면서 다른 대안을 찾자고 한다.

그런 허장환을 물끄러미 바라보면서 듣고 있던 서 과장이 되묻는다.

"그럼 어떻게 하는 게 좋겠어?"

"다른 놈을 광주 수괴로 만들면 되지 않겠습니까? 예를 들면 전남도청 시민군 기획실장인 박남선이라든가, 아니면 시민학생위원장인 조선대생 김종배로 말이죠. 아니면 박석무 정도도 괜찮지 않겠습니까? 박석무는 유신반대 유인물 사건인 전남대 '함성지' 사건으로 1년간 수감된 적도 있는 악질입니다."

허장환이 말을 끝내고 담배를 꺼내서는 불을 붙인다. 그가 담배를 피워 물자 지금까지 가만히 있던 다른 수사관들도 너나없이 담배를 꺼낸다. 그런 그들을 이맛살을 찌푸리면서 바라보던 서 과장이 입을 연다.

"그건 아니야. 사령부에서는 홍남순 정도의 거물이어야만 내란음모의 광주 총수괴로 적합하다고 생각하고 있어. 이미 위에서 각본을 만들어 놓고 있는데 지금 와서 우리가 맘대로 바꿀 수는 없잖아. 그리고 이건 우리 능력의 문제야. 상부에서 그 나이 많은 영감님 하나 다루지 못한다는 것을 알면 우리 505를 뭐로 생각하겠나? 안 그래?"

허장환이 천장으로 담배연기를 후~ 불어내고는 그렇게 말하는 서 과장을 바라보다가,

"과장님, 홍남순을 기어이 총수괴로 하겠다면 손가락을 분질러서라도 지장을 찍게 하시던가요."라면서 빈정거린다.

허장환이 불손한 태도를 보이고 있지만 서 과장은 정작 그를 탓할 마음

의 여력이 없다. 상부의 지시는 추상같아서 무슨 일이 있어도 수사공작을 차질 없이 수행해야 한다. 전남도청 진압작전이 끝나고 서 과장에게는 '전남합동수사단 광주사태 처리수사국 수사부국장'이라는 특별한 직함이 더 주어졌다. 이번 광주사태의 수사를 마무리해서 주요 관련자들을 김대중과 연계된 내란음모 사건으로 엮어야 하는 사실상 수사 실무 책임자다. 기획과 각본은 사령부의 작품이지만 광주 현지에서의 수사공작은 사실상 서 과장의 몫이다. 이걸 차질 없이 수행하라는 것이 사령부의 엄명이고, 그래야만 수많은 사람들을 죽여서까지 만들어낸 광주사태의 의미가 있는 것이다.

갑자기 전화벨 소리가 울린다. 서 과장이 움찔 놀라면서 수화기를 든다. "서희남 과장입니다. 아, 네. 부대장님. 지금 올라가겠습니다."

"난 부대장님이 호출해서 가 볼 테니 그 영감탱이 조져서라도 자백을 받아낼 의논 좀 해 봐! 부대장님도 이 문제로 상부의 질타를 받고 있어서 골치가 아프겠지. 광주의 총수괴를 바꾸는 문제도 한 번 거론해 볼게."

서 과장이 소파에서 일어난다. 사령부는 며칠 전, 광주에서의 대규모 유혈작전에 불만을 가진 이재무 대령을 경질하고 505보안부대장에 박연수 대령을 새로 임명했다.

그날 밤, 저녁식사 시간이 끝나자마자 보안사령부 회의실에서는 이학봉 대공처장과 차수일 중령 등이 모여서 광주사태 수사를 위한 회의를 열고 있다.

계엄사 합동수사단장까지 맡고 있는 이학봉 처장은 광주사태 진압 이후에 벌어지고 있는 수사를 총괄지휘하고 있다. 특히 광주사태는 처음부터 이 처장이 공작을 해서 만들어낸 것이니만큼 당초의 목표대로 관련자들을 내란음모와 폭동 등의 혐의로 모두 처벌해야만 한다. 이미 만들어놓은 각본에 짜 맞추어서 관련자들에게서 진술을 받아내고, 재판을 통해서 처벌까지 해야만 마무리가 되는 것이다. 그런데 광주 현지에서의 수사가 만만치 않다. 공작 체계도 속에 들어가 있는 인물들 중 일부가 쉽게 굴복을 하지 않고 있다는 것이다.

전남합동수사단을 이끌고 있는 광주 505보안부대의 보고에 따르면 당초 김대중의 내란음모와 연결되도록 각본을 짜놓은 광주의 총수괴 홍남순 변호사가 보름이 넘도록 버티고 있다. 고문을 해도 소용없다는 것이다. 그래서 505부대에서는 광주지역 총수괴를 다른 놈으로 바꾸는 문제를 검토해 달라고 한다.

"처장님, 당초 계획대로 홍남순을 광주의 총수괴로 만들지 못하면 다른 대안을 만들어야 하지 않겠습니까? 빨리 수사공작을 마무리해서 재판에 넘겨야 하는데 말입니다."

생각에 잠겨 있는 이학봉 처장에게 차수일 중령이 지침을 요청하고 있다.

"이런 쪼다 같은 새끼, 505 서희남이는 그 놈 별명대로 수사도 쪼다처럼 하고 있구먼. 지금이 며칠 째인데 그깟 노인네 하나 처리하지 못한단 말이야? 도대체 그 홍남순이라는 변호사가 뭐하는 놈이야?"

이학봉 처장이 짜증을 낸다.

"홍남순은 판사출신으로 광주에서는 인권변호사로 유명합니다. 1973년

유신헌법 개정을 요구하면서 벌인 '유신헌법개헌청원 백만인 서명운동'
에 윤보선 전 대통령, 김수환 추기경, 장준하 등과 함께 참여해서 중앙정
보부에서 조사도 받았습니다. 당시 중정에서는 홍 변호사를 엮어 넣기 위
해 무려 276건에 대해 조사를 벌였지만 단 한 건의 불법도 발견하지 못해
그냥 풀어준 것은 유명한 일화입니다. 김대중 무료변론 외에 광주지역의
반정부세력 중심에서 활동하고 있기 때문에 광주사람들의 정신적 지주라
고 할 수 있습니다. 이에 이번 광주폭동을 김대중의 내란음모와 연결시키
기 위해서는 김대중을 여러 번 무료변론 해 준 홍남순을 광주지역 총수괴
로 엮어야 한다는 사전 검토에 따라 공작을 진행했던 것입니다."

차 중령이 소상하게 보고를 한다. 이 처장은 광주 505보안부대에서 대
공과장으로 잠깐 근무했기에 홍남순에 대해서 대충 알고는 있었지만 그
토록 대가 센 인물인지는 미처 몰랐다. 이 처장이 다시 언성을 높인다.

"수사공작을 어떻게 하는데 제압을 못한단 말이야? 안되면 마누라와 자
식들이라도 다 잡아들이고, 수단 방법을 가리지 않아야 될 것 아니야? 어
젯밤도 내가 서희남에게 전화를 해서 독려를 했다고..."

"처장님, 처음에 부인과 아들을 함께 체포해서 조사를 했습니다. 그런
데 부인이 항의하면서 실신을 하고, 셋째아들 홍기섭이도 죽기를 각오하
고 단식을 하면서 버티는 바람에 어쩔 수 없이 석방했습니다. 집안을 다
뒤졌는데 변호사를 하면서 아직도 텔레비전 하나 없이 살고 있는 등 더
이상 지렛대로 삼을만한 것이 없다는 505부대의 보고입니다."

차 중령의 얘기를 듣던 이 처장이 쩝쩝 거리면서 고개를 외로 돌린다.

그리고는 차 중령의 의견을 묻는다.

"그럼 어떻게 하는 것이 좋겠나?"

"네, 일단 홍 변호사로 가는 것이 제대로 된 그림이지만 안 될 경우 다른 인물을 김대중과 연결되는 광주의 수괴로 만들어야 하지 않을까요?"

"누구로 하자는 거야?"

"광주 505 의견은 전남도청 시민군 기획실장인 박남선이라든가, 아니면 시민학생위원장인 조선대생 김종배를 얘기합니다만 이들은 너무 나이가 어리고 중후한 인물들이 아닙니다. 그래서 유신반대 유인물 사건으로 감방을 갔다 온 박석무 전 고등학교 교사를 붙잡아서 김대중과 연결된 수괴로 하는 것도 좋은 방안으로 생각됩니다."

"그래? 그 정도 악질이면 왜 빨리 검거하지 않았나?"

"2차 예비검속 대상자였는데, 일찌감치 눈치를 채고 잠적해 버렸습니다. 그래서 이번 광주폭동에서는 특별히 전면에 나서지는 못했습니다."

"그렇다면 아예 다른 놈으로 대체하는 게 좋지 않겠나? 지난번 예비검속 때 붙잡은 정 뭐라 하는 복학생 놈 있잖아? 김대중이를 만나러 동교동으로 찾아갔다는 놈 말이야."

"네, 정동년이라고 전남대 총학생회장 출신으로 6.3 한일회담 반대 데모로 구속된 적도 있습니다. 이놈이 지난 4월 동교동을 방문한 적이 있습니다. 그 때 김대중을 만나지는 못했지만 방문한 사실은 있으니 이미 김대중과 연결시켜서 공작은 해 놓았습니다. 이놈을 총수괴로 할까요?"

차 중령이 이미 검토해 놓은 안을 이 처장에게 들이민다.

"그렇지. 이번 광주폭동은 김대중이가 대학생들에게 자금을 주고 선동을 해서 국가를 전복시키는 음모를 꾸며서 발생한 것으로 하고, 홍남순을 비롯한 김대중 추종세력들이 앞장서 대학생들을 선동해 폭동을 일으켰다는 내용으로 공작을 한 것이니까 이놈을 총수괴 겸 대학생 수괴로 만들어서 진행을 하도록 해!."

"처장님, 그러면 홍남순은 어떻게 처리할까요?"

"그 영감탱이는 재야 수괴로 처리해!"

"알겠습니다. 아, 그리고 처장님. 형식적이지만 기소와 재판을 통해야 하기 때문에 법률적 논리를 만들고 이에 꿰맞추는 피고인들의 진술을 받아야 합니다. 아무래도 법률전문가인 검사들을 더 파견해야 하지 않겠습니까?"

차 중령이 광주사태 관련자들에 대한 기소 대책을 품신하고 있다.

"그래, 알았어. 차 중령이 서울지검에 연락해서 검사 2명을 차출하고, 중정에서도 내란음모 관련 수사공작 경험이 있는 수사관 몇 명을 뽑아서 전남합동수사단에 파견시키도록 해."

"네, 알겠습니다."

"아, 그리고 말이야. 광주놈들 처벌수위를 미리 검토를 해 놓아. 사령관님께서는 주모자들은 모두 사형시키라는 지침을 내리고 계시니까 미리 형량을 정해서 분류를 해 놓으라고. 내일 사령관님께 보고를 드려서 승인을 받고, 재판이 시작되면 계엄 검찰부와 재판부에 선고형량을 통보해서 진행될 수 있도록 하라고. 알겠나?"

"넵, 처장님.

이학봉 처장이 고개를 끄덕이며 차 중령을 바라본다. 일 하나는 똑 소리 나게 잘하는 믿음직스러운 부하다. 이 처장은 기나긴 터널의 끝이 보이는 것 같아 마음이 좀 가벼워지는 것을 느낀다. 이제 광주는 미리 짜놓은 틀에 끼워서 처벌하는 수순만 밟으면 된다. 광주의 폭도들은 국가를 전복하려는 내란음모 등의 죄목으로 최소 10명 이상이 사형을 선고받을 것이고, 수백 명이 감옥으로 보내질 것이다. 이후 이 재판 결과를 대대적으로 홍보하면 아무것도 모르는 국민 대다수는 광주에서 김대중을 추종하는 대학생과 불순분자, 빨갱이들이 국가를 전복하려 폭동을 일으키고, 이를 진압하려는 군인들까지 총으로 쏴서 죽였다는 것으로 알고 놀랄 것이다. 이런 판국에 직선제개헌은 꿈도 꾸지 말아야 한다는 것을 국민들 스스로 깨닫도록 해야 한다. 이래야만 전두환 각하께서 대통령이 되는 것이고, 나도 그 최고 권력의 대열에 끼는 것이다.

그는 소파에 앉아서 눈을 감고는 지난 몇 달 동안 진행해 온 공작을 되새김해봤다. 처음부터 끝까지 두려움 없이 공작을 기획하고, 서슴없이 공작을 수행하고, 냉혈하게 작전을 진행했다. 광주에서 수많은 사람들이 죽어나갔고, 일부는 시체조차 찾을 수 없도록 했지만 이미 엎지른 물은 주워 담을 수 없다. 잘 봉합해야 한다. 들키지 않고, 드러나지 않도록 앞으로도 많은 공작이 필요하다. 군 이동 기록이나 전두환 사령관의 행적, 집단발포 명령 등 계엄군의 작전에 대한 기록을 모두 없애거나 변조를 해야 한다. 앞으로 3~40년만 지나면 모든 것이 없어질 것이다. 역사란 권력을 쥔 자에 의해 써지는 것이다. 전 사령관께서 대통령이 되면 이런 작업을 서둘러야 한다.

이 처장은 눈을 뜨고 차수일 중령을 바라본다. 차 중령은 부하 장교들과 함께 내일 오전에 전두환 사령관께 보고할 차트를 만들고 있다. 이 처장은 후에 청와대에 들어가면 자신의 후임으로 차 중령을 대공처장으로 승진시킬 예정이다. 차 중령은 그동안 벌여왔던 군 내부의 공작 흔적을 지우고, 위조하고, 변조하는 작업을 충실히 수행할 것이다. 작업을 하던 차 중령이 문득 고개를 들어 이학봉 처장을 바라본다. 눈길이 마주치자 이 처장은 차 중령을 향해 미소를 지어 보인다. 차 중령은 순간 어색한 눈빛으로 이 처장을 향해 고개를 숙인다. 칠월 중순, 여름의 밤이 깊어간다.

*

차수일 중령은 밤 12시가 다 되어서 집으로 돌아왔다. 작년 10월부터 초저녁에 집에 들어온 기억이 거의 없다. 매일 밤늦게 들어오거나 아니면 밤샘하기 일쑤다. 전두환 사령관 대통령 만들기를 위한 '오동나무' 공작을 기획할 때는 늦게라도 집에 들어왔는데, 광주를 폭동으로 유도해서 진압작전을 펴는 '무등산' 공작이 진행되기 시작하면서부터 2~3일 간격으로 밤샘을 했다. 공작을 진두지휘하는 이학봉 처장을 모시고 실무를 책임지고 있는 그로서는 집에 들어가라고 해도 못 갈 형편이었다. 이제 광주 현지 공작도 거의 마무리단계여서 며칠 전부터는 매일 퇴근은 하고 있다.

"연수 아빠, 오늘도 늦었네요?"

대문을 열어주는 아내가 졸린 목소리로 인사를 한다.

"그래, 오늘 별일 없었지? 어머니는 좀 어떠서?"

"오늘도 모시고 병원에 다녀왔는데 의사선생님이 상태가 호전되려면 시간이 걸린다고 하네요. 어쩌면 그대로 한쪽 손발을 쓰지 못할 수도 있다고 하네요. 아이, 속상해요."

아내의 설명과 탄식에 차 중령은 현관 앞에서 발걸음을 멈추고 한숨을 쉰다. 마음이 착잡하다. 두어 달 전 어머니가 허리를 삐끗하신 뒤부터 시름시름 앓더니, 어느 날부터는 한쪽 팔과 다리가 저리다고 하셨다. 한의원을 다녔지만 낫지를 않다가 급기야 쓰러지셔서 병원에 갔지만 이미 뇌졸중 증세가 나타났다는 것이다.

차 중령은 고개를 들어 하늘을 바라보았다. 달이 없는 밤하늘에 별들이 희미하게 반짝이고 있다. 그 사람의 얼굴이 떠오른다. 서울대 의과대학 이완의 교수. 한 달 전쯤 밤에 집으로 찾아와서 광주로 가는 길을 가르쳐 달라고 했던 그는 누워계신 어머니를 진찰하더니 자신이 광주에 다녀와서 치료를 맡아 해주겠다고 했었다. 그랬던 그는 지금 감방에 있다. 차 중령 자신이 그를 간첩으로 만들어버렸다. 차 중령은 씁쓸한 생각에 고개를 흔들었다. 현관문을 열고 앞장서 들어가던 아내가 다시 나와서 그런 남편을 멀뚱멀뚱 쳐다보더니 의아하다는 듯이 묻는다.

"연수 아빠, 왜 그러고 서 있어요?"

아내의 목소리에 정신을 차린 차 중령이 현관으로 들어가서는 어머니가 계신 작은 방을 한 번 바라보고는 안방으로 향한다.

"연수 아빠, 피곤한데 술 한 잔 하고 주무실래요?"

남편의 어깨가 축 늘어져 있는 것 같아서인지 아내가 술을 권한다.

"그래, 내일은 새벽에 나가지 않아도 되니까 몇 잔 마시고 푹 좀 자야겠어. 안주는 따로 준비하지 말고⋯."

"아이, 그래도 어떻게 안주도 없이 술을 마셔요? 제가 얼른 꽁치통조림으로 당신이 좋아하는 김치찌개 끓여올게요. 그동안 씻고 있어요."

아내가 서둘러 안방을 나가자 차 중령은 안방 침대위에 걸터앉아서 넥타이를 풀었다. 요즘에는 군복보다는 양복을 자주 입고 있어서인지 이제는 넥타이도 낯설지 않다. 이완의 교수가 또 생각이 난다. 재일교포 간첩으로 억지로 엮어서 감방에 넣어서 그런지 영 입맛이 개운하지가 않다. 구속한 뒤 광주 505부대로부터 '혐의가 미약하다'라는 내용의 이완의에 대한 자세한 보고를 받고서는 아차 싶었지만 이미 화살은 시위를 떠난 뒤였다. 그러는 판에 병석에 누워계신 어머니 때문에 그가 자꾸 떠올라서 괴롭다.

'내가 어쩌다가 여기까지 와 버렸는가!' 차 중령은 가슴이 답답해왔다. 지난 몇 개월의 시간이 마치 먼 우주여행을 하고 온 것처럼 아득하게 느껴진다. 많은 사람들이 죽고, 수백 명이 감방에 갇혀있다. 수천 명의 사람들은 총이나 칼 등으로 인해 부상을 입고서 신음하고 있다. 그를 먹먹하게 하는 것은 그 엄청난 일이 일어날 수 있게 기획한 장본인이 바로 차 중령 자신이라는 점이다. 물론 윗사람의 지시였지만 말이다. 이완의 교수 간첩공작은 새 발의 피다. 국민들의 직선제 개헌 요구를 뭉그러뜨리기 위해 국가안보가 위태롭다는 공작이 필요했고, 결국 광주를 폭동의 도시로 만들기 위한 작전을 벌여 많은 광주사람을 죽이고 말았다. 역사를 조작한 것도 모자라 수많은 피해자를 만들어버린 것이다. 불현 듯 그의 귓전에 몇 달 전 광주 술집에서 들은 육자배기 가락이 맴돈다.

그는 풀어놓은 넥타이를 손에 쥐고 허탈한 웃음을 짓는다. 다시 이완의 교수의 얼굴이 떠오른다. 그러면서 갑자기 오싹한 느낌이 든다. 잠시 멍한 눈으로 천장을 바라보던 차 중령이 머리를 흔들며 벌떡 일어난다.

'이래서는 안 된다. 내가 지금까지 쌓아오고 만들어 온 것들이 이제 꽃을 피울 것이다. 엄청난 권력이 기다리고 있는데, 우리 아들 연수와 앞으로 태어날 손주, 대대손손 부귀영화를 누릴 수 있는 기반이 만들어지고 있는데, 이렇게 맘을 약하게 먹어서는 안 된다.'

차 중령은 심호흡을 하면서 주먹을 불끈 쥐었다. 그의 눈에 다시 핏발이 서면서 안광이 채워지고 있다.

괴수의 등극

다음날 아침 9시쯤 차수일 중령은 전두환 사령관에게 보고할 자료를 챙겨 이학봉 처장의 방으로 들어갔다. 본격적인 여름으로 접어들면서 벌써부터 더운지 이 처장은 선풍기를 틀어놓고 있다.

"처장님, 사령관님께 보고할 자료를 가져왔습니다. 검토해 주십시오."

차 중령이 검은 표지의 서류철을 책상위에 올려놓자마자 이 처장이 얼른 열어본다.

'광주사태 가담자 처벌에 대한 검토(안)'

총 검거인원 2,522명

훈방처리 1,906명

군검찰부 회부 616명 중 기소의견 404명

특기사항

1) 김대중 내란음모사건 재판과 별개로 광주 현지에서 체포한 광주폭동 내란 수괴자들에 대해서는 사형 구형 및 사형 선고 진행. 단순가담자 255명에 대해서는 징역형 구형 및 선고.

적용 범죄혐의는 계엄법 위반, 내란주요임무 종사, 살인 등.

2) 피고인들에 대한 재판은 80년 10월 말까지 1심 선고(계엄보통군법회의)를 마치고, 대법원 확정까지는 5개월을 넘기지 않고 조속히 마무리할 수 있도록 함.

3) 피고인들의 감형에 대해서는 전두환 사령관께서 대통령으로 취임하신 후 시혜를 베푸는 형식으로 추후 검토함.

보고서를 읽어 본 이학봉 처장이 차 중령을 바라보면서 말한다.

"그래, 이렇게 차트를 만들어 놓았지?"

"네, 그렇습니다. 피고인 개별 형량에 대해서는 505보안부대의 의견을 토대로 작성하고 있습니다."

"잘했어. 그럼 오늘 사령관님께 이 안을 보고 드리고 확정짓도록 하자."

"네, 처장님."

오전 10시 전두환 사령관 사무실에서는 이학봉 처장과 허화평 비서실장, 허삼수 인사처장, 권정달 정보처장 등 보안사령부 참모들이 참석한 가운데 마무리 보고회가 열렸다.

차수일 중령이 차트를 펼치면서 설명을 시작한다.

"사령관님, 광주사태 사후 처리 안입니다."

전두환 사령관은 차 중령의 설명을 들으면서 차트를 바라본다. 그는 자신의 대권을 가로막을 뻔한 광주사태가 이제서 막을 내리는 것이라는 생각에 마음이 홀가분해진다. 군인들, 그것도 최정예 공수특전사들에게 맨몸으로 덤비는 광주사람들에게 사실은 속으로 질리기도 했다. 그러나 밀리면 죽는 길밖에 없다는 생각으로 밀어붙였다. 많은 사람들이 죽었지만 대통령이라는 권력을 잡아서 부귀영화를 누리기 위해서는 어쩔 수 없었다. 이제 빨리 마무리하고 대통령의 길을 가자. 그래서 명실상부 이 나라를 내 손으로 통치하는 것이다. 그의 눈에는 차트에 쓰인 사람들의 숫자가 들어오지 않는다.

"아, 뭐 더 볼 것 없어. 지금 이 안대로 시행해!"

전 사령관이 낮고 걸걸한 목소리로 말하자 앉아있던 이학봉 처장이 벌떡 일어나서는 전 사령관을 향해 고개를 숙인다.

"사령관님, 이대로 처리지침서를 만들어 광주505보안부대와 전남북계엄분소, 전남합동수사단에 내려 보내서 처리하도록 하겠습니다. 충성!"

"그래, 다들 수고 많았어. 그 광주 놈들 걸림돌이 제거됐으니 이제 앞으로는 탄탄대로를 걸어가 보자고. 다 같이 함께 가는 거야. 그래도 대권을 잡을 때 까지는 정신이 해이해져서는 안 돼. 각자 위치에서 분발을 해서 마무리를 잘 하라고. 알겠나?"

"네, 알겠습니다!"

전두환 사령관의 말에는 자신감이 가득했고, 부하들의 대답에는 힘이 잔뜩 들어가 사무실을 울렸다.

*

그로부터 2개월 후인 1980년 8월 27일, 장충체육관에서 열린 통일주체국민회의 대통령선거에 단일후보로 출마한 전두환은 대한민국 제 11대 대통령으로 선출되었다. 대의원 2,525명이 참석해서 찬성 2,524표, 무효 1표로, 만장일치다. 남북한 통틀어 기록적인 찬성률이다.

수백 명의 시민을 학살하고, 수천 명의 시민에게 부상을 입히고, 수백 명의 시민들이 시신으로도 가족의 품으로 돌아가지 못하도록 하고, 수백 명의 민주항쟁 시민들을 내란죄로 몰아 고문하고, 감옥에 가둔 학살자 전두환이 체육관에서 대통령이 된 날, 광주와 서울의 하늘에서는 비가 추적추적 내리고, 회색빛 박무가 잔뜩 끼었다.

장편소설

1980년 5월 18일
신군부 편

초판 1쇄 인쇄일 ｜ 2020년 12월 29일
초판 1쇄 발행일 ｜ 2021년 01월 18일

지은이 ｜ 송금호
펴낸이 ｜ 한선희
편집/디자인 ｜ 우정민 우민지
마케팅 ｜ 정찬용 김보선
영업관리 ｜ 정진이
책임편집 ｜ 정구형
인쇄처 ｜ 국학인쇄
펴낸곳 ｜ 국학자료원 새미(주)
　　　　　등록일 2005 03 15 제251002005000008호
　　　　　경기도 고양시 일산동구 중앙로 1261번길 79 하이베라스 405호
　　　　　Tel 02 442 4623 Fax 02 6499 3082
　　　　　www.kookhak.co.kr
　　　　　kookhak2001@hanmail.net

ISBN ｜ 979-11-91255-77-5 *04810
　　　　 ｜ 979-11-91255-76-8 *04810(set)
가격 ｜ 14,500원